Lynn Raven,
geboren 1971, lebte in Neuengland, USA, ehe es sie trotz ihrer Liebe zur wildromantischen Felsenküste Maines nach Deutschland verschlug, wo sie – wie sie es selbst ausdrückt – »hängen blieb«. Nach einem fast zehnjährigen Zwischenstopp in der Nähe von Mainz lebt sie heute wieder in den USA.
Für ihre Leserinnen und Leser ist die Autorin im Internet unter www.lynn-raven.com zu finden.

Von Lynn Raven bereits erschienen:
Der Kuss des Dämons
Werwolf

Lynn Raven

Das Herz des Dämons

UEBERREUTER

Für Robert J. – meine »42«
und
Kate – den Fels in der Brandung

ISBN 978-3-8000-5246-2
Alle Urheberrechte, insbesondere das Recht der Vervielfältigung,
Verbreitung und öffentlichen Wiedergabe in jeder Form,
einschließlich einer Verwertung in elektronischen Medien,
der reprografischen Vervielfältigung, einer digitalen Verbreitung
und der Aufnahme in Datenbanken, ausdrücklich vorbehalten.
Umschlaggestaltung von Nele Schütz Design, München,
unter Verwendung eines Fotos von Corbis, Düsseldorf
Copyright © 2009 by Verlag Carl Ueberreuter, Wien
Druck: Druckerei Theiss GmbH, St. Stefan i. L.
3 5 7 6 4

Ueberreuter im Internet: www.ueberreuter.at

Er starrte in die beiden Scheinwerfer, die viel zu schnell aus der Dunkelheit auf ihn zurasten und ihn blendeten – wie gelähmt. Den Arm in die Höhe reißen; die Augen vor dem grellen weißen Licht schützen; ein Reflex, der zu spät kam. Der Schmerz nahm ihm den Atem. Mit einem Schrei presste er die Lider zusammen. Die Hände vorm Gesicht wankte er rückwärts. Eine Hupe heulte. Irgendwo jenseits der Qual, die sich von seinen Augen in seinen Schädel fraß, setzte sein Verstand ein: Hupe. Auto. Straße. Weg! Runter! Runter! Blind und vollkommen orientierungslos schaffte er einen taumelnden Schritt. Noch einen. Sein verletztes Bein trug ihn nicht. Er stolperte, kämpfte um sein Gleichgewicht. Bremsen kreischten. Wieder heulte die Hupe. Ein Schlag riss ihn in die Höhe. Krachend prallte er auf Metall, dann auf etwas verwirrend Feuchtweiches ...

Der Gestank von verbranntem Gummi hing in der Luft. Sekundenlang lag er benommen und reglos auf dem Boden. Dann kam der Schmerz. Zusätzlich zu dem, der schon die ganze Zeit in seinem Kopf und dem Rest seines Körpers war. Seine Augen brannten, als hätte man Säure hineingegossen. Obwohl sie offen waren, war alles um ihn nur Schwärze und Schlieren. Zähe Tränen verschmierten sein Gesicht.

Er wollte sich in die Höhe stemmen. Es gelang ihm nicht, den Schrei zu unterdrücken, als die Knochen in seinem Arm und seiner Schulter sich gegeneinanderverschoben. War das Blut, was ihm über die Haut rann? Ein Motor lief in der Nähe. Autotüren schlugen. Stimmen erklangen, seltsam hohl und verzerrt. Noch einmal wollte er sich hochstemmen, biss die Zähne zusammen, um sich nicht durch ein Stöhnen oder einen neuerlichen Schrei zu verraten. Der Schmerz pflanzte Übelkeit in seine Eingeweide. Er zitterte am gan-

zen Körper. Zog sich mühsam kaum eine Armlänge über den Boden, fort von den Stimmen. Seine Schulter schrammte gegen den Stamm eines Baumes. Der Atem entfuhr ihm als würgendes Zischen. Er erinnerte sich: Bäume säumten die verlassene Landstraße. Dahinter öffnete sich die Dunkelheit eines Waldes. Wenn er ...

»Da drüben!« Die Worte drangen durch das quälende Hämmern in seinem Schädel.

Nein! Dieu! Nein! Abermals grub er die Finger in Laub und Erde und versuchte tiefer in die Schwärze zwischen den Baumstämmen zu gelangen.

Mondlicht schimmerte in der Pfütze. Die Nacht war eine Gnade. Keine Sonne, kein Brennen, als stünde seine Haut in Flammen. Kein greller glühender Schmerz, der sich in seine Augen fraß, sie tränen ließ, ihn blind machte. Er streckte die Hand zitternd nach dem Regenwasser aus. Ballte sie zur Faust, ließ sie ins Laub fallen. Sein Schädel pochte. Warum? Warum würgte er jeden Bissen, den er gegen den Ekel hinunterzwang, wieder aus? Warum? Er hatte andere essen sehen, trinken sehen. Warum konnte sein Magen nicht bei sich behalten, was sie auch aßen? Warum? Was war falsch mit ihm? Seit er zu sich gekommen war, saß Schmerz in seinen Eingeweiden. Schmerz, der nichts mit seinen gebrochenen Knochen oder den anderen Verletzungen zu tun hatte. Schmerz und ... Hunger ... Gier, die mit jedem Tag schlimmer wurde. Gier nach etwas, irgendetwas ... Er wusste nicht, was. Schloss die Augen. Ebenso wenig, wie er wusste, wo er war. Seine Hand krallte sich ins Laub. Der Name der Stadt: ohne Bedeutung – Darven Meadow. Er wusste nicht, wo sie lag. Er wusste nicht, warum er hier war. Da war nur ein Gefühl ... ein Gefühl, etwas ... tun zu müssen. Irgendwo ... hier? Und ... Worte ... in der Dunkelheit: »Sorgt dafür, dass er nicht wieder auftaucht.«

Schmutzige Tricks

Noch vor ein paar Wochen war ich der Auffassung, es gäbe nichts Schlimmeres als eine Matheklausur nach einer schlaflosen Nacht, an deren Ende man obendrein noch *ver*schlafen hatte. Inzwischen hatte ich meine Meinung geändert. Es gab Schlimmeres: Gesprächsthema Nummer eins der hiesigen Highschool zu sein. Und das ohne Unterlass, seit ich wieder zur Schule durfte.

Gereizt knallte ich die Autotür zu.

»Was auch immer es ist: Die Vette kann nichts dafür«, erklang der Kommentar von der Fahrerseite her über das schwarz spiegelnde Autodach.

Na prima. Genau das, was mir heute Morgen zu meinem Glück noch gefehlt hatte: ein klugscheißender Freund. Ich sah ihn böse an. Jeder andere hätte sich daraufhin wahrscheinlich alle weiteren Bemerkungen für mindestens die nächste Stunde, wenn nicht sogar für den Rest des Tages, verkniffen. Julien DuCraine? – Fehlanzeige! Er ließ sich von meinem mörderischen Blick nicht einschüchtern, sondern erwiderte ihn sogar mit leisem Spott. Zumindest soweit ich das sagen konnte, denn seine Augen waren wie immer hinter seiner dunklen Brille verborgen, die er nur abnahm, wenn er mit mir allein war – und die Lichtverhältnisse es zuließen. Eine seiner Brauen hatte sich jedoch ganz leicht gehoben.

»Verrätst du mir den Namen der Laus?« Julien schwang seinen Rucksack über die Schulter und schloss seine Tür so leise, als wolle er mir zeigen, wie man eine Corvette Sting Ray *richtig* behandelte.

»Laus?«

»Die Laus, die dir über die Leber gelaufen ist. – Oder der Grund für deine schlechte Laune.«

Ich schnaubte. »Kannst du dir das nicht denken?«

»Sag's mir!« Die Corvette gab ein Blinken von sich, als er die Zentralverriegelung und die Alarmanlage aktivierte, ehe er den Schlüssel in einer Tasche seiner Motorradjacke verschwinden ließ.

»Sie!« Mit einer scharfen Bewegung nickte ich zur Schule hin. »Ich bin es leid, angeglotzt zu werden wie die Hauptattraktion einer Freak-Show.«

Wie jeden Tag der vergangenen Woche waren wir Ziel mehr oder weniger verstohlenen Starrens der ganzen Schule – zumindest hatte ich den Eindruck, dass es die ganze Schule war. Die Blicke der männlichen Hälfte galten der schwarz glänzenden Corvette Sting Ray, die zwischen Julien und mir auf dem Schülerparkplatz der Montgomery-High stand. Die der weiblichen Hälfte waren auf mich und Julien gerichtet, und ich war bereit, jede Wette einzugehen, dass einige davon eine gute Portion Mordlust enthielten. Immerhin hatte ich mir den bestaussehenden Jungen der ganzen Schule geangelt. Innerlich schüttelte ich den Kopf. Ja natürlich ... *ich ihn mir geangelt.* Eigentlich war es genau andersherum gewesen. Und ich fragte mich nach wie vor jeden Morgen, wenn ich mir im Spiegel begegnete, was Julien eigentlich an mir fand; an mir mit meinem schulterlangen dunkelblonden Haar, den grüngrauen Augen und dem schmalen Gesicht. Juliens Behauptung, es sei auf eine atemberaubende Weise bezaubernd, konnte ich nicht nachvollziehen. Und dass ich ausgerechnet meinem Großvater Radu ähnlich sehen sollte – Radu, den man auch »den Schönen« nannte – fand ich eher befremdend.

»Ich schätze, da gibt es nur eine Möglichkeit.« Julien hatte flüchtig in Richtung Schule gesehen. Jetzt zog er den Rucksack über der Schulter zurecht und kam aufreizend langsam mit der ihm eigenen raubtierhaften Eleganz um die Schnauze der Vette zu mir herum. Alles an ihm war pure Perfektion. Seine Züge; das dunkle, fast schwarze Haar, dessen Spitzen inzwischen ganz leicht seine Schultern streiften; der schlanke Körper ... Er war schön – jedes andere Wort wäre ihm nicht gerecht geworden. Ich hielt unwillkürlich den Atem an. Wenn es zu irgendwelchen Ohnmachtsanfällen unter den weiblichen Gaffern kam, war das ganz allein seine Schuld. Auch seine Rückansicht war nämlich alles andere, als zu verachten. Ich musste es wissen. Ich wohnte mit ihm im gleichen Haus. Und schlief mit ihm in einem Bett. – Nicht dass er mehr zugelassen hätte, als dass ich mich in seine Arme kuschelte, um meinen immer wiederkehrenden Albträumen zu entkommen. Darüber hinaus war meine Tugend bei ihm so sicher wie das Gold in Fort Knox. Sehr zu meinem Missfallen.

Schwindelerregend dicht vor mir blieb er stehen. Er war größer als ich, sodass ich ein Stück zu ihm aufsehen musste.

»Und welche Möglichkeit wäre das?« Warum erschien mir der Kontrast zwischen seiner außergewöhnlich hellen Haut und seinem dunklen Haar heute stärker als sonst? Vielleicht weil ihm ein paar Strähnen in die Stirn gefallen waren?

»Du musst mit mir Schluss machen.« Er sagte das so vollkommen ernst, dass mir einen Moment der Mund offen stehen blieb – ziemlich genau so lange, bis er sich zu mir beugte und mit seinen Lippen meine streifte.

»Das ist nicht witzig.« Ich versuchte ärgerlich zu klingen und gleichzeitig seine Berührung in einen richtigen Kuss zu verwandeln. Ein paar Sekunden ließ er mich gewähren, dann zog er sich ein kleines Stück zurück und sah wieder auf mich herab.

»Nein?« Er strich mir sacht über die Wange – und glitt mit den Fingerspitzen über die empfindliche Stelle direkt unter meinem Ohr, ehe er die Hand endgültig wegnahm. »Stell dir vor: Du würdest in die Annalen dieser Schule eingehen als das Mädchen, das Julien DuCraine in die Wüste geschickt hat.« Wieder verriet seine Stimme nichts, doch inzwischen war ich lange genug mit ihm zusammen, um jenen Hauch eines Grinsens um seinen Mund zu erkennen.

»Bei deinem Ruf würden sie genau das Gegenteil denken, nämlich dass *du mich* abserviert hast. Wie all deine anderen Freundinnen vor mir. – Und selbst wenn sie mir glauben würden: *Das* würde mich doch mindestens genauso zu einem Tratsch-Thema machen.« Ich verschränkte die Hände in seinem Nacken. »Also vergiss das mit dem Schlussmachen ganz schnell wieder.«

»Sicher?«

»Absolut!«

»Na, wenn das so ist ...« Das Lächeln, mit dem er sich zu mir beugte und mich erneut küsste, war diesmal voller spöttischer Arroganz.

Ich schmiegte mich fester an seine Brust und seufzte leise.

»Dawn?« Julien räusperte sich über mir.

»Hmmm?«

»Ich hoffe, dir ist bewusst, dass wir den anderen gerade noch mehr Grund zum Tratschen geben. Vielleicht solltest du mich loslassen.«

Einen Moment sah ich ihn mit zusammengekniffenen Augen und schief gelegtem Kopf an, dann löste ich mich mit deutlichem Widerstreben von ihm und machte einen Schritt zurück, während ich gleichzeitig möglichst unauffällig an ihm vorbei zur Schule spähte. Natürlich hatte er recht. Inzwischen gaffte auch der allerletzte Schüler der Montgomery – inklusive des einen oder anderen Lehrers.

Ich warf einer Gruppe jüngerer Mädchen, die gerade an uns vorbeikam und tuschelnd die Köpfe zusammensteckte, ohne uns aus den Augen zu lassen, einen vernichtenden Blick zu. Keine von ihnen hatte den Anstand, rot zu werden, stattdessen brachen sie in albernes Gekicher aus, während sie weitergingen. Ein paar von ihnen sahen sogar noch einmal über die Schulter zurück. Idiotische Gänse!

Seufzend schlang ich mir die Tasche über die Schulter. »Ich muss noch mein Spanisch-Buch aus dem Spind holen und Mr Javarez reißt mir den Kopf ab, wenn ich wieder zu spät in seinen Unterricht komme.«

Julien bedachte mich mit einem Grinsen. »Dann sind wir schon zwei, denen dieses Schicksal droht. – Hast du etwas dagegen, wenn wir den Tratsch noch ein bisschen mehr anstacheln?«

»Was hast du vor?« Ich maß ihn mit einem skeptischen Blick.

Sein Grinsen wurde geradezu teuflisch. »Das.« Er legte

den rechten Arm um meine Schultern und zog mich fest an seine Seite. Seine Hand hing täuschend entspannt über dem Riemen meiner Tasche herab.

»Oh, *das*.« Mit einem ganz ähnlichen Grinsen schob ich meinen Arm unter seine Jacke und umschlang ihn von hinten. Einen Moment spielte ich sogar mit dem Gedanken, meine Hand in seine Jeanstasche zu stecken – das hätte den Klatsch regelrecht überkochen lassen –, hakte dann aber nur züchtig den Daumen in eine Gürtelschlaufe. »Geht klar.« Ich verschränkte die Finger meiner freien Hand mit seinen, stellte mich kurz auf die Zehenspitzen, um mir einen weiteren Kuss zu stehlen, und zog ihn dann mit mir. Julien ließ mich gewähren und war obendrein so gnädig, die Schritte seiner langen Beine meinen kürzeren anzupassen.

Wir hatten den Weg zum Schulgebäude noch nicht mal zur Hälfte hinter uns gebracht, als jemand meinen Namen rief. Unter Juliens Arm drehte ich mich um.

Neal und Tyler kamen quer über den Rasen auf uns zu, anstatt den gepflasterten Fußweg ein paar Meter weiter zu benutzen. Hinter den beiden konnte ich Neals dunkelroten Mustang erkennen, der ein Stück entfernt am gegenüberliegenden Ende des Schülerparkplatzes stand. Neal lächelte mir zu und begrüßte Julien mit einem schlichten Nicken. Dass sein Blick dabei ein paar Sekunden zu lang auf Juliens Arm um meine Schultern und unseren Händen hängen blieb, entging mir nicht. Und Julien noch viel weniger. Ich konnte spüren, wie er sich anspannte. Na klasse! Nur mit Mühe unterdrückte ich ein Stöhnen. Testosteron sollte zu den illegalen Drogen gezählt und verboten werden. – Auch wenn die beiden während meiner Zeit im Krankenhaus so etwas wie einen Waffenstillstand geschlossen haben mochten und davon absahen, einander im Fechttraining weiterhin mit halblegalen Tricks das Leben sauer zu machen, war doch klar, dass es nur eine Kleinigkeit brauchte und sie würden wieder aneinandergeraten. Weil es etwas gab, das sie beide wollten – mich. Dabei hatte ich noch nicht einmal geahnt, dass Neal in mich verliebt war, bis ich zufällig einen Streit zwischen ihm und Julien mitbekommen hatte. Tyler grinste und winkte und verhinderte im letzten Moment, dass sein Freund einem Junior voll ins Bike lief, der auf dem Weg zu den Fahrradständern verbotenerweise über den Rasen preschte.

»Sei nett!«, zischte ich so leise, dass nur Julien mich hören konnte.

Ich wurde mit einem Blick aus dem Augenwinkel heraus bedacht. Julien senkte den Kopf, sodass seine Haare nach vorne fielen und sein Gesicht vor den anderen leicht verbargen. Dann hob er die Oberlippe und zeigte mir seine Eckzähne.

Ich schluckte meinen Schrecken herunter. »Lass das!« Wenn mein Gebiss nur halb so beeindruckend gewesen wäre wie seines in diesem Moment, hätte ich vielleicht auch die Zähne gefletscht. So musste ich mich darauf beschränken, ihn unter der Jacke energisch in die Seite zu zwicken.

Er schien es gar nicht zu merken. Dennoch hatten seine Eckzähne wieder ihre normale Länge, als er mir »Nur weil du es willst. Und nur solange er kapiert, dass du zu mir gehörst« zuknurrte und sich anschließend die Haare aus dem Gesicht strich, als sei absolut nichts geschehen.

Ich verbiss mir die Frage, worauf er seine Besitzansprüche begründete, und fauchte stattdessen: »Neandertaler!« Zu mehr blieb mir gar keine Zeit, denn inzwischen hatten Neal und Tyler uns erreicht. Vermutlich hätte ich wissen müssen, dass ich in dieser Diskussion nicht das letzte Wort haben würde – zumindest im übertragenen Sinn: Julien hob meine Hand an seine Lippen und hauchte mir einen Kuss auf die Knöchel. Okaaay, dieser Claim war also hiermit für alle Anwesenden gut sichtbar abgesteckt. – »Neandertaler« war eine bodenlose Untertreibung.

Dass seine Botschaft bei Neal angekommen war, verriet die Art, wie der die Zähne zusammenbiss. Ich zwickte Julien erneut – und diesmal zuckte er tatsächlich zusammen.

Tyler war natürlich nicht entgangen, was zwischen Neal und Julien abging. Jetzt verdrehte er theatralisch die Augen.

»Solltet ihr Sekundanten brauchen: Ich stehe nicht zur Verfügung.« Er ignorierte die Blicke, die ihn trafen, schob die Hände in die Hosentaschen und wechselte ungerührt das Thema. »Wie es scheint, ist das *Bohemien* noch nicht ganz aus dem Rennen, was den Halloween-Ball angeht.«

»Wie das?« Julien wandte seine Aufmerksamkeit aufreizend langsam von Neal zu Tyler. Unter seiner Jacke führte er meine Hand von seiner malträtierten Seite zu seiner Gürtelschlaufe zurück.

»Ron hat mich gestern Abend angerufen. Offenbar hat Prinzessin Cynthia ihren Daddy so lange bearbeitet, bis er sich einverstanden erklärt hat, das *Bohemien* auf seine Kosten so weit in Ordnung bringen zu lassen, dass der Ball doch dort stattfinden kann.«

Neal sah mich mit Hundeaugen an. »Dekorieren müssen wir aber trotzdem immer noch selbst.« Er verzog das Gesicht.

Ich seufzte. »Wäre auch zu schön, um wahr zu sein, wenn wir es nicht müssten.« Wie Neal gehörte auch ich zum »Dekorationsteam« – ebenso wie Julien, der von Mr Barrings nachträglich dazu verdonnert worden war. Als Ersatz für Mike, dem ein Aufschlag beim Volleyball das Handgelenk gebrochen hatte. Juliens Aufschlag, um genau zu sein. Und auch wenn sein Gips Anfang dieser Woche runtergekommen war, fiel Mike natürlich immer noch aus, was das Heben und Tragen von schweren Sachen anging, sodass Julien nach wie vor keine Chance hatte, sich aus der ganzen Geschichte herauszuwinden. Auch wenn ich bezweifelte, dass er das überhaupt versuchen würde. Immerhin hatte er, während ich im Krankenhaus lag, alles darangesetzt, seinen

Stundenplan meinem so weit wie möglich anzupassen, damit er auch wirklich auf mich aufpassen konnte.

»Das Ganze ist aber ziemlich kurzfristig, oder? Steht denn schon fest, ab wann ...« Ich hielt mitten im Satz inne. War das Beth, die da von den Fahrradständern her auf uns zukam und gerade etwas, das verdächtig nach einer Luftpumpe aussah, in ihre Tasche stopfte? Ich kniff die Augen zusammen. Tatsächlich! Sichtlich außer Atem und zerzaust, aber eindeutig Beth, eigentlich Elizabeth Ellers, und wie immer vom Kajal über den Lippenstift, die Bluse und den Rock bis zu den halbhohen Schnürstiefeln ganz in Schwarz. Auch Julien blickte ihr jetzt entgegen und Neal und Tyler hatten sich ebenfalls zu ihr umgedreht. Sie waren offenbar genauso verblüfft wie ich, denn gewöhnlich fuhr Beth einen Käfer, der vermutlich doppelt so alt war wie sie selbst.

»Was hast du mit deinem Käfer gemacht?«, erkundigte ich mich erstaunt, als sie uns erreichte.

»Nichts.« Elend sah sie mich an. »Zumindest nichts, von dem ich wüsste. Als ich gestern Abend nach meiner Schicht im *Ruthvens* heimwollte, ist er nicht mehr angesprungen. Richard hat mich gefahren, sonst hätte ich laufen müssen.« Sie wandte sich den Jungs zu. »Ihr versteht doch was von Autos. Ich brauche eure Hilfe. – Er macht nur noch ›klick‹.«

»*Klick?*«, wiederholten alle drei unisono. Ich verbiss mir ein Grinsen.

»Ja, ›klick‹. – Was kann das sein?« Hoffnungsvoll sah sie von einem zum anderen.

Tyler rieb sich den Nacken. »Der Grund für dein ›Klick‹ kann alles Mögliche sein.«

»Klingt für mich nach der Zündung«, mutmaßte Neal. »Und er springt überhaupt nicht mehr an? Macht er denn sonst noch irgendetwas? Irgendwelche Geräusche?«

Unglücklich schüttelte Beth den Kopf und begann haarklein zu schildern, was ihr Käfer noch tat oder nicht mehr tat, während wir zur Montgomery hinübergingen. Die Theorie: »Vielleicht ist es ja nur die Batterie«, wurde sowohl von Tyler als auch Julien geäußert – jedoch beide Male verworfen, da Beth beteuerte, ihre Batterie sei noch kein halbes Jahr alt und sie habe das Licht ganz bestimmt nicht versehentlich brennen lassen. Sie unterbrachen ihre Fachsimpelei und Ferndiagnosen gerade lange genug, um Susan, die auf den letzten Metern vor der Treppe zum Schulgebäude auf uns wartete, mit einem mehrstimmigen »Hi!« zu begrüßen. Mike war nirgends zu entdecken.

»Wo hast du deinen Bruder gelassen?« Erst seit sie Julien als meinen Freund akzeptiert hatte und – zusammen mit den anderen – bereit war, ihn in unserer Clique zu dulden, begann sich der Riss, den unsere Freundschaft zuvor durch ihre Ablehnung bekommen hatte, wieder zu schließen.

»Zu Hause. Krank. Wahrscheinlich eine Magen-Darm-Grippe. Zumindest hat er die ganze Nacht dem Toilettenschüssel-Gott gehuldigt. Und jetzt ist er kurz davor, zu *sterben*.« Sie strich sich eine Strähne ihres dunklen Haares zurück, die sich aus ihrem Pferdeschwanz gelöst hatte. »Jungs sind ja solche Babys!« Den letzten Satz sagte sie laut genug, dass ihn jeder in unserer Umgebung hören konnte. Hinter uns erklang ein leises Schnauben. Ich musste mich nicht umdrehen, um zu wissen, dass Julien Beth, Neal und Tyler sich selbst überlassen und zu mir und Susan aufgeschlossen hatte. Susan zwinkerte mir zu, doch dann stockte sie auf der Hälfte der Treppe zum Haupteingang mitten im Schritt.

»Was macht denn die Polizei hier?« Neugierig verrenkte sie sich den Hals, um einen Blick auf den weiß-silbernen Wagen zu werfen, der von hier aus gut sichtbar auf dem Lehrerparkplatz stand. Wir waren nicht die Einzigen, die langsamer gingen – oder sogar stehen blieben.

»Meinst du, sie haben es rausgekriegt?«, fragte ich halblaut und sah zu Neal zurück.

»Was?«

»Die Sache mit dem Virus ...«

Schlagartig wurde er blass. Er und Ron hatten vor einiger Zeit einen Computervirus zusammengebastelt und auf das Schulsystem losgelassen. Alle PCs hatten zwar gestreikt, aber es war kein Schaden entstanden. Dennoch hatte unser Schulleiter, Mr Arrons, geschworen, die Schuldigen zur Verantwortung zu ziehen. Kein Wunder, dass Neal erst nach einem Räuspern seine Stimme wiederfand. »Das kann ... eigentlich nicht sein.«

»Meint ihr, Arrons würde deshalb tatsächlich den Sheriff rufen?« Tyler sah von einem zum anderen.

Ebenso wie Beth und Susan zuckte ich die Schultern. Genau genommen traute ich unserem Direktor ziemlich viel zu; immerhin hatte er vor nicht allzu langer Zeit versucht, mir eine Beziehung mit Julien zu verbieten, und sogar damit gedroht, meinen *Onkel* über uns – und vor allem über Juliens Ruf an der Schule – in Kenntnis zu setzen.

»Wenn wir weiter nur hier herumstehen, werden wir es nie erfahren.« Neal straffte die Schultern, schob sich zwischen uns hindurch, stieg die Steinstufen vollends hoch und stieß die Glastür auf. Dahinter herrschte Gedrängel und ein Stimmengewirr, als wäre man unversehens in einem Bienenstock gelandet. Wir tauschten erneut unbehagliche Blicke und drängten uns zwischen den anderen hindurch, um zu unseren Spinden zu gelangen. Bis wir unvermittelt am Rand eines nahezu perfekten Halbkreises, der sich vor einer Spindreihe gebildet hatte, zu einem abrupten Halt kamen. Julien blieb so dicht hinter mir stehen, dass ich ihn beinah spüren konnte.

Gut zwei Dutzend der Metalltüren standen offen. Bei einigen waren die Besitzer gerade dabei, ihre Bücher und übrige Habe wieder einzuräumen. Es herrschte angespanntes Schweigen. Nur vereinzelt war verhaltenes Flüstern zu hören.

»Ich wiederhole meine Frage: Wem von Ihnen gehört dieser Spind?« Mr Arrons Stimme klang geradezu angewidert, während er sich umsah. Hinter ihm begutachteten zwei Männer in den dunklen Uniformen der County Police den Inhalt eines durchsichtigen Plastikbeutels. »Also? Ich warte nicht mehr lange! Ersparen Sie mir die Mühe, in der Belegungsliste nachsehen zu müssen.«

»Das ist meiner.«

Ich schloss die Augen, als Juliens Stimme erklang, riss sie aber sofort wieder auf, als er sich an mir vorbeischob. Meine Hand streifte seine. Er drehte sich nicht um, sondern ging vollkommen gelassen auf die beiden Officers und unseren Direktor zu. Mit einem Schlag war es still genug, um eine Stecknadel fallen zu hören. Mr Arrons Miene war ein unausgesprochenes: »*Natürlich. Wer sonst.*« Der ältere der Polizisten sah von dem Plastikbeutel in seiner Hand zu Julien. Auch sein Gesichtsausdruck war abweisend, ja beinah angeekelt. Sein Kollege spielte mit den Handschellen an seinem Gürtel.

»Hast du uns irgendwas zu sagen, Junge?«, erkundigte der Ältere sich frostig und hob den Beutel ein winziges Stück höher.

»Nicht dass ich wüsste.«

»Nicht dass ich wüsste, *Sir*«, knurre Mr Arrons, wurde aber von dem zweiten Beamten mit einer Geste darum gebeten, ihnen das Weitere zu überlassen.

Der andere musterte Julien aus schmalen Augen. »Du gibst also zu, dass das hier dir gehört?«

Julien warf nur einen kurzen Blick auf den Beutel, ehe er die Schultern hob. »Sie haben es anscheinend in meinem Spind gefunden, also muss es das wohl.«

Eine Sekunde lang wirkten die Officers verblüfft, dann wich ihre Verblüffung überdeutlichem Missfallen.

»Dann gibst du auch zu, dass es sich bei dem Inhalt dieses Beutels um Crystal in Tablettenform handelt?«

Ein Raunen ging durch den Korridor. Juliens Hand schloss sich fester um den Riemen seines Rucksacks.

»Ich denke, wir sollten die Angelegenheit in meinem Büro klären«, lenkte Mr Arrons die allgemeine Aufmerksamkeit mit einem Räuspern auf sich, bevor Julien antworten konnte. »Mr DuCraine: Sie kennen den Weg ja. Begleiten Sie die Officers. – Die anderen gehen in ihre Klassen!«

Seine Worte wurden mit Murmeln und Füßescharren beantwortet, während die Versammlung sich mehr oder weniger widerstrebend auflöste. Natürlich, keiner wollte den zweiten Akt des Dramas um Julien – dem man ohnehin eine dunkle Vergangenheit nachsagte – verpassen. Der Gedanke hinterließ einen bitteren Geschmack in meinem Mund.

»Wer hätte das gedacht: Julien dealt mit Crystal. – Arme Dawn.« Die Worte waren gerade laut genug, dass jeder sie hören konnte. Die Stimme kannte ich nur zu gut. Cynthia! Natürlich war das hier ein gefundenes Fressen für sie, ließ sie doch auch sonst keine Gelegenheit aus, um mir das Leben zur Hölle zu machen. Schließlich hatte Julien sich für mich entschieden und war nicht ihr ins Netz gegangen. Gewöhnlich war ich schlagfertig genug, um ihre Bemerkungen mit irgendeinem passenden Kommentar zu quittieren, doch dieses Mal ... nichts. Mein Kopf war wie leer gefegt. Nur am Rand bekam ich mit, wie ihr momentaner »Freund« den Arm um sie legte und etwas zum Rest ihrer Clique sagte, was Grinsen und Gelächter hervorrief. Mit einem Gefühl der Hilflosigkeit hing mein Blick an Julien, der zwischen den Polizisten den Korridor zum Büro des Direktors hinunterging, ohne auf Cyns Bemerkung zu reagieren oder sich noch einmal umzudrehen. Einer der beiden hatte ihm die Hand auf die Schulter gelegt, als rechne er damit, Julien würde versuchen davonzulaufen.

»Das gilt auch für Sie, Ms Warden. Sie sind nicht vom Unterricht befreit.« Mr Arrons Stimme ließ mich zusammenzucken.

»Komm schon, Dawn.« Susan hatte meinen Ellbogen ergriffen und zog mich sanft, aber bestimmt in Richtung des Klassenraums, in dem ich jetzt eigentlich Spanisch hatte. Einen Moment stand ich noch vollkommen regungslos, dann ließ ich mich mitzerren. Beth, Tyler und Neal folgten dicht hinter mir.

Nur langsam setzte mein Verstand wieder ein. Drogen! Und ausgerechnet Crystal. Ich hatte irgendwo mal davon gehört oder gelesen. Eine relativ neue Designerdroge. Um einiges tückischer als das ganze andere Zeug, das sowieso im Umlauf war. Und Polizei und Richter gingen äußerst ungnädig mit Leuten um, die damit dealten. Nicht dass ich eine einzige Sekunde glaubte, Julien könnte tatsächlich etwas mit diesem Zeug zu tun haben – auch wenn er nicht abgestritten hatte, dass es ihm gehörte.

Susan schob mich durch die Tür, bedachte mich mit einem besorgten Blick, murmelte etwas und eilte nach einem letzten Zögern in ihren Literaturkurs zwei Säle weiter. Beth rieb meinen Arm, dann folgte sie Susan, während Neal und Tyler sich ebenfalls auf den Weg in ihre Klassen machten. Ich tappte zu meinem Stuhl, sank darauf und starrte meine Tasche vor mir auf dem Tisch an. Ich konnte die Augen der anderen auf mir spüren, während sie nach und nach in den Raum kamen und sich setzten. Immer wieder hörte ich meinen Namen in ihrem Flüstern und Zischeln. Der Platz hinter mir blieb frei. Normalerweise saß Julien in Spanisch dort.

»¡Buenos días, señores! Les ruego que me presten atención. Tenemos clase de español. Para charlar tienen ustedes el descanso.« Wie durch einen Nebel registrierte ich, wie Mr Javarez seine Unterlagen auf den Lehrertisch knallte. »Tuve el gusto de corregir sus deberes de anteayer. Y sólo se me ocurre una expresión al calificar sus esfuerzos: lamentables.«

Mein Spanischbuch lag noch immer in meinem Spind. Um mich her kehrte Stille ein. Die Blicke blieben. Mr Javarez begann unsere ach so *erbärmlichen* Arbeiten zurückzugeben. Seine schneidenden Kommentare waren nicht mehr als ein Rauschen im Hintergrund.

Würden die Polizisten Julien mitnehmen? Bestimmt. Er hatte ja nicht geleugnet, dass das Crystal ihm gehörte. Und selbst wenn er es getan hätte, wäre es sinnlos gewesen. Sie hätten ihm kein Wort geglaubt. Ich krallte die Finger ineinander. So viel zu: unschuldig bis zum Beweis der Schuld. Mr Arrons war nur daran interessiert, den guten Ruf seiner Schule zu schützen. Er würde nicht verhindern, dass Julien verhaftet wurde. Vielleicht hatten sie ihn ja schon weggebracht? Meine Fingerknöchel wurden unter meinem eigenen Griff weiß. Jemand, der verdächtigt wurde mit Crystal zu dealen, kam garantiert in Untersuchungshaft. Sie würden ihn einsperren. – Mein Magen zog sich zusammen. Das durfte nicht passieren! Wie lange würde es dauern, bis ein Richter die Kaution für ihn festsetzte? Wie hoch war so etwas bei Drogen? Mein Taschengeld war immer üppig gewesen und ich hatte einen Teil davon gespart, aber das würde vermutlich niemals reichen. Und mein *Erbe* ... Darüber konnte ich noch nicht verfügen. Erst beim nächsten Besuch meines Großonkels sollte das alles geklärt werden.

»¿Podría prestarme un poquito de su preciosa atención, Señorita Warden?«

Und wenn es gar keine Kaution gab? Was würde geschehen, wenn er zu lange nicht trinken konnte? Wenn sein Hunger zu groß wurde? Würde er die Gier irgendwann nicht mehr beherrschen können? Jemanden angreifen? Was, wenn jemand merkte, dass er ... anders war?

»¡Señorita Warden! ¡Estoy hablando con usted!«

Er hatte selbst gesagt, dass es vieles an seinesgleichen gab, wofür diverse Stellen Unsummen bezahlen würden – und dass deshalb niemand davon erfahren durfte, dass es so etwas wie ihn gab. Und wenn er jetzt ... Wenn er nicht trinken konnte und der Hunger ihn so sehr schwächte, dass sie glaubten, er sei krank, und einen Arzt holten – oder ihn ins Krankenhaus brachten. Was, wenn sie bei irgendwelchen Bluttests ...

»Ms Warden!« Mr Javarez' Hand klatschte vor mir auf die Tischplatte. Ich zuckte zusammen und starrte ihn an. Sie durften Julien nicht einsperren! Mein Stuhl krachte gegen den Tisch hinter mir, als ich aufsprang, mich in einem Wirbel zu Boden segelnden Papiers an Mr Javarez vorbeidrängelte und zur Tür hinaushastete.

»Wo zum Teufel wollen Sie hin, Dawn?«, donnerte er mir hinterher. Ich rannte den Korridor hinunter, ohne mich umzudrehen. Sie durften Julien nicht mitnehmen!

Mrs Nienhaus sah mich von ihrem Platz hinter dem Tresen überrascht an, als ich ins Sekretariat stolperte. Ich war vollkommen außer Atem. Ein Sprint quer durch die Schule war nicht das, was die Ärzte mit »schonen« gemeint hatten, als sie mich aus dem Krankenhaus entließen. Sichtlich besorgt stand sie auf und kam auf mich zu.

»Lieber Himmel, Ms Warden, was ist denn geschehen?«

Ich blinzelte sie an. Die Polizisten würden Julien wegen Drogenhandels verhaften und einsperren. Und dann wurde mir klar, dass ich keine Ahnung hatte, wie ich das verhindern konnte.

»Die Officers ... Julien ... wo sind sie?«

»Es tut mir leid, aber sie sind schon weg.«

Weg? Lieber Gott, nein! »Wie lange?«

»Sie haben sie gerade verpasst. – Soll ich Sie zur Schulschwester bringen? Sie sind bleich wie der Tod, Kind.«

Ich schüttelte den Kopf, knallte die Tür hinter mir zu und hetzte abermals den Korridor hinunter. Mir war nicht bewusst gewesen, wie viel Zeit schon vergangen war. Wenn es sein musste, würde ich behaupten, dass das Crystal mir gehörte. Sie durften nur Julien nicht einsperren.

Mir war schwindlig und übel, als ich die Treppen zum Haupteingang hinuntertaumelte. Mit einem Gefühl der Benommenheit blieb ich auf der letzten stehen. Der Streifenwagen stand nicht mehr auf dem Parkplatz. Ich war zu spät.

»Dawn?«

Ich fuhr mit einem Keuchen herum. »Julien?«

Er stand oben direkt vor dem Haupteingang, den Türgriff noch in der Hand. Jetzt kam er mit langen, schnellen Schritten die Stufen herunter auf mich zu. Ich warf mich in seine Arme, noch bevor er mich endgültig erreicht hatte.

»Ich hatte Angst, sie hätten dich mitgenommen!«, sagte ich in sein Hemd und drückte ihn noch fester an mich.

Einen Moment hielt er mich schweigend fest und ich glaubte zu spüren, dass er mir einen Kuss aufs Haar hauchte, doch dann schob er mich ein Stück von sich weg und musterte mich eindringlich.

»Mir geht es gut«, versicherte ich rasch, ehe er etwas sagen konnte.

Über der dunklen Brille zogen seine Brauen sich zusammen. »Natürlich. Ungefähr so gut wie einer drei Tage alten Leiche.« Er nahm mich auf die Arme und trug mich zu einer der steinernen Bänke bei den Tischen auf dem Rasen, wo er mich behutsam absetzte. Ich protestierte nicht, auch wenn das Schwindelgefühl bereits wieder nachließ. Von seiner Hand baumelte der Plastikbeutel mit den Tabletten. Noch immer sichtlich besorgt ging er vor mir in die Hocke und sah mich forschend an.

»Mir geht es gut. Wirklich! – Ich bin nur ein bisschen außer Atem.« Ganz leicht berührte ich seine Wange. Er wandte den Kopf ein wenig und küsste mein Handgelenk. »Ich hatte Angst, sie hätten dich mitgenommen.«

Die Sorge wich ein Stück weit aus seinen Zügen, als er lächelte. Hart und kalt. »Arrons hat mir einen Gefallen getan, als er das Ganze in sein Büro verlegte. Drei Menschen konnte ich dazu bringen, mir zu glauben. Vor der halben Schule wäre das unmöglich gewesen. – Du musst dir keine Sorgen mehr machen: Es ist alles geregelt.«

»Geregelt? Was ...?« Ich beendete den Satz nicht, als mir klar wurde, was er meinte. Meine Hand sank in meinen Schoß. Er hatte die Gedanken und Erinnerungen von Mr Arrons und den Polizisten manipuliert. Offenbar hatte er das Begreifen in meinem Gesicht gesehen, denn er nickte.

»Es war alles ein großes Missverständnis. Ein bösartiger Streich, den ein Schüler dem anderen spielen wollte. Das hier«, er hielt den Beutel mit dem Crystal in die Höhe, »ist kein Meth, sondern es sind nur banale Vitaminpillen. Vielleicht nicht vollkommen harmlos, dafür aber absolut legal und so gut wie überall zu bekommen. Sie haben sich selbst davon überzeugt. – Das und nichts anderes wird in ihrem Bericht stehen.«

Der Anblick der weißen Tabletten ließ mich schaudern. »Wer tut so etwas? Ich meine, dir Drogen unterschieben ...«

Julien hob knapp die Schultern. »Ich weiß es nicht. Eines ist allerdings sicher: Niemand an dieser Schule könnte es sich leisten, einen gut vierstelligen, wenn nicht sogar fünfstelligen Betrag aus dem Fenster zu werfen, nur um mir etwas anzuhängen. – Mach dir keine Sorgen ...«

»Und wenn ...« Allein der Gedanke machte mir Angst. »... wenn es etwas mit mir zu tun hat? Und Samuel?« Ich schlang die Arme um mich.

Juliens Hand an meiner Wange hatte etwas unendlich Beruhigendes. »Du meinst, weil wir nicht wissen, ob die Explosion ihn tatsächlich mit sämtlichen seiner *Freunde* erwischt hat? Oder ob einer oder mehrere davon vielleicht nicht anwesend waren und einer von ihnen jetzt seinen Platz einnehmen will? Weil wir nicht wissen, ob er tatsächlich der Einzige war, der Befehle erteilt hat, oder ob es am Ende sogar jemanden gab, der noch hinter *ihm* stand?« Er neigte den

Kopf. »Egal ob es etwas mit Samuel und seinen Plänen mit dir zu tun hat und wer auch immer dahintersteckt: Es kann gut möglich sein, dass jemand mich aus dem Weg räumen wollte, damit derjenige freie Bahn hat, um an dich heranzukommen.«

Ich grub mir die Finger fester in die Arme. Julien setzte sich neben mich und zog mich an seine Brust.

»Wer auch immer es war, er wusste genau, dass ich auf dem Revier tatsächlich auf Dauer ein paar sehr ernste Probleme gehabt hätte. Drei Menschen in einem geschlossenen Raum zu manipulieren, funktioniert noch, aber selbst dabei hängt alles vom Timing ab und kostet einiges an Kraft. Aber ein ganzes Polizeirevier?« Bedächtig schüttelte Julien den Kopf. »Das kannst du vergessen. Ganz nebenbei wäre das ein massiver Verstoß gegen unsere Gesetze gewesen.«

Nicht dass Julien sich besonders um diese Gesetze scherte, aber ... selbst er kannte Grenzen. »Die Nachricht hätte die Fürsten erreicht und dich dadurch noch mehr in Schwierigkeiten gebracht.«

»So oder so, er hätte es geschafft, dass ich von dir ›abgezogen‹ worden wäre.« Julien legte seine Hände über meine und löste behutsam meinen Klammergriff. »Aber letztendlich ist alles ja noch mal gut gegangen. Ich werde in nächster Zeit ein wenig vorsichtiger sein müssen – und ich werde noch besser auf dich aufpassen.«

»Aber was ist ... Julien?« Verwirrt hielt ich inne, als ich merkte, dass sein Blick über mich hinwegging.

Er schien mich nicht gehört zu haben. Zögernd richtete er sich auf, die Brauen in einer Mischung aus Verblüffung und Argwohn zusammengezogen, die Augen fest auf etwas hinter mir gerichtet. Ich drehte mich um. Ein silberner Ferrari, der bis eben anscheinend halb verborgen hinter einigen der anderen Wagen auf dem Parkplatz gestanden hatte, setzte sich jetzt in Bewegung und hielt auf die Ausfahrt zu. Zwei Gestalten saßen darin. Ob Männer oder Frauen hätte ich nicht sagen können.

»Wer ist das?« Etwas an Juliens Reaktion weckte Unbehagen in mir.

»Das ...« Sein Blick irrte zu mir. »... konnte ich nicht erkennen. Dazu waren sie selbst für mich zu weit weg.« Er fuhr sich mit dem Handrücken über die Lippen. »Aber ich wüsste niemanden an der Schule, der einen silbernen Ferrari fährt ...«

Angespannt sah Julien dorthin, wo der Ferrari verschwunden war.

Von einer Sekunde zur anderen war mir schlecht. »Heißt das, sie wissen, dass du ... hier bist?«

Juliens Blick kehrte zu mir zurück. »Keine Ahnung. Aber selbst wenn sie es wissen, bedeutet das nur, sie haben gemerkt, dass ich nicht mehr in Dubai bin. Für alles andere müssen sie erst Beweise haben, ehe sie zum Rat gehen können. – Und es kann genauso gut sein, dass sie sich nur davon überzeugen wollten, ob die Cops mich mitnehmen oder nicht.«

Alles andere ... Ich schlang die Arme wieder fester um mich. Dieses »alles andere« war die Tatsache, dass Julien sich für seinen Zwillingsbruder Adrien ausgeben musste, um bei mir bleiben zu können, da er, Julien Du Cranier, offiziell nach Dubai verbannt war. Für einen kurzen Moment schloss ich die Augen. Es war nur noch eine Frage der Zeit, bis sie die Jagd eröffneten. Die Jagd auf Julien beziehungsweise seinen Zwillingsbruder, von dem sie annehmen würden, dass er Julien war, wenn sie uns unsere Täuschung weiter glaubten. Seinen Zwillingsbruder, nach dem Julien in jeder Minute, die er es wagte, mich allein zu lassen, verzweifelt – und bisher erfolglos – suchte. Und wenn es nur den Hauch der Gefahr gab, dass irgendjemand an mich heranzukommen versuchte, würde er es noch weniger wagen, mich allein zu lassen. Aber wenn jetzt vielleicht auch andere – wie der ominöse Ferrarifahrer – nach ihm suchten, war es umso wichtiger, dass Julien seinen Bruder zuerst aufspürte.

Mit einer brüsken Bewegung fuhr Julien sich mit der Hand durchs Haar. »Was auch immer dahintersteckt: Spekulationen bringen uns nichts. Für heute sind ihre Pläne wohl zumindest nicht aufgegangen. Und für die Zukunft sind wir gewarnt.« Er zog mich von der Steinbank hoch. »Du solltest in Spanisch zurückgehen, bevor du noch mehr Ärger bekommst.«

»Und du?« Auch wenn von einem Moment auf den anderen jegliche Anspannung von ihm abgefallen zu sein schien, wusste ich doch, dass dem nicht so war. Er war lediglich ein Meister darin, es mich nicht merken zu lassen, wenn er sich Sorgen machte.

»Ich war auf dem Weg, das hier«, er raschelte mit dem Crystal, »in der Chemiesammlung den Ausguss hinunterzuspülen, als ich dich zum Haupteingang rennen hörte. – Lass uns wieder reingehen. Ich komme in Spanisch nach, sobald ich das Zeug entsorgt habe.«

Die Finger ineinander verschränkt, stiegen wir Hand in Hand die Treppe zum Haupteingang wieder hinauf. Der Plastikbeutel war in Juliens Jackentasche verschwunden. Als wir von der Sonne in den Schatten des Gebäudes traten, merkte ich, wie er sich noch etwas mehr entspannte.

Erst als wir uns an dem Gang, der in den naturwissenschaftlichen Bereich führte, mit einem flüchtigen Kuss trennten, gab er meine Hand frei und ich hastete in Spanisch zurück.

Wie es nicht anders zu erwarten gewesen war, empfing Mr Javarez mich mit einem ungnädigen Kommentar. Seine Miene wurde auch nicht freundlicher, als ich etwas davon murmelte, mir sei schlecht geworden, und auf meinen Platz schlich. Meine Tasche lag noch immer auf dem Tisch. Obenauf prangte meine Spanischarbeit: eine Zwei minus.

Als sich die Tür einige Zeit später erneut öffnete und Julien hereinkam, legte sich jäh vollkommene Stille über den Saal. Die ganze Klasse gaffte ihn fassungslos an. Mit einer beinah verächtlich wirkenden Bewegung schob er die dunkle Brille zurecht, ehe er gelassen zwischen den Tischen hindurchging, seinen Rucksack auf den Boden fallen ließ und mit der ihm eigenen nachlässigen Eleganz auf seinen Stuhl sank. Selbst Mr Javarez wirkte für einen sehr langen Augenblick verblüfft, fing sich dann aber wieder und zerrte eine weitere Arbeit unter seinen Unterlagen hervor.

»Supongo que esta nota debe ser un error suyo, Señor DuCraine, ¿verdad?« Er ließ die Blätter vor Julien auf den Tisch segeln.

Ich drehte mich auf meinem Stuhl um. Auch die anderen um ihn herum reckten die Hälse. Jemand schnappte nach Luft.

Julien warf nur einen kurzen Blick auf die grüne Eins im oberen Eck der Seite, dann stopfte er die Arbeit achtlos zu seinen anderen Sachen. »Sie haben recht. Ein absolutes Versehen. Kommt nicht wieder vor.«

Ich verdrehte innerlich die Augen. Julien sprach nicht nur fließend Spanisch, sondern auch Deutsch, Italienisch, Russisch und Tschechisch – neben seiner eigentlichen Muttersprache Französisch und jener anderen Sprache, die nur Lamia und Vampire beherrschten. Trotzdem waren seine Noten bisher verheerend schlecht gewesen. Was Hausaufgaben anging, hatte er nur den geringstnötigen Aufwand betrieben, um nicht direkt wieder von der Montgomery zu fliegen. Wozu auch? Immerhin hatte er bereits einen Abschluss in Mathematik und einen in Physik von zwei der angesehensten europäischen Universitäten vorzuweisen – zusammen mit einem in Musik von einem berühmten österreichischen Konservatorium. Zudem hatte er ursprünglich nichts anderes vorgehabt, als seinen verschwundenen Bruder zu finden und ganz nebenbei dessen Auftrag zu Ende zu führen, um die Ehre seiner Familie zu bewahren: das Mädchen aufspüren, das die nächste Princessa Strigoja werden konnte, und es töten. Als er herausgefunden hatte, dass ich dieses Mädchen war, war es bereits zu spät gewesen. Ich hatte sein Herz gestohlen und er brachte es nicht mehr über sich, den Auftrag der Fürsten auszuführen.

Erst seit feststand, dass er bei mir bleiben würde, tat er für die Schule gerade so viel, um zusammen mit mir versetzt zu werden, damit wir im Abschlussjahr die gleichen Kurse belegen konnten.

Dass das Schrillen der Schulglocke das Ende der Stunde verkündete, bewahrte ihn vor Mr Javarez' Wutausbruch und etlichen Stunden Nachsitzen.

Als hätten sie sich abgesprochen, erwarteten Beth, Susan, Neal und Tyler mich wieder vor dem Klassenraum. Auch sie waren zunächst zu verblüfft, um irgendetwas zu sagen, als Julien mit mir zusammen in der Tür erschien. Doch während sie mit überraschter Erleichterung reagierten, nachdem sie sich von ihrem ersten Schock erholt hatten, ergingen sich andere in den nächsten Stunden in wilden Spekulationen darüber, warum Julien nicht verhaftet worden war.

Damit hatte die Schule neben: »*Dawn Wardens Onkel wollte sie dem Teufel opfern und Julien DuCraine hat sie im letzten Moment gerettet. Dabei ist ihr Haus in die Luft geflogen*«, und: »*Dawn und Julien wohnen zusammen im alten Hale-Anwesen. Allein! Ohne Erwachsene!*«, ein Klatschthema mehr: »*War alles wirklich nur ein Missverständnis oder dealt Julien DuCraine tatsächlich mit Crystal und hat es nur irgendwie geschafft, die Cops zu täuschen?*«

Dass der Halloween-Ball – für den ich immer noch kein Kostüm hatte – unaufhaltsam näher rückte und wir nach wie vor nicht genau wussten, *wo* er stattfinden würde, schien darüber beinah in Vergessenheit zu geraten.

Hatten uns in den Tagen, seit ich wieder zur Schule gehen durfte, lediglich Getuschel und Blicke verfolgt, wurden die Pausen jetzt zu einem wahren Spießrutenlauf. Ich war mehr als einmal froh darüber, wenn Julien beschützend die Arme um mich legte. Doch je weiter der Morgen voranschritt, umso deutlicher merkte ich, wie sein Ärger mit jeder Bemerkung höherkochte. Als er zu Beginn der Mittagspause einen dieser Idioten gegen eine Wand drückte, hielt ich die Luft an. Und wagte erst weiterzuatmen, als Julien – nachdem er dem Typen einen zweiten Stoß versetzt hatte – wieder zurückgetreten war. Zusammen sahen wir dem Kerl nach, wie er sich schleunigst den Gang zur Bibliothek hinunter davonmachte. Juliens Hände waren zu Fäusten geballt. An seiner Wange zuckte es, so fest hatte er die Zähne zusammengebissen. Alles an ihm war angespannt. Eigentlich hatte er mich zum Mittagessen in die Cafeteria begleiten wollen, um sicherzustellen, dass ich etwas aß – und um selbst ein wenig den »Anschein« zu wahren –, aber allein der Gedanke, ihn zu zwingen, all die Blicke zu ertragen, verursachte mir ein mulmiges Gefühl.

»Kommst du für eine Viertelstunde allein klar?« Seine Stimme klang noch immer gepresst. Nur langsam sah er mich an. »Ich muss mal kurz an die frische Luft.«

Rasch nickte ich. »Natürlich. Oder soll ich ...«

»... mitkommen? – Nein danke.« Er bedachte mich mit einem verkniffenen Lächeln. »Wir treffen uns in der Cafeteria.«

Als ich die Hand nach ihm ausstreckte, wich er rasch einen Schritt zurück, und ich ließ sie eilig sinken. »Okay.« Was hätte ich auch anderes sagen sollen?

Julien nickte noch einmal kurz und ging dann schnell den Gang hinunter. Ich wartete, bis er um die Ecke verschwunden war, ehe ich mich in Richtung Cafeteria aufmachte.

Schon in der Schlange an der Essensausgabe ertappte ich mich dabei, wie ich immer wieder zur Tür sah. Appetit hatte ich keinen mehr, deshalb ließ ich mir einen Grünkernburger mit Pommes geben. So konnte ich schon nach ein paar Bissen behaupten, es würde mir nicht schmecken, und den Rest stehen lassen. Ich hoffte nur, dass ich es schaffte, überhaupt etwas davon hinunterzuwürgen. Susan und Beth saßen an unserem üblichen Tisch und winkten mir zu, noch bevor ich sie richtig entdeckt hatte. Ron war bei ihnen, pickte in Ketchup ersäufte Pommes von seinem Teller und unterhielt sich dabei mit einem Jungen aus einer Klasse unter uns, den ich nur als JT kannte und der sich vom Nachbartisch herüberlehnte – und mich angaffte, als hätte ich irgendeine Krankheit, während ich näher kam und mich schließlich setzte. Auch von den anderen Tischen zog ich Blicke auf mich und löste Getuschel aus. Ich verdrängte die Frage, ob sie das auch so offensichtlich getan hätten, wenn Julien bei mir gewesen wäre.

Neal und Tyler waren nirgends zu sehen. Doch Susan hatte mitbekommen, dass die beiden vom Coach der Fechtmannschaft – in der Neal der unangefochtene Champion war, nachdem Julien sich nach wie vor weigerte, ihr beizutreten – auf dem Weg hierher aufgehalten worden waren.

»Wo hast du Julien gelassen?« Beth sah über meine Schulter, als erwarte sie, dass er sich jede Sekunde hinter mir materialisieren würde.

»Er hat was in der Vette vergessen. Kommt aber gleich nach.« Wie leicht mir so etwas neuerdings von den Lippen ging. Anscheinend bekam ich allmählich Übung darin – selbst wenn es darum ging, meine beste Freundin zu belügen. Erneut schaute ich zur Tür. Von meinem Platz aus brauchte ich nicht mehr zu tun, als den Kopf ein wenig zu heben. Mir gegenüber runzelte Susan die Stirn.

»Du bist aber nicht plötzlich Vegetarierin geworden,

oder?«, erkundigte sie sich unüberhörbar skeptisch und wies mit ihrem Messer auf meinen Teller.

Ich rang mir ein Lächeln ab. »Keine Sorge. Ich wollte nur mal testen, wie das Zeug schmeckt.«

»In der Schulkantine?« Susan riss entsetzt die Augen auf. »Glaub mir, Dawn, das ist absolut der falsche Ort für derartige Geschmackstests.« Gebannt verfolgte sie, wie ich meine Gabel in den Grünkernburger senkte und ein Stück in den Mund schob. Ich kaute – noch immer von ihr beobachtet, als wäre ich ein hochinteressantes Experiment –, kaute ... kaute ... und würgte den Brocken hinunter. »Und?«

Schulterzuckend schob ich mein Tablett ein Stück zu ihr hin. »Möchtest du probieren?« Meiner Meinung nach war das Zeug ungenießbar. Aber es sollte Menschen geben, die so etwas mochten. Vielleicht gehörte Susan ja dazu? Doch sie zog die Nase kraus.

»Bestimmt nicht! Danke! Alles deins!«

Nein, alles fürs Geschirrband. Ich seufzte innerlich, pickte mir eine Pommes heraus und knabberte lustlos daran.

»Zeig mal.« Ron beugte sich an Beth vorbei und grub vollkommen skrupellos seine Gabel in den Burger. Unter unseren Blicken kaute er, runzelte die Stirn und schluckte schließlich. Er betrachtete mich und meinen Teller nachdenklich. »Kann es sein, dass du das nicht mehr magst?«, wollte er dann wissen. Nicht nur mir fiel die Kinnlade herunter. Allerdings ... wenn es darum ging, Essen loszuwerden, war ich nicht wählerisch. »Bedien dich!« Ich wollte ihm mein ganzes Tablett zuschieben, doch Beth verhinderte es.

»Wie kann man nur so verfressen sein? Lass Dawn wenigstens die Pommes!«, schalt sie.

Schönen Dank auch, Beth! Ron schaute tatsächlich geknickt drein und beschränkte sich dann darauf, den Grünkernburger auf seine Gabel zu spießen und auf seinen eigenen Teller zu transportieren. Na ja, zumindest war mein

Plan zum Teil aufgegangen. Ich nahm mir eine weitere Pommes und biss ein Stück davon ab.

»Gehst du heute Abend mit ins *Ruthvens?*« Susan trank einen Schluck Limo. »Wir wollten uns um acht dort treffen.«

Bei der Erinnerung daran, was beim letzten Mal passiert war, als ich mich mit Susan und dem Rest der Clique im *Ruthvens* hatte treffen wollen, zog ich unwillkürlich die Schultern hoch. Offenbar entging das den anderen nicht.

»Natürlich mit Julien«, schob Susan hastig nach. Das schlechte Gewissen stand ihr ins Gesicht geschrieben. Damals – bei ihrer Geburtstagsparty – hatte sie ihn nämlich ausdrücklich nicht dabeihaben wollen. Als Resultat war ich an jenem Abend von einer Gruppe Typen stattdessen auf dem Abbruchgelände in der Nähe des Klubs herumgehetzt worden. Das glaubten zumindest meine Freunde. Die Wahrheit sah ein klein wenig anders aus. Nicht dass ich vorhatte, sie ihnen zu offenbaren und damit ihre Todesurteile zu unterschreiben.

»Ich frag ihn. Vielleicht hat er ja Lust.« An ihr vorbei sah ich zur Tür der Cafeteria. Inzwischen war das eine verdammt lange Viertelstunde. An der Essensausgabe nahm Tyler sich gerade ein Tablett vom Stapel und reihte sich in die Schlange ein.

»Wir müssen uns auch unbedingt mal wieder zu einem DVD-Abend treffen. Oder zu einer Runde Scharade.«

Beth lehnte sich kichernd auf ihrem Stuhl zurück. »O ja, Scharade. – Nicht böse sein, Dawn, aber ich würde Julien zu gerne mal beim Scharadespielen erleben.«

Irritiert löste ich den Blick von der Tür und schaute sie an. »Ich werd ihn fragen, ob er mal Lust dazu hat.«

Die Stirn gerunzelt beugte Susan sich über den Tisch. »Du bestimmst aber schon noch selbst über dein Leben – ich meine, zumindest ob du etwas mit deinen Freunden unternehmen willst, oder? Sei mal ehrlich, Julien lässt dich ja keine Sekunde aus den Augen, wenn er es irgendwie vermeiden kann. Ihr wohnt zusammen in einem Haus ... Ich finde ... das ist schon irgendwie ziemlich ... na ja, strange.«

Ich sah mit einer Mischung aus Frustration und Ärger zu ihr hinüber. Wenn sie gewusst hätte, wie *strange* mein Leben war, seit ich mit Julien zusammen war, hätte sie eventuell darüber nachgedacht, die netten Herren in den weißen Kitteln mit diesen ganz gewissen Jacken zu rufen – oder vielleicht besser gleich einen Exorzisten.

»Keine Sorge. Ich treffe meine Entscheidungen schon selbst. Und ich kann tun und lassen, was ich will. Er sperrt mich zu Hause nicht irgendwie in einen Käfig oder so.« Mein Ton verriet Susan offenbar, dass sie gerade gefährlich am Rand eines riesigen Fettnapfes entlangbalancierte. So wie ich es beabsichtigt hatte.

»Wenn du mich fragst, würde ich ihm genau das zutrauen.«

Ich fuhr herum. Hinter mir stand Neal und drückte sich ein Taschentuch gegen die Lippe. Es war rot. Das konnte nur eins bedeuten ... *O großer Gott!* Auch die anderen sahen geschockt auf. Die Füße meines Stuhls kreischten über den Boden.

»Was ist passiert? Wo ist Julien?« Ich war schneller auf den Beinen, als er zurückweichen konnte.

»Dein Freund ist ein Freak, Dawn.«

»Und du ein Idiot, Neal! – Wo ist er?«, fuhr ich ihn an.

Er maß mich mit zusammengekniffenen Augen und ich ballte die Fäuste, während ich gleichzeitig einen Schritt auf ihn zumachte. Endlich wies er mit dem Kinn zur Cafeteriatür. »Im Jungsklo am Hauptkorridor. Als ich ihn zuletzt gesehen hab, meinte er, ich solle mich verziehen, *ehe er mir an die Kehle geht.*« Er schnaubte. Grob schob ich ihn weg, stieß dabei einem Jungen, der gerade hinter Neal vorbeiging, das Tablett aus den Händen, das krachend auf den Boden schlug und seine Last überallhin verspritzte. Ich drängelte mich durch die übrigen Schüler in der Cafeteria und rannte in den Korridor.

»Dein Freund ist komplett irre!«, rief Neal mir nach, als wolle er sicherstellen, dass es auch ja die gesamte Schule mitbekam. Verdammter Idiot! Und so etwas hatte ich mal für einen Freund gehalten.

Ich erreichte das Jungsklo in Rekordzeit, riss die Tür auf und sah mir selbst aus einem gesprungenen Spiegel entgegen. Der scharfe Geruch ließ mich beinah einen Schritt zurückweichen. Wie in drei Teufels Namen hatte Neal Julien hier reingekriegt? Jenseits der Mauer, die die Waschbecken von den Toiletten und Urinalen trennte, krachte es. Mein Herz klopfte hart, als ich mich dem Durchgang näherte und in den bis in Augenhöhe gefliesten Raum dahinter spähte. Ein umgeworfener Plastikmülleimer. Gebrauchte Papierhandtücher lagen über den Boden verteilt, als wäre ein Wirbelsturm hindurchgefahren. Zwei demolierte Toilettentüren. Eine war in der Mitte durchgebrochen, die Einzelteile hingen nur noch in ihren Angeln. Die zweite ragte verkantet aus ihrem Rahmen. Von einem der Urinale war ein Stück Rand abgebrochen. Julien stand einen knappen halben Meter vor der Wand direkt neben dem Durchgang. Mehr als ein gutes Dutzend Fliesen war zerschlagen. Die in seiner direkten Nähe hatten rote Schmieren. Jeder seiner Atemzüge war ein Zischen.

»Julien?«, sagte ich leise und vorsichtig.

Ganz langsam drehte er mir den Kopf zu. Aus seiner Kehle kam ein Knurren. Er fletschte die Zähne. Ich musste seine Augen nicht sehen, um zu wissen, dass sie tiefschwarz waren. Ein kleiner Teil von mir fragte sich, ob er mich überhaupt erkannte. Wieder ein Knurren. Erst jetzt wurde mir klar, dass es kaum verständliche Worte waren, rau und guttural. »Hau! Ab!«

»Julien, ich ...«

Er bewegte sich so schnell, dass ich unwillkürlich einen Schrei ausstieß. Plötzlich war ich zwischen ihm und dem Rahmen des Durchgangs gefangen. Seine Zähne waren unübersehbar viel zu lang für einen Menschen. Ich presste mich gegen die schmale Mauer und versuchte das Zittern in meinem Inneren zu beherrschen. Er stemmte eine Hand über meinem Kopf gegen die Fliesen. An seinen Knöcheln hing Blut, zu viel, um nur von Neals Lippe zu sein. Die andere schloss sich um meine Kehle. Ich schluckte und bog den Kopf zurück, so weit ich konnte. Seine Oberlippe hob sich, er öffnete den Mund ein wenig. Wieder ein Knurren. Diesmal keine Worte.

»Julien ...« Ganz langsam legte ich die Hände auf seinen Rücken, schob sie aufwärts Richtung Schultern. Er erstarrte mitten in der Bewegung. Behutsam verstärkte ich den Druck, zog ihn an mich heran, sagte seinen Namen. »Julien Du Cranier.« Nicht das englische »Julien DuCraine«, unter dem ihn hier alle kannten, sondern die französische Variante. So wie er eigentlich hieß. Das Knurren wurde zu einem Zischen. Ich sprach seinen Namen noch einmal aus. Leise, sanft. Unter meinen Händen spannte sein Körper sich. Seine Zähne streiften meine Kehle. Direkt über dem Verband, den ich immer noch trug. Mein Puls hämmerte plötzlich viel schneller. Ein Wimmern kroch in meinem Inneren empor, als die Erinnerungen an Samuel hochkamen und das, was er getan hatte. Doch das hier war Julien! Nicht Samuel! Julien! Sein Atem schlug gegen meine Haut. Wieder ein Knurren – das in einem Stöhnen endete. Von einer Sekunde zur anderen war mehr als eine Armlänge Distanz zwischen uns. Und Julien wich weiter zurück, kopfschüttelnd, keuchend, warf sich herum und stürzte davon. Die Toilettentür knallte.

»Julien!« Irgendwie hatte ich nicht genug Luft, um seinen Namen zu schreien. Ich stieß mich von der Mauer in meinem Rücken ab und lief ihm nach. Im ersten Moment waren meine Knie so weich, dass meine Beine mir kaum gehorchen wollten. Draußen stolperte ich fast in Beth, Susan, Tyler und Ron hinein. Und Neal. Sowie einige andere, die sich das Schauspiel offenbar nicht entgehen lassen wollten. Ich drängte mich blindlings an ihnen vorbei und hastete hinter Julien her.

Als ich die Türen des Haupteingangs aufstieß, röhrte der Motor der Vette auf. Im nächsten Moment schoss sie rückwärts aus der Lücke, in der Julien sie heute Morgen abgestellt hatte, und gleich darauf mit quietschenden Reifen vom Parkplatz auf die Straße. Hupen heulten mehrstimmig. Bremsen kreischten.

Zu spät! Keuchend blieb ich auf dem Treppenabsatz stehen. Hatte ich mir tatsächlich eingebildet, ihn einholen zu können?

»O Julien ...« Ich presste die Hand in die Seite, wo sich schon wieder bei jedem Atemzug ein Stechen hineinwühlte. Was hatten die Ärzte gesagt, als sie mich aus dem Krankenhaus entlassen hatten? Ich solle mich noch mindestens zwei Wochen schonen? – Dazu war ich entschieden mit dem falschen Jungen zusammen.

»Shit, habt ihr das Klo gesehen?« – »Total demoliert.« – »DuCraine ist vollkommen durchgeknallt.« – »Dafür fliegt er!«, hörte ich unsere Gaffer hinter mir. Auf dem Absatz sammelte sich ein kleiner Menschenauflauf.

»Wenn er bis zur letzten Stunde nicht wieder da ist, kann ich dich heimfahren.«

Hätte ein anderer mir dieses Angebot gemacht, hätte ich es vielleicht angenommen. Und hätte Neals Stimme auch nur ein winziges bisschen bedauernd geklungen, hätte ich es möglicherweise sogar in Erwägung gezogen, ihm irgendwann in einer Million Jahren zu verzeihen – aber sein Ton war einfach nur widerlich selbstzufrieden.

Ich drehte mich zu ihm um. »Aber ansonsten ist noch alles gesund?«, zischte ich. Lieber würde ich auf allen vieren nach Hause kriechen, als zu ihm ins Auto zu steigen. »Was hast du zu Julien gesagt?«

»Dass er für dich nicht gut genug ist.«

»Was noch?« Dieser Meinung war Neal vom ersten Moment an gewesen und Julien wusste das. Da musste noch mehr passiert sein, um Julien so die Kontrolle verlieren zu lassen. »Was! Noch!«

Neal schob das Kinn vor. »Frag ihn doch selbst! Wegsperren sollte man diesen Irren. Was weiß denn ich, warum dein bescheuerter Freund so ausgetickt ist? Aber vielleicht braucht so ein Freak wie er ja auch gar keinen Grund, um komplett durchzudrehen und einem an die Gurgel zu gehen.«

»Du verdammter Idiot. Du hast ja keine Ahnung ...« – wie nah Julien tatsächlich davor gewesen sein musste, genau das zu tun, wenn er wahrhaftig diese Worte benutzt hatte. Und vermutlich auf eine ganz andere Art, als Neal es erwartet hätte. Ich widerstand nur mit Mühe dem Drang, ihm die Hände gegen die Brust zu stoßen. »Lass Julien und mich einfach in Ruhe, okay! Bleib mir vom Leib und sprich mich – oder meinen Freund – nie wieder an.« Ich ließ ihn stehen, schob mich zwischen den anderen hindurch und marschierte ins Gebäude zurück. Und wie schon die ganzen letzten Tage folgten mir auch heute die Blicke der anderen. Ich hasste es, aber ich würde den Teufel tun und ihnen das zeigen.

Auf der Hälfte des Korridors zu den Spinden kam mir Mr Arrons mit hochrotem Kopf entgegen. »Wo ist Ihr Freund, Ms Warden?«, blaffte er mich an.

Wenn ich das gewusst hätte, wäre mir selbst auch bedeutend wohler gewesen.

Eine Antwort hatte unser Schulleiter aber offensichtlich gar nicht erwartet, zumindest gab er mir nicht die Chance, zu einer anzusetzen, ehe er schon die nächste Salve abfeuerte.

»Sagen Sie ihm, er hat Zeit bis morgen Mittag, ein Uhr, sich in meinem Büro einzufinden und sich den Konsequenzen seiner ... Zerstörungswut zu stellen. Und ich würde ihm raten, mich nach der Geschichte eben und der von heute Morgen besser wirklich davon zu überzeugen, dass so etwas garantiert nicht wieder vorkommen wird. Taucht er nicht auf, verweise ich ihn von der Schule und erstatte Anzeige gegen ihn. – Haben Sie mich verstanden, Ms Warden?«

»Ja, Sir.« Ich nickte ergeben.

Wohl nicht ergeben genug, denn Mr Arrons plusterte sich weiter auf. »Ich hoffe sehr, dass Mr DuCraines schlechtes Benehmen nicht auf Sie abfärbt, junge Dame. – Und vergessen Sie nicht, Ms Warden, morgen Mittag, ein Uhr.« Er gönnte mir noch ein Nicken, dann strebte er in Richtung seines Büros. Ich schickte ihm einen bösen Blick hinterher. Natürlich war es Julien, der die *Konsequenzen* zu tragen hatte. Dass Neal seinen Anteil an alldem hatte, ahnte leider niemand. Aber selbst wenn, hätte es vermutlich auch keinen interessiert.

Meine Tasche lag noch immer in der Cafeteria. Zuallererst ging ich sie holen, dann ignorierte ich, dass die Schulglocke das Ende der Mittagspause verkündete, und machte mich auf die Suche nach Juliens Rucksack. Wichtige Dinge wie Handy, Geldbeutel und Schlüssel trug Julien zwar immer direkt bei sich, aber es widerstrebte mir trotzdem, seine Sachen einfach irgendwo herumliegen zu lassen. Allerdings hatte ich eine Befürchtung, wo dieses *irgendwo* sein könnte.

Dummerweise bewahrheitete sie sich. Ich fand seinen Rucksack im Jungsklo. Zumindest hatte Julien genug Verstand gehabt, ihn auf dem halbwegs sauberen Absatz unter dem Milchglasfenster abzustellen.

Ich kam gerade noch rechtzeitig, denn ich war kaum wieder draußen, da schloss der Hausmeister hinter mir die Tür ab. Möglicherweise um zu verhindern, dass sich jemand an den demolierten Türen verletzte, vielleicht aber auch, um die anderen – Jungs wie Mädchen – davon abzuhalten, sich das Ausmaß der angerichteten Zerstörung selbst einmal anzusehen. Welchen Grund auch immer er hatte: Es war mir nur zu recht.

Ich stopfte den Rucksack in meinen Spind – später würde ich ihn mit nach Hause nehmen, aber ich weigerte mich, ihn die ganze Zeit mit mir herumzuschleppen. Dann machte mich auf in Chemie. Mrs Squires war gerade noch damit beschäftigt, ihre Utensilien für die Stunde aus dem Vorbereitungsraum zu holen, sodass meine Verspätung nicht auffiel. Als sie jedoch wenig später mit dem Unterricht begann, registrierte sie sehr wohl Juliens Abwesenheit, kommentierte sie aber nicht. Ob der allerneuste Klatsch sie bereits erreicht hatte oder ob es ihr schlicht egal war – immerhin standen Julien und sie nicht besonders gut miteinander –, konnte ich nicht sagen. Letztendlich interessierte es mich nicht wirklich.

Bis zur letzten Stunde war Julien nicht wiederaufgetaucht. Und auch wenn ich es gehofft hatte, gerechnet hatte ich nicht damit.

Ich bat Susan, mich nach Hause zu fahren, obwohl das für sie einen riesigen Umweg bedeutete. Das alte Hale-Anwesen, in dem Julien und ich wohnten, lag am Rand von Ashland Falls, beinah schon außerhalb der Stadt. Beth leistete mir – absichtlich oder nicht – Schützenhilfe, indem sie Tyler, Neal und Ron scherzhaft dazu zwangsverpflichtete, mit ihr zu ihrem Käfer zu fahren, der noch immer auf dem Parkplatz des *Ruthvens* stand. Sie würden sicher darum wetteifern, den Fehler zu finden oder ihn vielleicht sogar wieder zum Laufen zu bringen.

Zu meiner Erleichterung verkniff Susan sich auf der Fahrt jeden Kommentar über mich und Julien. Dass ich Neal wohl von jetzt an zu meinen Ex-Freunden zählen musste, machte mich traurig – auch wenn das nichts an meiner Wut auf ihn änderte. Aber auch noch Susan zu verlieren, wo wir uns doch gerade erst wieder zusammengerauft hatten, wäre ein bisschen viel für einen Tag gewesen.

Ich stieg am Beginn des Zufahrtsweges zum Hale-Anwesen aus. Das letzte Stück wollte ich zu Fuß gehen, um meinen Kopf ein klein wenig freizubekommen. Und die Strecke zwischen der Straße und dem Haus – zwischen den Bäumen hindurch, die die Zufahrt säumten und das ganze riesige Grundstück bedeckten – schien mir ideal dazu.

Ich war schon im Begriff, die Beifahrertür des Civic zuzuschlagen, als Susan sich zu mir herüberbeugte.

»Wenn irgendetwas ist, ruf mich an. Egal wann. Versprich es!«

Dasselbe Angebot hatte sie mir schon einmal gemacht, als ich gerade erst mit Julien zusammengekommen war. Ich nickte, schloss die Tür und wartete, bis sie losgefahren war. Juliens Rucksack über der einen Schulter, meine Tasche auf der anderen marschierte ich los.

In meinem Magen saß ein flaues Gefühl. Es war verrückt: Ich war mir sicher, dass Julien niemals zu einer Gefahr für mich werden würde; und doch hatte er seine Zähne an meinem Hals gehabt und war im Begriff gewesen zuzubeißen. Es fühlte sich falsch an, vor ihm Angst zu haben. Ich strich mir die Haare hinters Ohr, die der Wind mir ins Gesicht geblasen hatte. Nun, genau genommen machte er mir keine Angst. Auch als er mich gegen die Mauer gedrängt hatte und die Zähne fletschte, hatte ich keine gehabt. Aber dieser Zwischenfall hatte mir ins Gedächtnis gerufen, was Julien tatsächlich war: kein Mensch, sondern ein Raubtier. Gefährlich. Tödlich, wenn er das wollte. Ein Killer, der sich in meiner Gegenwart in eine wunderschöne Schmusekatze verwandelte; der sich durch die Art, wie er mit mir umging, bemühte, mich vergessen zu lassen, was sich unter der Oberfläche verbarg. Ich zog seinen Rucksack wieder höher auf die Schulter. Ich hätte das Ding in meinem Spind lassen sollen. Um Hausaufgaben zu machen, hätte er auch meine Bücher nehmen können. Nicht dass damit zu rechnen war, dass er heute überhaupt welche machte.

Und der Punkt war doch: Er hatte seine Zähne zwar schon an meiner Kehle gehabt, aber er hatte nicht zugebissen! Stattdessen war er davongelaufen. Er! Vor mir! Abermals hakte ich mir ein paar Strähnen hinters Ohr. Das alles hatte mir hart und brutal vor Augen geführt, dass selbst Juliens Selbstbeherrschung – so eisern sie auch war – bröckeln und zerbrechen konnte. Ich würde es nicht noch einmal vergessen. Aber es änderte nichts daran, was er war: der Junge, den ich liebte – und der mich liebte.

Ich rückte den Riemen meiner eigenen Tasche zurecht und steckte die Hände in die Jackentaschen. Was wohl Großonkel Vlad dazu sagen würde, wenn er erfuhr, dass Julien mit gefletschten Zähnen vor mir gestanden hatte? Besser nicht daran denken. Er *durfte* nichts davon erfahren! Julien war auf seinen Befehl als mein Leibwächter bei mir – offiziell zumindest –, und obwohl Onkel Vlad von unseren Gefühlen wusste, würde er Julien keine Sekunde länger in meiner Nähe dulden, wenn auch nur die Möglichkeit bestand, dass er zur Gefahr für mich werden könnte. Er war der Letzte, der davon Wind bekommen durfte! Warum musste mein Leben eigentlich so kompliziert sein? Ich seufzte.

Schließlich öffnete sich der Zufahrtsweg zu der Lichtung, auf der das Hale-Anwesen stand. – Das Haus, in das ich mich schon verliebt hatte, als ich von meinem *Onkel* Samuel Gabbron zusammen mit unserer Haushälterin Ella und einem Rudel Leibwächter hierher nach Ashland Falls umgezogen worden war. Damals hatte ich keine Ahnung gehabt, dass genau dieses Haus früher meinen Eltern gehört hatte.

Und dass sie hier – im Arbeitszimmer im ersten Stock – kurz nach meiner Geburt von Samuel ermordet worden waren. Genau jenem Samuel, den ich mein ganzes Leben für den Stiefbruder meiner Mutter und damit für meinen Onkel gehalten hatte. Die beiden großen, in das Holz des Fußbodens eingetrockneten Blutflecke gaben noch immer äußerst beredt Zeugnis von seiner Tat, und es fiel mir nach wie vor schwer, den Raum zu betreten. Denn letztendlich waren sie meinetwegen gestorben. Weil ich ein Halbblut war; zur einen Hälfte Mensch und zur anderen Lamia. Jene Kreaturen, zu denen auch Julien zählte. Wunderschön, stark, schnell. Kreaturen, die sich vom Blut der Menschen ernährten, aber keine Vampire waren. Nein, *sie* wurden so geboren und machten irgendwann um ihr zwanzigstes oder fünfundzwanzigstes Lebensjahr den Wechsel zu einem Lamia durch. Die *Vampire* wurden von *ihnen erschaffen*. Und im Gegensatz zu den Geschaffenen konnten sie auch die Sonne ertragen.

Samuel war ein Vampir gewesen. Sehr alt zwar, aber nur ein Vampir. Offenbar hatte ihm das nicht mehr gereicht und so hatte er meine Mutter und meinen Vater getötet. Weil ich – sobald ich meinen Wechsel zur Lamia hinter mich gebracht hatte – die nächste Princessa Strigoja sein könnte. Eine »Königin der Nachtwesen«, der man beängstigende Fähigkeiten nachsagte. Nur dass es diesen Wechsel für mich wahrscheinlich nicht mehr geben würde, nachdem *Onkel* Samuel vor Kurzem versucht hatte ihn zu erzwingen. Er hatte mich dabei an sich binden wollen, um so die Macht der Princessa Strigoja zu seiner eigenen zu machen. Julien war ihm in die Quere gekommen. Julien, der eigentlich nur in Ashland Falls war, um seinen verschwundenen Zwillingsbruder zu suchen und dabei dessen Auftrag zu Ende zu führen: die nächste Princessa Strigoja zu finden und sie vor ihrem Wechsel zu töten. Denn Julien war ein Vourdranj, ein Auftragskiller des Rates. Jene Fürsten, die die Lamia und Vampire beherrschten. Was ihn, mal abgesehen von dem Umstand, dass er mich liebte, zu einem idealen Leibwächter für mich machte. Zumindest wenn es nach meinem Großonkel Fürst Vlad und seinen Brüdern, den Fürsten Mircea und Radu, ging. Was mich betraf, war mir Juliens offizielle Funktion in meinem Leben absolut und vollkommen egal. Solange er nur bei mir war!

Erneut zog ich Juliens Rucksack weiter auf meine Schulter hinauf. Allmählich fühlte es sich an, als hätte er in dem Ding keine Bücher, sondern Backsteine.

Die Sonne blitzte in einem der hohen Fenster des Hauses. Wenn man bedachte, in welch erbärmlichem Zustand es noch vor Kurzem gewesen war, nachdem es all die Jahre seit dem Tod meiner Eltern leer gestanden hatte, und wie es jetzt aussah, da mein Großonkel es für mich hatte renovieren lassen ... Jetzt erstrahlte es mit seinen zwei Stockwerken und der Veranda, die rundum lief, und deren Dach, das an einigen Stellen zugleich Balkon war und von gedrechselten Säulen getragen wurde, wieder in jener zeitlosen Eleganz, die mir so sehr an ihm gefiel.

Ich hatte erst im Nachhinein erfahren, dass mein Traumhaus seit der Renovierung auch über abschließbare Fenster, Terrassen- und Balkontüren – die höchstwahrscheinlich aus Spezialglas waren – und eine Alarmanlage verfügte, die sogar Julien Respekt abgenötigt hatte.

Ein kurzes Stück hinter dem Anwesen verbarg sich ein See, der von jahrhundertealten Ahornbäumen umstanden war und der auch zu diesem Besitz gehörte. Im Sommer konnte man wunderbar darin schwimmen gehen, doch inzwischen war sein glasklares Wasser leider eindeutig zu kalt.

Die Vette stand nicht vor dem Haus. Auch der Schuppen war leer. Drinnen empfing mich – natürlich! – Stille. Etwas anderes hatte ich nicht erwartet. Keine Vette: kein Julien.

Ziemlich achtlos beförderte ich unsere Sachen und meine

Jacke auf einen Sessel im vorderen, von uns ungenutzten kleineren Wohnzimmer, ging in die Küche und schenkte mir ein Glas Limo ein, das ich an die Arbeitsplatte neben der Spüle gelehnt trank, um den Zufahrtsweg im Auge behalten zu können.

Ich zwang mich Hausaufgaben zu machen – der Aufsatz in englischer Literatur war nach Halloween fällig –, aber ich war meinem Gefühl nach viel zu schnell fertig. Entgegen unserer Gewohnheit erledigte ich sie diesmal allerdings nicht im großen, sondern im vorderen Wohnzimmer, da man von hier einen Blick auf den Zufahrtsweg und den Platz vor der Eingangstür hatte. Meinen Versuch, noch eine Runde spanische Vokabeln zu lernen – wobei Julien mich für gewöhnlich abhörte –, gab ich nach einer Viertelstunde wieder auf, weil ich mir nicht eine richtig merken konnte. Irgendwann hatte ich eine der kleinen Lampen neben dem Sofa angeknipst. Draußen wurde es inzwischen bereits dunkel. Ich kontrollierte, ob die Fenster und Terrassentüren im Erdgeschoss alle abgeschlossen waren, wiederholte das Ganze im ersten Stock im Bad und in meinem Zimmer. Die übrigen brauchte ich nicht zu überprüfen, denn Julien ließ niemals eine Tür oder ein Fenster unverschlossen, wenn er sich nicht im Raum aufhielt oder ihn für längere Zeit verließ. Danach schaltete ich die Alarmanlage an – Julien würde mir eine elende Predigt halten, wenn ich es nicht tat – und sperrte die Haustür ab. Nur die Kette legte ich nicht vor.

In der Küche kam ich dem fordernden Knurren meines Magens nach und machte mir etwas zu essen. Der Kühlschrank gab nicht mehr wirklich viel her. Ich beschloss, morgen unbedingt einkaufen zu gehen, während ich mich durch unsere – oder besser meine – Sammlung aus Tiefkühl-Fertigfutter grub. Ich entschied mich für etwas, auf dessen Verpackung »Gebratene Nudeln mit Hühnerfleisch« stand, kippte einen Teil davon in eine Pfanne und machte es heiß.

Mit meinem Teller auf den Knien setzte ich mich auf die Arbeitsplatte, ließ die Beine baumeln, während ich beim Essen in die Schwärze jenseits des Fensters schaute, in dem ich mich schwach spiegelte. Auch wenn ich draußen nichts mehr erkennen konnte, die Scheinwerfer der Vette würde ich im Dunkeln bereits auf dem Zufahrtsweg sehen.

Die Hühnerfleischnudeln schmeckten wie Pappe. Wenn Blutkonserven für Julien ähnlich delikat waren, konnte ich verstehen, warum er sie verabscheute. Ich stellte die halb volle Pfanne samt Teller in die Spüle, schnappte mir eine Tüte Chips aus dem Vorratsschrank und kauerte mich mit einer Decke auf das Sofa im vorderen Wohnzimmer. Der Flachbildschirmfernseher hier war nur halb so groß wie der im hinteren und auch nicht an eine ultraraffinierte Stereoanlage gekoppelt – Juliens Spielzeug –, aber das interessiert mich herzlich wenig. Ich zappte mich durchs Fernsehprogramm, stand auf, ging zum Fenster, starrte minutenlang hinaus, kehrte zum Sofa, der Chipstüte und der Fernbedienung zurück und zappte weiter.

Inzwischen war es schon nach zehn und von Julien noch immer keine Spur. Sein Handy war aus. Ich hatte ihn in den letzten sechzig Minuten oft genug ohne Erfolg zu erreichen versucht.

Und was, wenn er auf die blödsinnige Idee verfallen war, dass es doch zu gefährlich für mich sein könnte, wenn er bei mir blieb? Was, wenn er ... einfach gegangen war? Plötzlich erfasste mich Panik. Ich war in den vergangenen Stunden in jedem Raum dieses Hauses gewesen, nur in einem nicht ...

Wie eine Besessene stürmte ich die Treppe hinauf und riss die Tür zu Juliens Zimmer auf. Im Rahmen blieb ich stehen und knipste mit unsicheren Fingern das Deckenlicht an. Nein. Es war alles noch da, obwohl er genug Zeit gehabt hätte, seine Sachen zu holen, während ich in der Schule gewesen war. Und selbst wenn er nur das Wichtigste mitgenommen hätte ... Er würde ohne Skrupel seine Kleider zurücklassen, aber bestimmt nicht seinen Laptop. Und der stand noch immer auf dem Schreibtisch neben der Glastür zum Balkon hin. Ein hypermodernes Ding, auf dem die Hälfte der Programme entweder illegal oder zumindest nicht zu hundert Prozent *legal* war, soweit ich das mitbekommen hatte. Oder seit wann kam man so einfach in die Datenbanken des FBI – oder anderer Regierungsstellen –, wenn man nicht zu dem entsprechenden Verein gehörte? Was auf den beiden mehrere Gigabyte großen USB-Sticks war, auf die man nur mit Passwort zugreifen konnte und die scheinbar achtlos mit vier weiteren, die voll mit Musik waren, in einer Holzschale lagen, wollte ich gar nicht wissen. Die anderen vier mit Musik waren Juliens Ersatz für eine umfangreiche CD-Sammlung, die von Haydn und Händel bis zu Blind Guardian, Metallica und Manowar reichte und ein paar hochseltene Releases enthielt, die zu Unsummen gehandelt wurden, wenn man sie überhaupt noch irgendwie bekam.

Aufatmend sank ich gegen den Türrahmen.

Mein Blick fiel auf sein Bett. Ein breiter, asiatisch wirkender Futon, der uns beiden mehr als genug Platz geboten hätte. Zum ersten Mal stellte ich mir die Frage, warum wir eigentlich immer bei mir schliefen. Die wenigen Sachen – überwiegend Kleidungsstücke –, die im Raum verteilt lagen, weckten in mir in diesem Moment das Gefühl, als seien sie mit voller Absicht an ihrem jeweiligen Platz hindekoriert worden, um das Zimmer bewohnt wirken zu lassen. Sogar die Bettdecke war angemessen zerwühlt und das Kissen sah aus, als hätte jemand darauf eingeprügelt, bis es seiner Vorstellung von bequem entsprach. Warum war mir das bisher nicht aufgefallen? Rechnete er damit, dass einer meiner Großonkel oder mein Großvater uns einen Überraschungsbesuch abstattete, um zu kontrollieren, dass wir auch wirklich in getrennten Betten schliefen? Ein absolut lächerlicher Gedanke! Oder gab es einen anderen Grund?

Ich rieb mir übers Gesicht. Ich wusste nicht mal halb so viel über Julien, wie ich mir wünschte, und hatte mich oft genug selbst dafür verflucht, dass ich mich damals auf seine »Keine Fragen«-Bedingung eingelassen hatte, um überhaupt mit ihm zusammen sein zu können. Verglichen mit meinem Freund – zumindest was seine Vergangenheit betraf – war eine Auster gesprächig. Auch wenn es nicht so aussah, als hätte er beschlossen, dass er eine zu große Gefahr für mich darstellte: Ich wusste noch immer nicht, wo er im Moment war. Oh, natürlich konnte Julien auf sich aufpassen. Wenn das einer konnte, dann er. Was jedoch nichts daran änderte, dass ich mir Sorgen machte. Ich knipste das Licht aus, schloss seine Tür wieder und kehrte ins vordere Wohnzimmer auf das Sofa zurück.

Als Kälte an mir vorbeistrich und der Fernseher verstummte, erschrak ich so sehr, dass ich die Hälfte der noch vorhandenen Chips über die Decke verteilte. Offenbar musste ich eingedöst sein, denn für ein paar Sekunden war ich vollkommen orientierungslos, bis mein Verstand wieder einsetzte und ich begriff, dass Julien vor mir stand. Gerade eben legte er die Fernbedienung auf den Glastisch zurück.

»Julien!«

Er zog seine Jacke aus, warf sie achtlos auf den Sessel, der der Tür am nächsten war.

»Lieber Gott, wo warst du?« Hastig befreite ich meine Beine aus der Decke und stand auf. Doch ich hielt inne, als er schwer in den zweiten Sessel auf der anderen Seite des Tisches sank, die Unterarme auf die Oberschenkel stützte und die Hände zwischen die Knie hängen ließ. »Ich hatte Angst, du wärst vielleicht ...«

»... fortgegangen?« Erschreckend müde wandte er den

Blick vom Boden ab und mir zu. »Ich habe darüber nachgedacht.«

Mit einem entsetzten Laut fiel ich auf das Sofa zurück. »Nein!« In hilflosem Protest schüttelte ich den Kopf.

Julien vergrub sekundenlang das Gesicht in den Händen, ehe er erneut hersah. »Das heute Morgen ... so etwa hätte nie geschehen dürfen.«

»Neal hat dich ...«

»Ich rede nicht von Neal. Um ein Haar hätte ich *dich* angegriffen. – Großer Gott, ich hatte meine Zähne schon an deinem Hals!« Er sprang so abrupt auf, dass ich zusammenzuckte. Ein bitteres Lächeln erschien auf seinen Zügen, als wäre meine Reaktion ein Beweis für irgendetwas.

»Aber du *hast* mich nicht gebissen!« Ich stand ebenfalls auf und ging zu ihm hinüber.

Julien wich vor mir zurück, bis er an das Fensterbrett stieß. »Genau das ist der Punkt. Du hast nicht!« Behutsam legte ich die Hand an seine Wange. Er stand wie erstarrt. Sein Gesicht war kalt. »Alles andere zählt nicht. – Zumindest nicht für mich.«

Sekundenlang rührte er sich nicht. Dann, ganz langsam, atmete er aus und schloss die Augen, drehte den Kopf ein wenig und küsste meine Handfläche, ehe er mich sehr behutsam in die Arme nahm. Dennoch wurde ich das Gefühl nicht los, dass *er* sich *an mir* festhielt. Ich zog ihn sacht ein bisschen näher und nach einem Moment lehnte er die Wange an meinen Scheitel.

»Ich wünschte, ich könnte das alles ändern«, flüsterte er irgendwann in mein Haar. »Ich würde alles dafür geben.«

Etwas klammerte sich um mein Herz und drückte es zusammen. Ich nahm ihn fester in die Arme. Wie lange wir so dastanden, konnte ich nicht sagen. Irgendwann löste Julien sich ein Stück von mir.

»Du solltest ins Bett gehen«, sagte er leise. »Es ist fast drei.

– Oder soll ich morgen in der Schule anrufen und dich krankmelden?«

»Das geht nicht.« So verlockend das Angebot war, würde es doch bedeuten, dass Julien morgen auch nicht zur Schule ging. Lieber machte er blau und trug die Konsequenzen, als mich allein zu lassen. »Wenn du dich morgen bis eins nicht bei Mr Arrons gemeldet hast, um dich *den Konsequenzen deiner Zerstörungswut zu stellen*, fliegst du von der Schule, hat er gesagt.«

Julien verzog das Gesicht, als hätte er Zahnschmerzen, nickte aber.

Einen Moment zögerte ich. »Wenn ich dich fragen würde, was Neal zu dir gesagt hat, würdest du es mir erzählen?«

Er wich meinem Blick aus. »Es ist nicht wichtig.«

Mit nichts anderem hatte ich gerechnet. Den Gedanken, ihn danach zu fragen, wo er den ganzen Nachmittag und die halbe Nacht gewesen war, verwarf ich. Ich konnte mir gut vorstellen, dass mir die Antwort nicht gefallen würde. »Lass mich noch die Chips-Sauerei beseitigen, dann komme ich hoch.«

»Nein!« Mit einem Kopfschütteln verhinderte er, dass ich mich bückte. »Ich erledige das. Geh du schon nach oben. Du brauchst im Bad ohnehin länger als ich.« Sanft schob er mich Richtung Tür.

Neben dem Tisch blieb ich noch einmal stehen. »Ich habe mir Sorgen gemacht.«

Julien sah mich an. »Das tut mir leid.« Etwas, das Schmerz am nächsten kam, zuckte um seinen Mund. »Ich wollte dir nie wehtun.«

Ohne zu überlegen, ging ich rasch zu ihm zurück, nahm sein Gesicht in beide Hände und küssten ihn zart. »Ich liebe dich, Julien Du Cranier«, flüsterte ich an seinen Lippen. »Du bist ein Dummkopf, wenn du denkst, irgendetwas könnte das ändern.« Langsam löste ich mich und trat zurück. »Und solltest du es jemals wagen, dich aus meinem Leben stehlen zu wollen, dann gnade dir Gott.«

Alles, was Julien zustande brachte, war ein leicht benommenes Nicken. Ich ließ ihn stehen und lief die Treppe hinauf.

Er brauchte länger, als ich erwartet hatte, sodass ich schon im Bett lag, als er in mein Zimmer kam. Was er in der Hand hatte, erkannte ich erst nach einem zweiten, genaueren Blick: eine Pyjamahose. Was sollte das? Gewöhnlich schlief Julien in seinen Shorts. Ich war diejenige mit dem züchtigen Pyjama. Einen Moment sah er auf mich herab, dann knipste er das Licht aus und zog sich im Dunkeln aus – und wieder an. Minutenlang war nur das Rascheln seiner Kleider zu hören. Dann auch das nicht mehr.

Ich konnte ihn vor meinem Bett spüren. Konnte spüren, dass er zögerte, am Ende vielleicht sogar darüber nachdachte, ob er heute Nacht ein wenig mehr Distanz zwischen uns lassen und in meinem Schaukelstuhl schlafen sollte, und streckte die Hand nach ihm aus. »Komm!«

Möglich, dass ich es mir nur einbildete, aber ganz kurz glaubte ich ein sehr leises Seufzen zu hören. Dann glitt er schweigend und lautlos neben mich und nahm mich nach einem letzten langsamen Atemzug in die Arme, wobei er es irgendwie schaffte, die Decke zwischen uns zu klemmen. Sosehr ich auch zerrte und mich wand, ich bekam sie nicht heraus. Beinah hätte man meinen können, er läge *auf* der Decke, doch als ich hinter mich tastete, war sie ebenso über ihn gebreitet wie über mich. Schließlich gab ich auf und war kurz darauf eingeschlafen.

Am nächsten Morgen ließ Julien Gnade vor Recht ergehen, was bedeutete: Er ließ mich bis zur allerletzten Minute schlafen, bestand nicht darauf, mir Frühstück zu machen, sondern hielt auf dem Weg zur Schule bei Starbucks und besorgte mir einen Latte zum Mitnehmen und einen Donut. Zumindest dachte ich, dass die Papiertüte einen Donut enthielt, bis ich hineinsah.

Julien klärte mich auf. Das nicht ganz halbmondförmige Gebäckteil im Inneren der Tüte sei ein *Croissant*. Und er war selbst erstaunt, dass man etwas Derartiges in Ashland Falls bekommen konnte. Mein Geständnis, dass ich so ein französisches Hörnchen noch nie gegessen hätte – auch wenn ich theoretisch schon einmal davon gehört hatte –, quittierte er mit einem todernsten: »Bildungslücke«. Bis wir an der Schule waren, gab ich ihm uneingeschränkt recht. Mein Schoß war zwar voller feiner brauner Krümel, aber das interessierte mich nur am Rande. Dazu hatte es viel zu gut geschmeckt. Als er mir dann noch offenbarte, dass es diese Gebäckteile unter anderem auch mit Schokolade gefüllt gab, wusste ich, was ich einem Donut jederzeit vorziehen würde. Und wenn ich seinen Blick richtig deutete, gab es auch seiner Meinung nach durchaus Dinge, für die sich das Menschsein lohnte.

Wie ich es nicht anders erwartet hatte, wurden wir – vor allem Julien – mal wieder von Blicken und Getuschel verfolgt. Allmählich begann ich die Montgomery zu hassen. Leider kam jetzt, im vorletzten Jahr, ein Wechsel auf eine andere Schule nicht mehr wirklich infrage. Und wenn ich nicht jeden Morgen einen deutlich längeren Schulweg in Kauf nehmen oder gar umziehen wollte, ohnehin nicht. Da Letzteres für mich absolut nicht zur Diskussion stand, konnte ich nur darauf hoffen, dass die Klatschmäuler irgendwann das Interesse an uns verlieren würden oder irgendein anderes Opfer fanden.

Schon als wir auf den Parkplatz gefahren waren, hatte ich die Kuppel von Beths Käfer zwischen den anderen Autos entdeckt. Neal, Tyler und Ron hatten es gestern tatsächlich geschafft, den alten Wagen wieder flottzubekommen. Wobei das offenbar kein großes Problem gewesen war. Auch wenn die drei, wie Beth kichernd erklärte, ungefähr zehn Minuten gerätselt hatten, bevor sie den »Fehler« fanden: Das Kabel der Zündspule war abgezogen und locker wieder draufgesetzt worden. So locker, dass es keinen Kontakt hatte. Irgendjemand musste Beth einen Streich gespielt haben! Allerdings konnte sie sich beim besten Willen nicht vorstellen, wer das gewesen sein sollte.

Viertel vor eins machte Julien sich zu seinem »Gang nach Canossa« ins Büro des Direktors auf. Ich wartete vor der Tür des Sekretariates auf ihn – was nicht bedeutete, dass Mr Arrons Gebrüll nicht bis zu mir zu hören gewesen wäre, auch wenn ich kein Wort verstand. Julien wirkte angespannt und ärgerlich, als er schließlich herauskam, ergriff mich wortlos am Arm und zog mich ein Stück den Korridor hinunter, ehe er stehen blieb und mich wieder losließ.

»Was ist?«, wollte ich unruhig wissen, nachdem er auch nach einer halben Minute noch nichts gesagt hatte.

Er rammte die Hände in die Hosentaschen und lehnte sich mit der Schulter gegen die Wand. »Die gute Nachricht ist: Ich muss den angerichteten Schaden aus eigener Tasche bezahlen, aber ich fliege nicht von der Schule.« Dass er die Lippen zu einem schmalen Strich zusammenpresste, brachte mich zu dem Schluss, dass ich die schlechte Nachricht gar nicht hören wollte. Trotzdem fragte ich ihn danach.

Julien knurrte. »Ich muss der Fechtmannschaft beitreten, mich zu Turnieren aufstellen lassen und *auch antreten*.«

Genau das, was er sich von Anfang an geweigert hatte zu tun. Und das Schlimmste daran war: Es brachte ihn in Neals Nähe und machte sie obendrein zu Konkurrenten. Denn auch wenn Neal der Kapitän der Fechtmannschaft war und ihr ungeschlagener Champion – Julien war besser. Was der Coach wusste.

»Verpasse ich einen Wettkampf ohne guten Grund, ist der Deal hinfällig und Arrons zeigt mich obendrein noch an.« Er fluchte unterdrückt. Dann sah er mich an. »Trainingsbeginn ist für mich in der Woche nach Halloween.«

»Und du konntest nicht ...« Ich machte eine vage Geste.

Sichtlich frustriert ließ er den Kopf gegen die Wand fallen. »Nein. Arrons hat das Ganze zusammen mit dem Coach ausgeheckt. Wenn ich jetzt an der Schule bleiben, aber nicht bei den Fechtern auftauchen würde ...« Bedeutungsvoll hob er die Schultern. »Über kurz oder lang hätte der Coach bei Arrons Fragen gestellt.« Er sah mich unter dem Rand seiner Brille hinweg an. »Es hätte nicht funktioniert. – So mache ich gute Miene zu ihrem Spiel und muss mir dann eben etwas einfallen lassen, wenn es konkret wird und ein Wettkampf ansteht. Das ist die einfachere Variante.« Für ihn ungewohnt schwerfällig stieß er sich von der Wand ab. »Komm, lass uns in Mathe gehen. Ich muss Mrs Jekens noch beweisen, dass ihre Gleichung von gestern mit realen Zahlen nicht lösbar ist.«

Ich verdrehte die Augen, während er mir den Arm um die Schultern legte. Wenn einer das konnte, dann Julien. Ich – für die es kein grausigeres Unterrichtsfach gab – war mit einem Mathegenie zusammen.

Vielleicht hätte er das mit dem Beweis besser lassen sollen. Am Ende der Stunde verkündete Mrs Jekens nämlich, dass sie am folgenden Tag einen etwas umfangreicheren Test zu schreiben gedachte. Und ich konnte mir gut vorstellen, worauf dieser Entschluss zurückzuführen war. Damit war mein Nachmittag und Abend gelaufen: Ich würde Mathe büffeln! Das einzig Positive daran war, dass ich es zusammen mit Julien tun würde.

Er war ihr gefolgt. Seit der Wind ihm ihren Geruch zugetragen hatte. Langsam. Ein Stück hinter ihr. Von Baum zu Baum. Verborgen in der Schwärze dazwischen. Nahe genug, um ihre Schritte zu hören, ihre Atemzüge. Lautlos. Nur einmal hatte er ein Tier aufgeschreckt. Seine Eingeweide brannten. Als ein Auto stoppte, blieb er stehen, verlagerte sein Gewicht auf das gesunde Bein. Lauschte.

»Soll ich Sie ein Stück mitnehmen, Miss?« Die Stimme eines Mannes. Jung. Das Gedudel von Musik.

»Ist nicht nötig. Ich hab's nicht mehr weit. Aber trotzdem danke.« Das Geräusch des Motors schluckte ihre Schritte.

Er stieß sich von dem Baum ab, folgte ihr weiter.

»Ich bring Sie gerne nach Hause. Es macht mir absolut nichts aus.« Der Wagen brummte auf gleicher Höhe mit ihr.

»Wie gesagt: Danke für das nette Angebot, aber es ist absolut nicht nötig.«

»Sicher?«

Plötzlich knirschten ihre Schritte auf dem Schotterrand. »Absolut! Danke!«

Mein! Er hörte das Beben in ihrer Stimme. Schneller!

»Komm schon! Steig ein!«

»Nein danke!«

Der Motor heulte auf. Jäh verstummten ihre Schritte.

»Zier dich nicht so. Komm schon! Steig ein! Lass uns ein bisschen Spaß haben!«

MEIN! Er knurrte, lief schneller, der Schmerz in seinem Bein wuchs zu glühenden Klauen. Er ignorierte ihn.

Ein Scharren, Aufkeuchen, panische Schritte, das Knacken und Krachen von Ästen. Sie floh in den Wald. Abermals heulte der Motor des Wagens auf. Scheinwerfer strichen in einem Bogen über die Bäume. Räder knirschten auf Schotter. Der Kerl brüllte etwas. Zweige brachen.

Er hörte ihre Schritte im Laub. Ihre hastigen Atemzüge. Sie stolperte, fing sich im letzten Moment, rannte weiter, brach wie ein verängstigtes Tier durchs Unterholz. Der Kerl war hinter ihr. Viel zu nah!

Schneller! Fast hätte sein Bein unter ihm nachgegeben.

Er hörte sie wieder stolpern, stürzen diesmal; wie sie versuchte hochzukommen. Das Krachen, als der Kerl sie zu Boden riss. Laub raschelte. Sein Grunzen, Fluchen.

»Nein! Lassen Sie mich! Verschwinden Sie!« Ihre Stimme. Schmerzhaft schrill, wütend. Rascheln und Knacken. Ein dumpfer Laut.

»Kleines Miststück. – Zier dich nicht so. Du willst es doch auch.« Das Ratschen eines Reißverschlusses. Stoff riss.

»Nein!« Immer wieder. »Nein, bitte nicht!« Hoch und schluchzend. »Nein!«

»Lass uns ein bisschen Spaß haben.«

»Nein!« Gellend diesmal.

Wieder ein Fluch. Ein Schrei, der zu einem Wimmern wurde.

»Du stehst also auf die harte Tour, was? Kannst du haben.«

Sie lag auf dem Boden. Über ihr der Kerl. Der Gestank nach Schweiß und Angst und Erregung drang ihm entgegen.

MEIN! Wut schwemmte jeden noch halbwegs klaren Gedanken fort. Er stürzte vor, riss den Kerl von ihr herunter, rollte mit ihm durchs Laub, kam auf die Füße. Sein Körper schrie vor Schmerz.

Der Kerl taumelte langsam auf die Beine. Seine Überraschung wandelte sich in Ärger. »Scheiße, verzieh dich!« Sein Opfer war vergessen.

Er duckte sich. Ihre Atemzüge waren nur ein Keuchen, viel zu schnell und viel zu flach.

»Lauf!« Ein Laut, mehr Knurren als Wort. Für eine Sekunde verharrte sie noch wie erstarrt – dann stolperte sie vom Boden hoch und floh.

»Na komm schon, du Idiot, hol dir deine Abreibung!«

Er sprang. Die Hände zu Klauen gekrümmt. Die Lippen in einem Fauchen zurückgezogen. Gemeinsam gingen sie zu Boden. Der Kerl brüllte auf, wehrte sich, trat um sich, versuchte ihn abzuschütteln. Das Herz des Mannes hämmerte. Ein Schlag traf seine Schulter. Er knurrte vor Schmerz und Wut. Hieb zurück. Es knackte. Der Mann jaulte. Unvermittelt hing der Geruch nach Blut in der Luft. Er legte ihm die Hände um die Kehle. Seine Eingeweide zogen sich zusammen. Unter seiner Handfläche war der Puls des Kerls. In seinem Oberkiefer wühlte Schmerz. Er beugte sich vor, schob die Hand nach oben, drückte den Kiefer des Mannes zur Seite. Der Kerl wand sich unter ihm. Eine Bewegung. Nur aus dem Augenwinkel. Er drehte den Kopf, nur ein winziges Stück. Zischen. Schmerz, als etwas sein Gesicht traf, sich wie flüssige Lava in seine Augen fraß, sich seinen Rachen hinunterbrannte. Er schrie, hustete, würgte, taumelte hoch und zurück, krallte nach seinen eigenen Augen in dem Versuch, irgendwie der Qual zu begegnen.

»Das hast du jetzt davon!« Direkt neben ihm. Etwas traf seinen Rücken, warf ihn auf die Knie. Im letzten Moment gelang es ihm, sich abzufangen. Seine Augen standen in Flammen. Sein Gesicht brannte. Alles war nur noch grellweiße Qual und sengende Schwärze. Er konnte nicht atmen. Ein Schlag gegen die Schläfe. Der Knochen knirschte. Er fiel, rollte sich ungeschickt über die Schulter. Schaffte es beinah, hochzukommen. Ein Tritt gegen das verletzte Bein. Wieder ein Tritt, diesmal die Rippen. Stechender Schmerz grub sich in seine Seite. Er krümmte sich. Hustete, rang nach Luft. Mehr Tritte, mehr Schläge. Erneut versuchte er hochzukommen, schaffte es nicht. Zu langsam! Zu schwach! Falsch! So falsch! Die Qual in seinen Augen machte ihn blind, orientierungslos.

»Dir werd ich's zeigen!« Ein neuerlicher Tritt. Wieder die Rippen. Ein Schlag unter den Kiefer. Seine Zähne krachten aufeinander. Sein Kopf flog nach hinten. Schmerz bohrte sich in sein Genick, den Nacken hinauf. Er stürzte auf die Seite, keuchte hilflos, seine Glieder für Sekunden taub, gelähmt.

Ein Schrei, hoch und schrill. Verblüfftes Grunzen. Dumpfe Schläge. Er kam auf Hände und Knie, irgendwie. Schaffte es nicht auf die Beine, fiel zurück ins Laub. Dann eine Hand an seinem Arm. Zerren.

»Kommen Sie! Schnell! Bitte, schnell!«

Sie!

Sosehr er auch aufstehen wollte, er schaffte es nur bis auf die Knie. Die Qual in seinen Augen fraß sich immer tiefer. Stiche in seinem Nacken, den Schädel hinauf. Die Finger kribbelten. Mit einem frustrierten Laut schob sie sich unter seinen Arm, zog ihn hoch. Blind taumelte er neben ihr her. Die Lider zusammengepresst, eine Hand darüber, keuchend. Seine Knie knickten immer wieder ein. Er spürte ihren Arm um seinen Rücken, ihre Hand auf seiner anderen Seite. Ihr Hals war ganz nah an seinem Gesicht. In seinem Oberkiefer pochte es. Sie stolperte, fielen gemeinsam auf die Knie. Er krümmte sich vornüber, beide Hände vorm Gesicht. Ein Stöhnen war in seiner Kehle.

»Leise! Bitte, leise!«, *flehte sie atemlos neben ihm.*

Gehorsam biss er die Zähne zusammen, lauschte mit ihr. Da waren Flüche und Schritte, kamen näher, näher. Sie hielt die Luft an, die Hand vor den Mund gepresst. Abermals ein Fluch. Dann änderten die Schritte ihre Richtung, entfernten sich. Eine Autotür knallte, ein Motor sprang an, sein Grollen wurde schwächer, verstummte. Sie stieß die Luft aus.

Ihre Hand legte sich auf seinen Arm. Er zuckte zurück, stöhnte unter der hastigen Bewegung.

»*Ich wollte Hilfe rufen, aber mein Handy ... der Akku ... Es tut mir so leid. Lassen Sie mich sehen. Ich tue Ihnen nicht weh.*« *Behutsam hob sie sein Kinn, zog seine Hand weg, berührte sein Gesicht.*

»Ahh!« *Er fuhr noch heftiger zurück.*

Ihr Atemzug klang entsetzt. »*O Gott, nein! Mein Pfefferspray. Er hat Sie direkt in die Augen getroffen. Das habe ich nicht gewollt.*« *Sie beugte sich näher zu ihm, fasste nach seinem Arm.* »*Sie müssen in ein Krankenhaus.*«

»Nein!« Niemals ein Krankenhaus! Nicht mehr! »Nein ... ich ... nein!« *Es heilte auch so. Aber es hatte aufgehört zu heilen. Ihr Geruch verstärkte die Qual in seinem Kiefer, das Brennen in seinen*

Eingeweiden. Ungeschickt machte er sich los, versuchte von ihr wegzurutschen.

»Aber ... Sie können nicht ...« *Erneut ihre Hand an seinem Arm. Zögern.* »Dann kommen Sie mit zu mir. Das Pfefferspray muss runter. Und ... Sie bluten. Lassen Sie mich wenigstens danach sehen. Ich meine ... ich bin keine Ärztin oder so, aber ... ich habe in einer Tierklinik gejobbt und ich will im nächsten Jahr Veterinärmedizin studieren.« *Ein irgendwie hilfloses Lachen.* »Keine wirklich guten Referenzen, oder?« *Ihre Stimme wurde sehr, sehr leise.* »Bitte, Sie haben mich vor diesem ... diesem ... Sie haben mich gerettet. Lassen Sie mich das wenigstens zu einem kleinen Teil wiedergutmachen. Ich wohne nicht weit von hier.«

Er wusste, wo sie wohnte. Das Haus gehörte ihrer Großmutter. Wie der Rummel, auf dem sie jobbte. Sie hütete die Katzen, weil die alte Frau im Krankenhaus lag. Als es so stark regnete, hatte er sich in ihrem Schuppen verkrochen. »Nur das Pfefferspray abwaschen und Ihre anderen Verletzungen versorgen.« *Wieder ein Zögern.* »Und vielleicht etwas zu essen und ... und eine Dusche ... oder ein Bad.«

Die letzten Worte weckten Bilder in ihm: heißes Wasser auf der Haut, Wärme, das Gefühl, sauber zu sein, Ruhe, ohne diese ständige unerklärliche Angst. »Sorgt dafür, dass er nicht wieder auftaucht.«

»Kommen Sie, bitte!«

»Kein Krankenhaus! Kein Arzt!« *Seine Stimme klang entsetzlich rau. Wie lange hatte er sie nicht mehr benutzt?*

»Ich tue nichts, was Sie nicht wollen. Versprochen! – Kommen Sie.«

Er ließ sich hochziehen. Sein Körper protestierte. Um ein Haar wären seine Beine wieder eingeknickt. Sie stemmte sich unter seine Schulter, stützte ihn.

»Kommen Sie, es ist nicht weit.«

Das war es tatsächlich nicht und dennoch beinah zu viel. Mit jedem Schritt musste er mehr von seinem Gewicht auf sie verlagern.

Ihr Atem kam in harten Stößen. Das Feuer in seinen Augen fraß sich noch immer gnadenlos in seinen Verstand. Selbst die Nachtluft war eine Qual. Und sie so nah ... ihr Geruch, das Blut ... In seinem Kiefer wühlte jener andere Schmerz. Inzwischen brannten nicht nur seine Eingeweide, sondern auch seine Adern ...

»Wir sind da!«

Er zuckte zusammen. Sie kramte in ihren Taschen, Schlüssel klirrten, Schaben, als sie einen ins Türschloss steckte. Ein kaum hörbares Scheppern, mit dem sich der Stern aus buntem Glas in seiner Fassung bewegte, als die Tür aufschwang. Ein Maunzen, zweistimmig, aus dem wütendes Fauchen wurde.

»Houdini, Ling Foo, lasst das! Verschwindet! – Kommen Sie. Nur keine Angst, die beiden sind weg. Ich hoffe, Sie haben keine Katzenhaarallergie oder so was.«

Ein Klacken. Helligkeit drang durch seine Lider. Der Schmerz in seinen Augen explodierte. Er schrie, riss die Hände vors Gesicht, wankte rückwärts, stieß mit der Hüfte gegen irgendetwas, Krachen und Splittern. Wieder ein Klacken. Dunkelheit. Die Agonie sank zur Qual herab. Er keuchte vor Erleichterung.

»Okay. Kein Licht. Es tut mir leid. Das mit Großmutters Orchidee ist nicht schlimm. Die braucht nur einen neuen Topf. – Das Bad ist oben ...« Sie wechselte die Seite, stemmte sich erneut unter seine Schulter. Die verletzte. Mit einem würgenden Laut ging er in die Knie. Hastig ließ sie ihn los und versuchte gleichzeitig zu verhindern, dass er endgültig fiel. »Was hat der Mistkerl Ihnen nur angetan.« In ihrer Stimme klang ein mühsam unterdrücktes Schluchzen. Und hilfloser Zorn. Erneut wechselte sie die Seite, half ihm hoch, fasste ihn wieder um die Mitte und legte sich seinen Arm um die Schultern. Behutsam, als könne sie so verhindern, dass sie ihm noch mehr Schmerz zufügte. Wenn sie geahnt hätte ... Sie dirigierte ihn vorwärts. »Vorsicht ...« Er fand die unterste Stufe mit dem Schienbein. »... Stufe.« Sie zuckte zusammen, als habe sie sich daran gestoßen, und nicht er. Unter seinem Arm beugte sie sich vor, an ihm vorbei, ergriff seine Hand, führte sie zu etwas Kühlem, Glattem.

»*Der Handlauf. Damit Sie sich halten können, falls ...*« ... sie sein Gewicht nicht allein schaffte.

Er brachte ein Nicken zustande. Und versteifte sich Sekunden, als Schmerz durch seinen Nacken fuhr. Es brauchte zwei Atemzüge, bis er es wagte, die Schultern wieder sinken zu lassen. Tritt um Tritt mühten sie sich die Treppe hinauf. Er umklammerte den Handlauf mit aller Kraft. Am Ende keuchten sie beide. Ihr Geruch war kaum noch zu ertragen. Sie stand dicht bei ihm, zu dicht.

»*Der Flur hier oben ist ein bisschen eng.*«

Aha. Das Wissen machte es nicht besser.

»*Nur noch ein paar Schritte ...*« Wieder dieses behutsame Dirigieren. Das Geräusch einer Türklinke, das einer Tür, die aufschwang. »*So, hier. Setzen Sie sich.*«

Sie drückte sich an ihm vorbei, um ihm zu helfen. Scharf sog er die Luft ein, während er auf etwas Hartes mit Plüschüberzug sank. Seine Eingeweide verkrampften sich. Er musste sie nur packen. Nur packen ...

Sie bewegte sich um ihn herum, brachte ein wenig mehr Abstand zwischen sie. Ganz langsam schaffte er es, die Hand zu öffnen.

»*Ich bin gleich wieder da.*« Ihre Schritte entfernten sich hastig, polterten die Treppe hinunter. Im Erdgeschoss schlugen Schranktüren. »*Nein, verschwinde, Houdini.*« Er saß einfach nur im Dunkeln. Dann kam sie zurück. In der Tür zögerte sie. »*Wenn ich das Pfefferspray abwaschen will, muss ich Licht anmachen. Und wir müssen Ihre Augen spülen ...*«

»Nein ...« Die Augen zu öffnen, wäre blanke Agonie – und im Licht jenseits des Erträglichen.

»*Bitte, es geht nicht anders. Ich ... warten Sie.*« Rascheln und Bewegung, ein leises Knarschen, dann hohes Quietschen. Einmal. Zweimal. Ein dumpfer Laut, Klirren. »*Ich habe zwei Birnen aus der Deckenleuchte gedreht, damit es nicht mehr ganz so hell ist. Aber eine muss drinbleiben. Ein bisschen Licht brauche ich. Okay?*«

Die Angst vor der Qual trocknete seinen Mund aus. Seine Atemzüge waren nur noch Keuchen.

»Okay? Danach wird es bestimmt besser werden ...«

»Okay.« Irgendwie brachte er das Wort hervor.

Es klackte und wieder krallte sich Helligkeit in seine Augen. Stöhnend wandte er den Kopf ab.

Sie trat vor ihn, verdeckte ein wenig das Licht. Der Schmerz in seinem Kiefer verstärkte sich erneut.

»Können Sie sich ein Stück zur Seite beugen ... Hier ...« Behutsam ergriff sie seine Hände und führte sie zu etwas Kaltem, Hartem. »Halten Sie sich am Waschbecken fest und lehnen Sie sich drüber. Man soll die Augen unter fließendem Wasser spülen. – Geht es?« Abermals fasste sie zu und half ihm zu tun, was sie gesagt hatte. Er zitterte am ganzen Körper. Und es wurde noch schlimmer, als sie ganz dicht neben ihn trat und sich über ihn beugte. Seine Rippen protestierten. Wasser rauschte. »Vorsicht jetzt ...«

Kälte traf sein Gesicht. Er zuckte unwillkürlich zurück, stieß mit dem Kopf gegen sie. Ihre Fingerspitzen berührten sein eines Auge, zogen behutsam die Lidränder auseinander. Weiß glühende Agonie. Er riss den Kopf zurück, konnte ihr aber nicht entgehen. Mit ihrer Hüfte an seinem Hinterkopf und ihrem Ellbogen an seiner Schläfe blockierte sie ihn äußerst wirkungsvoll. Kaltes Wasser rann zwischen seine Lider. Er keuchte, umkrallte den Waschbeckenrand. Mehr Wasser. Immer mehr. Ein hohes, pfeifendes Winseln kam aus seiner Kehle. Irgendwann: das andere Auge. Sie zwang seine Lider auseinander. Er zuckte mit dem Kopf zurück, wimmerte. Ihr Ellbogen drückte fester gegen seine Schläfe. Wieder kaltes Wasser. Hilflos fletschte er die Zähne.

»Ganz ruhig. Es ist in Ordnung. Gleich vorbei.« Sie sprach mit ihm wie mit einem verletzten, verängstigten Tier. Vielleicht war er das auch. Obwohl er bezweifelte, dass Tiere darum beteten, es möge bald vorbei sein.

Endlich ließ sie von ihm ab. Das Wasserrauschen endete. Er presste die Lider wieder aufeinander und sackte regelrecht über dem Waschbecken zusammen. Doch schon nach einem Moment hob sie seinen Kopf erneut sanft an. Wasser rann über seine Wangen.

»Es tut mir leid. Wir sind noch nicht fertig.«

»Nein! Nicht mehr ...« Er würde die Prozedur nicht noch einmal ertragen können. Am liebsten hätte er sich in eine Ecke verkrochen.

»Ich will Ihnen nur noch das Gesicht waschen. Es dauert nicht lang. Ganz ruhig.«

Etwas berührte seine Stirn, seine Wangen, Nase und Kinn, den Hals hinab. Im ersten Moment versuchte er wieder auszuweichen. Diesmal legte sie nur die Hand an seinen Hinterkopf. Er ließ es über sich ergehen, dass sie ihm das Gesicht zuerst mit etwas wusch, das sich wie Öl anfühlte, und dann noch einmal mit Wasser und Seife. Endlich tupfte sie es ab, behutsam, vorsichtig. Er biss die Zähne zusammen. Es fühlte sich noch immer an, als berühre sie rohes Fleisch.

»Besser?« Sie zog sich ein Stück weiter zurück.

Die Qual in seinen Augen war noch immer da. Aber das Brennen und Jucken seiner Haut war nicht mehr ganz so unerträglich.

Sein »Ja« klang wie ein Aufatmen. Ihr »Gott sei Dank« nicht minder.

Einen Moment war es still, dann klickte es mehrmals und ein leises Brummen erfüllte den Raum. Wärme strich über ihn hinweg. »Hier drin ist es kalt.« In ihrer Stimme war ein Zögern. Dann trat sie erneut ganz nah zu ihm. »Lassen Sie mich nach Ihren anderen Verletzungen sehen.«

Behutsam strichen ihre Finger über seine Stirn, die Schläfe. Er zuckte zusammen.

»Es tut mir leid.« Ihre Berührung wanderte weiter, zum Kiefer hinunter, in seinen Kragen. Sie schnappte nach Luft, knöpft hastig sein Hemd auf, zog es ihm aus der Hose, über die Schultern. Mit fest geschlossenen Augen saß er da und ließ sie gewähren. In seinem Oberkiefer wurde das Pochen wieder stärker. Ihre Hand brachte ihn dazu, sich ganz leicht vorzubeugen.

»O mein Gott.« Blankes Entsetzen sprach aus ihrem Ton. Ihre Fingerspitzen glitten über seine Haut im Nacken, auf den Schultern, dem Rücken, nach vorne über die zum Teil gebrochenen Rippen, die Brust; folgten den Linien der Wunden, die sich weigerten weiterzuheilen, wie sie es am Anfang so schnell getan hatten; legten sich über Quetschungen und blaue Flecke, deren Farben sich seither nicht mehr verändert hatten; tasteten über seine Schulter, das Genick hinauf, wo der eine Wirbel sich falsch anfühlte; nahm seine Hand in ihre, die Linke, an der die beiden äußeren Finger krumm und steif waren, weil die Knochen zusammengewachsen waren, ehe er genug Kraft gehabt hatte, sie zu richten.

»Das war nicht alles dieser Kerl eben. – Wer hat Ihnen das angetan?«

Sekundenlang hing ihre Frage zwischen ihnen. Langsam schüttelte er schließlich den Kopf.

Eine Gasse. Das Stahlskelett eines Autos. Ketten. Knüppel. Sechs Kerle. Ein siebter. Im Hintergrund. In einem Anzug.

Erinnerungsfetzen. Mehr nicht. Ohne Zusammenhang.

Er zog die Schultern hoch. Und dabei hatte sie sein Bein noch nicht gesehen. Offenbar war ihr sein Kopfschütteln Antwort genug. Zumindest bohrte sie nicht weiter. Aber sie stand immer noch viel zu dicht bei ihm. Das Feuer in seinen Eingeweiden kroch immer mehr in seine Adern.

»Sie haben ...« Er räusperte sich. »... haben gesagt, ich könnte ... duschen ... bei Ihnen.« *Seine Stimme klang entsetzlich rau. Jedes Wort kratzte in seiner Kehle.*

Sie machte einen kleinen Schritt zurück. »Ich weiß nicht, ob ... Vielleicht wäre ein Bad ... Nicht dass Sie in der Dusche zusammenbrechen.«

Er erinnerte sich an das wohlige Gefühl von warmem Wasser, das über seine Haut rann; die Vorstellung, darin zu liegen, weckte eine ganz andere Erinnerung: kaltes Wasser, das über ihn hinwegströmte, das Atmen unmöglich machte.

»Duschen. Bitte.« *Als sie schwieg, tastete er blind in ihre Richtung. Die Augen zu öffnen wagte er nicht.* »Bitte.« *Sie fing seine*

Hand auf, hielt sie ganz kurz in ihren. Ihr Griff war warm, sanft, führte sie zum Waschbeckenrand zurück.

»Also gut. – Können Sie aufstehen, dann helfe ich Ihnen beim Ausziehen.«

»Ich kann mich allein ...«

Ein scharfes Schnauben unterbrach ihn. »Sie wollen sich bücken? Mit Ihrem Rücken? Den Rippen? Und der Verletzung im Nacken? Es ist ein Wunder, dass Sie sich überhaupt noch bewegen können.« Für eine Sekunde zögert sie, holte langsam Atem. »Aber wenn es Ihnen unangenehm ist ... Ich meine, wir kennen uns nicht ... Dann ... ein Handtuch.« Triumphierendes Fingerschnippen.

»W-was?«

»Grans Handtücher sind mehr als groß.« Offenbar war sie der Auffassung, dass ihm das als Erklärung genügen müsste. Im nächsten Moment war ihre Hand an seinem Knöchel und sie zog ihm Schuhe und Socken aus. Wenn sie tatsächlich vor ihm kauerte, konnte ihr der lange Riss in dem einen Hosenbein nicht mehr entgehen. Bildete er es sich ein oder zupfte sie tatsächlich gerade an eben der Stelle? Gleich darauf berührte sie seinen Arm, in einer wortlosen Aufforderung aufzustehen. Schwerfällig gehorchte er, doch als sie sich am Bund seiner Hose zu schaffen machte, schob er ihre Hände beiseite.

»Ich ... Es tut mir leid«, murmelte sie.

»Schon gut.« Hölzern fummelte er Knopf und Reißverschluss auf. Das Pochen in seinem Kiefer wollte nicht nachlassen. Sie war direkt vor ihm, langte um ihn herum, schlang etwas um seine Taille. Er glaubte ihren Herzschlag zu hören. Das Pochen steigerte sich zu einem scharfen Schmerz. Alles, was er tun musste, war, zupacken. Nur zupacken ... Er wagte nicht, zu atmen, bis der Abstand zwischen ihnen wieder größer war. Sie zog an seiner Hose. Der dreck- und blutsteife Stoff rutschte abwärts.

»O Gott ...« Ihre Finger folgten dem halb verheilten Schnitt, der sich an seinem Oberschenkel von der Hüfte schräg abwärts bis unters Knie zog. »Sie gehören in ein Krankenhaus.«

»Nein!« Er umklammerte das Handtuch, das ausgerechnet auf dieser Seite auseinanderklaffte, wollte sich bücken, um seine Hose wieder hochzuziehen. Schmerz schoss durch seinen Rücken und in seine Seite. Ihre Hände an seiner Brust verhinderten, dass er vornübertaumelte. Er konnte nicht in ein Krankenhaus. Auch wenn er nicht wusste warum. Er konnte nicht! Sie hatte es versprochen. »Nein ...«

»Schon gut. Beruhigen Sie sich. Ich tue nichts, was Sie nicht wollen. Erinnern Sie sich?« Beinah hätte er aufgelacht. »Ich habe es Ihnen versprochen. Ganz ruhig. Setzen Sie sich wieder.« Sie drückte ihn behutsam auf die plüschige Härte, zog ihm die Hosen endgültig von den Beinen. »Sie haben keine Krankenversicherung, oder?«, fragte sie nach einem Moment.

Vielleicht hatte er eine, vielleicht nicht. Vage kam ihm der Begriff bekannt vor. Mit einem Seufzen stand sie auf und entfernte sich ein kleines Stück. Vermutlich hatte er zu lange geschwiegen, sodass sie keine Antwort mehr erwartete. Er hörte sie hantieren. Es klackte, dann rauschte erneut Wasser, wurde wieder abgedreht.

»Kommen Sie.« Abermals war sie dicht vor ihm, half ihm hoch. »Ich habe Ihnen Handtücher hingelegt. – Hier!« Sie führte seine Hände zu der Stelle. Zeigte ihm auf die gleiche Weise die Tür der Duschkabine, die Mischbatterie – rechts für warm, links für kalt–, den Duschkopf und Seife und Shampoo. »Das Wasser ist für mich angenehm warm. Wenn Sie es anders lieber mögen ... Falls Sie bei irgendetwas Hilfe brauchen, rufen Sie. Ich komme mit Pflaster und Verbandszeug wieder, wenn Sie fertig sind. In Ordnung?«

»Ja.« Er fasste ihre Hand. »Danke.« Es kostete ihn Überwindung, sie gleich wieder loszulassen.

Die Berührung an seiner Schulter war zart, scheu. »Schon gut. Ich ...« Sie verstummte kurz. Es kam ihm vor, als würde sie den Kopf schütteln. »Ich nehme Ihre Kleider mit und sehe, ob ich sie irgendwie wieder hinbekomme.« Einen Augenblick später holte sie Luft. »Die Sachen sind von Armani.«

Ihre Verblüffung verwirrte ihn. Als er nach Hinweisen suchte, *hatte er natürlich auch die schwarzen Etiketten mit dem weißen Schriftzug darauf entdeckt, ihnen aber keine Bedeutung zugemessen. Hatte er sich geirrt?*

»Wo ... Sie haben sie doch nicht gestohlen?«

Die Frage war wie ein Schlag. »Ich ...«

»Nein! Vergessen Sie's. Ich will es gar nicht wissen.« *Aber er hätte etwas dafür gegeben, es zu wissen.* »Es geht mich nichts an.« *Die Tür klappte und er war allein. Einen Moment stand er reglos, dann zog er sich vorsichtig in die Dusche hinein und drehte das Wasser auf. Sie hatte recht: Es war angenehm warm. Nur im Gesicht fachte es die Hitze und das Brennen erneut an. Er stützte sich an der Wand ab, ließ es über Schultern, Rücken und Brust rinnen und genoss das so seltsam vertraute und zugleich fremde Gefühl. Irgendwann tastete er nach der Seife, versuchte sich ungeschickt zu waschen. Den Erfolg konnte er nicht beurteilen. Dafür schien jetzt jeder einzelne Schnitt und Kratzer in Flammen zu stehen. Wenn ihm beim Haarewaschen Shampoo ins Gesicht oder am Ende in die Augen geriet, würde sie ihn wahrscheinlich als wimmerndes Bündel am Boden der Duschwanne finden. Also legte er den Kopf, so weit es der Schmerz zuließ, in den Nacken und hoffte, das Wasser würde auch so den schlimmsten Dreck aus seinen Haaren spülen.*

Es wurde bereits kalt, als er es schließlich abdrehte. Das Feuer in seinen Eingeweiden hatte sich zu einem heißen Ball zusammengezogen. Er brauchte zwei Anläufe, bis er die Handtücher gefunden hatte. Die Augen öffnen konnte er noch immer nicht. Eines wickelte er wie zuvor um seine Hüfte, mit dem anderen trocknete er sich ab, ebenso ungeschickt, wie er sich zuvor gewaschen hatte.

Er hatte kaum damit begonnen, da klopfte es leise an die Tür. Es war, als hätte sie direkt davor gewartet, dass das Wasserrauschen endete, und ihm gerade so viel Zeit gelassen, wie er ihrer Meinung nach in seinem Zustand brauchte, um aus der Dusche zu kommen und sich zu bedecken. Das »Ja« *war noch nicht ganz über seine Lippen, als er die Klinke schon hörte. Dann rappelte und raschelte es beim Waschbecken. Das Pochen in seinem Kiefer erwachte erneut.*

»Ich habe Ihnen mein Bett frisch bezogen.«
Die Hand ausgestreckt drehte er sich zu ihr um.
»Sorgt dafür, dass er nicht wieder auftaucht.«
Wenn er zu lange an einem Ort blieb, würden sie ihn finden. Nicht einen Tag hatte er an derselben Stelle verbracht, seit er sich wieder halbwegs bewegen konnte. Er war nur noch in dieser Gegend, weil da dieses Gefühl war ... Dieses Gefühl, dass er etwas tun musste ... hier ... irgendwo ... »Ich kann nicht ...«

»Es ist mitten in der Nacht.« Sie stand ganz dicht vor ihm. Hastig machte er einen Schritt zurück, stieß gegen etwas, das über den Boden scharrte. »Und Sie können noch immer nichts sehen. Nur heute Nacht. Bis morgen sollte es Ihren Augen wieder besser gehen. – Bleiben Sie nur heute Nacht.«

»Und wenn ich ebenso ein kranker Freak bin wie dieser Kerl, der ...« In seinen Eingeweiden verwandelte sich das Brennen allmählich wieder in hochzüngelnde Flammen.

»Das sind Sie nicht.« Ihre Stimme sank zu einem Flüstern herab. »So jemand hätte mir nicht geholfen. Vor allem nicht in einem solchen Zustand.«

»Das wissen Sie nicht.« Sie hatte keine Ahnung ...

»Dann riskiere ich es. Und wenn Sie darauf bestehen, lege ich ein Tranchiermesser neben mein Kissen. – Bitte!«

Nicht nur eine Dusche, auch ein paar Stunden in einem richtigen Bett ... Sie hatten ihn in der ganzen Zeit nicht gefunden, warum sollten sie es ausgerechnet jetzt, ausgerechnet heute Nacht tun? Ein Bett! Es war nur für ein paar Stunden. »Ich ... Wenn die Sonne aufgeht, muss ich fort sein.« Er konnte nur beten, dass er keinen Fehler beging.

»Wenn es sein muss ... einverstanden. Ich finde heraus, wann das ist, und wecke sie vorher, falls sie nicht von selbst aufwachen.« Ihre Hände legten sich auf seine Brust. Abermals dirigierte sie ihn behutsam zu seinem Sitz. »Ich will nur noch schnell nach Ihren Verletzungen sehen, dann bringe ich Sie in mein Zimmer.« Wasser war aus seinen Haaren geronnen. Sie tupfte es ab, hielt aber inne, als er sich *anspannte und zur Seite lehnte. Er spürte ihre Fingerspitzen auf seiner Kopfhaut, an dem kaum verheilten Riss darin. Eine ganze Zeit hatte es sich so angefühlt, als sei der Knochen darunter nicht mehr heil. Ihr Geruch so dicht bei ihm fachte das Pochen in seinem Kiefer noch mehr an. Das Feuer schlug höher, stieg in seine Adern. Beinah hätte er die Hand nach ihr ausgestreckt. Hastig krallte er sie in das Handtuch um seine Hüfte. Langsam holte sie Atem, stieß ihn wieder aus.*

»*Sie müssen einen Schutzengel haben, dass Sie noch am Leben sind*«, *flüsterte sie, wandte sich dem Waschbecken neben ihm zu und kramte in dem, was sie offenbar zuvor dort hineingestellt hatte. Gleich darauf tupfte sie etwas scharf Riechendes zwischen seine Haare, den Hinterkopf hinunter und weiter den Nacken entlang.*

»*Das ist Grannys Spezial-Wundsalbe. Ausgiebig erprobt bei jeder nur erdenklichen Verletzung, die man sich auf einem Rummel zuziehen kann. Außerdem bei meinen aufgeschlagenen Knien*«, *erklärte sie leichthin und arbeitete sich weiter über seine Schultern zum Rücken vor. Die Anspannung in der Tiefe ihrer Worte entging ihm nicht. Irgendwann tauschte sie die lindernde Salbe gegen eine Jodtinktur. Mehr als einmal zuckte er unter dem Wattestäbchen weg, wenn sie eine der Wunden damit berührte. Die ganze Zeit über arbeitete sie schweigend, nur bei diesen Gelegenheiten murmelte sie beruhigende Worte. Nein, mehr Laute als Worte. Fast kam er sich dabei tatsächlich wie ein verwundetes Tier vor, das sie beruhigen wollte: Es wirkte. Nur das Pochen in seinem Kiefer und das Feuer in seinem Inneren gingen nicht zurück.*

Zuletzt verarztete sie seine gebrochenen Rippen. Und auch wenn die Fixierbinde eng und fest um seinen Oberkörper lag, konnte er jetzt leichter und mit weniger Schmerzen atmen.

Den Weg durch den schmalen Flur bis zu ihrem Zimmer bewältigte er an ihrer Hand. Und auf dieselbe Weise wie zuvor im Bad »*zeigte*« *sie ihm auch hier die Kommode mit den vorstehenden Ecken auf der einen Seite und das Geländer, das sich zur Treppe hin nach unten öffnete, auf der anderen.*

Offenbar hatte sie darauf verzichtet, in ihrem Zimmer Licht zu machen, denn hinter der Tür, durch die sie ihn schließlich führte, erwartete ihn gnädige Dunkelheit. Balsam für seine Augen.

»Ich konnte leider Großvaters alte Schlafanzüge nicht finden, sonst hätte ich Ihnen einen rausgesucht. Aber sein Bademantel liegt am Fußende.« Noch immer ging sie rückwärts vor ihm her, seine Hände in ihren. Seine linke hielt sie besonders vorsichtig. Dann blieb sie stehen. »Hier.« Sie »zeigte« ihm das Bett, half ihm, sich auf den Rand zu setzen. Die Matratze gab ein wenig unter ihm nach.

Die Augen auch weiterhin fest geschlossen, legte er sich mit ihrer Unterstützung steif und ungeschickt zurück. Kissen und Decke fühlten sich wunderbar weich an. Vorsichtig streckte er sich aus. Kein Laub, kein Waldboden im Schutz eines umgestürzten Baumes oder tief hängender Äste. Kein schmerzhaftes Zusammenkauern gegen die nächtliche Kälte. Ein Bett. Es war warm. Für eine einzige Nacht!

»Ich lasse die Tür einen Spalt offen. Wenn Ling Foo oder Houdini Sie stören, werfen Sie sie einfach vom Bett.« Sie zog die Decke über ihm zurecht und strich sie glatt. »Und wenn irgendetwas ist, rufen Sie. Ich schlafe nebenan in Grannys Zimmer. Und ich lasse die Tür auch offen.« Sie zögerte. »Wie heißen Sie?«

Einen Augenblick lag er reglos. Er hätte etwas darum gegeben, ihr antworten zu könne. So zuckte er nur die Schultern. Die Stille, die sekundenlang zwischen ihnen hing, war voller Fragen.

»Ist es in Ordnung, wenn ich Sie ›Ben‹ nenne?«

»Warum ›Ben‹?« Auch wenn es letztlich ohne Bedeutung war.

»Ich weiß es nicht. Er fiel mir als Erstes ein.«

»In Ordnung. Dann ›Ben‹.« Irgendein Name war besser als gar keiner. – Nicht dass sie ihn nach dieser Nacht wiedersehen würde.

»Mein Name ist Kathleen ...«

Cathérine!

Er krallte die Finger in die Bettdecke. Cathérine! Das Knarren eines Seils an einem Balken. Eine Stimme, die immer wieder »Cathérine! Nein!« schrie. Eine andere, scharf und drängend. »Ihr hetzt uns die Deutschen auf den Hals!« Und dazwischen wieder und wieder: »Cathérine! Nein! Nein! Cathérine! Nein!«

»*Ist alles in Ordnung?*« *Sie trat zurück ins Zimmer, Sorge in der Stimme.*

»*Ja.*« *Er konnte kaum atmen.* »*Alles ... in Ordnung.*« – »Cathérine! Nein!«

Sie zögerte noch immer, dann: »*Gute Nacht, Ben.*« *Ihre Schritte entfernten sich, bevor er etwas erwidern konnte.*

»Cathérine! Cathérine! Nein!«

»Ihr hetzt uns die Deutschen auf den Hals!«

Er umklammerte die Decke fester. Seine Gedanken drehten sich im Kreis. Auf dem Rücken zu liegen war unerträglich.

»Cathérine! Cathérine! Nein!«

»Ihr hetzt uns die Deutschen auf den Hals!«

Immer und immer wieder.

Mühsam rollte er sich auf die Seite.

»Cathérine! Cathérine! Nein!«

»Ihr hetzt uns die Deutschen auf den Hals!«

Aber mehr ... war da nicht. Sosehr er sich auch bemühte. Stöhnend drückte er die Hand gegen die Stirn. Der Schmerz, der zu Anfang dahintergesessen hatte, war vergangen. Aber trotzdem war da noch immer nichts. Nichts außer Bruchstücken. Fetzen. Dem Gefühl, etwas tun zu müssen, und ... Angst. Ohne sein Zutun kroch seine Hand zu seiner Brust, als suche sie dort irgendetwas. Irgendetwas, an dem sie sich festhalten könnte. Das dort hingehörte. Aber nicht da war.

»Sorgt dafür, dass er nicht wieder auftaucht.«

Er presste die Lider fester aufeinander. Konzentrierte sich auf etwas anderes, um seine Gedanken wenigstens zur Ruhe zu zwingen. – Sie!

Gleich nachdem sie ihn allein gelassen hatte, hatte sie im Erdgeschoss zu rumoren begonnen. Er lauschte den Geräuschen. Es klang, als würde sie ... aufräumen? Immer wieder sprach sie dabei mit den Katzen. Mit einem müden Seufzen versuchte er sich ein we-

nig zu entspannen. Es gelang ihm nicht. Irgendwo tickte eine vermutlich ziemlich große und alte Uhr. Im Erdgeschoss wurde es leiser. Nur gelegentlich sagte sie noch etwas zu den Tieren. Dabei wurde ihre Stimme jedoch mit jedem Satz heller, schriller. Unvermittelt schlug etwas scheppernd auf den Boden. Er zuckte zusammen. Ein leiser Aufschrei. Ihre Schritte stolperten auf der Treppe, eine Tür schlug. Dann hörte er sie im Nebenzimmer atmen: hart, abgehackt, beinah wimmernd. Der Laut war unerträglich. Seine Rippen protestierten, als er sich aufsetzen wollte. Mit einem Knurren schob er sich zum Bettrand, rollte sich über die Seite, um aufstehen zu können. Einen Moment lang tastete er erfolglos nach dem Bademantel, der am Fußende liegen sollte. Eben wollte er schon aufgeben, da streifte seine Hand etwas, das sich anders anfühlte als der Überzug der Decke. Die Zähne zusammengebissen schob er die Hände durch die Ärmel, band den Gürtel um seine Mitte, arbeitete sich zur Zimmertür vor und in Richtung ihrer Atemzüge. Im Flur brannte Licht, sodass er die Lider fester zusammenpressen musste. Doch im Zimmer ihrer Großmutter war es dunkel. Die Hände vorgestreckt folgte er ihrem Wimmern, aus dem mehr und mehr ein Schluchzen wurde, trocken, hysterisch. Sie bemerke ihn erst, als er ihre Schulter streifte. Ihr Schrei ließ ihn zusammenzucken.

»Keine Angst. Ich bin es nur. Ich tue Ihnen nichts.« Er wartete, reglos. Das Gewicht auf das unverletzte Bein verlagert. Wie durch ein Wunder beruhigten ihre Atemzüge sich tatsächlich ein wenig.

»Mein Auto ist nicht angesprungen. Deshalb bin ich zu Fuß ... Ich dachte, es ist nicht weit. Ich dachte ... Wenn ich zu den Trailern gegangen wäre ... Wenn ich jemanden geweckt hätte ... Ich dachte ... Ich ... Ich ...« Sie verstummte mit einem zitternden Luftholen.

Er kannte ihr Auto. Ein tiefblauer Mercury Cougar. Draußen, unter dem Carport, stand ein roter 1964er Cadillac Fleetwood. Manche Dinge waren einfach da. Andere nicht. Und wieder andere ... ohne jeden Bezug. Sinnlos und ... falsch. Aber für den Augenblick war das ohne Bedeutung.

Das Bett ihrer Großmutter war höher als ihres. Schwerfällig setzte er sich auf den Rand. In seinem Kiefer hatte sich das Pochen zurückgemeldet. Auch das Brennen in seinen Eingeweiden verstärkte sich erneut. Sie war so nah – zu nah. Langsam, um sie nicht noch einmal zu erschrecken, streckte er die Hand nach ihr aus, legte ihr den Arm um die Schultern. Im ersten Moment saß sie wie erstarrt, bevor sie dichter neben ihn rutschte. Er biss die Zähne zusammen, um dem scharfen Schmerz zu begegnen.

»Wenn ich nicht ... Wenn ich nicht allein ... mitten in der Nacht an der Straße entlanggegangen wäre ... das alles wäre nicht geschehen. Ich ... Ich bin ...«

»... nicht daran schuld.«

»Du bist nicht schuld! Es war seine Entscheidung. Und ihre!«

»Wenn ich nicht ...«

»Es ist nicht deine Schuld!«

»Wenn nicht meine, wessen dann? Wessen dann?«

Mit einem gequälten Laut presste er die Hand gegen die Schläfe. Die Stimmen gellten unvermittelt hinter seiner Stirn. »Schuldig!« Wieder und wieder. Nur dieses eine Wort. Die Luft entwich ihm als leises Stöhnen.

»Was ist mit Ihnen?« Neben ihm beugte sie sich vor. »Soll ich ...«

»Nein. Es ist nur ... nur Kopfschmerzen. Es ist gleich vorbei.« Das war es immer. Irgendwie. Er zwang sich die Hand herunterzunehmen. »Es war nicht Ihre Schuld!«, wiederholte er dann bestimmt. »Der Einzige, der Schuld hat, war dieser kranke Mistkerl. Sonst niemand. Nur er!« Blind tastete er neben sich, bis er ihre Finger fand. Er schob seine dazwischen.

»Aber ...«

»Kein Aber! Nur er ist schuld. Er hätte weiterfahren können. Er hätte ein Nein als ein Nein akzeptieren können. – Sie haben keine Schuld.« Er ließ ihre Hand wieder los, strich ihren Arm empor, über die Schulter – an ihrer Kehle spürte er ihren Pulsschlag – bis zu ihrem Gesicht. Was auch immer er noch hatte sagen wollen, war vergessen. Sein Oberkiefer stand von einer Sekunde zur anderen in

Flammen. Er wagte kaum zu atmen. Hastig ließ er sie los, wich zurück. Seine Rippen protestierten mit einem wütenden Stechen. Die Zähne zusammengebissen krallte er sich selbst die Fingernägel in die Handflächen.

Abermals beugte sie sich näher. »Kann ich nicht doch ...«

»Nein!« So schnell es sein Körper erlaubte, stand er auf. »Ich sollte nicht ... in diesem Haus ... Es ... es ist besser, wenn ich gehe! Gleich!«

»Was? Aber ... nein! Bitte!« Plötzlich klang ihre Stimme wieder dünn. »Lassen Sie mich heute Nacht nicht allein!«

Ihre Worte trafen ihn wie ein Blitzschlag.

»Nein, das ... ich ... wirklich ...« Nur langsam ließ das Feuer in seinem Kiefer nach.

»Bitte, Ben, bitte nicht. Gehen Sie nicht.«

Er stand einfach nur da.

»Bitte nicht.« Sie klang so verloren, wie er sich fühlte.

Es war ein Fehler, zu bleiben. Dennoch nickte er nach einem weiteren Moment ganz leicht. »In Ordnung.« Mit der Hand fand er den Bettpfosten und hielt sich daran fest, tastete sich zur Tür.

Das Bettzeug raschelte. »Soll ich ...«

»Nein!« Hastig bedeutete er ihr zu bleiben, wo sie war. »Ich ... schaffe es allein.«

Mühsam hinkte er aus dem dunklen Raum in den hellen Flur. Erst als er merkte, dass sie ihm nicht folgte, entspannte er sich ein wenig. Irgendwie schaffte er es in ihr Bett zurück. Er zog die Decke über die Schultern, rollte sich auf die Seite, kauerte sich zusammen, soweit seine geschundenen Glieder das erlaubten. Sein Kiefer, seine Eingeweide standen in Flammen. Wenn sie geahnt hätte ... Er war ihr gefolgt. Den ganzen Weg vom Rummel. Ohne zu wissen warum. Getrieben, angelockt ... ihr Geruch, ihr Blut. Er presste die Arme gegen den Bauch, kämpfte das Feuer in seinem Innern nieder. Nur ein Zittern blieb. Das war krank. Krank! Er war genauso ein kranker Bastard wie der andere Kerl. Nein! Schlimmer! Weil es sich richtig anfühlte.

Und jetzt war sie im Nebenzimmer. Nur ein paar Schritte entfernt. Sie würde niemals erwarten, dass ... dass ... Cathérine! Er hatte schon einmal dabei versagt, sie zu beschützen. Wenigstens vor sich selbst musste es ihm gelingen. Mit einem Knurren, das zugleich ein Stöhnen war, schlug er sich die Zähne ins Handgelenk. Sein Blut schmeckte dunkel und herb. Jeder Schluck fachte das Feuer in seinen Adern weiter an – und linderte es auf unerklärliche Weise zugleich. Er hätte alles dafür gegeben, diese entsetzliche kranke Gier loszuwerden. Alles!

Er trank, bis sein Herzschlag schmerzhaft wurde, leckte die Wunden, damit sie sich schlossen. Ihm war schwindlig. So viel hatte er noch nie genommen. Hinter seinen Lidern tanzten Schlieren und Punkte. Aber vielleicht ... Sein Kopf fiel auf das Kissen ... Vielleicht ... Er hatte das Bewusstsein verloren, ehe er den Gedanken zu Ende führen konnte.

Der Geruch von Blut weckte ihn. Im ersten Moment benommen und orientierungslos öffnete er die Augen. Licht fraß sich qualvoll durch sie hindurch in seinen Schädel. Stöhnend presste er die Lider hastig wieder aufeinander. Mit dem Schmerz kam die Erinnerung zurück. Cathérine! Der Kerl, der ... Er war in ihrem Haus ... Was ...?

»*Gott sei Dank, Sie sind wach, Ben.*«

Ben? Das war nicht sein Name. Sein Name war ... war ... Der Gedanke war fort, ehe er ihn fassen konnte. Frustriert rieb er sich die Stirn. So war es immer. Jedes Mal. Jedes verdammte Mal. Steif und mühsam setzte er sich auf, vorsichtig darauf bedacht, keine zu hastigen Bewegungen zu machen.

»*Es tut mir so leid. Ich habe verschlafen. Erst heute Mittag, als Freunde angerufen haben, mit denen ich eigentlich zum Frühstück verabredet war, bin ich aufgewacht. Und als ich Sie wecken wollte, da ... Ich habe Sie nicht wach bekommen. Sie haben überhaupt nicht reagiert und den ganzen Tag beinah vollkommen reglos dagelegen. Nur als die Sonne aufs Bett fiel, da sind Sie unruhig geworden. Erst als ich das Rollo heruntergezogen habe, da ... Ich hatte Angst ... Sie ... Sie ... Ich habe mir Sorgen gemacht.*«

Er erinnerte sich ... sie in der Nähe gespürt zu haben; ein paarmal. Dass er versucht hatte der Sonne zu entkommen, die irgendwann durch das Dachfenster gefallen war. Sein Stöhnen hatte sie herbeigerufen und sie hatte das Rollo geschlossen ... Moment! Den ganzen Tag? Sollte das heißen ...? Natürlich. Gewöhnlich versuchte er das Sonnenlicht zu meiden. Es brannte auf seiner Haut und in den Augen, ließ sie tränen. Bei Tag war er matt, geradezu lethargisch. Und damit beängstigend hilflos. Deshalb hatte er auch vor Sonnenaufgang fort sein wollen. Aber dass er regelrecht bewusstlos gewesen war ... So schlimm war es noch nie gewesen. Großer Gott, er hatte tatsächlich den ganzen Tag hier verbracht.

Sie beugte sich über ihn. Unwillkürlich fuhr er zurück. Schmerz schoss von seinem Nacken in seinen Schädel und seinen Rücken hinab. Seine Rippen erinnerten ihn nachdrücklich daran, dass einige von ihnen gebrochen waren.

»Lassen Sie mich nach Ihren Augen sehen.« Das Bett senkte sich neben ihm. Ihre Hand berührte sein Gesicht.

»Nein.« Hastig fasste er zu, schob sie behutsam zurück. Unter seinen Fingern spürte er ihren Puls. Das Pochen in seinem Kiefer nahm den Rhythmus auf. Er ließ sie los, senkte den Kopf und hob ganz langsam die Lider. Wie zuvor krallte Schmerz sich in seine Augen – doch bei Weitem nicht mehr so quälend wie am Abend. Wenn er sie nur einen winzigen Spaltbreit öffnete, war es gerade noch erträglich und er konnte zumindest Umrisse und Bewegungen erkennen.

»Ist es etwas besser?« Sie saß neben ihm auf dem Bettrand und beugte sich gerade ein wenig weiter vor in dem Versuch, ihm ins Gesicht zu sehen.

»Besser, ja«, bestätigte er und versuchte unauffällig, ein wenig mehr Distanz zwischen sie zu bringen. Ihr Aufatmen kam aus tiefster Seele.

»Ich habe Ihre Sachen gewaschen und geflickt.« Sie wies zum Fußende ihres Bettes. »Viel war leider nicht mehr zu retten. Aber vielleicht ... Ich könnte ein paar Freunde fragen, ob sie eine abge-

legte Hose, ein Hemd, einen Pullover oder eine Jacke haben. Der eine, Stephen, hat ungefähr Ihre Figur ...«

»Danke, das ist ... sehr nett, aber ... bitte nicht.« Je weniger Personen von ihm wussten, desto besser. »Sie haben schon mehr als genug für mich getan. Ich werde mich anziehen und gehen.«

»Warum bleiben Sie nicht bis morgen früh? Es ist schon spät, und nachdem es Ihnen heute den ganzen Tag so schlecht ging ...« Sie stand vom Bett auf, ging hinüber zu etwas, das für ihn wie ein kleines Tischchen aussah. »Ich habe Ihnen etwas zu essen gemacht.«

Allein bei dem Gedanken an normale Nahrung zog sein Magen sich protestierend zusammen. »Nein, ich möchte nicht ...«

»Es sind nur Eier mit Speck.« Sie platzierte ein Tablett auf seinem Schoß. »Aber ich fürchte, sie sind bestenfalls nur noch lauwarm.«

»Ich ...«

»Sie haben den ganzen Tag nichts gegessen – und ich bezweifle, dass Sie davor etwas zwischen die Zähne bekommen haben.« Von irgendwoher holte sie eine Gabel hervor und drückte sie ihm in die Hand.

»Nein, ich bin nicht hungrig ...«

»Nur ein paar Bissen. – Wenn Sie dann immer noch gehen wollen, werde ich Sie nicht aufhalten. Aber etwas essen müssen Sie. – Für mich. Bitte!«

Er holte langsam Atem. Vielleicht würde sein Magen ja ein paar Bissen bei sich behalten. Auch wenn seine früheren Versuche, etwas zu sich zu nehmen, allesamt fehlgeschlagen waren. Und vielleicht gab sie sich ja mit zwei oder drei Gabeln zufrieden. Nur widerwillig grub er die Zinken in die gelbe Masse, schob sich ein paar Brocken davon in den Mund, kaute und schluckte, darum bemüht, nicht zu schmecken. Der nächste Happen: kauen, schlucken. Weiter kam er nicht. Sein Magen zog sich in einem qualvollen Krampf zusammen. Er krümmte sich, taumelte aus dem Bett. Der Schmerz hätte ihn beinah auf die Knie geschickt. Sie schrie erschrocken auf. Tablett und Teller landeten krachend auf dem Boden. Ei spritzte. Er schaffte es gerade noch bis ins Bad und über die Kloschüssel. Dann spuckte er alles wieder aus, was er gerade hinuntergezwungen hatte. Und selbst als sein Magen leer war, würgte er noch. Irgendwann war auch das vorbei. Ihre Hand berührte seine Schulter. Dann hörte er sie erschrocken aufkeuchen.

»Lieber Gott, das ist ja Blut.«

Selbst mit seiner verschwommenen Sicht erkannte er die roten Spritzer auf dem hellen Porzellan.

»Ich rufe einen Arzt!« Sie hastete aus dem Bad.

»Nein!« Mühsam kam er auf die Beine, taumelte ihr hinterher. An der Treppe erwischte er sie am Arm. »Kein Arzt!

»Ich lasse nicht zu, dass Sie innerlich verbluten, nur weil ...« Sie riss sich los und eilte die Stufen hinab. Sekundenlang stand er benommen da, die Hände um das Geländer geklammert, um sich aufrecht halten zu können. Kein Arzt! Kein Krankenhaus! Niemals! Niemals! Er ließ seinen Halt los, stolperte in ihr Zimmer zurück, raffte seine Sachen zusammen, als käme sie im nächsten Moment zurück, um ihn darin einzusperren, wankte die Treppe hinunter und aus dem Haus. Immer wieder knickten seine Beine ein, er fiel auf Hände und Knie, rappelte sich wieder auf und humpelte weiter. Hinter sich hörte er sie den Namen rufen, den sie ihm gegeben hatte. Aber weder blieb er stehen noch drehte er sich um.

Schachfiguren

Mit einem keuchenden »Nein!« fuhr ich aus einem Albtraum aus Feuer, Blut und Angst auf und streckte unwillkürlich die Hand zur Seite. Doch das Bett neben mir war leer. Julien war nicht da. Zittrig holte ich ein paarmal Atem, während ich versuchte mein Herz zu einer geringeren Schlagzahl zu überreden. Es war alles in Ordnung. Ich war in meinem Zimmer im ersten Stock des Hale-Anwesens. Mondlicht fiel durch die Glastür zum Balkon herein. Ich war in Sicherheit. Vorsichtig tastete ich nach dem Verband an meinem Hals. Meine Finger bebten ... Ich *war* in Sicherheit!

Einen Moment starrte ich blind in die silbrige Dunkelheit, ehe ich mir mit beiden Händen übers Gesicht rieb. Julien hatte mir gesagt, dass er mich im Laufe der Nacht allein lassen würde – jedoch nur, wenn es für mich in Ordnung war, einige Stunden allein zu sein. Ich hatte ihm versichert, dass es natürlich in Ordnung war, in der stummen Hoffnung, dass ich nicht genau aus jenem Albtraum aufschreckte, der mich gerade wieder heimgesucht hatte. So wie in der ersten Nacht hier, die ich allein in meinem Bett verbracht hatte. Der Albtraum, in dem ich im Feuer gefangen war, Blut meinen Mund füllte und gleichzeitig aus einem Loch in meinem Hals lief. Der Albtraum, dem ich nur entkommen konnte, wenn ich mich fest an Julien schmiegte und mich selbst daran erinnerte, dass mir nichts geschehen konnte, solange er da war.

Müde strich ich mir die Haare zurück. Ich wusste nicht, wann er gegangen war. Ebenso wenig konnte ich sagen, wann er zurückkommen würde. Genau genommen hatte er mir versprochen zurück zu sein, *bevor* ich wieder aufwachte. Mit einem unterdrückten Seufzen ließ ich mich zurückfallen und zog die Decke unters Kinn. Auch wenn ich bezweifelte, dass es mir gelingen würde, ohne Julien wieder einzuschlafen, wollte ich es zumindest versuchen.

Eine halbe Ewigkeit später umklammerte ich noch immer sein Kissen und starrte in die Dunkelheit. Schließlich gab ich es auf, quälte mich aus dem Bett und machte mich nur im Nachthemd auf den Weg in die Küche. Vielleicht würde ein Glas Wasser oder Milch mir dabei helfen, wieder einzuschlafen. Ohne Licht tappte ich die Treppe hinunter. Der Mond ließ die polierten Stufen zu beiden Seiten des Teppichläufers glänzen. Die Hand noch auf dem geschnitzten

Pfosten zögerte ich jedoch auf dem letzten Tritt, als ein kalter Luftzug mich überraschend frösteln ließ. Plötzlich pochte mir das Herz in der Kehle. Unwillkürlich ging meine Hand zu dem Verband an meinem Hals. Julien hatte die Türen und Fenster im Erdgeschoss wie jeden Abend geschlossen ...

»Ich bin es. Hier.« Die Stimme kam aus dem hinteren Teil des Hauses. Schlagartig wich meine aufkeimende Panik Erleichterung. Rasch durchquerte ich die kleine Halle mit ihren, bis auf eine Ausnahme, dunkel getäfelten Wänden und betrat das hintere Wohnzimmer. Es war verlassen, doch die zweiflügelige Glastür, die auf die Veranda hinausführte, stand offen.

Julien lehnte an einer der gedrechselten Säulen, die das Dach der Veranda trugen, und sah zum Wald hin, zwischen dessen Wipfeln der Mond stand. Als ich durch die Tür trat, streckte er die Hand nach mir aus, ohne sich umzudrehen. Ich ergriff sie, schmiegte mich an ihn und lehnte meinen Kopf gegen seine Schulter.

»Und?«, wagte ich irgendwann bang in die Stille hinein zu fragen.

»Es war ein Autounfall. Ich kann gut verstehen, dass man ihn bisher noch nicht identifizieren konnte. Kein schöner Anblick.« Er schaute auf mich herunter und seine quecksilbernen Augen glänzten im Mondlicht seltsam fahl und dunkel zugleich. »Aber es war nicht Adrien!« Die Erleichterung in seiner Stimme war deutlich zu hören.

Ich drückte seine Hand. »Hast du noch eine andere Spur?«

Nach einem kurzen Zögern fuhr er sich mit den Fingern durchs Haar. »Nein. – Was tust du eigentlich hier unten?« Missbilligend blickte er auf meine nackten Füße. »Wir haben Oktober! Du wirst dir den Tod holen. Die Ärzte haben gesagt ...«

Ich ließ ihn nicht ausreden. »Sie haben nichts davon gesagt, dass du mich wie eine Invalide behandeln oder in Watte ersticken sollst.«

Eine seiner schwarzen Brauen hob sich. »Ach?« Wenn Julien wollte, konnte er unglaublich ätzend klingen. »Ich kann mich aber auch nicht daran erinnern, dass die Rede davon war, mitten in der Nacht barfuß und nur im Nachthemd durchs Haus zu laufen. Deine Hand ist eiskalt.« Er ließ das Objekt seines Missfallens los und nahm mich stattdessen ohne Vorwarnung in einer fließenden Bewegung auf die Arme.

»Was soll das? Lass mich wieder runter!«, protestierte ich ärgerlich und stemmte beide Hände gegen seine Brust. Julien verstärkte seinen Griff nur. Hatte ich ernsthaft geglaubt, mich gegen seinen Willen von ihm frei machen zu können? Lieber Himmel, inzwischen sollte ich es wirklich besser wissen. Der böse Blick, mit dem ich ihn fixierte, interessierte ihn nicht im Geringsten. Ungerührt ging er ins Haus zurück, kickte die Glastüren zu und drückte den Riegel mit dem Ellbogen nach unten, bis er ins Schloss schnappte, ehe er sich auf den Weg in den ersten Stock machte – als hätte ich nicht viel mehr Gewicht als ein Kind. Ich gab meine Gegenwehr auf. »Verrätst du mir, was das wird?«, fragte ich dafür bissig.

»Ich bringe dich wieder ins Bett.« Seine Schritte verursachten auf der Treppe nicht das leiseste Geräusch.

»Ich kann allein gehen.«

»Ich weiß.«

»Ich bin kein kleines Mädchen mehr.«

Aus dem Augenwinkel sah er mich an. »*Das* ist mir durchaus bewusst!« Seine Augen waren hell und quecksilbern. Natürlich. Sonst hätte er deutlich mehr Distanz gewahrt. Aber hatte ich etwas anderes erwartet? Selbstverständlich war er auf der Jagd gewesen ... Oder vielleicht doch nicht? Immerhin hatte er ja der Pathologie eines *Krankenhauses* einen illegalen Besuch abgestattet. Er schloss auch meine Zimmertür mit dem Absatz und setzte mich auf dem Bett ab. Dann begann er sich auszuziehen.

»Und was wird das jetzt?« Diesmal hob ich eine Braue. »Versuchst du mich zu verführen, Du Cranier?« Es war nicht das erste Mal, dass Julien sich in meiner Anwesenheit auszog, aber – lieber Himmel – im silbrigen Mondschein war sein nackter Oberkörper noch atemberaubender als bei jedem anderen Licht.

»Ich sorge nur dafür, dass du im Bett bleibst.« Sein schwarzes T-Shirt landete auf meinem Rattansessel. Das goldene Medaillon, auf dem der heilige Georg den Drachen mit seiner Lanze durchbohrte und das Julien nie ablegte, glänzte bei jeder Bewegung auf.

Ich musste ein paarmal blinzeln, ehe ich den Blick von seiner bleichen Brust lösen konnte.

»Du bist so unromantisch!«, beschwerte ich mich nach einem tiefen Atemzug mit deutlicher Verspätung.

Seine Finger öffneten den Knopf am Bund seiner dunklen Jeans, während er gleichzeitig die Schuhe abstreifte. »Ts! – Wir haben die Romantik erfunden.«

Ich zwang mich, zu seinem Gesicht aufzusehen. Was nicht gerade hilfreich war, denn seine Züge waren mindestens genauso perfekt wie der Rest seines Körpers. – Nein! Perfekter!

Die Jeans folgte dem T-Shirt.

Ich schluckte. »Du verwechselst Romantik mit Arroganz!« Julien in Boxershorts war ... jenseits jeder Skala. Hatte ich mir eben gerade tatsächlich die Lippen geleckt? O Gott.

In geheuchelter Verblüffung riss er die Augen auf. »Tatsächlich?« Er entledigte sich der Socken. »Rutsch rüber!«

»Wer hat gesagt, dass du auf die Fensterseite darfst?« Ich funkelte ihn von unten herauf an.

»Ich!« Er kniete sich aufs Bett, schob einfach die Arme unter mich und hob mich ein Stück weiter in die Mitte. Noch ehe ich mehr herausgebracht hatte als ein protestierendes Quietschen oder gar an meinen Platz zurückkrabbeln konnte, glitt er mit der ihm eigenen raubtierhaften Eleganz neben mir unter die Decke.

»Neandertaler!« fauchte ich und versuchte ein Stück von ihm wegzurücken. Er war schneller – natürlich –, schlang seinen Arm um mich und zog mich an sich. Ich spürte seine Brust an meinem Rücken, kühl und hart, mit Seide überzogener Marmor.

»Es tut mir leid, dass ich nicht bei dir war, als du aufgewacht bist. Ich hätte gleich zu dir heraufkommen sollen, aber ich ... na ja, ich habe einen Moment gebraucht, um ...« Sein Atem streifte meinen Hals. »Wie auch immer: Entschuldige!«

Was auch immer ich ihm eben noch hatte an den Kopf werfen wollen, seine Worte nahmen mir jeglichen Wind aus den Segeln. Nach dem, was gestern in der Schule geschehen war, traute er sich selbst noch viel weniger über den Weg, was meine Sicherheit in seiner Gegenwart anging. Es war, als hätte er nach diesem unseligen Zwischenfall im Jungsklo eine Mauer zwischen uns errichtet, die er nur bis zu einem gewissen Grad zu senken wagte. Ein kurzes, scherzhaftes Geplänkel; eine zarte, beinah scheue Berührung; ein flüchtiger Kuss, der nicht mehr annähernd so tief und ausgedehnt war wie früher; mehr ließ er nicht zu. Nun ja, zumindest hatte er heute auf diese bescheuerte Pyjamahose verzichtet. Vielleicht weil ich sie heimlich in die Wäsche befördert hatte?

»Glaubst du, sie wissen schon, dass du nicht mehr in Dubai bist?«

Ich fühlte sein Schulterzucken. Es war nur die Andeutung einer Bewegung. »Aber letztendlich ist es nur eine Frage der Zeit, bis sie es herausfinden.« Sein Ton sagte mir ganz klar, dass er nicht weiter über dieses Thema reden würde. Ich schmiegte mich an ihn und legte den Kopf auf seine Brust –

und fragte mich unbewusst, was alle Welt nur an diesen Work-out-Waschbrettbäuchen fand. Juliens Muskeln zeichneten sich unter seiner Haut nur ganz leicht ab, auch wenn er nicht ein Gramm Fett an sich hatte. Fest und elegant, der perfekt trainierte Körper eines Hochseilartisten. Er verschränkte seine Finger mit meinen, schob den Arm unter meinen Nacken und strich langsam den Teil meines Rückens auf und ab, den er so erreichen konnte. Obwohl ich wieder und wieder gefragt hatte, hatte er mir bisher nicht erzählt, was geschehen würde, wenn sie herausbekamen, dass *er* hier bei mir war. Und genau das machte mir Angst – wie so vieles andere, was er nicht preisgab.

Seine Hand auf meinem Rücken war unendlich beruhigend. Irgendwann schlief ich doch ein.

Rüde wurde ich von einem Handy geweckt. Bis ich – verschlafen, wie ich war – die Melodie endlich einordnen konnte, war Julien schon aus dem Bett, hatte den Störenfried aus seiner Hosentasche gezerrt und war rangegangen. Einen Moment lauschte er, dann nickte er schließlich.

»Natürlich. Das ist kein Problem. Wir sind da. ... Ich sage es ihr. ... Ja, natürlich auch das. ... Bis später!«

Ich setzte mich auf, als er das Handy zuklappte. »Was sagst du mir?« Müde rieb ich mir die Augen.

»Dass Fürst Vlad den Termin mit Samuels Anwalt kurzfristig auf heute Nachmittag verlegen musste und dass sie um vier Uhr hier sein werden.« Er schob das Handy in die Hosentasche zurück.

»So früh?« Unwillig warf ich einen Blick auf meine Uhr und erschrak. Kurz nach halb sieben. Draußen wurde es bereits hell. Mir war nicht bewusst gewesen, dass ich tatsächlich so lange geschlafen hatte.

Julien sah mit leisem Spott auf mich herab. Ich verzog das Gesicht, kroch aus dem Bett und verschwand ins Bad. Vor dem Spiegel schnitt ich mir selbst eine Grimasse und fragte mich wieder einmal – wie eigentlich jeden Morgen –, was Julien nur an mir finden mochte. Dass er jede haben konnte, die er wollte – ausnahmslos! –, hatte er seit seinem Auftauchen an der Montgomery High mehrfach bewiesen. Aber was tat er? Er nahm mich. Zugegeben, wir hatten ein paar Anlaufschwierigkeiten gehabt: Wir hatten es tatsächlich geschafft, an einem Tag zusammenzukommen, uns gleich wieder zu trennen und wieder zusammenzukommen. Aber dafür war nicht der Umstand verantwortlich gewesen, dass Julien mich nicht liebte. Ganz im Gegenteil.

Ich brachte die morgendliche Routine hinter mich – mit einem Verband am Hals zu duschen ist eine Kunst – und tappte dann in mein Zimmer zurück. Nur um wie jeden Tag vor dem gleichen Problem zu stehen: Was sollte ich anziehen? Oh, der Inhalt meines Kleiderschrankes hätte jede Millionärstochter vor Neid erblassen lassen, aber die meisten der Sachen hatte mein Großvater Radu für mich besorgt, während ich noch im Krankenhaus lag. Und ich wurde den Verdacht nicht los, dass er in einem halben Dutzend römischer Edelboutiquen einfach alles gekauft hatte, was es von der neusten Kollektion in meiner Größe gab. Die Teile waren wahnsinnig edel und unglaublich schick – nur leider absolut nicht für die Highschool geeignet. Zum Glück schien mein Großonkel Vlad ein deutlich besseres Gespür dafür zu haben, was meinem Stil entsprach, sodass ich auch heute wieder zu den Stücken griff, die von ihm stammten.

Als ich schließlich in einem knapp knielangen Rock und einer dünnen Bluse über einem T-Shirt in die Küche kam, wartete wie jeden Morgen mein Frühstück schon auf mich: Toast, Butter, Marmelade, Wurst, Käse, Gurkenscheiben, Eier – heute waren es Rührei mit Kräutern –, Orangensaft und Tee. Julien war eine fürchterliche Glucke.

Ich beäugte den Tisch. »Was gefällt dir an meiner Figur eigentlich nicht?«

Als er das erste Mal für mich Frühstück gemacht hatte, hatte ich ihn vollkommen baff gefragt, wie es kam, dass *er* so etwas konnte. Er hatte mich mit diesem arroganten Blick bedacht, für den ich ihn regelmäßig erwürgen konnte, und mir erklärt, dass ein banales Rührei auch für jemanden wie ihn keine Kunst sei. Dennoch war es für mich immer noch ein seltsames Gefühl, allein zu essen, während er mir stets nur dabei zusah.

Mein Freund und Leibwächter legte den Kopf schief. »Muss ich diese Frage verstehen?« Er lehnte nur in Jeans rücklings an der Arbeitsplatte neben dem Spülbecken und hielt eine dieser großen Milchkaffee-Tassen in den Händen, aus der Dampf aufstieg. *Sein* Frühstück.

»Wenn du versuchst mich zu mästen, muss ich dir zu dünn sein.«

Ohne mich aus den Augen zu lassen, stellte er seine Tasse zur Seite und kam langsam auf mich zu, bis ich zwischen ihm und der Tischkante gefangen war.

»Ma chère demoiselle ...« Juliens Hände glitten federleicht von meinen Rippen abwärts über meine Taille bis zu meiner Hüfte, wo sie liegen blieben, »... du bist, so wie du bist, ganz genau richtig für mich. Aber seit wir zusammen sind, neigst du dazu, das Essen zu vergessen. Ich versuche nur zu verhindern, dass du mir unter den Händen verhungerst.« Er beugte sich ein Stück näher zu mir und für eine winzige Sekunde hoffte ich, er würde mich küssen. Doch im nächsten Moment waren seine Hände von meiner Taille verschwunden und er trat zurück. Ich hätte schreien mögen. Mit einer abrupten Bewegung fuhr er sich durchs Haar. »Ich denke, ich gehe mal duschen.« Entschieden wandte er sich zur Tür, machte dann aber noch einmal kehrt und holte seine Tasse. »Et ne nos inducas in tentationem ...«

Verständnislos sah ich ihn an.

»Und führe uns nicht in Versuchung ...«, übersetzte er mir und hob bedeutungsvoll die Tasse. Ich verdrehte die Augen, doch er war schon draußen.

Einmal mehr verfluchte ich Neal aus tiefster Seele. Schon vor diesem verdammten Zwischenfall hatte Julien nicht mehr als Streicheln und Küssen zugelassen und sich geweigert, mit mir bis zum Letzten zu gehen. Immer mit der gleichen Begründung: *Wenn wir zu weit gehen, kann es für dich gefährlich werden. Und das werde ich um keinen Preis riskieren!* Aber jetzt? Wenn er sich nur ein klein wenig gehen ließ und es merkte, brachte er sofort wieder Abstand zwischen uns. Er lief ja regelrecht vor mir davon! Großer Gott, ich war siebzehn! Ich wollte meinen Freund *richtig* in meinem Bett und nicht nur wie einen großen Teddybären zum Kuscheln. – Aber wie es im Moment aussah, würde sich daran in nächster Zeit dank Neal Hallern nichts ändern.

Im ersten Stock rauschte die Dusche. Ich ließ mich auf einen der beiden Stühle sinken, bestrich einen Toast mit Marmelade und legte eine Scheibe Käse obenauf, warf der Decke einen frustrierten Blick zu und widmete mich meinem Frühstück.

Gerade stellte ich mein Geschirr in die Spülmaschine – die Reste von Wurst, Käse, Butter und Marmelade waren schon fortgeräumt –, als ich Julien auf der Treppe hörte. Einen Augenblick später war er hinter mir und legte die Arme um mich. Züchtig. Natürlich. Über die Schulter sah ich ihn an. Seine Haare waren noch nass. Wie immer trug er Schwarz: perfekt sitzende Jeans, die seine Beine noch länger erscheinen ließen, und ein Hemd, dessen obere Knöpfe offen standen. Doch im Gegensatz zu Beths Sachen hatte nichts davon auch nur den Hauch von Gothic-Look. Ganz im Gegenteil! Eben setzte er die getönte Brille auf, die er vor anderen niemals, selbst im Unterricht nicht, abnahm und die seine Augen verbarg. Augen wie Quecksilber, die ihre Farbe von hellem, kaltem Grau bis hin zu aus der Tiefe rot loderndem, tödlichem Schwarz wechseln konnten.

»Fertig?« Er griff an mir vorbei, fischte ein Handtuch von der Arbeitsplatte und hielt es mir hin, damit ich mir die Hände abwischen konnte.

»Ja.« Ich genoss es noch eine weitere Sekunde, ihn so dicht bei mir zu haben, dann löste ich mich von ihm und drehte mich endgültig um. Seinen Rucksack hatte er bereits über die Schulter geschlungen. Meine Tasche hing an seiner anderen Seite. Ich nahm sie ihm ab und folgte ihm aus dem Haus und zum Schuppen, in dem die Vette auf uns wartete. Nachdenklich blickte ich auf den schwarzen Wagen, während er die Torflügel öffnete.

»Du würdest nicht vielleicht in Erwägung ziehen, mich fahren zu lassen?«, überlegte ich laut. Mein Audi war ja leider ein Opfer jener Explosion geworden, die auch mein gesamtes Zuhause in Schutt und Asche gelegt hatte – zusammen mit den Überresten seiner Blade, die allerdings zu diesem Zeitpunkt bereits Schrott gewesen war. Allein der Gedanke, dass er sich mit seiner Maschine bei mehr als zweihundert Stundenkilometern überschlagen hatte, ließ regelmäßig meine Kehle eng werden. Und der Anblick, als ich ihn im *Weinkeller* an den Kaminrost gekettet gefunden hatte ... Das waren zwei Gründe mehr, derentwegen ich *Onkel* Samuel etliche Jahrhunderte in der Hölle wünschte.

Julien hatte mitten in der Bewegung innegehalten und sah mich an, als hätte ich vorgeschlagen, er solle auf der Motorhaube Spiegeleier braten.

»Jaja. Schon gut.« Ich stieß ein übertriebenes Seufzen aus. Hatte ich etwas anderes erwartet? – Nein, eigentlich nicht! Die Vette gehörte Adrien und der hätte normalerweise wahrscheinlich nicht mal seinen eigenen Bruder hinter das Steuer seines »Babys« gelassen. Bei Julien und seiner Blade war es genauso gewesen. Was ihre fahrbaren Untersätze betraf, war der eine Du-Cranier-Zwilling offenbar ebenso besessen wie der andere.

Ergeben tappte ich auf die Beifahrerseite und stieg ein. Julien schien geradezu erleichtert, dass ich mich ohne Diskussion in mein Schicksal fügte, als er neben mich glitt, den Motor mit dem üblichen Schnurrgrollen zum Leben erweckte und zurücksetzte. Doch als er ausstieg, um den Schuppen wieder zu schließen, hielt er inne und beugte sich kurz ein Stück zu mir herüber.

»Vielleicht solltest du Fürst Vlad heute Mittag nach Geld für ein *eigenes* Auto fragen?«, schlug er vor.

Ich starrte ihm nach.

»Meinst du wirklich?«, vergewisserte ich mich, nachdem er wieder da war.

Er grinste und nickte. »Im Schuppen ist Platz für einen zweiten Wagen und wir müssten nicht mehr die Vette nehmen, um zur Schule zu fahren.«

Aha! Da lag der Hase im Pfeffer. Die kostbare Corvette Sting Ray, der schreckliche Schulparkplatz mit seinen unzähligen Fahranfängern und Juliens Angst, dass einer davon einen Kratzer in den schwarzen Lack machen könnte.

»In Ordnung. Ich frag ihn«, erklärte ich leichthin, beachtete Juliens misstrauisch zusammengezogene Brauen nicht und lehnte mich im Sitz zurück. Wenn die Vette mir ein eigenes neues Auto einbrachte, sollte mir das mehr als recht sein.

»Und was ist mit dir?«

»Mit mir?« Er bog vom Zufahrtsweg des Hale-Anwesens auf die Straße ein.

»Willst du dir nicht auch eine neue Fireblade anschaffen?«

Seine Hände schlossen sich einen Sekundenbruchteil fester um das Lenkrad. »Es ist ziemlich bekannt, dass Julien Du Cranier eine getunte Rennmaschine fährt, während

Adrien Du Cranier eine Corvette Sting Ray bevorzugt. Selbst wenn ich die Maschine nur in den Schuppen stellen würde, um daran zu basteln ...«

... wäre das Risiko viel zu groß, dass sie irgendjemand zu Gesicht bekäme, der diese Tatsache kannte und obendrein wusste, dass Julien nach Dubai verbannt war und offiziell sein Zwillingsbruder Adrien bei mir wohnte ... Er musste den Satz nicht beenden. Ich verstand auch so. Zu allem Überfluss hatte ich, ohne es zu wollen, wieder den Finger auf die Wunde gelegt, die Julien am meisten zu schaffen machte: die quälende Ungewissheit, was sich tatsächlich hinter Adriens Verschwinden verbarg.

»Es tut mir leid«, murmelte ich und biss mir auf die Lippe.

Juliens Blick zuckte ganz kurz von der Straße zu mir, dann griff er zu mir herüber, nahm meine Hand in seine und drückte sie. Es war ein wortloses: *Das muss es nicht. Ich weiß, dass du mir nicht wehtun wolltest. Es ist in Ordnung. Vergiss es.* Ich sah ihn mit einem traurigen Lächeln an, worauf er erneut meine Hand drückte, ehe er seine ans Lenkrad zurücknahm und sich wieder auf den Verkehr konzentrierte. Mehr brauchte es gewöhnlich nicht zwischen uns: ein Blick, eine Berührung, eine Geste, ein Lächeln – und wir verstanden einander. Vielleicht hätte ich es beängstigend finden sollen, dass wir uns binnen so kurzer Zeit so vertraut waren. Aber es war für mich einfach nur wunderschön. – Was nichts daran änderte, dass mich mal wieder ein schlechtes Gewissen plagte, weil ich ohne nachzudenken geplappert hatte.

In der Schule empfing Susan uns mit dem neusten Klatsch, den Ron mit einer Meldung aus dem Radio noch zu toppen wusste: In der vergangenen Nacht hatte der Nachtwächter in der Pathologie eines Krankenhauses etwa dreißig Meilen von hier eine Begegnung gehabt, die aus dem Film *Nightwatch* hätte stammen können. Eine der Leichen hatte sich während seines Rundgangs urplötzlich unter ihrem Laken aufgerichtet. Ich verschluckte mich vor Schreck fast an dem Stück selbst gemachten Müsliriegel, von dem Beth mich zwecks »Probier mal!« hatte abbeißen lassen, und bedachte die *Leiche*, an deren Identität es für mich absolut keinen Zweifel gab und die eine knappe Armlänge neben mir stand, mit einem fassungslosen Blick.

Juliens Unschuldsmiene machte es nicht wirklich besser, genauso wenig wie sein gerauntes »Ich hatte keine andere Wahl. Es war eine Sackgasse und der Kerl hat sich ausgerechnet diese Nacht für ein Schäferstündchen mit seiner Freundin in der Autopsie ausgesucht. Außerdem wollte ich schnellstens zurück zu dir und nicht Zeuge vorehelicher Vergnügungen werden!«.

Ich widerstand nur schwer dem Drang, das Gesicht in den Händen zu vergraben – wobei ich mir nicht sicher war, ob ich lachen oder weinen sollte. Zu meiner Erleichterung hatte das Krankenhaus offenbar beschlossen, das Ganze nicht weiterzuverfolgen. Da die anderen Leichen unberührt gewesen waren, keine fehlte, und wer auch immer dafür verantwortlich gewesen war, keine brauchbaren Spuren hinterlassen hatte, vermutete man dahinter einen – wenn auch ziemlich pietätlosen – Streich, der nur dem betroffenen Nachtwächter gegolten hatte.

Den ganzen Tag über gab es neben *Julien DuCraine* und *Dawn Warden* ein zweites Thema: *Die lebende Leiche!*, deren Story mit jeder Pause makaberere Züge annahm. Etwas, worüber Julien sich insgeheim köstlich zu amüsieren schien. Zur Abwechslung war es tatsächlich geradezu entspannend, zumindest nicht direkt Gesprächsthema Nummer eins zu sein.

Je näher der Termin mit meinem Onkel rückte, umso unruhiger wurde ich. Warum, konnte ich mir selbst nicht erklären, aber es war so. Entweder ich starrte aus dem Fenster oder ich kritzelte Strichmännchen auf meinen Block. In Erdkunde verwechselte ich Berlin mit Paris, beantwortete kurz darauf eine Frage, die bereits vor fünf Minuten gestellt worden war, und entdeckte zu allem Überfluss in englischer Literatur, dass ich anstelle des *Dorian Gray* meine Spanischlektüre aus dem Spind genommen hatte. Alles in allem: Der Tag war ein absolutes Desaster. Es war nur Julien zu verdanken, dass ich mir in der Kantine nicht auch noch die Spaghetti mit Tomatensoße überkippte – zu denen *er* mich gezwungen hatte und die ich letztlich weitestgehend unberührt wieder auf das Geschirrband stellte.

Schlimmer konnte das Treffen mit meiner Verwandtschaft eigentlich auch nicht mehr werden ...

Mein Großonkel und *Onkel* Samuels Anwalt waren auf die Minute pünktlich. Schlag sechzehn Uhr hielten ein silbergrauer Bentley mit getönten Seiten- und Heckscheiben und ein weißer Infiniti vor dem Haus. Ein Chauffeur sprang aus dem Bentley und öffnete den hinteren Schlag. Der Mann, der mit träger Eleganz ausstieg, war mittelgroß, schlank und breitschultrig. Sein lockiges schwarzes Haar berührte gerade den Kragen seines Maßanzuges: mein Großonkel Vlad – oder auch *Fürst* Vlad. Er sagte etwas zu dem Chauffeur, woraufhin dieser nickte, und wandte sich dann dem zweiten Wagen zu.

Bevor ich mehr sehen konnte, scheuchte Julien mich schon ins hintere Wohnzimmer, da es sich seiner Meinung nach nicht gehörte, dass sich die Princessa Strigoja – auch wenn sie ihren Wechsel noch nicht hinter sich hatte – an der Scheibe die Nase platt drückte wie ein kleines Kind zu Weihnachten vor dem Spielwarenladen. Er weigerte sich die Tür zu öffnen, bis ich nicht darin verschwunden war. Gleich darauf hörte ich Stimmen im Korridor, Schritte näherten sich und dann stand mein Großonkel im Durchgang. Innerhalb eines Sekundenbruchteils schien sein Blick den ganzen

Raum erfasst zu haben, dann wandten sich seine großen grünen Augen mir zu.

Mein Mund war vollkommen ausgedörrt. Ich versuchte ein schüchternes Lächeln. Zu meiner Überraschung erwiderte er es, kam zu mir und küsste mich auf beide Wangen. Dann hielt er mich ein Stück von sich weg und begutachtete mich.

»Du siehst wohl aus, mein Kind. – Ist hier alles zu deiner Zufriedenheit?« Er hob die Hand zu meinem Hals, berührte mich aber nicht. »Dein Verband …?«

»Kann bald endgültig ab. – Und es ist alles bestens. Vielen Dank, dass du das alte Anwesen wieder hast herrichten lassen. Es ist wunderschön geworden …« Das klang ganz fürchterlich steif, aber ich wusste nicht, was ich sonst hätte sagen sollen. Abgesehen von seinen Besuchen im Krankenhaus – bei denen er bis auf den ersten immer in Begleitung anderer Fürsten gewesen war – hatten wir nur ein paarmal miteinander telefoniert. Ich war regelrecht erleichtert, als er nickte, einen Schritt zurück machte und mir den Mann, der hinter ihm den Raum betreten hatte, als Mr Mollins vorstellte, den Anwalt meines verstorbenen Onkels Samuel Gabbron. Der schüttelte höflich meine Hand und bekundete mir murmelnd sein Beileid. Ich verbiss mir die Bemerkung, dass *Onkel* Samuel meine Eltern kurz nach meiner Geburt umgebracht hatte und er, wenn es nach mir ginge, deswegen gerne in der Hölle schmoren konnte. Stattdessen bat ich ihn, auf dem Sofa Platz zu nehmen.

Dass Julien wortlos ins Zimmer und direkt zu mir herübergekommen war, um hinter den Ledersessel zu treten, den er zu meinem Platz während dieser Unterhaltung bestimmt hatte, brachte ihm einen irritierten Blick Mr Mollins' ein. Doch schließlich setzte er sich und breitete seine Unterlagen vor sich aus. Mit einem ähnlich spöttischen Lächeln wie damals im Krankenhaus sah Onkel Vlad von Julien zu mir und zurück, während er sich neben dem Anwalt auf dem Sofa niederließ und sich zurücklehnte.

Die nächste halbe Stunde verlas Mr Mollins Paragrafen, erläuterte sie, zerrte Listen hervor und erklärte mir, an welchen Unternehmungen mein *Onkel* beteiligt gewesen war. Ich verstand ungefähr ein Drittel von dem, was er da herunterspulte, und war ziemlich erleichtert, als er irgendwann erklärte, er habe die Verwaltung des mir zustehenden Erbes meinem Großvater Radu übertragen, der – als mein nächster lebender Verwandter – auch bis zu meinem achtzehnten Geburtstag zu meinem Vormund erklärt worden war. Da er aktuell aber in Rom nicht abkömmlich sei, habe Radu wiederum meinen Großonkel Vlad mit den entsprechenden Vollmachten ausgestattet, was alle juristischen Belange betraf.

Schließlich erklärte er mir, welche Summe an »Taschengeld« ich ab sofort jeden Monat auf meinem extra dafür eingerichteten Konto zur freien Verfügung haben würde, und ich schnappte nach Luft. Mr Mollins warf mir über seine Papiere hinweg einen überraschten Blick zu. Neben ihm lächelte mein Großonkel milde.

»Wir haben uns erlaubt, deine monatliche Apanage aus dem Erbe deines Vaters ein wenig aufzustocken. Solltest du dennoch einmal mehr Geld benötigen, genügt ein Anruf bei einem von uns, mein Kind.« *Uns* waren zweifellos er, Radu und mein zweiter Großonkel Mircea. Alles, was ich zustande brachte, war ein benommenes Nicken. Erwarteten sie tatsächlich von mir, dass ich in einem Monat 10 000 Dollar ausgab? Lieber Himmel! Ich schluckte und schob die Hände zwischen die Knie.

Offenbar war mit der Frage nach meinem Taschengeld auch das letzte Detail geklärt. Mr Mollins breitete diverse Papiere auf dem flachen Glastisch zwischen Sofa und Sessel aus und ließ sowohl mich als auch Onkel Vlad an den dafür vorgesehenen Stellen unterschreiben. Dann zeichnete er jeweils selbst gegen und sortierte seine Kopien der Unterlagen in eine Mappe, die er sorgfältig in seiner Tasche verstaute. Von den beiden übrigen Ausfertigungen legte er jeweils eine ordentlich auf meine und eine auf Onkel Vlads Tischseite. Dann erhoben die beiden sich vom Sofa und ich beeilte mich, es ihnen gleichzutun. Unter der Versicherung, er stünde uns gerne zur Verfügung, sollten wir jemals seine Dienste benötigen, schüttelte er zuerst meinem Großonkel und dann mir die Hand. Julien, der noch immer mit nachlässig vor der Brust verschränkten Armen hinter meinem Sessel stand, gönnte er ein Nicken. Worauf Mr Mollins dann jedoch wartete, begriff ich erst, als mein Großonkel sich vernehmlich räusperte, eine Braue hob und den Kopf Richtung Tür neigte.

»Ich bringe Sie ...«, setzte ich an, doch Juliens Griff an meinem Arm unterbrach mich.

»Hier entlang.« Obwohl seine Worte eindeutig dem Anwalt galten und seine Hand zur Tür wies, sah er Onkel Vlad an. Sein Blick war erschreckend kalt. Mr Mollins hatte es eilig, seiner Geste zu folgen, dann war ich mit meinem Großonkel allein. Für einen Moment schien der auf die Schritte im Flur zu lauschen, dann gab er mir mit einem Wink zu verstehen, dass ich mich wieder setzen sollte. Er selbst machte es sich erneut auf dem Sofa bequem.

»Nun, mein Kind, nachdem die menschlichen Belange geklärt sind, kommen wir zu bedeutend wichtigeren Geschäften.« Das Klappen der Haustür ließ ihn innehalten. Einen Augenblick später war Julien zurück, ein in anscheinend mehrere Lagen Seidenpapier eingeschlagenes Päckchen in der Hand, das er mit einem knappen »Von Ihrem Chauffeur«, vor meinem Onkel auf den Tisch legte, bevor er hinter meinen Sessel zurückkehrte.

Ein wenig überrascht, dass er sich nicht zu einem von uns

setzte, sondern nach wie vor stehen blieb, wandte ich mich mit fragendem Blick zu ihm um, doch er schüttelte nur den Kopf und nickte zu Fürst Vlad hin. Der hatte das Päckchen auf dem Tisch ein kleines Stück beiseitegeschoben, so als sei es für den Moment ohne Bedeutung, und lehnte sich jetzt, die Arme nachlässig über die Rückenlehne gelegt, zurück.

»Ich bin hier, mein Kind, um dir im Auftrag des Rates mitzuteilen, dass einige Fürsten für sich oder ihre Söhne um die Erlaubnis gebeten haben, dir ihre Aufwartung machen zu dürfen, obwohl du deinen Wechsel noch nicht vollzogen hast ...« Ich war ihm dankbar, dass er darauf verzichtete, zu erwähnen, dass ich ihn wahrscheinlich auch nie vollziehen würde. »... und dass der Rat die ersten Ersuchen gewährt hat.«

Hinter mir holte Julien scharf Atem. »Wer?« Es klang, als würde er die Zähne fletschen.

Ich warf ihm einen hilflosen Blick zu, ehe ich wieder zu Fürst Vlad sah.

»Was hat es mit diesem ›Aufwartung machen‹ auf sich?« Sie beachteten mich überhaupt nicht.

»Man hat mir den Namen des jungen Mannes nicht genannt« Mein Onkel hob in einer vage bedauernden Geste die Hand von der Lehne. »Allerdings wurde mir versichert, dass er aus einer alten und ehrenhaften Blutlinie stammt.« Julien zischte verächtlich. Die Augen meines Onkels wurden schmal. »Es könnten ihr bedeutend schlechtere Verbindungen angetragen werden, wenn man bedenkt, dass sie den Wechsel vielleicht nie vollziehen wird.«

Da war er, der Schlag in den Magen, den ich gefürchtet hatte.

»Dann sollte der Rat damit warten, irgendwelchen Gesuchen nachzugeben, bis feststeht, dass sie den Wechsel tatsächlich nicht durchmachen wird«, hielt Julien scharf dagegen.

Mein Onkel lachte hart. »Und wer sollte sich dann noch für eine Verbindung mit ihr interessieren? Fürsten mit Macht und Einfluss sicherlich nicht mehr. – Jetzt hat sie noch die Wahl ...«

»Welche Wahl?«, verlangte ich ärgerlich zu wissen und stand auf. Ich sah von einem zum anderen. »Was hat das alles zu bedeuten?«

Julien wich meinem Blick aus, die Zähne zusammengebissen und die Hände zu Fäusten geballt.

»Onkel Vlad?«

Der musterte meinen Freund noch einen Moment frostig, dann wandte er sich mir zu.

»Einige einflussreiche und hoch angesehene Fürsten haben für sich selbst beziehungsweise ihre Söhne darum gebeten, dich kennenlernen zu dürfen, um dir gegebenenfalls – so du dies gestattest – den Hof zu machen. Der Rat hat einigen von ihnen seine Erlaubnis erteilt.«

»Den Hof machen?« echote ich verdattert. Bedeutete das tatsächlich, was ich fürchtete?

»Sagen Sie lieber, Sie verhökern sie an den, dessen Macht und Einfluss ihn für Sie zum besten Verbündeten macht«, knurrte Julien hinter mir.

O großer Gott. Es bedeutete genau das!

Der Blick meines Onkels wurde mörderisch. »Du vergisst, ich weiß, dass du ohne Erlaubnis aus der Verbannung zurückgekehrt bist. Nur weil ich dich nicht schon an die Fürsten übergeben habe und dich in der Nähe meiner Großnichte dulde, bedeutet das nicht, dass ich mir deine Impertinenz bieten lasse, Du Cranier. Du kannst von Glück reden, dass ich nichts dadurch gewinnen, sondern nur einen Leibwächter für meine Nichte verlieren würde, dem an ihrer Sicherheit mehr gelegen ist als an seinem eigenen Leben und der obendrein noch zu den Vourdranj gehört. Aber ich rate dir für die Zukunft: Vergiss niemals, wer ich bin. Ich habe die

Bojaren nicht in ihre Schranken gewiesen und Mehmed getrotzt, indem ich mir Unverschämtheiten gefallen ließ.«

»Welch eine Schande, dass man heutzutage nicht mehr pfählt!«

Das Lächeln, mit dem mein Großonkel auf Juliens seltsamen bissigen Kommentar reagierte, jagte mir einen Schauer über den Rücken. In dem Versuch, ihre Aufmerksamkeit auf mich zu lenken, räusperte ich mich ein wenig übertrieben.

»Es ist nicht nötig, dass irgendjemand mir den Hof macht. Ich bin mit Julien zusammen. Ich liebe ihn.« Bemüht entschlossen schüttelte ich den Kopf. Juliens Augen zuckten zu mir. Ich konnte sehen, wie er hart schluckte, dann fuhr er sich mit jener eckigen Bewegung durchs Haar.

Mit dem Seufzen eines geplagten Vaters erhob mein Onkel sich vom Sofa. »Es wäre äußerst unhöflich, ein Treffen zu verweigern, nachdem der Rat schon zugestimmt hat, mein Kind.« Er ignorierte mein Bekenntnis völlig. »Fürs Erste geht es nur um ein Kennenlernen. Soweit ich weiß, befindet sich der junge Mann bereits in Ashland Falls. Er wird dir morgen einen Besuch abstatten. Ich hoffe, du benimmst dich deinem Stand gemäß und machst deiner Familie alle Ehre.« Eine knappe Geste verhinderte einen Einspruch meinerseits. »Es ist der Wunsch des Rates, Mädchen. Man widersetzt sich ihm nicht.« Der Blick, mit dem er Julien bedachte, war eisig. »Ich erwarte von dir, dass du ihr erklärst, was das alles für sie bedeutet, Vourdranj.« Er griff in die Innentasche seines Jacketts und zog einen Briefumschlag hervor, den er Julien hinhielt. »Eine Anerkennung für deine bisher geleisteten Dienste«, erklärte er.

Julien rührte sich nicht. »Ich will kein Geld.« Feindselig erwiderte er den Blick meines Onkels. »Was Dawn angeht, sind meine Dienste nicht käuflich. Von niemandem.«

Wieder huschte dieses Lächeln über Onkel Vlads Gesicht, ehe er die Schultern zuckte und den Umschlag zurücksteckte. »Wie du willst, Vourdranj.« Seine Aufmerksamkeit wandte sich erneut mir zu. »Ich habe dir etwas mitgebracht, das dir vielleicht hilft, die Lamia ein wenig besser zu verstehen, mein Kind.« Er wies auf das Seidenpapierpäckchen. »Ich vertraue darauf, dass dein Vourdranj dir alle deine Fragen beantwortet, die du möglicherweise haben wirst. – Wenn ihr mich dann entschuldigt, werde ich mich wieder auf den Weg machen.« Wie schon zur Begrüßung küsste er mich auch zum Abschied auf beide Wangen. Doch als er mich diesmal ein Stück von sich weghielt und den Blick noch einmal über mich gleiten ließ, kam ich mir vor wie etwas, dessen Wert er abzuschätzen versuchte. Ich konnte nicht verhindern, dass mein »auf Wiedersehen« ein wenig steif ausfiel.

Schweigend brachte Julien ihn zur Tür. Als er zurückkam, sank ich auf das Sofa, zog die Beine an und schlang die Arme um sie.

»Erklärst du es mir?« Meine Stimme klang so hilflos, wie ich mich fühlte.

Julien war im Durchgang stehen geblieben und sah zu mir herüber. Mit einer brüsken Bewegung strich er sich jetzt durchs Haar, trat an die Glastür, die auf die Veranda führte, lehnte sich gegen den Rahmen und schaute hinaus.

»Julien?«

Er seufzte. »Es ist genau so, wie ich gesagt habe: Sie verhökern dich an denjenigen, der ihnen für ihre Machtspielchen am nützlichsten erscheint«, murmelte er, ohne sich umzudrehen.

»Heißt das, sie wollen mich einfach verheiraten, ohne mich überhaupt nach meiner Meinung zu fragen?« Allein bei dem Gedanken hätte ich schreien mögen. Ich liebte Julien! »Dazu haben sie kein Recht!«

Julien stieß ein bitteres Lachen aus und wandte sich zu mir um. »Leider doch.«

»Das ist nicht dein Ernst!« Die Art, wie er mich ansah, zog mir den Magen zusammen. »Nein!« Störrisch hob ich das Kinn. »Das kann nicht wahr sein!«

»Glaub mir, ich wünschte auch, dass es nicht so wäre. Ich hatte gehofft, sie ... sie würden dich in Ruhe lassen, *weil* du den Wechsel vielleicht gar nicht mehr machen kannst.« Er fuhr sich durch die Haare, ehe er seine Hände im Nacken verschränkte und den Kopf zurücklegte. »Scheint so, als hätte ich mich getäuscht.«

»Und es gibt keinen Ausweg? Gar keinen?«

Einen Moment starrte Julien zur Decke, dann kehrte sein Blick zu mir zurück. »Nach unserem Gesetz ist es ihr Recht, dir einen Gefährten zu suchen.«

»Das ist ...« mir wollte kein passender Begriff einfallen.

»... vorsintflutlich? ... mittelalterlich? ... idiotisch? ... ungerecht? – Reich eine Petition dagegen ein. Ich bin der Erste, der sie unterschreibt.« Langsam schüttelte er den Kopf. »Ich war wirklich der Meinung, solange du keine Lamia bist, würden sie sich nicht für dich interessieren.«

»Sie tun es aber.« Ich schlang die Arme fester um die Beine. »Warum können sie das einfach so?«

Er rieb sich übers Gesicht, dann stieß er sich von der Wand ab, ging hinüber zum Sessel und setzte sich. »Schon von jeher gab es unter den Lamia mehr männliche Kinder als weibliche. Und gewöhnlich überleben auch mehr Jungen als Mädchen den Wechsel. Aus diesem Grund gelten Mädchen und junge Frauen bei uns als etwas sehr ... nun ja ... Kostbares. Deshalb steht nach unserem Gesetz auch jede Frau unter dem Schutz der männlichen Mitglieder ihrer Familie. Trotzdem kann sie selbst über ihr Leben entscheiden, in allen Bereichen – nur in einem nicht: wen sie sich als Gefährten nimmt.«

Ich schnaubte. »Das Patriarchat lässt grüßen.«

Julien nickte. »Nun ist das achtzehnte Jahrhundert mit

der Aufklärung, der Französischen Revolution und letztendlich dem Beginn der Emanzipation auch an uns nicht spurlos vorbeigegangen. – Im Gegenteil könnte ich mir gut vorstellen, dass unter den ersten Suffragetten die ein oder andere Lamia war. – Die Väter und Brüder verzichteten mit der Zeit stillschweigend auf ihr Recht, zu entscheiden, wen die Töchter und Schwestern sich erwählten. *Sie* entschied, ihre Entscheidung wurde zwar geprüft, aber in der Regel widerspruchslos akzeptiert. Immerhin war es *ihr* Leben und *ihr* Glück, das von Bedeutung war. Nur musste der entsprechende Kandidat ab dieser Zeit damit rechnen, dass man ihn sehr genau beobachtete. Und behandelte er seine Gefährtin nicht mit dem ihr gebührenden Respekt, konnte es durchaus geschehen, dass ihre männliche Verwandtschaft ihn bei einem netten Abend an ihre Existenz erinnerte.« Er stützte die Ellbogen auf die Knie und ließ die Hände dazwischen hängen. »Nur ein paar wenige mächtige Fürsten aus entsprechend alten Blutlinien wollen davon nichts wissen. Für sie ist die Verbindung zwischen einer Frau und einem Mann *immer* auch eine Verbindung zwischen zwei Familien beziehungsweise deren Blutlinien mit einem einzigen Zweck: die Macht der Familie zu festigen oder noch zu vermehren. Entsprechend sind es hier auch die Fürsten, die entscheiden, *wen* die jungen Frauen zum Gefährten nehmen. – Liebe ist nicht relevant. Im besten Falle entwickelt sie sich mit der Zeit. Im schlechtesten lebt man in einer Zweckgemeinschaft und geht überwiegend seiner eigenen Wege.«

»Das klingt wie die Heiratspolitik im tiefsten Mittelalter.« Ich schauderte.

Julien spreizte die Hände zwischen den Knien. »Es *ist* wie die Heiratspolitik des Mittelalters. – Der einzige Unterschied liegt darin, dass diese Lamia-Frauen sich aus einer Kandidatenvorauswahl, die von den jeweiligen Fürsten getroffen wurde, für ihr *Herzblatt* entscheiden *dürfen*.«

Auch wenn es letztlich besser als gar nichts war: Es war ein schwacher Trost. »Und bei mir trifft der Rat diese Vorauswahl, weil ich vielleicht die nächste Princessa Strigoja bin?«

»Genau. – Es kann gut sein, dass dieses Recht der Preis war, den dein Großvater und deine beiden Großonkel dafür zahlen mussten, dass die Fürsten dich anerkannt haben und vorerst davon absehen, dir weiter nach dem Leben zu trachten.«

»Aber weshalb dachtest du, dass sie sich für mich nicht interessieren würden, solange ...« Ich schluckte gegen die plötzliche Enge in meiner Kehle an. »... solange nicht feststeht, dass es für mich überhaupt einen Wechsel gibt?«

»Eben das war der Grund: Warum sollten sie sich für dich interessieren, wenn es gar nicht feststeht, ob du diesen Wechsel *tatsächlich* machen wirst? – Warum sollten sie sich für dich interessieren, nur weil du *vielleicht* irgendwann einmal die nächste Princessa Strigoja sein wirst?« Er verschränkte die Finger ineinander. »Ich hatte angenommen, solange du den Wechsel nicht hinter dich gebracht hättest, wärst du nur irgendein weiteres Halbblut, das für ihre kostbaren alten Blutlinien viel zu – entschuldige – *minderwertig* ist, um eine Verbindung auch nur in Erwägung zu ziehen.« Mit einem leisen, bitteren Lachen hob er die Schultern. »Ich vermute, es ist genau dieses *Vielleicht*, was sie dazu bringt, sich für dich zu interessieren. – Was ist, wenn du wider Erwarten doch den Wechsel durchmachst? Wenn dein Verstand tatsächlich gesund bleibt, du aber trotzdem über die Macht einer Princessa Strigoja verfügst?« Wie fragend neigte er den Kopf, ohne mich aus den Augen zu lassen.

Offenbar erwartete er keine Antwort, denn nach einem Moment sprach er weiter. »Noch können sie dich kontrollieren; aber dann schulden *sie dir* Rechenschaft. Was dann? Du wärst zwar immer noch eine Frau und müsstest damit theoretisch den Mann als deinen Gefährten akzeptieren, den deine Familie beziehungsweise der Rat für dich aussucht; aber gleichzeitig stündest du nach dem Gesetz über ihnen. Ein klassisches Patt. Offenbar wollen sie das vermeiden. Und den Fürsten ist natürlich sehr wohl bewusst, was eine Verbindung mit der Princessa Strigoja - und der Blutlinie, aus der sie obendrein stammt - bedeutet. Also nehmen sie das Risiko auf sich, nicht zu wissen, ob es einen Wechsel für dich geben wird oder nicht, und bitten jetzt bereits um die Erlaubnis, dir den Hof machen zu dürfen.« Er holte langsam Atem. »Man könnte sagen: Die Fürsten bieten jetzt für dich, bevor der Preis ins Unbezahlbare steigt, und der Rat nimmt ihre Angebote jetzt an, weil er nicht weiß, ob der Preis überhaupt jemals steigen wird.«

Ich schloss die Augen. Das klang, als sei ich eine Zuchtstute, die an den Meistbietenden - wie hatte Julien gesagt? - verhökert werden sollte.

»Und wenn du auch um die Erlaubnis bitten würdest, mir den Hof zu machen?«, schlug ich nach einem Moment leise vor.

Der Laut, den er ausstieß, war eine Mischung aus Bitterkeit und Zorn. »Ein Gesuch von mir würde noch nicht einmal in Erwägung gezogen, sondern sofort abgelehnt.«

Bestürzt hob ich den Kopf. »Aber ... warum?«

»Weil ich kein Fürst oder der Sohn eines regierenden Fürsten bin. - Zudem gehöre ich zu den Vourdranj.« Er fuhr sich mit einer abrupten Bewegung durchs Haar. »Ich bin gut genug, dein Leibwächter zu sein. Für mehr tauge ich nicht.«

»Ich dachte ... Samuel sagte doch, deine Familie sei beinah ebenso alt wie meine ...« Meine Worte klangen eher wie eine Frage als eine Feststellung.

»Das hat in diesem speziellen Fall keinerlei Bedeutung. - In den Augen des Rates bin ich für dich nicht gut genug. Meine Familie hat keine Macht und ich bin ein Vourdranj. Punktum.«

»Aber ich dachte, die Vourdranj seien unter den Lamia geachtet?«

»Geachtet?« Julien lachte leise und hart. »Weißt du, wie man die Vourdranj noch nennt? Kettenhunde des Rates.« Er schnaubte. »Nicht dass es jemand wagen würde, das einem von uns ins Gesicht zu sagen. – Nein, Dawn, die Vourdranj sind gefürchtet, aber nicht geachtet.«

Frustriert rieb ich mir die Stirn. Das Schweigen zwischen uns milderte das Gefühl, vollkommen hilflos zu sein, nicht unbedingt. »Was würde eigentlich geschehen, wenn ich einen der Kandidaten, die der Rat für mich ausgesucht hat, akzeptiere, sich dann aber herausstellt, dass ich den Wechsel doch nicht machen werde?«, fragte ich schließlich in die Stille hinein.

»Ich glaube nicht, dass der Rat gestatten würde, eure Verbindung zu lösen, wenn du das meinst. So etwas wie ›Scheidung‹ gibt es bei uns nicht.«

»Und wenn ich das Ganze so lange hinauszögere, bis ich den Wechsel hinter mich gebracht habe oder so alt bin, dass feststeht, dass ich ihn nicht mehr machen werde?«

»Wenn der Rat dem ersten Ersuchen bereits stattgegeben hat, werden sie das kaum zulassen.«

»Was wollen sie tun? Mich zwingen, einen von ihren Kandidaten auszuwählen?« Ich klang schnippischer, als ich beabsichtigt hatte.

Julien hob nur eine Braue. »Wenn es ihrer Meinung nach sein muss … ja.«

Einen Atemzug lang sah ich ihn entsetzt an. »Das würden mein Großvater und seine Brüder niemals zulassen«, widersprach ich endlich.

»Dein Vater hatte genug Angst vor dem Rat, um mit deiner Mutter quer durch den gesamten Kontinent zu fliehen und alles zu tun, um seine Spuren zu verwischen. Und das, obwohl er ein Lamia war, der Sohn von Fürst Radu und Neffe der Fürsten Vlad und Mircea«, erinnerte er mich und seine Stimme klang überraschend sanft.

Ich drückte die Stirn auf die Knie. Er hatte recht. Ich saß in der Falle. Und wenn es mein Vater mit seinem Vermögen schon nicht geschafft hatte, einfach zu verschwinden ... Übertrieben langsam hob ich den Kopf. »Und wenn ich einfach verschwinden würde? Ich meine ... wenn ich noch ein paar Monate hierbleibe und so tue, als würde ich mich in diese ganze Geschichte fügen, jeden Monat mein volles Taschengeld-Limit ausschöpfe und mir noch ein bisschen was obendrauf geben lasse, weil es nicht reicht ... und dann ... einfach verschwinde?« Auch wenn ich es nicht auszusprechen wagte: Ich hoffte, dass er mit mir gehen würde.

Julien starrte mich sekundenlang einfach nur an, dann stand er schnell auf, kam zu mir herüber und kauerte sich vor mich.

»Dawn, du willst nicht das Leben eines Gejagten führen. Glaub mir, ich weiß, wie das ist. Immer in Angst. Immer mit dem Blick über die Schulter. Nie wissen, ob der, der dir gerade in der U-Bahn gegenübersitzt oder den Platz neben dir im Flugzeug hat, vielleicht im Dienst der Fürsten steht. Das willst du nicht.« Er nahm meine Hände in seine. »Das will *ich* nicht für *dich*.«

»Aber was soll ich dann tun?« Verzweifelt schüttelte ich den Kopf. »Hierbleiben, gute Miene zu ihrem Spiel machen und hoffen, dass sie es sich vielleicht doch noch anders überlegen? Julien, das kann ich nicht.«

»Doch, du kannst.« Geschmeidig erhob er sich, setzte sich neben mich auf das Sofa und nahm mich in die Arme. Ich verkroch mich beinah in seine Brust. »Im Augenblick geht es nur darum, die Bewerber um deine Hand *kennenzulernen*, ein paar Stunden mit ihnen zusammen zu verbringen. Mehr nicht.« Seine Hand strich meinen Rücken auf und ab. »Ich könnte mir gut vorstellen, dass einige von ihnen genauso wenig begeistert sind wie du, auf einmal für die Bündnispolitik ihrer Väter herhalten zu müssen.« Er strich mir das Haar zurück und beugte sich vor, um mir ins Gesicht sehen zu können. »Der Rat denkt gewöhnlich in ziemlich großen Zeitspannen. Das heißt, sie werden dir auch einiges an Zeit für deine Wahl lassen. Wir müssen also nicht jetzt sofort entscheiden, was wir tun. – Und wir müssen nicht von jetzt auf gleich alles bei einem Plan aufs Spiel setzen, der nicht zu hundert Prozent durchdacht ist.« Seine Hand kehrte zu meinem Rücken zurück, streichelte meinen Nacken. »Verstehst du, was ich meine?«

Ich schloss die Augen und nickte. »Ich spiele das brave Mädchen, während wir gleichzeitig versuchen einen Weg aus dieser Falle zu finden.« Auch wenn ich nur beten konnte, dass es tatsächlich einen Ausweg gab. Die Tatsache, dass Julien daran glaubte, machte mir Mut – ebenso wie das »wir«, von dem er gesprochen hatte.

»Genau.« Er zog mich fester an sich. Ganz leicht konnte ich seine Lippen auf meinem Scheitel spüren. Mit einem leisen Seufzen schmiegte ich mich enger an ihn. Seine Nähe und seine Hände halfen mir mich allmählich zu entspannen. Es war, wie er sagte: *Wir* hatten Zeit.

Eine ganze Weile saßen wir so beieinander. Juliens Arm war irgendwann ein Stück abwärtsgerutscht und seine Finger malten jetzt durch meine Jeans hindurch selbstvergessen Kreise auf meine Hüfte und meinen Oberschenkel. Seine andere Hand war mit meiner verschränkt und diente mir als Kissen unter der Wange.

Als er sich unvermittelt zum Tisch vorbeugte, ließ ich ein unwilliges Brummen hören.

»Willst du denn gar nicht wissen, was dein Onkel dir mitgebracht hat, damit du ›die Lamia besser verstehen‹ lernst?« Er streckt sich ein wenig mehr, wodurch ich noch dichter an ihn gedrückt wurde. Einen Moment später platzierte er das

Seidenpapier-Päckchen direkt vor meinem Gesicht auf seinen Knien. »Na, komm schon! Aufmachen!« Ich bekam einen sanften Stoß. Meine Reaktion war ein neuerliches, nicht minder mürrisches Brummen.

»Ich kann nicht«, erklärte ich ihm dann.

»Und warum nicht?«

»Meine Hand sitzt fest.« Um zu verdeutlichen, was ich meinte, wackelte ich mit meinen Fingern unter meiner Wange in seinen – und schloss sie fester, als er seine daraufhin zurückziehen wollte, bis er sie wieder entspannte.

»Du hast noch eine – und ich leih dir gerne auch meine zweite.« Wieder ein Stups.

Ich verkniff mir die Bemerkung, dass ich mir eine bedeutend angenehmere Verwendung seiner Hand vorstellen könnte, stieß stattdessen ein abgrundtiefes Seufzen aus, grub meine eigene und den dazugehörigen Arm unter meinem Körper heraus und griff nach dem Päckchen.

»Und dabei heißt es immer, wir Frauen seien neugierig«, nuschelte ich gegen unsere verschränkten Finger. Nicht dass ich auch nur einen Moment damit gerechnet hätte, dass Julien mich nicht verstand. Im Gegenteil. Seine Reaktion war ein weiterer kleiner Stoß.

Dann machten wir uns daran, mein Mitbringsel auszupacken. Mit zwei nicht zusammengehörigen Händen den Knoten einer Paketschnur zu lösen, entpuppte sich als Herausforderung. Die Klebestreifen loszupulen, die das Papier zusätzlich zusammenhielten, war nicht wirklich einfacher. Zu allem Überfluss gab es nicht nur *eine* Seidenpapier-Klebestreifen-Lage. Binnen Kurzem lag ich kichernd auf Juliens Schoß, während er sich mit geheuchelter Verzweiflung über meine *Unfähigkeit* im Geschenkeauspacken ausließ. – Wenn es darum ging, mich aufzumuntern, konnte er äußerst effektiv sein. – Schließlich verlegte ich mich darauf, das Seidenpapier in Streifen abzureißen, während Julien einfach nur festhielt.

Schon nach der ersten Papierlage war abzusehen, worum es sich bei dem Inhalt des Päckchens handelte: um ein Buch, das aber nicht gerade den üblichen Formaten entsprach. Doch dann legten wir es endgültig frei und Julien wurde mit einem Mal sehr, sehr still.

»Was ist?« Irritiert richtete ich mich auf die Ellbogen auf.

Abgesehen davon, dass er mich von seinem Schoß schob, beachtete er mich gar nicht, sondern beugte sich mit einem ungläubigen »Das gibt es nicht!« noch weiter vor und begann das Buch aufzublättern. Ich beobachtete ihn mit einer Mischung aus Sorge und Verwirrung dabei, wie er Seite um Seite umschlug, mit den Fingern darüberglitt und immer wieder »Das gibt es nicht!« murmelte. Schließlich sah er mich doch wieder an.

»Weißt du, was das ist?«, fragte er mit unüberhörbarer Ehrfurcht in der Stimme.

Ich schielte auf die Seiten, die mit etwas beschrieben waren, das für mich wie griechisch aussah, und schüttelte vorsichtig den Kopf. »Ich kann das nicht lesen.«

»Aber ich! – Das hier«, er legte die Hand gewichtig auf das Buch, »ist ein Gesetzeskodex der Lamia. Ein sehr *alter* Gesetzeskodex.«

Auf meinem Gesicht musste sich reines Unverständnis abzeichnen. Doch Julien warf den Kopf zurück und lachte. »Das hier ist der Schlüssel!« Ungestüm stand er auf, offenbar von einer Sekunde auf die nächste unfähig, noch länger still zu sitzen, und blickte auf mich herab. »Wenn ich deinen Großonkel das nächste Mal sehe, muss ich mich bei ihm entschuldigen.« Mit beiden Händen fuhr er sich durch die Haare. »Nein, ich gehe vor ihm auf die Knie und küsse den Saum seiner Robe.« Erneut stieß er jenes beinah wilde Lachen aus, ehe er sich vor mich kauerte. »Verstehst du denn nicht? Das hier ist ein Hinweis und gleichzeitig die Lösung für unser Problem: Wenn die Fürsten dich mittels der alten

Gesetze manipulieren wollen, müssen wir sie auf demselben Terrain schlagen. Und wenn wir irgendwo ein Gesetz finden, das dazu geeignet ist, ihr Recht, dir einen Gefährten zu suchen, auszuhebeln, dann ...«, er wies auf das Buch, »... dann steht es hier drin. – Jetzt verstehe ich auch, was er mit diesem ›Dein Vourdranj wird es dir erklären‹-Gerede meinte.«

Seltsam unsicher setzte ich mich auf. »Wenn das ein Hinweis sein soll, warum hat er mir – oder uns – das dann nicht gesagt?«

»So einfach ist das nicht.« Mit einem schier idiotischen Grinsen sah Julien zu mir auf. »Er hat dir diesen Kodex gegeben, weil er dich mag. Aber damit er dir letztlich auch seine Unterstützung in dieser Sache gewährt, musst du dich ihrer erst als würdig erweisen: Du musst selbst eine Lösung für dein Problem finden und dir so seinen Respekt verdienen. – Das ist verdreht, ich weiß, aber so funktioniert das bei vielen der Fürsten noch immer. – Und außerdem: Wenn der Rat ihn fragen sollte, ob er dir irgendwie geholfen hat, kann er mit Nein antworten, ohne dass man ihn der Lüge bezichtigen könnte. Denn dir diesen Kodex ohne irgendeinen Hinweis zu geben, nur im Vertrauen darauf, dass du intelligent genug bist, etwas daraus zu machen, kann man noch nicht wirklich als ›Hilfe‹ bezeichnen. – Einen Schubs in die richtige Richtung vielleicht, aber ›Hilfe‹ ... nein.«

»Das Ganze ist also eine Art ... Test?« Skeptisch beäugte ich ihn.

»Genau! – Und ich würde fast wetten, wenn du ihn bestehst, hast du nicht nur deinen Großonkel hinter dir, sondern alle *drei* Fürsten der Basarab-Blutlinie. Und sie stellen unter den Lamia eine Macht dar, die man nicht unterschätzen sollte.«

Noch immer mit dem gleichen Grinsen stand er auf, nahm mich auf die Arme, schwang mich durch die Luft und drehte sich mit mir im Kreis. Ich hielt mich an seinem Hals fest und kreischte. Julien lachte nur. Das Schwindelgefühl kam ohne jede Vorwarnung. Plötzlich war mir übel. Vielleicht hatte ich mich unbewusst fester an Julien geklammert, zumindest hielt er abrupt inne und setzte mich behutsam auf dem Sofa ab.

»Dawn?« Die Sorge, mit der er meinen Namen aussprach, entlockte mir ein zittriges Lächeln. Und das, obwohl sich noch immer alles um mich zu drehen schien und mein Magen sich nicht entscheiden konnte, ob er an seinem Platz bleiben oder lieber nach oben wandern sollte.

»Alles ...« Ich schluckte vorsichtig. »Alles in Ordnung. Mir war nur – puh – plötzlich ziemlich schwindlig.« Mit der Hand fächelte ich mir Luft zu.

»Sicher?«

»Ja.« Ein Nicken wäre möglicherweise ein Fehler, also ließ ich es.

»Soll ich dir nicht vielleicht doch lieber ein Glas Wasser holen? – Oder irgendwas anderes?« Julien beugte sich über mich und legte die Hand an meine Wange, so vorsichtig, als könnte ich allein unter seiner Berührung zerbrechen. »Du bist eiskalt.« Jetzt klang er erschrocken.

»Es geht mir bestimmt gleich wieder gut. Wirklich.«

Der Blick, mit dem er mich bedachte, zeigte mir überdeutlich, wie wenig er davon überzeugt war. Ich zwang mich zu einem Lächeln. »Alles ist in Ordnung! Wirklich. Lass mich einfach nur wieder zu Atem kommen«, versicherte ich ihm noch einmal.

Er holte bedächtig Luft und ließ sie ebenso bedächtig wieder entweichen, ehe er seine Stirn behutsam gegen meine lehnte. »Ich vergesse manchmal, wie entsetzlich zerbrechlich du doch letztendlich bist«, flüsterte er und schloss für eine Sekunde die Augen. Sein Daumen streichelte federleicht über mein Gesicht. Ich hätte alles dafür gegeben, die Zeit anhalten zu können.

Als er sich schließlich wieder von mir löste und auf die Fersen zurücksetzte, fiel es mir schwer, ihn meine Enttäuschung darüber nicht merken zu lassen. Dass er mich anscheinend noch immer besorgt musterte, half mir ein wenig.

Entschieden stemmte ich mich in die Höhe und schwang die Beine vom Sofa. »Es geht mir wirklich wieder gut. – Wir haben übrigens vergessen, Vlad nach dem Geld für mein neues Auto zu fragen.« Was auch immer der Grund dafür gewesen war: Das Schwindelgefühl und auch die Übelkeit waren verschwunden, als hätten sie mich nie heimgesucht. Vielleicht hatte meinem Kreislauf einfach nur dieses wilde Herumgewirbel nicht gefallen. Ich legte meinerseits die Hand gegen seine Wange. »Schau! Wieder warm.«

Er hob eine Braue, legte seine Hand über meine und zog sie ein Stück nach vorn, um mir einen Kuss auf die Handfläche zu drücken.

»In Ordnung. Überzeugt! – Aber trotzdem hast du mir einen fürchterlichen Schrecken eingejagt.« Sein Blick nahm Verlorener-Welpe-Qualitäten an. »Aber nachdem wir heute Abend ohnehin nichts vorhatten und ich mich gerne gleich näher mit diesem Kodex befassen würde, könntest du es dir doch trotzdem zusammen mit einer Decke und mir auf dem Sofa bequem machen?«

Auch wenn mich schon sein Blick von der ersten Sekunde an vollkommen hilflos machte, gab es da einen zweiten Köder, den er äußerst geschickt eingesetzt hatte: sich selbst. Nur eine knappe Minute tat ich, als müsse ich angestrengt über seinen Vorschlag nachdenken, bevor ich zustimmte. Ich wurde nach oben geschickt, um mir etwas Bequemeres anzuziehen und eine Decke aus dem Schrank zu holen, während Julien für ein heimeliges Feuer im Kamin sorgen wollte. Etwa fünf Minuten später kuschelte ich mich in Schlabberpulli, Jogginghosen und Wollsocken neben ihn, bettete meinen Kopf auf seinen Oberschenkel und ließ mir von ihm gnädig die Fernbedienung für den Flachbildfernseher reichen, nachdem er es sich in der Sofaecke bequem gemacht hatte, den Kodex auf dem anderen Bein und Block und Stift neben sich auf der Lehne.

Während ich mich den Rest des Abends müßig durch das Fernsehprogramm zappte und dabei mit halbem Ohr auf das Rascheln der Kodexseiten und dem gelegentlichen Kratzen von Juliens Stift lauschte, wurde ich zwei Gedanken nicht los: So wie er sich über den Ausweg aus dieser Falle gefreut hatte, musste es schlimmer sein, als ich zuvor geglaubt hatte. Und: Was, wenn das Ganze nicht nur ein Test für mich war, sondern auch für ihn? Als sie sich im Krankenhaus zum ersten Mal gegenüberstanden, hatte mein Großonkel ihm indirekt seine Unterstützung bezüglich »Marseille« in Aussicht gestellt. Wollte er herausfinden, ob auch Julien dieser Unterstützung überhaupt wert war?

Das Reh wand sich unter seinen Händen. Das Blut in seinem Mund schmeckte dünn. Es milderte den Hunger, aber nicht die Gier. Im Gegenteil. Es fachte das Feuer in seinen Eingeweiden, seinen Adern nur noch mehr an. Dann war da ein Rascheln, eine Stimme, die einen Namen rief. »Ben?«

Unvermittelt hing eine andere Witterung in der Luft, schwer, verlockend. Er hob den Kopf, drehte ihn zur Seite. Sie stand ganz nah, den Blick fassungslos zwischen ihm und dem Reh am Boden. Langsam richtete er sich auf, plötzlich zitternd wie im Fieber; ohne sie aus den Augen zu lassen, geduckt, sprungbereit, ein lautloses Knurren in der Kehle. Sie war so nah, so nah ... starrte ihn mit dem gleichen Entsetzen an wie das Reh. Eine Bewegung, ein Keuchen, im nächsten Atemzug war er über ihr, zerrte sie an sich. Ein schrilles »Nein!« Er konnte sich in ihren aufgerissenen Augen sehen. Die Fänge! Der blutige Mund! Die schwarzen Augen! Und dann waren seine Zähne in ihrem Hals und ihr Blut in seinem Mund. – Und alles, was für ihn noch existierte, war die Gier. Nicht ihr Keuchen, ihre Schreie, das Zerren ihrer Fäuste an seiner Brust, ihr Entsetzen, das sich falsch anfühlte; nur die Süße ihres Blutes, das heiß seinen Schlund hinunterrann und die Qual in seinen Eingeweiden linderte. Mit jedem Schluck mehr. Und dann stockte ihr Herzschlag. Und sein Verstand setzte wieder ein. Falsch! So sollte es nicht sein. Er riss den Mund von ihrem Hals. Schlaff lag sie in seinem Arm. Irgendwann war er mit ihr auf die Knie gesunken. Eben ließen ihre Finger sein Hemd los, schlug ihre Hand schwer auf den Waldboden. Ihre Augen waren geschlossen, die bleichen Lippen einen winzigen Spalt geöffnet. Benommen sah er auf sie hinab. Großer Gott, was hatte er getan? Seine Hand zitterte, als er sie ihr vor Mund und Nase hielt. Erleichterung durchflutete ihn, sie atmete noch. Aus den beiden kleinen Löchern in ihrem Hals sickerte noch immer Blut. Ohne nachzudenken, leckte er darüber, noch einmal, als er sah, dass das Sickern endete, die Wunden sich schlossen, noch einmal, nur zur Sicherheit. Er war ein kranker Freak! Ein Monster! Sein Hemd war noch mehr zerrissen. Sie hatte gekämpft ... Es war falsch, dass sie

Angst gehabt hatte; falsch, dass er ihr Schmerz zugefügt hatte; falsch, vollkommen falsch. Vorsichtig legte er die Fingerspitzen an ihren Hals. Das Feuer in seinem Innern war jetzt nur noch milde Wärme. Ganz schwach konnte er ihren Puls fühlen. Ihr Körper war kalt und schwer. Er musste sie nach Hause bringen, ins Warme, dafür sorgen, dass sie am Leben blieb. Irgendwie! Wenn sie starb ... Er konnte den Gedanken nicht zu Ende bringen. Behutsam hob er sie höher, lehnte ihren Kopf an seine Brust, ihre Arme über seine Schultern, erwartete, dass seine Rippen sich mit dem inzwischen so vertrauten Stechen melden würden, und war überrascht, als der Schmerz ausblieb. Vorsichtig stand er mit ihr auf. Ihre Arme rutschten herab, ihr Kopf fiel in den Nacken. Seine Kehle zog sich zusammen. Sie musste durchhalten! Herr im Himmel, bitte, sie musste durchhalten. Behutsam setzte er sich in Bewegung, rechnete damit, dass sein Bein unter der doppelten Belastung nachgeben würde – aber: Es trug ihn. Und beinah mit jedem Schritt müheloser. Er sah auf sie hinab. Auch der Schmerz in seiner Schulter schien allmählich zu verblassen. Bedeutete das etwa ...? Der Gedanke ließ seinen Atem stocken. Großer Gott, bedeutete das etwa, dass ihr Blut ihn heilte? Was sein eigenes und das der Tiere nicht getan hatte, ihres tat es? Wenn ihres, dann auch das anderer Menschen? Mit einem bitteren Laut hob er sie noch ein wenig höher auf die Arme. Wenn er das nur geahnt hätte ... Die ganze Zeit hatte er sich verzweifelt gegen diese kranke Gier gewehrt, das Brennen in den Eingeweiden hingenommen ... Er hätte sich das Blut dieses Mistkerls geholt, der sie angegriffen hatte, oder irgendjemand anderes und vielleicht wäre sie dann sicher vor ihm gewesen. Behutsam lehnte er sie fester an sich, lief schneller, so schnell, wie er es mit seiner Last wagte.

Er wusste nicht, wie sie ihn gefunden hatte. Den ganzen Tag hatte er sich unter ein paar Baumstämmen versteckt, die irgendein Sturm umgerissen haben musste. Weil irgendwelche Typen mit Gewehren durch den Wald gestreift waren und auf alles geschossen hatten, was sich bewegte. Einer von ihnen hatte auch das Reh am Hinterlauf verletzt. Nicht auszudenken, wenn sie einem von ihnen in die Schussbahn geraten wäre. Abermals sah er auf sie hinab. Ihre Züge waren noch immer entsetzlich bleich und still. Es war ein Fehler gewesen, in der Nähe zu bleiben. Aber irgendwie ... er hatte es nicht über sich gebracht, fortzugehen. Etwas hielt ihn hier. Nicht mehr nur das Gefühl, dass da etwas war, das er tun musste. Irgendwo hier. Nein. Nun war es etwas anderes: sie. Der Gedanke, sie alleinzulassen, zu riskieren, dass dieser Kerl sie vielleicht aufspürte und zu Ende brachte, was er ... Allein die Vorstellung war unerträglich. Und jetzt? Jetzt hatte er sie beinah umgebracht.

Das Haus ihrer Großmutter war dunkel. Vor der Tür ließ er ihre Beine vorsichtig zu Boden gleiten, hielt sie weiter an seine Brust gelehnt, während er nach ihren Schlüsseln tastete. Das leise Klappern verriet ihm, in welcher Jackentasche er suchen musste. Den Arm noch immer fest um sie gelegt, ihren Kopf an seiner Schulter, sperrte er auf, nahm sie wieder hoch, trug sie vorsichtig ins Innere. Es blieb still. Die Katzen zeigten sich nicht. Mit dem Ellbogen schloss er die Tür hinter ihnen wieder, stieg, ohne Licht zu machen, mit ihr die Treppe hinauf. Stufe für Stufe, nachdem der Schmerz in seinem Bein sich auf den letzten Metern zurückgemeldet hatte, trug sie in ihr Zimmer, legte sie behutsam aufs Bett. Sie war noch immer kalt und leblos. Ihr Kopf rollte zur Seite. Sanft schob er ihr ein Kissen in den Nacken, bevor er ihr die Schuhe auszog, sie sorgsam zudeckte. Auf einem Tischchen neben dem Bett stand eine kleine Lampe. Er langte über sie hinweg, knipste sie an und kniff unwillkürlich die Augen zusammen. Auch wenn der Schleier und das Brennen vergangen waren, schmerzte das Licht noch immer. Still und bleich lag sie unter der Decke, reglos, so reglos.

Weiße Wände. Eine Gestalt in einem Bett. Reglos.

»Es tut mir leid, Sir. Wir können nichts für Ihren Bruder tun. Er wird die Nacht wahrscheinlich nicht überleben.«

Wir können nichts für Ihren Bruder tun ... Ihren Bruder tun ... Ihren Bruder ... Bruder ...

Er schob die Bilder beiseite. Was interessierte ihn jetzt die Vergangenheit. Im Augenblick war nur sie wichtig. »Cathérine.«

Neben der Lampe stand ein Glas, auf dem Boden eine Plastikflasche mit einer dunklen Flüssigkeit. Ohne den Blick von ihr zu nehmen, drehte er sie auf, roch daran. Süß. Vielleicht würde es ja helfen. Hastig goss er etwas davon in das Glas, schob sanft die Hand in ihren Nacken, hob ihren Kopf, setzte es ihr an die Lippen und ließ die Flüssigkeit in ihren Mund laufen. Sie verschluckte sich, hustete, keuchte. Rasch stellte er es beiseite, hielt sie an seiner Brust, bis sie wieder ruhig atmete, versuchte es noch einmal, langsamer, weniger. Schluck um Schluck leerte sie das Glas allmählich. Er stellte es zurück, bettete sie wieder behutsam auf die Kissen, deckte sie zu. Sie war noch immer kalt.

Zeit verlor jede Bedeutung, während er ihr abwechselnd Hände und Füße rieb, um irgendwie Wärme in ihre Glieder zurückzubringen; ihr immer wieder die süße Flüssigkeit zwischen die Lippen träufelte, vorsichtig, damit sie sich nicht noch einmal verschluckte. Irgendwann, endlich, stahl sich ein Hauch Farbe zurück in ihre Wangen und ihre Atemzüge wurden tiefer. Erleichterung ließ seine Knie weich werden. Er kauerte sich neben ihr Bett und wartete, den Blick unverwandt auf ihr Gesicht gerichtet.

Schließlich regte sie sich, stöhnte leise. Wenn sie zu sich kam und ihn so nah bei sich fand ... Nach dem, was er ihr angetan hatte ... Er wollte nicht, dass sie erschrak, Angst hatte. Nicht vor ihm. Auch wenn es dafür jetzt wohl schon zu spät war. Lautlos zog er sich vom Bett zurück, beobachtete aus der am weitesten von ihr entfernten Ecke, wie ihre Lider flatterten, sich hoben, nur um sich gleich wieder zu schließen. Sie seufzte leise – und fuhr in der nächsten Sekunde mit einem Keuchen in die Höhe. Ihre Hand flog zu ihrer Kehle, ihre Augen zuckten durch den Raum, entdeckten ihn. Mit einem angstvollen Laut drückte sie sich gegen die Wand über ihrem Bett. Ihre Finger tasteten hektisch umher, fanden den Lichtschalter, legten ihn um. Er reagierte zu spät. Für Sekunden machte das helle Deckenlicht ihn blind. Als er wieder mehr erkennen konnte als Schlieren und Punkte, stand sie auf der anderen Seite des Bettes, den Rücken gegen die Wand gepresst, und starrte ihn mit weit auf-

gerissenen Augen an. Augen, die immer wieder zur Tür zuckten, als überlege sie, ob sie sie vor ihm erreichen konnte.

»*Bitte, ich ...*« *Ihr angstvolles Keuchen ließ ihn verstummen und mitten im Schritt innehalten. Wenn es möglich gewesen wäre, hätte er geschworen, dass ihre Augen noch weiter aufgerissen waren als zuvor. Ganz langsam hob er die Hände – und ließ sie wieder sinken, als sie sich noch fester gegen die Wand drückte.* »*Ich wollte dir nichts tun.*«

Ihre Hand fuhr erneut zu ihrer Kehle. Ihre Augen weiteten sich noch mehr.

»*Ich wollte das nicht.*« *Wieder versuchte er einen Schritt auf sie zuzumachen.*

Sie stöhnte auf. »*Bleib mir vom Leib!*« *Die Worte kamen viel zu hoch und atemlos.*

Gehorsam blieb er stehen. »*Bitte, es tut mir leid. Ich habe die Kontrolle verloren ...*«

»*Die Kontrolle verloren?*« *Ihre Stimme drohte zu kippen.* »*Im einen Moment hängst du am Hals dieses armen Tieres und im nächsten an meinem? Lieber Himmel, du hattest Fänge! Fänge! Was für ein kranker Freak bist du? Ist das hier irgendein bescheuerter Witz?*« *Sie schüttelte den Kopf, presste die Handflächen gegen die Wand in ihrem Rücken.* »*Ein Witz, ja. Das ist es. Ein Riesenwitz. – Liebe Güte, wenn ich denke ... Wenn ich denke, dass ich mir Sorgen um dich gemacht habe. Dass ich verhindern wollte, dass sie dich für etwas lynchen, das du gar nicht getan hast. Dass ich dich vor diesen schießwütigen Idioten warnen wollte, die heute auf dem Rummel aufgetaucht sind und nach jemandem gesucht haben, auf den deine Beschreibung passt, weil ich dachte, du bist unschuldig.*« *Sie stieß ein Lachen aus, das eher wie ein Schluchzen klang.* »*Unschuldig. Ja klar. An diesen Vergewaltigungen und Morden hier vielleicht, aber sonst ... Was bist du? Lass mich raten: irgendein durchgeknallter Psychopath, den sie im halben Land suchen? Wahrscheinlich kann ich froh sein, dass du zu krank warst, um mich umzubringen, als ich dich hier habe schlafen lassen.*«

»Ich wollte dir nie etwas tun.«

»Ja klar.« Sie lachte abermals klirrend auf. »Du warst an meinem Hals, du Irrer«, fauchte sie dann. »Du hast mich gebissen, als wärst du ein verdammter Vampir. – Und jetzt erzähl mir noch mal, du wolltest mir nie etwas tun.«

»Vampir?« Das Wort zog etwas in seinem Inneren zusammen. Es war ... seltsam vertraut. Und zugleich fühlte es sich irgendwie falsch an.

»Ja, Vampir! Wie Dracula! Nosferatu! Oder Blutsauger! – Du willst doch nicht behaupten, du weißt nicht, was ein Vampir ist?«

Er sollte es wissen. Etwas sagte ihm, dass er es wissen sollte. Aber das Wort blieb ... leer. Ohne Bedeutung.

Langsam, zögernd schüttelte er den Kopf.

Ihr Schnauben sagte ihm, dass sie ihm nicht glaubte.

»Ich wollte nicht ...«

»Ich will nicht wissen, was du wolltest oder nicht wolltest. Ich will nur, dass du verschwindest.«

Für einen kurzen Moment begegnete er ihrem Blick quer durch den Raum, dann wandte sie ihren abrupt ab.

Er holte langsam Luft. »Wirst du mich verraten?«

»Verraten? Damit sie mich gleich mit lynchen oder was?« Sie schüttelte den Kopf. »Sag mal, kapierst du's nicht: Sie suchen jemanden, auf den deine Beschreibung passt, wegen Mordes und Vergewaltigung. Der Vater von einem der getöteten Mädchen hat ein Kopfgeld ausgesetzt. Tot oder lebend. Was meinst du, warum diese Idioten mit ihren Gewehren unterwegs waren?« Ihre Augen kehrten zu ihm zurück, noch immer groß, erschrocken. »Ich dich verraten?« Plötzlich war ihre Heiterkeit wie weggewischt. »Nein. Immerhin hast du mich vor diesem Kerl bewahrt. Dem Kerl, den sie eigentlich suchen sollten. Ohne dich wäre ich wahrscheinlich genauso tot wie die anderen.«

»Dann ...«

»Nein! Kein ›Dann‹ kein ›Aber‹ oder was auch immer. – Ich will, dass du verschwindest, okay? Verschwinde aus der Stadt und *am besten gleich aus der Gegend. Hau einfach ab! Hau einfach ab und komm mir nie wieder zu nahe! Wir sind quitt.«*

Sekundenlang rührte er sich nicht. Schließlich nickte er. »Es tut mir leid.« Langsam durchquerte er den Raum. Sie verfolgte jede seiner Bewegungen angespannt, bereit zu fliehen. Er war schon fast an der Tür, als sie unvermittelt sprach. »Bevor du gehst, wasch dir mein Blut aus dem Gesicht.«

Nach einem verblüfften Zögern tat er, was sie gesagt hatte. Im Bad waren die beiden Birnen wieder in die Deckenlampe gedreht. Beim Anblick seines Spiegelbildes entrang sich ihm ein Stöhnen. Wäre er so jemandem begegnet ... Rasch beseitigte er die roten Spuren im Gesicht, auf dem Kinn, den Hals hinab.

Als er in den Flur zurückkehrte, stand sie in ihrer Zimmertür. Ein paar zusammengeknüllte Geldscheine lagen an seinem Ende der Kommode.

»Das sollte für ein Busticket reichen. Ein Stück weit zumindest. – Mehr hab ich nicht.« Sie mied seinen Blick.

»Ich nehme kein Geld von dir.« Er presste die Zähne zusammen. Erst ihr Blut und dann auch noch ihr Geld? Glaubte sie das ernsthaft?

»Die Busstation ist auf der anderen Seite der Stadt. Wenn du hinter dem Rummel quer durch den Wald gehst, kannst du in etwas mehr als einer Stunde dort sein.«

»Ich nehme ...«, setzte er erneut an, bemüht, den Ärger in seinem Ton zu unterdrücken. Ihr hartes Lachen schnitt ihm das Wort ab.

»Wenn du hier wegwillst, hast du keine andere Wahl. Oder glaubst du, irgendjemand nimmt im Moment einen Anhalter mit?«

Ein paar Atemzüge maß er sie über den Flur hinweg. Dann griff er nach den Scheinen. »Ich danke dir.«

Ein kurzer Blick aus dem Augenwinkel traf ihn. »Ich tue das nicht, weil ich dir helfen will. Ich tue es, weil ich dich möglichst schnell loswerden will«, erklärte sie feindselig.

»Trotzdem: Ich danke dir!«

Sie schlang die Arme um sich, schaute zur Seite. »Geh endlich.«

Mit einem stummen Nicken schob er das Geld in die Hosentasche, stieg die Treppe hinunter und verließ das Haus. Als er sich bei den ersten Bäumen umwandte, stand sie im ersten Stock am Fenster. Für einen Moment zögerte er. Dann drehte er sich um und ging in die Richtung, die sie ihm genannt hatte.

Montague und Capulet

Es war nicht mein Wecker, der mich aus dem Schlaf holte, sondern eine Hand, die sacht meinen Hals streichelte. Genau jene Stelle unter dem Kinn, an der man den Puls fühlen konnte. Knapp über dem Rand meines Verbandes. Träge reckte ich mich, stieß mit den Armen gegen etwas Festes und blinzelte verschlafen, als dieses Etwas leise lachte und die Berührung an meiner Kehle verschwand.

»Guten Morgen«, sagte Juliens Stimme über mir.

Ich öffnete die Augen in dem Moment, als er sich vorbeugte und den Kodex zusammen mit Block und Stift auf den Wohnzimmertisch legte. Wohnzimmertisch? Mein noch immer benebelter Verstand brauchte ungefähr zehn Sekunden, um die Informationen zu verarbeiten.

»Ich habe auf dem Sofa geschlafen?«, platzte ich verblüfft heraus. Noch immer nicht wirklich wach, setzte ich mich auf, fuhr mir übers Gesicht und strich in der gleichen Bewegung meine Haare zurück. Himmel, sie fühlten sich an wie ein Wischmopp. Vermutlich sahen sie ebenso aus.

Tatsächlich! Ich hatte die Nacht an Julien geschmiegt auf dem Sofa verbracht. Nicht in meinem Bett zu schlafen schien zur Gewohnheit zu werden.

»Du hast dich geweigert, dich hinauftragen zu lassen.«

»Geweigert?« Ich kniff die Augen zusammen. Warum musste es morgens nur so hell sein?

»Das Wort, das du benutzt hast, war *bleiben*. Du warst äußerst ... entschlossen.« Dass er versuchte sich ein Grinsen zu verbeißen, verriet mir, dass da noch mehr war.

»Was noch?«

Er zögerte, kämpfte weiter mit dem Grinsen. »Du wolltest auf meinem Schoß schlafen«, erklärte er endlich mit Unschuldsmiene.

Ich starrte ihn an. »Was?« Meine Fassungslosigkeit kostete ihn seine Selbstbeherrschung. Er prustete los und ich spürte, wie mir das Blut ins Gesicht kroch. »Das ist nicht lustig.«

»Nein, ist es nicht.« Dass er sich sichtlich darum bemühen musste, seine Heiterkeit zu zügeln, war nicht wirklich hilfreich. »Sondern sehr ... possierlich.«

»Possierlich?« Ich erdolchte ihn mit Blicken. »Ich bin nicht ... *possierlich*!«

»Und wie würdest du es sonst umschreiben, wenn jemand von deiner Größe – inklusive seiner Decke – versucht, sich auf meinem Schoß zusammenzurollen, als sei er ein deutlich kleineres Kätzchen? – Auch wenn ich dich natürlich jeder Katze vorziehe.«

Da ich mir nicht sicher war, ob er »Hmpf!« als Antwort gelten lassen würde, wechselte ich das Thema und nickte zu dem Kodex hin.

»Hast du die ganze Nacht damit verbracht?«, erkundigte ich mich mit etwas, das sich wie ein schlechtes Gewissen anfühlte. Denn wenn ich recht informiert war, hatte er eigentlich vorgehabt, heute Nacht den Polizeiarchiven einen inoffiziellen »Besuch« abzustatten. Mit einem Schlag war seine Heiterkeit Anspannung gewichen. Ein Zittern kroch in meine Hände. Um es vor ihm zu verbergen, presste ich sie zwischen meine Knie. »Du hast nichts gefunden, oder?« Hatte er sich geirrt und mein Großonkel versuchte uns – beziehungsweise mir – gar nicht zu helfen? Bitte, lieber Gott, bitte nicht!

Julien rieb sich den Nacken. Ein erbärmlicher Versuch, Zeit zu schinden, ehe er dann doch den Kopf schüttelte. »Nein. – Aber das muss nichts heißen. Immerhin habe ich noch ein Drittel vor mir.« Irgendwie zornig sah er zu dem alten Buch hin. »Adrien wäre dir dabei von bedeutend größerem Nutzen. Er hat unsere Gesetze studiert.« Sein Blick kehrte zu mir zurück. Das Quecksilber seiner Augen war erschreckend dunkel. »Geh und mach dich fertig. Wir müssen in die Schule.«

»Kannst du denn ...« Ich biss mir auf die Lippe. Er hatte in der letzten Nacht nicht nur ins Polizeiarchiv gewollt, sondern auch auf die Jagd.

»Ja, ich kann. Keine Sorge. Noch hält mein Hunger sich in Grenzen. Und zur Not kann ich in der Schule immer noch ...« Er hob die Schultern. Julien war es gleichgültig, wo und wen er sich als Opfer suchte – auch wenn es für *mich* ein kleiner Schock gewesen war, zu erfahren, dass er in der Vergangenheit unter anderem sowohl von Beth als auch von Susan getrunken hatte. Gewöhnlich bevorzugte er nun mal die weibliche Hälfte der Spezies Mensch, einfach weil es weniger auffällig war, wenn ein Junge seinen Mund am Hals eines Mädchens hatte. Seit er mit mir zusammen war, hielt er sich jedoch von den Mädchen der Schule fern. Auch wenn das Trinken für ihn nichts mit Intimität zu tun hatte, war ich mir nicht sicher, wie ich reagieren würde, sollte ich ihn doch jemals dabei beobachten, wie er seinen Durst an einer anderen stillte. Ich wusste, es war irrational und dumm von mir, aber so gern ich es wollte: Irgendwie konnte ich nicht aus meiner Haut. Deshalb fragte ich ihn nicht nach seinen Opfern, wenn er von der Jagd zurückkam. Ebenso wenig, wie er von sich aus darüber sprach.

Ich verscheuchte die Gedanken und drehte meinen Arm ein wenig, sodass die Innenseite nach oben wies. »Und wenn du von mir ...«

Sofort verdüsterte sich sein Blick. »Nein!«

Unhörbar seufzte ich. Unser altes Thema. Julien trank von jedem anderen – nur nicht von mir. Dabei war es egal, wie groß sein Hunger war: Ich war tabu! Punktum. Ende. Aus. Basta. Finito. Keinerlei Verhandlungen möglich. Oh, mir war durchaus bewusst, dass unser ständiges Zusammensein oder die Tatsache, dass ich nachts in seinen Armen schlief, seine Selbstbeherrschung permanent auf die Probe stellte. Aber diese Probe hatte sie bisher immer bestanden. Seit wir zusammen waren, trank er zudem häufiger, als er eigentlich musste – womit er ein weiteres Gesetz der Lamia brach. Trotzdem fürchtete er noch immer, dass ihn der Geschmack meines Blutes oder einfach das Wissen darum, dass es *mein* Blut war, die Kontrolle verlieren lassen könnte. Das Argument, dass er nicht mal damals die Kontrolle verloren hatte, als er die von Samuel gerissene Wunde an meinem Hals geleckt hatte, um zu verhindern, dass ich verblutete, ließ er nicht gelten, stur, wie er war – obwohl er zu diesem Zeitpunkt beinah vollkommen ausgehungert war.

»Dawn ...« Er streckte die Hand nach mir aus. »Versteh doch. Du bist für mich so viel mehr ... Von dir zu trinken, um meinen Durst zu stillen, wäre, als würde ich wissentlich etwas unendlich Kostbares in den Schmutz treten.«

Diesmal seufzte ich vernehmlich. »Ich versuche es zu verstehen, ehrlich, aber ... na ja, ich finde es einfach blödsinnig.«

»Blödsinnig?« Seine Hand sank herab.

»Ja, blödsinnig. Ich bin mir sicher, du würdest die Beherrschung nicht verlieren. Und das andere ... Du trinkst von jedem anderen, nur nicht von mir. Das ist so ...« – *als wäre ich nicht gut genug.* »... ach, vergiss es.« Brüsk stand ich auf. »Ich gehe wohl besser duschen, bevor ich mich noch mehr um Kopf und Kragen rede.«

Julien hielt mich am Arm zurück, ehe ich mich endgültig

abgewandt hatte. »Du bist eifersüchtig«, sagte er ganz ruhig. Ich sank in mich zusammen.

Das »Ja« wollte einfach nicht über meine Lippen. Das musste es aber offenbar auch gar nicht.

Sekundenlang glaubte ich seinen Blick im Rücken zu spüren. »Die Lamia waren nicht immer so zivilisiert, wie sie es heute sind«, begann er dann. »In den ersten Generationen war der Durst so entsetzlich, dass wir mehr Raubtier als Mensch waren. Aber manchmal – sehr, sehr selten – soll es vorgekommen sein, dass sie bei ihren Streifzügen unter den Menschen eine Frau oder ein Mädchen entdeckten, deren Gegenwart die ›Bestie‹ in ihnen besänftigte, bei der sie zur Ruhe kamen und ›Frieden‹ fanden. In einer Welt voller Blut und Krieg etwas, nach dem sich auch die Lamia sehnten. Verständlich, dass sie die Gegenwart dieses Mädchens suchten und alles taten, um es bei sich zu behalten. – Für mich bist du ein solches Mädchen, Dawn. Diejenige, nach der ich mich meine ganze Existenz gesehnt habe. Und ich werde nichts tun, was dich in irgendeiner Weise gefährden könnte. – Wenn ich deshalb mit deiner Eifersucht leben muss, dann tue ich das. Aber ich würde mir wünschen, dass ich es nicht müsste.« Er ließ mich los und mein Arm fiel an meine Seite zurück. »Du bist eifersüchtig auf Nahrung – und das ist blödsinnig!«

Ich tat einen zittrigen Atemzug, einen zweiten, dritten, drehte mich schließlich langsam zu ihm um. Julien sah mich unverwandt an.

»Blödsinnig, ja?«

»Blödsinnig«, bestätigte er mir ernst.

»Wie in ›blödsinnige Zicke‹?«

»Kommt hin.« Er nickte.

»Würdest du so einer blödsinnigen Zicke glauben, wenn sie verspricht, an ihrer Eifersucht zu arbeiten?«

Ohne den Blick von meinem Gesicht zu nehmen, beugte

er sich vor, nahm meine Hand in seine und legte sie mit der Fläche an seine Wange. »Wenn sie Dawn Warden heißt – ja.« Er hauchte mir einen Kuss aufs Handgelenk und ließ mich nach einem langen Atemzug wieder los.

Ich räusperte mich. »Wenn wir auch nur halbwegs pünktlich in der Schule sein wollen, sollte ich mich beeilen, oder?«

»Solltest du.«

Auf dem Weg nach oben nahm ich zwei Stufen auf einmal. Mein Gesicht brannte. Ich war mehr als eine blödsinnige Zicke: Ich war ein dummes Schaf!

Im Bad hielt ich – schon auf dem Weg in die Dusche – vor dem Badezimmerspiegel inne, um den Verband an meinem Hals endlich zu entfernen, und zögerte. Vielleicht wäre es besser, ihn einen Tag länger an Ort und Stelle zu lassen. Und das nicht nur im Hinblick auf den angekündigten Besuch dieses unbekannten Lamia-Heiratskandidaten.

Als ich eine Viertelstunde später wieder nach unten kam, wartete wie immer mein Frühstück auf mich. Die Tasse in der Spüle verriet mir, dass Julien die schlimmsten Anzeichen seines Hungers mit seiner speziellen »Suppe« bekämpft hatte. Er überließ mich Musli, Toast und Rührei pur, um selbst duschen zu gehen.

Ich war gerade dabei, mir eine zweite Lage Gurkenscheiben auf den Toast zu hauen, als der Türklopfer gegen die Haustür pochte. Über mir rauschte noch die Dusche. Verwirrt wischte ich mir die Hände ab, ging zur Tür, öffnete – und erstarrte. Der junge Mann, der mir gegenüberstand, hätte ebenso gut als Engel durchgehen können. Ich schluckte, als mir klar wurde, wen – oder besser »was« – ich vor mir hatte.

Er musterte mich träge, während er gleichzeitig im Schatten des Verandadaches seine verspiegelte Sonnenbrille in die Höhe schob. Mein Mund war schlagartig wie ausgedörrt.

Hinter ihm in der Auffahrt stand ein silbergrauer Ferrari.

»Sieh an, sieh an, was ist denn das? Die Princessa Strigoja persönlich heißt mich willkommen. - Verzeihung, die *möglicherweise nächste* Princessa Strigoja, noch hast du den Wandel ja nicht hinter dir«, schnurrte er mit einer Stimme, bei der einem die Knie weich werden konnten. Mir stellten sich die Nackenhaare auf. Seine tiefblauen Augen wanderten erneut über mich - auf eine Art, die *Du siehst ziemlich gewöhnlich aus, oder?* zu sagen schien. Er blickte an mir vorbei ins Innere des Hauses. »Ist dein Beschützer nicht da?« Er sah mich wieder an. »Darf ich hereinkommen?« Ich brachte keinen Ton heraus. »Du gestattest ...«

»Nein!« Das Wort erklang unvermittelt hinter mir, schneidend und hart. Vor Schreck zuckte ich zusammen. »Was willst du hier, Bastien?« Juliens Hand legte sich federleicht auf meinen Rücken, und ich war mit einem Mal wieder in der Lage, halbwegs vernünftig zu atmen.

»Mon Dieu, Du Cranier, willst du, dass ich blind werde?« Bastien riss in gespieltem Entsetzen die Augen auf. Unwillkürlich folgte ich seinem Blick - und vergaß erneut, wie man atmete. Julien trug nicht mehr am Leib als ein Handtuch, das er anscheinend ziemlich hastig um die Hüften geschlungen hatte. Wasser rann aus seinem Haar und suchte sich in glitzernden Rinnsalen einen Weg über seine Brust abwärts. *O mein Gott!*

»Immer diese leeren Versprechungen, Bastien.« Julien schob sich an mir vorbei und mich in der gleichen Bewegung halb hinter sich. »Was willst du hier?«

»Meines Wissens hat Fürst Vlad mein Kommen für heute angekündigt.«

Für eine Sekunde starrte Julien ihn an. »Du?«, brach es dann aus ihm heraus. Das Wort klang wie ein Zähnefletschen.

»Ja, ich.« Bastiens Lächeln sagte überdeutlich, dass ihm

weder Juliens erste Fassungslosigkeit noch sein Zorn entgangen war. Und dass er beides genoss. »Offenbar hast du nicht ausgerechnet mich erwartet, Du Cranier. – Hältst du es nicht für angebracht, zuerst der Tradition Genüge zu tun und mich der Demoiselle vorzustellen?«

Die Art, wie Julien in seine Richtung nickte, machte mehr als deutlich, dass er *das* am allerwenigsten beabsichtigt hatte.

»Bastien Ancourt«, er unterbrach sich selbst und schnalzte mit der Zunge. »Ach, ich vergaß, jetzt ja Bastien d'Orané. Adoptivsohn und designierter Erbe von Gérard d'Orané. – Dawn Warden; Tochter und Erbin von Alexej Tepjani Andrejew, Enkeltochter von Fürst Radu, Großnichte der Fürsten Mircea und Vlad und vom Rat der Fürsten *anerkannte* Princessa Strigoja. – Für ein Treffen bist du zu früh! Sie muss zur Schule.« Sein Ton war eiskalt geworden. »Und ich bin mir ziemlich sicher, dass Fürst Vlad und seine Brüder es nicht schätzen würden, wenn sie deinetwegen schwänzt.«

»Und wann darf ich wiederkommen?« Die Frage galt mir. Die Brauen gehoben drehte Julien sich halb zu mir um. Ich sah von einem zum anderen. Nun gut, wenn ich diese Farce schon mitspielen musste, wollte ich das Ganze möglichst schnell hinter mich bringen.

»Heute Nachmittag. Nach der Schule«, beschied ich beiden.

»Und wann genau wäre das?« Bastien neigte den Kopf. Ein paar blonde Strähnen fielen über die Gläser seiner hochgeschobenen Sonnenbrille, sodass die Spitzen ihm ein wenig in die Stirn hingen.

»Sechzehn Uhr.«

»Ich werde da sein, Princessa.« Mit einem neuerlichen Lächeln verbeugte er sich höflich und wandte sich zum Gehen – hielt dann jedoch inne und sah Julien an. »Sag mal, Du Cranier ...« Bastien schob die Hände in die Taschen seiner Designerjeans, während er ihn mit schmalen Augen musterte, als würde er ihn gerade zum ersten Mal sehen. »Du weißt nicht zufällig, wo dein Bruder Julien sich zurzeit herumtreibt?«

»Soweit mir bekannt ist, dort, wo er auf Befehl der Fürsten sein soll.«

»Ah ... das ist es ja. Er ist aus Dubai verschwunden.«

Schlagartig war mir sterbenselend.

»Tatsächlich?« Julien klang nur mäßig interessiert. »Und du suchst ihn? Und obendrein ausgerechnet hier, weil ...?«

»Nun, gewöhnlich weiß der eine von euch doch immer, wo der andere gerade steckt.«

»Wie bedauerlich, dass du den Weg hierher umsonst gemacht hast, Bastien. Ich weiß nicht, wo mein Bruder sich im Augenblick aufhält. Es überrascht mich, dass die Fürsten dich mit der Suche nach ihm beauftragt haben.«

»Die Fürsten? Nicht doch!« Mit einem verächtlichen Grinsen schob Bastien die Sonnenbrille wieder über die Augen. »Ich bin auf der Suche nach ihm, weil ich meinem Adoptivvater eine kleine Freude machen will. Er wünscht sich schon ziemlich lange nichts sehnlicher, als diese alte Rechnung mit deinem Bruder zu begleichen. Und nachdem er Dubai ja offenbar ohne Erlaubnis der Fürsten den Rücken gekehrt hat, kann er das jetzt auch endlich tun.«

»Gérard weiß sehr gut, dass es damals in Berlin nur darum ging, Raoul das Leben zu retten. Und du weißt es auch. Du warst dabei.«

»Das Leben zu retten?« Bastien lachte. »So nennst du das also.« Schlagartig wieder ernst zuckte er die Schultern. »Ich weiß nur, dass Raoul in die Sonne gegangen ist, weil er die Schande nicht ertragen hat.«

»Du meinst, weil sein Vater ...« Julien brach ab. »Warum sollte ich mit dir darüber diskutieren, Bastien?«

»Du hast recht. Warum solltest du.« Bastien winkte nachlässig ab. »Bis heute Nachmittag, Princessa. – Und ich lass es dich wissen, wenn ich deinen Bruder gefunden habe, Du Cranier.« Nach einer weiteren kleinen Verbeugung in meine Richtung schlenderte er zu dem Ferrari hinüber und glitt auf den Fahrersitz. Einen Augenblick später spritzte Kies unter den Reifen auf und der Wagen verschwand den Weg hinunter.

Julien schob mich ins Haus zurück und schloss die Tür. Seine Züge waren absolut ausdruckslos. »Frühstücke zu Ende. Ich gehe mich anziehen.« Selbst seine Stimme klang vollkommen gleichmütig. Meine war dafür umso gepresster.

»Was ist damals passiert?« Schweigen antwortete mir. »Julien? – Ihr kennt euch. Woher?«

Langsam sah er mich an. Um ein Haar wäre ich vor ihm zurückgewichen. Diesen Ausdruck hatte ich zuvor schon in seinen Augen gesehen: auf dem Abbruchgelände; als er eben einen Typen getötet hatte, der den Fehler begangen hatte, mich anzugreifen. Und als er mir am folgenden Tag für einen kurzen Moment die andere Seite seines Wesens zeigte, nachdem ich ihm gesagt hatte, dass ich wusste, was er war. Meine Hand bebte, als ich sie nach ihm ausstreckte. Schneller, als ich reagieren konnte, hatte er Abstand zwischen uns gebracht.

»Nicht jetzt!« Dieses Mal war seine Stimme scharf.

Ich ließ den Arm fallen. »Julien, bitte ...«

»Wir waren Freunde, Bastien, Adrien und ich. Er war einer der wenigen, die uns auseinanderhalten konnten.« Entsetzt starrte ich ihn an. Mit einer scharfen Geste schnitt seine Hand durch die Luft. »Das ist sechzig Jahre her. Seitdem hat er uns nur sechs- oder siebenmal zusammen gesehen. Ich bezweifle, dass er noch immer sagen kann, wer von uns wer ist; vor allem wenn er nur einem von uns gegenübersteht ...« Der Blick, mit dem er mich bedachte, war hart. »Sei heute Nachmittag einfach vorsichtig, was du zu ihm sagst.«

»Und wer war dieser ›Raoul‹? Was ist passiert?«

Julien fuhr sich durch das nasse Haar und schüttelte den

Kopf. »Die Geschichte ist lange her und nicht mehr von Bedeutung.«

»*Nicht mehr von Bedeutung?*«, echote ich ungläubig. »So klang das eben aber nicht.«

»Das alles liegt Jahrzehnte zurück. Es hat absolut nichts mit uns zu tun.«

»Es hat mit uns zu tun! Es ist deine Vergangenheit!«

»Mon Dieu, Dawn, kapierst du es denn nicht?« In seiner Stimme war nur mühsam unterdrückter Ärger. »Ich bin nicht stolz auf diese ›Vergangenheit‹. Ich habe in den letzten sechzig Jahren Dinge getan ...« Er beendete den Satz mit einem scharfen Schnauben. »Mein Leben war zu Ende. Ich habe nur noch existiert. Ein hässliches Spiel gespielt, um *irgendetwas* zu tun. Es gab nichts für mich. Nichts! – Dann habe ich dich getroffen. Und plötzlich konnte ich wieder träumen. Ich will nicht, dass du ...« Er presste die Lippen für eine Sekunde zu einem Strich zusammen. »Vergiss es!«

»Was ist vor sechzig Jahren passiert?«

Von einer Sekunde zur anderen war seine Miene abweisend und leer. »Nichts!«

»Bitte, Julien, was ist passiert?«

»Wir haben eine Abmachung, erinnerst du dich? – Ich will nicht darüber reden.«

O ja, ich erinnerte mich. Man hätte diese »Abmachung« aber auch »Erpressung« nennen können. »Und warum nicht? Warum vertraust du mir nicht?«

»Das hat nichts mit Vertrauen zu tun.«

»Ach? Womit dann? Könnte es mich in Gefahr bringen? Oh, natürlich! *Das* ist es mal wieder! – Verdammt noch mal, Julien, wenn es mich in Gefahr bringt, habe ich da nicht das Recht, zu erfahren, was es ist?«

»Lass es gut sein, Dawn. Ich will mich nicht streiten. Nicht mit dir.« Plötzlich klang er sehr müde.

»Aber du wirst es mir auch nicht erzählen.«

»Nein.«

»Dann wirst du dich mit mir streiten müssen.«

Abermals schüttelte er den Kopf. »Bitte, Dawn, es ist ...« Er verstummte, holte angespannt Luft. »Pass einfach auf, dass du heute Nachmittag nicht den falschen Namen benutzt, ja?« Für den Bruchteil einer Sekunde schaute er zur Seite. Dann kehrte sein Blick zu mir zurück. »Ich bin gleich wieder unten, dann können wir los.« Damit stieg er die Treppe hinauf.

Wie belämmert starrte ich ihm nach. Er ließ mich stehen. Einfach so? Ich rieb mir übers Gesicht und versuchte meinen Ärger zu beherrschen. Seine Gründe waren klar: Er wollte wie stets nichts anderes, als mich schützen. Aber ich war es leid, dass er sich deshalb weigerte, mir jene Dinge aus seiner Vergangenheit und über seinesgleichen zu erzählen, von denen er offenbar dachte, dass sie mich möglicherweise in Gefahr brachten.

Ich schloss die Augen. Und dann war da noch das, was Bastiens Worte außerdem bedeuteten: Die Jagd auf »Julien Du Cranier« war eröffnet.

Irgendwie unsicher auf den Beinen ging ich in die Küche zurück. Mein Toast lag unberührt auf dem Teller. Der Appetit war mir gründlich vergangen. Mechanisch räumte ich den Tisch ab, pappte Frischhaltefolie auf die Teller mit Käse, der Wurst und den Gurkenscheiben und schob sie in den Kühlschrank. Kalter Toast, Müsli und Rührei wanderten in den Mülleimer, der Orangensaft in den Ausguss. Ich wusste, dass Julien hinter mir im Türrahmen stand, noch bevor ich mich umdrehte.

Schweigend nahm ich ihm meine Tasche aus der Hand, ging an ihm vorbei und aus dem Haus zum Schuppen. Er sagte nichts, kam nur hinter mir her und fuhr die Corvette heraus. Die ganze Zeit glaubte ich seinen Blick auf mir zu spüren. Der schwarze Lack der Vette glänzte in der Sonne.

Wortlos stieg ich ein. Julien schloss das Tor des Schuppens und legte die Kette wieder vor. Sein Rucksack lag im Fußraum der Beifahrerseite. Ich stopfte meine Tasche dazu. Einen Moment später glitt er hinters Steuer und der Motor erwachte mit einem Schnurren zum Leben.

Ich starrte aus dem Fenster, während wir vom Zufahrtsweg des Hale-Anwesens auf die Straße einbogen, und versuchte die mageren Informationen, die mir das erste Stelldichein mit Bastien beschert hatte, zu einem halbwegs verständlichen Bild zusammenzufügen. Es gelang mir nicht. In diesem Puzzle fehlten mir einfach zu viele Teile. Ich zuckte zusammen, als Julien unvermittelt meine Hand ergriff, mit dem Daumen leicht über meinen Handrücken strich, sie zu seinen Lippen hob und sacht meine Knöchel küsste. Über den Rand seiner dunklen Brille hinweg konnte ich seine Augen sehen. In ihnen stand die stumme Bitte, nicht länger ärgerlich zu sein. Es brauchte nur ein Lächeln, um ihm zu sagen, dass alles wieder zwischen uns in Ordnung war, selbst ein Nicken wäre genug. Ich entzog ihm meine Hand und sah weiter aus dem Fenster. Auch wenn ich mich dabei schlecht fühlte: Wenn das der einzige Weg war, ihn dazu zu bringen, endlich keine Geheimnisse mehr vor mir zu haben – aus welchen Gründen auch immer –, würde ich ihn gehen.

Wortlos nahm Julien seine Hand zurück ans Steuer und richtete den Blick auf die Straße. Für eine Sekunde umklammerte er es so hart, dass ich glaubte, den ledernen Überzug unter seinem Griff knarren zu hören, während er zugleich die Vette gekonnt in den Verkehr der Hauptstraße einfädelte.

Wir waren spät, aber nicht spät genug. Der Parkplatz der Montgomery-High glich noch immer – wie jeden Morgen – einem Wespennest, und Julien musste zweimal mit voller Wucht auf die Bremse treten, weil jemand einfach zwischen zwei bereits geparkten Wagen hervorkam oder beim Rangieren nicht auf die anderen Autos achtete. Und wie an jedem

Morgen löste die Vette auch heute in ihrer schwarzen Eleganz neidvolle Blicke aus.

Endlich fand er einen Parkplatz etwas abseits des schlimmsten Trubels. Wortlos stieg ich aus, zerrte unsere Sachen aus dem Fußraum. Julien kam um die Schnauze der Vette herum und nahm mir seinen Rucksack ab. Schweigend gingen wir nebeneinander zum Schulgebäude hinüber. Ich hielt mich mit beiden Händen am Riemen meiner Tasche fest. Mochten sich die anderen die Mäuler zerreißen, es war mir egal – dennoch war es einer der längsten Schulwege meines Lebens.

Dass etwas zwischen Julien und mir nicht stimmte, entging natürlich auch Beth, Susan, Neal, Tyler und den anderen unserer Clique nicht. Zu meiner Erleichterung war Neal klug genug, es – zumindest für den Moment – bei irgendwie zornigen und zugleich seltsam triumphierenden Blicken in Juliens Richtung zu belassen. Wenn er etwas zu ihm gesagt hätte ... Die Kombination aus Sorge, Ärger und seinem Hunger machte Julien mehr als gefährlich. Und wenn es um Neal ging ... Ich wollte mir gar nicht vorstellen, was dann vielleicht geschehen wäre.

In der zweiten Pause meinte Cynthia, die ein oder andere dumme Bemerkung machen zu müssen, während Julien für mehrere Minuten verschwunden war. Ich ließ sie stehen. Als er wiederkam, wusste ich, dass seine Augen heller waren, auch ohne sie hinter der Brille sehen zu können.

Abgesehen von dieser einen Gelegenheit, oder wenn sein Stundenplan tatsächlich noch von meinem abwich, war Julien nach wie vor die ganze Zeit in meiner Nähe. Doch er versuchte nicht, mich zu berühren. Seine stumme, beinah ergebene Distanz führte allerdings dazu, dass ich mich immer schlechter fühlte. Er war hier bei mir, obwohl er vermutlich sein Leben damit riskierte, sollte bekannt werden, dass er gar nicht Adrien war. Er war bei mir, obwohl es keinen Zweifel mehr daran gab, dass die Jagd auf seinen Bruder – den ja alle für *ihn* hielten – begonnen hatte. Was bedeutete, dass jede Stunde, die er mit mir verbrachte, eine Stunde war, die er bei seiner Suche nach Adrien verlor. Zudem versuchte er eine Möglichkeit für mich zu finden, aus den Plänen, die der Rat mit mir hatte, herauszukommen, obwohl ihn auch das wieder Zeit kostete. Zeit, die er für die Suche nach Adrien hätte nutzen können. Und ich? Ich zeigte ihm die kalte Schulter, weil er mir nichts über seine Vergangenheit erzählen wollte. – Ich kam mir unendlich schäbig dabei vor. Und trotzdem konnte ich nicht anders.

Susan und Beth taten den ganzen Tag ihr Möglichstes, mich aus meinen trüben Gedanken zu reißen. Das Thema: der Halloween-Ball!

Beth musste leider am Abend des Balls im *Ruthvens* arbeiten. Eine ihrer Kolleginnen war ganz kurzfristig ausgefallen und zudem konnte sie das Geld gut gebrauchen. Immerhin sparte sie fürs College, und der Chef des *Ruthvens* hatte jedem, der bereit war, an Halloween zu arbeiten, einen dicken Bonus versprochen. Was natürlich Beth die Entscheidung bedeutend leichter gemacht hatte.

Susan erging sich in Spekulationen, wer aus unserer Stufe als was kommen und wer mit wem beim Ball erscheinen würde. Dabei ging ihr Blick einige Male zu Julien hin, so als würde sie überlegen, ob es wohl dabei bleiben mochte, dass er und ich zusammen hingehen würden. Sie verdrehte nur die Augen, als ich ihr offenbarte, dass ich immer noch kein Kostüm hatte.

Der Nachmittag zog sich nicht weniger zäh dahin als der Vormittag. Fach reihte sich an Fach – Biologie, Erdkunde, Politik –, es hätte alles eins sein können. Die Strichmännchen und Kästchenmuster auf meinem Block füllten mit jeder Stunde mehr Seiten. Ich zählte nicht, wie oft ich in den

Nachmittagspausen nur einen Atemzug davor war, mit Julien zu reden, um das, was zwischen uns stand, zu klären und unser beider Elend zu beenden. Fakt war: Ich tat es nicht! Und fühlte mich weiter elend.

Kurz vor Schulschluss erfuhren wir schließlich auch, *wo* der Halloween-Ball in diesem Jahr denn nun stattfinden sollte: Entgegen allen Spekulationen – und zur allgemeinen Verblüffung – hatte doch die Turnhalle den Zuschlag erhalten. Cynthia reagierte natürlich entsprechend zickig. Da die Entscheidung erst jetzt, gerade mal zwei Tage vor dem Ball selbst, gefallen war, blieb kaum noch Zeit für die Vorbereitungen. Weshalb Mr Arrons sich zu einem geradezu verzweifelten Schritt hinreißen ließ: Alle Mitglieder des Dekorationsteams sowie eine von ihm handverlesene Auswahl an Freiwilligen war am nächsten Tag vom Unterricht freigestellt, um die Turnhalle entsprechend herrichten zu können. Dass das, was wir normalerweise entspannt in zwei oder drei Tagen hätten schaffen können, jetzt in einem Tag gestemmt werden musste, löste bei einigen alles andere als Begeisterungsstürme aus. Daran änderte sogar die Befreiung vom Unterricht nichts.

Das Schweigen zwischen Julien und mir dauerte auch auf dem Nachhauseweg an und ich verzog mich direkt in mein Zimmer. Ich konnte Juliens Blick jede Stufe der Treppe auf mir fühlen. Oben ließ ich meine Tasche in eine Ecke fallen und warf mich aufs Bett. Plötzlich wünschte ich mir Ella herbei, die frühere Haushälterin meines *Onkels*, die eher so etwas wie eine Ersatzmutter für mich gewesen war. Leider war sie von Samuel – ebenso wie mein damaliger Leibwächter Simon – *entlassen* worden, bevor sie merken konnte, welches Spiel er tatsächlich mit mir spielte. – Wobei ich mich seitdem schon ein paarmal gefragt hatte, ob er die beiden wirklich nur entlassen hatte oder sie nicht am Ende sogar von seinen Handlangern unauffällig hatte beseitigen lassen. Einfach, weil sie möglicherweise im Laufe der Jahre doch mehr gesehen hatten, als sie hätten sehen sollen. Zumindest hatte ich keinen von ihnen in der ganzen Zeit erreichen können. – Bisher war Ella immer da gewesen, um mich in den Arm zu nehmen, wenn ich mich allein und verloren fühlte. Mein Kissen war kein Ersatz für ihre Geborgenheit.

Kurz vor vier kam ich wieder herunter. Ich hatte darauf verzichtet, für Bastien mehr zu tun, als mir noch einmal mit der Bürste durch die Haare zu fahren. Julien stand am Fuß der Treppe, als hätte er dort die ganze Zeit auf mich gewartet.

»Was ist?« Warum klang meine Stimme so entsetzlich kühl, obwohl ich es gar nicht beabsichtigt hatte.

»Nicht dass du denkst, ich wollte dich kontrollieren, Dawn ...« Er fuhr mit den Fingerspitzen über den geschnitzten Pfosten neben der letzten Stufe. »Aber ich würde trotzdem gerne wissen, was du mit Bastien unternehmen wirst.«

»Ich wollte mit ihm in die Mall und ihn durch jeden Laden und jede Boutique schleppen, die Halloween-Kostüme hat. Shoppingtrips sollen bei Männern ja nicht so gut ankommen. Und danach ...« Ich hob die Schultern. »Vielleicht lasse ich mich noch auf einen Latte einladen. – Heißt das, du wirst uns nicht begleiten?«

»Nein.« Ein kurzes, freudloses Lächeln glitt über seine Lippen. »Was das Kleid für den Ball angeht ... Wenn du erlaubst, möchte immer noch ich es dir besorgen.«

»Natürlich.« Meine Kehle zog sich zusammen. »Aber es ist nur ein Halloween-Ball. Es muss nicht zwingend ein Kleid sein.« Ich legte meine Hand direkt neben dem Kopf des Pfostens auf das Geländer. »Und was hast du vor?«

Diesmal zuckte er die Schultern. »Ich denke, ich werde dem Polizeiarchiv den Besuch abstatten, den ich eigentlich für vergangene Nacht geplant hatte. Gut möglich, dass ich bei Tag sogar einfacher reinkomme, wenn ich es direkt durch den Vordereingang versuche.« Juliens Finger strichen weiter über das Holz, streiften für einen Sekundenbruchteil kaum merklich meine.

»Sei vorsichtig, bitte«, sagte ich leise.

»Du auch. – Und wenn irgendetwas sein sollte: Ruf mich an. Egal was ist, egal wann.« Seine Quecksilberaugen sahen mich seltsam unergründlich an. »Versprochen?«

Ich nickte nur. Draußen fuhr ein Wagen vor. Das Klopfen, das Bastien ankündigte, erlöste uns aus unserem Schweigen.

Bastien d'Orané hätte als der perfekte Gentleman durchgehen können: Er hielt mir die Autotür auf, half mir in und aus seinem Ferrari, öffnete mir in der Mall jede Tür, die das nicht automatisch tat, ließ sich mit erstaunlich guter Laune durch die Boutiquen schleifen, ertrug es, dass ich ein Halloween-Kostüm nach dem anderen anprobierte, ihn auf die Suche nach unterschiedlichen Größen schickte und ihn sogar einige Mal nach seiner Meinung fragte, nur um alles dann doch wieder wegzuhängen.

Doch das Gefühl blieb, als mustere er mich hinter seiner dunklen Sonnenbrille mit einem Blick, der nicht zu dem passte, was er mir von sich zeigte. Die ganze Zeit über hielt er den perfekten Small Talk durch: das Wetter, die Schule, äußerte sich sehr angetan von dem Farbenspiel des Indian Summer hier in Neuengland – auch wenn Ashland Falls wohl ziemlich das Ende der Welt war – und pries die Vorzüge, die es hatte, mit einem Privatjet mal eben von Marseille nach Millinocket fliegen zu können und nicht auf überfüllte Verkehrsmaschinen angewiesen zu sein. Dass meine Antworten dabei ziemlich kurz und nichtssagend ausfielen, schien ihn nicht weiter zu stören.

Es begann schon allmählich zu dämmern, als ich schließlich entschied, den Einkaufsbummel als erfolglos abzubrechen. Bastien nahm auch das hin, bekundete in angemessener Weise sein Bedauern, dass ich nichts gefunden hatte, und fragte, ob er mich noch auf etwas zu trinken – oder auch zum Essen, sofern es mich nicht störte, dass er mir nur dabei zusah – einladen dürfe.

Ich erlaubte es. Allerdings nur zu einem Latte und das auch nicht in der Mall, sondern in einem kleinen Café ein paar Blocks weiter. Der Latte mit Karamell dort schmeckte einfach nur göttlich. Natürlich war Bastien damit einverstanden.

Wir waren schon beinah aus der Mall heraus, als ich vor einem Schaufenster abrupt stehen blieb und zwei Schritte zurückmachte. Die Boutique war klein und edel, führte normalerweise nichts, was meinem Stil entsprach – eher dem meines Großvaters Radu –, und hatte auch keine Halloween-Kostüme im Sortiment. Dafür hing im Schaufenster ein Kleid, dessen Anblick mir die Sprache verschlug: weiße Spitze über etwas, das für mich wie Satin aussah. Mit einem bodenlangen weiten Rock, schmal geschnittenem Oberteil – bei dem ich vielleicht sogar ein wenig hätte schummeln müssen, um es ganz auszufüllen – und Ärmeln, die nur aus Spitze bestanden und knapp unter den Ellbogen endeten. Es war ... wunderschön – und sein Preis beachtlich. Nicht dass das bei 10 000 Dollar Taschengeld im Monat ein besonders schwerwiegendes Argument gewesen wäre. Das war die Tatsache, dass Julien mein Kleid besorgen wollte.

»Anprobieren?« Bastien war meine Bewunderung natürlich nicht entgangen. Nun stand er hinter mir und musterte anscheinend abwechselnd mich und den weißen Traum, als versuche er abzuschätzen, ob ich hineinpassen könnte.

»Nein.« Entschieden schüttelte ich den Kopf, ließ den Blick noch einmal über die Spitze gleiten und drehte mich dann zu Bastien um. »Es sei denn, du ...« Er hatte mich noch auf der Fahrt zur Mall gebeten, ihn bei seinem Vornamen zu nennen und zu duzen. »... möchtest auf den Besuch im Café verzichten.«

»Wenn ich wählen muss, nehme ich den Besuch im Café«, erklärte er mit diesem gewissen Lächeln. Es hatte bisher immer zur Folge gehabt, dass alles, was weiblich war und sich in einem Umkreis von vier oder fünf Metern befand, sich nach ihm umdrehte. Auch jetzt blieben die entsprechenden Reaktionen nicht aus. Wenn die anderen nur gewusst hätten, dass sie Bastien meinetwegen mehr als gerne haben konnten, hätten sie mich vielleicht nicht mit solch eisigen Blicken bedacht. Ich verbiss mir ein genervtes Zischen, machte kehrt und marschierte zum Ausgang der Mall. Er folgte mir dichtauf.

Das kleine Café war gut besucht. Dennoch brachte Bastien es zustande, uns einen relativ ruhigen Tisch in einer Ecke im hinteren Teil zu verschaffen. Vor einer ziemlich großen Grünpflanze machte er es sich bequem, nachdem er mir zuvor den gegenüberliegenden Stuhl zuerst zurückgezogen und dann wieder zurechtgerückt hatte. Die Kellnerin hatte überraschend schnell Zeit für uns. Manchmal war es doch von Vorteil, mit einem Jungen unterwegs zu sein, der das Aussehen eines Engels hatte – in diesem Fall eines sehr verführerischen Engels.

Ich bestellte für mich einen Latte macchiato mit Karamell, während Bastien nur ein Wasser nahm. Wir schwiegen, bis die Kellnerin mit unseren Getränken zurückkam. Bastien beobachtete, wie ich angelegentlich im Schaum meines Latte herumstippte und schließlich ganz vorsichtig umzurühren begann, um den Karamell am Boden in der ganzen Glastasse zu verteilen.

»Ich hoffe, du hast den Nachmittag mit mir genossen«, sagte er dann ganz unvermittelt.

»Ja danke.« Ich leckte den Löffel ab und legte ihn auf den

Untersetzer. »Ich hoffe, für dich gilt dasselbe?« Vorsichtig nippte ich an meinem Latte. Mmmh, er war noch immer genauso gut, wie ich ihn in Erinnerung hatte.

»Oh, keine Sorge, es war recht angenehm. Immerhin hast du ja darauf verzichtet, deinen Leibwächter mitzunehmen.«

»Ich wusste nicht, dass ich ihn hätte mitbringen dürfen.« Langsam stellte ich die Tasse zurück. »Andererseits: Der Rat und mein Großonkel wussten, dass du mir heute deine Aufwartung machen wolltest. Ich denke, vor diesem Hintergrund war ich bei dir auch ziemlich sicher, oder?«

»Aber natürlich.« Bastiens Lächeln war pure Sanftmut. »Wobei ich mich, um ehrlich zu sein, frage, warum man dich ausgerechnet dem Schutz eines der Du Craniers anvertraut hat.«

Ich zwang mich weiterzuatmen und seinen hinter der Sonnenbrille verborgenen Blick ruhig und gelassen zu erwidern. »Und warum?«

»Nun, die Du-Cranier-Zwillinge haben den Ruf, nur sich selbst und jeweils dem anderen gegenüber loyal zu sein. Vor allem Julien hat mehrfach bewiesen, dass er absolut keine Skrupel kennt. Und Adrien ist bereit, so ziemlich alles zu tun, um die Verfehlungen seines jüngeren Bruders zumindest zu decken, wenn er sie nicht ganz aus der Welt schaffen kann.« Andeutungsweise hob er die Schultern. »Die Sicherheit und das Wohlergehen der möglicherweise nächsten Princessa Strigoja in so jemandes Hände zu legen, erscheint mir ein wenig ... nun, sagen wir ... kurzsichtig.«

Mein Mund war trocken. »Adriens Verhalten mir gegenüber ist tadellos und äußerst zuvorkommend.«

»Tadellos?« Er gluckste. »Nun ja, als ›tadellos‹ würde ich es nicht gerade beschreiben, wenn dein Leibwächter in deiner Gegenwart lediglich mit einem Handtuch bekleidet herumläuft.«

Hatte ich wirklich geglaubt, er würde mich zu etwas zu

trinken einladen und dann weiter nur belanglosen Small Talk machen? Ich war ein größeres Schaf, als ich jemals gedacht hatte. »Er war unter der Dusche, als du heute Morgen aufgetaucht bist, und außerdem ...«

»... und außerdem macht er dir den Hof«, fiel Bastien mir ins Wort.

Schlagartig schoss mir das Blut in die Wangen.

»Ah ... Erröten. Wie niedlich! Es stimmt also.« Er stützte die Ellbogen auf den Tisch und lehnte sich ein wenig vor. »Nun, genau genommen geht es mich ja auch nichts an. Ich hoffe aber trotzdem, deine Großonkel und Fürst Radu sind sich im Klaren darüber, welches Spiel Adrien wahrscheinlich spielt.«

Ich legte betont gelassen die Hände um das Latte-Glas. Auch wenn er sich dadurch vermutlich nicht täuschen ließ. »Welches Spiel wäre das denn deiner Meinung nach?«

»Nun, was glaubst du? Ich würde wetten, er wartet darauf, dass du deinen Wechsel durchmachst, um dich dann an sich zu binden. Die Princessa Strigoja kontrollieren zu können, wäre das Mittel, um den Rat zu zwingen, die Verbannung seines Bruders aufzuheben – und damit auch gleich das Todesurteil, das Julien sich eingehandelt hat, indem er Dubai ohne Erlaubnis des Rates verlassen hat.«

»Todesurteil?« Selbst wenn ich es versucht hätte, ich hätte das Entsetzen in meiner Stimme niemals verbergen können. Obwohl ich die ganze Zeit etwas in dieser Art befürchtet hatte; es bestätigt zu bekommen, machte es nicht weniger schrecklich.

»Aber ja. Niemand setzt sich ungestraft über einen Spruch des Rates hinweg. Damit hat Julien den Bogen endgültig überspannt. Dieses Mal wird der Rat nicht mehr mit sich handeln lassen – oder besser: sich nicht mehr erpressen lassen. Und da Adrien alles tun würde, um seinen geliebten kleinen Bruder zu schützen, spielt er dir den aufmerksamen, zärtlichen Liebhaber vor. In Wahrheit will er Macht über dich. Er ist nicht besser als sein Bruder: ein Mörder und Hochverräter.« Über der Brille schossen seine Brauen in die Höhe. »Jetzt sag nicht, es hat dir niemand etwas über die beiden erzählt?«

»Julien ist kein ...« Irgendwie klang meine Stimme schwach.

Bastien unterbrach mich mit einem Kopfschütteln. »Ach ja? Wer hat das gesagt? Adrien? Was hat er dir über seinen Bruder erzählt? Und über sich? – Lass mich raten: dass sie die armen, unschuldigen Opfer einer Intrige sind? Dass mein Adoptivvater der Böse ist, der die Schuld an allem trägt.« Er schob sein Glas beiseite. Wann hatte er es geschafft, die Hälfte seines Inhalts »verschwinden« zu lassen? »Nur um dir die Augen über deinen *Leibwächter* und seinen sauberen Bruder zu öffnen, mon ange: Julien hat seinen besten Freund zum Vampir gemacht. – O ja natürlich, vorgeblich, um ihm so das Leben zu retten.« In einer abfälligen Geste wischte er mit der Hand durch die Luft. »Ich hoffe, du glaubst diese Lügengeschichte nicht. – Damit es schneller ging, hat er sogar Raouls Blut getrunken. Und Adrien hat sicher nicht danebengestanden und dabei zugesehen, wenn du mich fragst. – Ich meine: Warum sonst sollten die beiden so heftig reagieren, wenn man sie danach fragt, was Raoul getan hat, nachdem sie ihn zum Vampir gemacht hatten? Oder warum ihre Schwester sich umgebracht hat?«

Ich konnte Bastien nur fassungslos anstarren.

»Das ist alles ... nicht wahr!«, brachte ich schließlich doch hervor.

»Ach? Nein?«

»Ich kenne ...« Beinah hätte ich den falschen Namen genannt. »... Adrien. Das würde er nicht tun. Und Julien auch nicht.«

»Und du kennst ihn – und seinen Bruder – schon wie lange, mon ange?« Er schnaubte leise. »Ich bin mit den beiden aufgewachsen. Und – vergib mir, wenn ich das so hart sage – du bist eine einfältige kleine Gans, wenn du einem der Du Craniers vertraust. Ganz gleich welchem. Der eine ist nicht besser als der andere. Sie nehmen sich, was sie wollen, egal wer den Preis an ihrer Stelle dafür zahlt.« Abermals schüttelte er den Kopf. »Es ist wirklich unverantwortlich, dass deine Familie dich einfach in Adriens Obhut lässt. – Andererseits: Im Grunde geht es mich nichts an. Und man sollte meinen, dass drei der mächtigsten und ältesten Fürsten wissen, was sie tun, nicht wahr?« Er ergriff meine Hand quer über den Tisch hinweg. »Ich wollte dich nicht beunruhigen. Ich mache mir lediglich Sorgen um dein Wohlergehen.«

Sekundenlang saß ich da und wusste nicht, was ich sagen sollte. Glaubte er tatsächlich, mir war nicht bewusst, was er hier gerade veranstaltete? Nein, bestimmt nicht. Aber letztendlich war das gleichgültig. Er hatte seine »Botschaft« überbracht. Und auch wenn er nicht sicher wissen konnte, dass Julien ... Adrien mir nichts über seine Vergangenheit erzählt hatte – ob sie nun so aussehen mochte, wie Bastien behauptete oder nicht –, hatte er doch genau darauf gesetzt. Ich entzog ihm meine Hand und er nahm seine wieder auf die andere Seite des Tischs.

»Du siehst blass aus, ist alles in Ordnung, mon ange?« Bastiens Stimme ließ mich aufsehen. Heuchler! Aber zumindest bot er mir so eine Möglichkeit, von ihm wegzukommen. Und es gab nichts, was ich in genau diesem Augenblick lieber gewollt hätte.

»Nein, alles in Ordnung.« Ich bemühte mich um ein möglichst süßes Lächeln, das ich in einem ergebenen Seufzen enden ließ. »Allerdings ist mir gerade eingefallen, dass ich noch eine Hausarbeit für morgen fertig zu machen habe.« Mit Leidensmiene schob ich meinen Stuhl zurück, noch ehe er aufstehen konnte. »Tut mir leid, aber ich fürchte, ich muss gehen. Es macht dir hoffentlich nichts aus, die Rechnung allein zu übernehmen.« Wieder schenkte ich ihm dieses Lächeln. »Und keine Sorge: Ich komm schon nach Hause.« Damit marschierte ich an ihm vorbei und unter den verblüfften Blicken der Kellnerin aus dem Café.

Draußen atmete ich einmal tief durch und machte mich auf den Weg zum Hale-Anwesen. Zu Fuß! Dass es inzwischen sichtlich dämmerte und vermutlich schon dunkel sein würde, bis ich endlich dort ankam, interessierte mich nicht. Im Moment brauchte ich die Bewegung und die frische, schon ziemlich kühle Luft, um das Chaos in meinem Kopf zu ordnen. Ich knöpfte meine Jacke zu, schlug den Kragen hoch und rammte die Hände in die Taschen. Bastien hatte mir genau den richtigen Köder hingeworfen: Adriens beziehungsweise Juliens Vergangenheit. Zu jeder seiner Andeutungen stellte sich mir eine Frage: warum? Ich war mir sicher, dass Bastien mir nicht die Wahrheit gesagt hatte – zumindest nicht so, dass sie tatsächlich das Bild dessen widerspiegelte, was eigentlich geschehen war. Ich ballte die Fäuste in den Jackentaschen. Letztendlich gab es nur einen, der mir sagen konnte, was wirklich gewesen war. Aber nachdem er sich die ganze Zeit geweigert hatte, mit mir über seine Vergangenheit zu reden, würde er es auch jetzt kaum tun, nur weil ich Bastiens Köder geschluckt hatte.

Wann sich die schwarze Schnauze der Corvette neben mich geschoben hatte, konnte ich im Nachhinein nicht mehr sagen. Irgendwann war sie da und hielt mit mir Schritt – was nicht mehr als Leerlauf sein konnte, dem Geblubber des Motors nach zu urteilen. Schließlich blieb ich stehen. Die Vette hielt neben mir. Im Inneren beugte Julien sich herüber, öffnete mir die Tür und gab ihr einen Stoß, damit sie aufschwang.

»Steigst du ein?«, fragte er schlicht.

Ich tat es wortlos. Verglichen mit draußen war es hier wunderbar warm. Julien setzte den Blinker und reihte sich wieder in den übrigen Verkehr ein.

»Warum hast du nicht angerufen?«

»Du hast mich ja auch so gefunden.« Schon wieder klang ich schnippischer, als ich es beabsichtigte.

Er warf mir einen kurzen Seitenblick zu. »Aber nur durch Zufall. Ich bin dir nicht gefolgt. Stalking liegt mir nicht ...«

»Das habe ich auch nicht behauptet.«

»Bastien kam mir in seinem Ferrari entgegen. Allein. Und zu Hause warst du nicht, also hab ich mich auf die Suche gemacht.«

Es war mir nicht bewusst gewesen, wie lange ich durch die Gegend marschiert sein musste. »Danke.«

»Nicht dafür.«

Ich zog die Unterlippe zwischen die Zähne und sah Julien nachdenklich an. »Bastien fährt einen silbernen Ferrari.«

»Ja.« Julien blickt weiter auf die Straße.

»Ein silberner Ferrari stand auf dem Schulparkplatz und ist davongefahren, als du ihn entdeckt hast, nachdem sie das Crystal in deinem Spind gefunden hatten.«

»Ja.«

Irritiert runzelte ich die Stirn. »Du hast es gewusst?«

»Nein. An *dem* Tag war er selbst für mich zu weit weg, als dass ich den Fahrer auf die Distanz hätte erkennen können. Aber als er mit dem gleichen Wagen bei uns auf dem Anwesen auftauchte ... Silber ist eine ziemlich ungewöhnliche Farbe für einen Ferrari. Normalerweise ist diese Sorte Auto knallrot oder kanariengelb.«

»Könnte er dir das Crystal ...?«

»Schon möglich. Das Geld dazu hätte er. Und Bastien liebt es, solche Spielchen zu spielen.« Seine Worte waren vollkommen tonlos. »Aber er tut es ebenso wie Gérard nie ohne irgendeinen zusätzlichen Hintergedanken.«

»Was meinst du?« Ein seltsames Zittern war plötzlich in meiner Magengrube.

»Wenn es ihm gelungen wäre, mich aus dem Weg zu räumen, wäre es für ihn leichter gewesen, an dich ranzukommen.«

»Aber was hätte ihm das gebracht? Abgesehen davon, dass er mir den Hof machen könnte, ohne dich in der Nähe zu haben.«

»Was denkst du, warum dein Großonkel einen Vourdranj zu deinem Beschützer gemacht hat?« Seine Hand legte sich in meinen Nacken, mit dem Daumen berührte er federleicht den Verband an meiner Kehle. »Du bist die Princessa Strigoja. Wenn es einem von uns gelingt, dich während deines Wechsels an sich zu binden ... Wir sind eine intrigante Brut, Dawn. Um Macht zu erlangen, tun wir fast alles. Deshalb wird es vor allem Gérard absolut nicht gefallen, dass ausgerechnet ein Du Cranier bei dir ist.«

»Du meinst, du könntest ...« Ich schluckte. Bisher hatte mir noch niemand erklärt, was dieses »an sich binden« bedeutete, aber es klang nicht besonders erstrebenswert. Und auch Bastien hatte vorhin denselben Verdacht geäußert. Das Lächeln, mit dem Julien mich bedachte, jagte mir eine Gänsehaut über den Rücken.

»Ja, ich könnte.« Sein Griff in meinem Nacken veränderte sich für den Bruchteil einer Sekunde. Dann strichen seine Fingerknöchel an meinem Hals entlang bis zu meiner Wange empor, wo sie für nicht mehr als einen Augenblick zart verharrten. Plötzlich war die Gefahr aus seinem Lächeln verschwunden und er war wieder der Junge, den ich liebte. »Aber ich würde nicht.«

»Gut zu wissen.« Mein Magen hatte sich zu einem schmerzhaften Klumpen zusammengezogen und weigerte sich, sich wieder zu entspannen. »Hast du bei der Polizei etwas herausgefunden?«

»Nein. Nichts außer dem Üblichen: Prostitution, Diebstahl, Raub, Mord, irgend so ein Scheißkerl, der ein Stück südlich von hier zwei junge Frauen vergewaltigt und anschließend erwürgt hat ... Aber keine unidentifizierten Personen, egal ob lebend oder tot.« Er spreizte kurz die Hände am Lenkrad. »Vielleicht sollte ich es so sehen: Keine Nachricht ist eine gute Nachricht.« Die Worte klangen bitter.

»Denkst du, Bastien sucht wirklich nach Adrien ... Julien?«

»Er wird es vermutlich nicht selbst tun ... aber er wird entweder seine Entourage dazu abgestellt oder sich unter den örtlichen Ratten entsprechende Handlanger gesucht haben – oder beides. Aber suchen wird er, ja.«

»Seine Entourage? Du meinst, er ist nicht allein?«

Julien schnaubte spöttisch. »Natürlich nicht. Er ist der Adoptivsohn des Fürsten von Marseille. Das wäre unter seiner Würde. Gérard würde so etwas nie dulden.«

»Das heißt, er hat ein paar andere Lamia bei sich?«

»Oder den ein oder anderen von Gérards Geschaffenen.«

Ich sah aus dem Fenster. Das war nicht fair. Bastien verfügte offenbar über alle nur erdenklichen Ressourcen, und Julien ... hatte obendrein mich am Hals. Und wenn er tatsächlich hinter der Crystal-Geschichte steckte – woran es für mich eigentlich keinen Zweifel gab –, also in der Montgomery gewesen war ... Ich schloss die Augen. Soweit es die Lamia und Vampire betraf, war Julien Adrien. Aber als er nach Ashland Falls gekommen war, hatte er nicht vorgehabt, länger zu bleiben als unbedingt nötig. Deshalb hatte er seinen eigenen Vornamen auf den gefälschten Schulformularen eingetragen. Und nun? Nun kannten ihn an der Montgomery alle unter »Julien DuCraine« und diese »Fehleinschätzung«, wie Julien unser Problem lapidar nannte, hing wie ein Damoklesschwert über uns. Denn sollte sich jemals ein Lamia oder Vampir dazu herablassen, in der Schule Erkundigungen einzuholen, würde unser ganzes Lügengebäude zusammenbrechen wie ein Kartenhaus. Ich rieb mir übers Gesicht und sah wieder in die Dunkelheit hinaus. Am Ende wusste Bastien vielleicht sogar bereits, wer mein »Leibwächter« wirklich war. – Aber hätte er es dann nicht schon den Fürsten gemeldet?

Mir war nicht bewusst gewesen, dass die Stille zwischen uns mehr als einen Moment angedauert hatte, als Julien leise »So wie du brütest, hat Bastien wohl einiges gesagt. – Will ich es wissen?« in sie hineinseufzte.

Was auch immer ich ihm hatte antworten wollen, war vergessen, als ich den Mund öffnete.

»Halt an!«, keuchte ich.

»Was?« So verblüfft Julien auch war, er reagierte augenblicklich und trat mit voller Kraft auf die Bremse. Die Reifen der Vette kreischten. Ich riss schon am Türgriff, als sie noch nicht mal richtig zum Stehen gekommen war, stieß die Tür auf, taumelte hinaus, fiel auf die Knie – und übergab mich. Wieder und wieder und wieder, und selbst als nur noch Galle kam, würgte ich sie noch hervor – bis es schließlich bei einem qualvoll trockenen Würgen blieb. Julien kniete die ganze Zeit neben mir – irgendwann waren seine Arme einfach da gewesen –, stützte mich, hielt mir die Haare aus dem Gesicht und murmelte beruhigend. Als es vorbei war, wischte er mir den Mund mit einem Taschentuch ab – wusste der Himmel, wo er es herhatte – und lehnte mich gegen sich. Ich zitterte, mir war heiß und kalt zugleich, mein Magen schmerzte, als wäre irgendwie flüssige Lava hineingelangt, mein Hals fühlte sich wund an und in meinem Mund war der bittere Geschmack der Galle, den ich nicht runterschlucken konnte, sosehr ich mich auch bemühte.

Ich nahm nur seltsam vage wahr, dass ich hochgehoben, zur Vette getragen und behutsam auf den Beifahrersitz gesetzt wurde. Stöhnend zog ich die Beine an. Gedämpfte

Schritte, gleich darauf wurde eine Decke über mich gebreitet. Juliens Hand berührte meine Stirn, meine Wangen, meinen Hals. Die Tür neben mir schlug zu, dann die auf der anderen Seite. Der Motor der Vette heulte auf, die Reifen drehten durch. Ich kauerte mich noch mehr zusammen, kämpfte gegen den Schwindel und die Übelkeit, drückte die Arme gegen meinen schmerzenden Magen. Julien fuhr viel zu schnell. Immer wieder spürte ich seine Berührungen, federleicht, besorgt. Ich hätte ihn so gerne beruhigt, irgendwie, aber ich brachte keine vernünftige Silbe zustande. Endlich kam die Vette zum Stehen. Wieder knallte eine Tür, meine öffnete sich, Julien nahm mich samt Decke auf die Arme, trug mich durch eine Tür, eine Treppe hinauf: das Anwesen und nicht das Krankenhaus, Gott sei Dank, ich hatte genug von Krankenhäusern. Behutsam legte er mich auf mein Bett, zog mir die Schuhe aus, Strümpfe, Hosen, deckte mich mit meiner Bettdecke bis zur Hüfte zu, machte mit meiner Jacke und meinem Oberteil weiter, breitete die Decke endgültig über mich. Und die ganze Zeit hörte ich seine Stimme: leise, beruhigend – und in der Tiefe angespannt vor Sorge. Dass sie plötzlich verstummte, schreckte mich ein wenig aus meinem Dahindämmern. Doch bevor mein Verstand sich aus seiner Benommenheit befreit hatte, war er wieder da. Er hob meinen Oberkörper ein wenig an, lehnte mich gegen sich. Die Augen zu öffnen schien meine Kräfte zu übersteigen. Es war, als hätte mein Körper beschlossen, dass er nicht mehr mir gehörte.

»Hier. Spül dir den Mund aus«, sagte er direkt neben meinem Ohr und setzte mir ein Glas an die Lippen. Ich nippte daran – Wasser –, tat, was er gesagt hatte, und spuckte es wieder in die Schale, die er mir unters Kinn hielt. Er wiederholte die Prozedur noch ein paarmal mit mir, bis ich ihm zu verstehen gab, dass der scheußliche Geschmack vergangen war. Vorsichtig half er mir mich wieder hinzulegen, abermals war ich kurz allein. Als er dieses Mal zurückkam, stellte er etwas neben meinem Bett auf den Nachttisch, hob meine Decke, schob etwas darunter, an meinen Bauch. Eine Wärmflasche. Ich seufzte leise. Seine Hand berührte noch einmal mein Gesicht und meinen Hals. Dann wurde es still.

Als ich aufwachte, war es dunkel in meinem Zimmer. Eine einzelne Kerze brannte auf meinem Schreibtisch. Die Wärmflasche war abgekühlt. Mein Magen hatte sich beruhigt und auch mein Kopf war wieder klar. Wenn ich es nicht besser gewusst hätte, hätte ich alles nur für einen bösen Traum gehalten.

Auf dem Nachttisch stand eine Plastikschüssel. Julien saß neben meinem Bett auf dem Boden. Die Schulter an den Bettrand gelehnt, das Gesicht mir zugewandt, den Kopf halb auf seiner Schulter, halb auf der Matratze. Seine Augen waren geschlossen. Schlief er? Neben ihm schimmerte seine Geige im Kerzenlicht. Der Bogen lag darauf. So als hätte er für mich spielen wollen, es dann aber doch nicht getan, um mich nicht zu stören. Oder hatte er es getan und mein Schlaf war so tief gewesen, dass ich es nicht gehört hatte? Er wusste, wie sehr ich es liebte, wenn er für mich spielte, und jede Sekunde davon genoss. Ich sah wieder zu ihm hin. Seine Augen waren offen. Quecksilbern und unergründlich sahen sie mich an. Hatte ich tatsächlich angenommen, er würde schlafen?

»Es geht dir besser«, murmelte er leise, ohne sich zu bewegen.

»Ja.« Vorsichtig - nur um sicherzugehen, dass die Übelkeit mich nicht doch plötzlich wieder überfiel - streckte ich mich unter meiner Decke ein wenig, drehte mich weiter auf die Seite und erwiderte seinen Blick.

»Du hast mir einen Wahnsinnsschrecken eingejagt, als du mir erst aus dem fahrenden Wagen springen wolltest und dann versucht hast deine Eingeweide neben die Fahrbahn zu würgen. – Du kannst froh sein, dass ich dich nicht ins Krankenhaus gefahren habe.«

»Danke, dass du es nicht getan hast.«

Julien schnaubte leise. »Du hast dich fürchterlich aufgeregt, als ich sagte, ich würde dich hinbringen.« Er schüttelte den Kopf. »Eigentlich hatte ich vor, dich damit zu beruhigen, dass die Leute dir dort bedeutend besser helfen könnten als ich. Aber du hast dich erst wieder abgeregt, als ich versprochen habe, dich nach Hause zu fahren.«

Unbehaglich kauerte ich mich unter der Decke wieder ein wenig mehr zusammen. Ich konnte mich nicht daran erinnern: weder daran, irgendetwas von dem wirklich verstanden zu haben, was Julien gesagt hatte, noch, selbst einen vernünftigen Satz hervorgebracht zu haben.

Julien streckte die Hand nach mir aus und strich behutsam mit den Fingerspitzen über meine Stirn und dann meine Wange hinab zu meinem Kiefer und meiner Kehle.

»Ich hatte entsetzliche Angst, das Falsche getan zu haben. Jetzt weiß ich, dass du nur geschlafen hast – sehr, sehr fest geschlafen –, aber als du so still dagelegen hast ...«, flüsterte er so leise, dass ich ihn kaum hören konnte. Seine Fingerspitzen kehrten zu meiner Stirn zurück, nur um sich wieder auf ihren Weg abwärts zu begeben.

»Es geht mir wieder gut.« Wenn ich ehrlich war, fühlte ich mich nicht, als hätte ich erst vor – ich schielte auf Juliens Armbanduhr – drei Stunden versucht mir die Seele aus dem Leib zu spucken. Aber jetzt, da mein Verstand wieder funktionierte, war da ein ganz bestimmter Gedanke – nein, eher eine Hoffnung.

»Wäre es ... Kann es sein, dass das die ersten Anzeichen meines Wechsels waren?«, fragte ich zögernd. Juliens Bewegung endete, er zog die Hand zurück und sah mich an, forschend, nachdenklich und zugleich irgendwie traurig.

»Dawn ...«, setzte er an, doch ich ließ ihn nicht weiterreden.

»Könnte es nicht doch sein?«

»Dann hättest du andere Symptome.«

»Julien ...«

Er seufzte. »Also gut. Auch wenn ich nicht glaube, dass du recht hast. Lass mich sehen.« Seine Hand schwebte über meinem Mund. »Nicht erschrecken.« Vorsichtig hob er meine Oberlippe an und drückte dann über meinen Eckzähnen gegen das Zahnfleisch. Ich fuhr zurück. Scharfe Falten erschienen auf seiner Stirn, die im Kerzenlicht noch tiefer wirkten, während er die Hand wegnahm. »Hat das wehgetan?«

»Nein. Ich bin nur ...«

»... erschrocken.« Erneut seufzte er. »Wenn dein Anfall vorhin tatsächlich ein Vorzeichen deines Wandels gewesen wäre, hätte das gerade mehr als wehtun müssen. – Es tut mir leid, Dawn.«

»Aber was war es dann?« Ich biss mir auf die Lippe. Warum brannten meine Augen plötzlich? Julien wusste, wovon er sprach. Warum hatte ich ihm nicht geglaubt? Warum nur?

»Ganz ehrlich? – Ich weiß es nicht.« Neben meinem Bett hockte Julien sich auf die Fersen zurück. »Hast du in Bastiens Gegenwart irgendetwas gegessen oder getrunken?«

»Nur einen Latte, in einem Café. Aber er war die ganze Zeit bei mir, bis die Kellnerin die Bestellung brachte. – Meinst du wirklich, er würde ...«

»Ich kann es zwar nicht zu einhundert Prozent ausschließen, aber ich glaube eigentlich nicht, dass er so etwas tatsächlich wagen würde. Vor allem, da ja offiziell bekannt ist, dass er darum gebeten hat, dir den Hof machen zu dürfen.« Er warf einen kurzen, nachdenklichen Blick zu der Schüssel auf meinem Nachttisch, ehe er wieder mich ansah. »Susan hat doch gesagt, dass Mike sich eine Magen-Darm-Grippe eingefangen und eine Nacht über der Toilette zugebracht hat. Vielleicht hast du dich ja bei ihm irgendwie angesteckt?«

Ich schloss die Augen, ballte die Hand unter meiner Wange. Ein Magen-Darm-Virus. Kein Wechsel. Nur ein bescheuerter, unnützer Virus. Ich hätte losheulen mögen.

Julien strich sanft über die Innenseite meines Unterarms. »Noch ist Zeit, Dawn. Schau dir deinen Onkel an. Er hat seinen Wechsel offenbar noch später vollzogen als Adrien.«

Zittrig holte ich Atem, sah ihn an. »Und wenn ich es doch nicht auf *normalem* Weg schaffe?«

»Dawn ...«

»Was, wenn nicht? Machst du mich dann wenigstens zum Vampir?«

Seine Berührung stoppte. »Nein! Daran hat sich nichts geändert und wird sich auch nichts ändern!«

»Warum? Was ist daran so schlimm? Du hast es bei deinem besten Freund doch schon einmal getan ...« Ich biss mir auf die Zunge, aber es war zu spät. Die Worte waren heraus.

Julien stieß ein Zischen aus. »Das hast du von Bastien, nicht wahr? Ich hätte es wissen müssen. Aber dass sein Gift auch bei dir wirkt, hätte ich nicht gedacht.« Viel zu schnell, als dass ich ihn daran hätte hindern können, war er aufgestanden und hatte Abstand zwischen uns gebracht. »Du hast keine Ahnung, wovon du da redest. Oder von den Konsequenzen.«

»Dann erklär es mir.« Die Decke an mich gepresst setzte ich mich auf. Plötzlich war mir wieder entsetzlich kalt. »Julien, bitte ...« Ich streckte die Hand nach ihm aus. Er blieb, wo er war, rührte sich nicht. »Bastiens Gift wirkt nicht. Und ich will auch nicht, dass es das jemals tut. Aber wie soll ich denn wissen, was ... was ... Was soll ich denn tun, wenn du mir nicht sagst, was die Wahrheit ist? Wenn du mir absolut *gar nichts* sagst! – Julien, bitte, ich weiß so gut wie nichts über dich. Irgendwann bist du in mein Leben getreten und seitdem ist die Welt nicht mehr so, wie ich sie die ganze Zeit kannte, und ... und ... alles, was ich weiß, ist, dass ich dich liebe.« Die Wärmflasche landete mit einem gedämpften Schlag auf dem Boden, als ich die Beine über die Bettkante schob, um aufzustehen.

Juliens Blick bannte mich an meinen Platz und ließ ein Zittern in meiner Kehle emporkriechen. »Die Wahrheit also, ja?« In seiner Stimme lag so viel Feindseligkeit, dass ich unwillkürlich die Decke enger um mich zog. »Die ganze schmutzige Wahrheit.« Er stieß einen Laut aus, kalt und hart und bitter, der vermutlich ein Lachen sein sollte. »Na, dann will ich Bastien mal die Arbeit abnehmen und dir die Augen über mich öffnen.« Mit jener abrupten Geste, die ich schon so gut kannte, fuhr er sich durchs Haar. »Die Wahrheit ist, ich habe - sieht man mal von Adrien ab - meine ganze Familie umgebracht. - Jetzt zufrieden?«

Ich starrte ihn an. Fassungslos. Er starrte zurück. Voller Hass - bis er sich schroff abwandte. Ich hätte den Blick nicht von seinem Rücken lösen können, selbst wenn ich es versucht hätte. Seine Familie umgebracht? Mein Julien? Er war vermutlich zu vielem fähig, von dem ich gar nichts wissen wollte, aber dazu? Nein! Niemals! Nicht so, wie er über sie gesprochen hatte. Die wenigen Male.

»Das ist nicht wahr?«

»Ach? Nein? Und du weißt es besser, weil ...? Lass mich raten: weil du damals dabei warst? Oder weil *Bastien* es dir gesagt hat? - Glaub es oder lass es. Ich habe sie umgebracht; Maman, Papa, Cathérine ...« Beim Namen seiner Schwester brach seine Stimme. Abermals stieß er diesen Laut aus, legte den Kopf in den Nacken. Jeder seiner Atemzüge klang auf einmal abgehackt und gepresst. Seine Hände schlossen sich zu Fäusten und öffneten sich; schlossen sich, öffneten sich. Schließlich senkte er den Kopf wieder, fuhr sich mit dem Handrücken über den Mund, presste mit einem Zischen Daumen und Zeigefinger gegen die Nasenwurzel. Und plötzlich wurde mir klar, was ich tatsächlich gesehen hatte: keinen Hass auf mich oder jemand anderen, sondern Hass auf *sich selbst*. Julien gab sich die Schuld an ihrem Tod. Aber ob er sie auch tatsächlich trug ... Ich glaubte nicht daran.

Entschlossen schob ich die Decke von mir, rutschte endgültig aus dem Bett, trat hinter Julien, schlang die Arme um ihn und drückte mich an ihn. Es interessierte mich nicht, dass es im Raum unerwartet kühl war. Augenblicklich wurde er starr.

»Du glaubst mir nicht, was?« Sein Ton troff vor Bitterkeit.

Statt einer Antwort legte ich die Wange gegen seinen Rücken und schmiegte mich fester an ihn.

»Du willst es also wirklich wissen?«

Ich schwieg weiter.

Julien drehte sich in meiner Umklammerung um und sah auf mich herab. »Warum tust du das?«

Ich lehnte den Kopf ein wenig zurück, ohne meinen Griff zu lockern oder gar zu lösen. »Weil ich *deine* Wahrheit will, Julien. Nicht die von Bastien oder Gérard oder einem meiner Onkel, meinem Großvater oder irgendjemand sonst. Deine! Und nur deine! Alles andere interessiert mich nicht.«

»Das große Geständnis also, ja?« Er schnaubte abschätzig. »Na, dann werde ich dir deine Gutenachtgeschichte wohl mal erzählen müssen.« Sein Mund verzog sich. »Ich bin gespannt, wie lange du mich dann noch in deiner Nähe haben willst.« Ich ließ es zu, dass er meine Hände von seinem Rücken löste, mich umdrehte und zum Bett zurückkomplimentierte. Ich kroch auch folgsam unter die Decke, als er sie ausschüttelte und sie spöttisch-einladend an einer Ecke in die Höhe hielt. Aber ich hielt ihn an seiner Jeans fest, als er wieder auf Distanz gehen wollte.

»Ella hat sich immer zu mir gelegt, wenn sie mir als Kind eine Gutenachtgeschichte erzählt hat.« Das war glatt gelogen. Ella hatte sich stets nur auf meine Bettkante gesetzt. Aber im Augenblick war ich bereit, mit allen Tricks zu kämpfen – auch wenn ein paar schmutzige dabei sein sollten. Ich wollte ihn bei mir haben. »War das bei euch nicht so?«

Seine gehobenen Brauen verrieten, dass er zumindest Zweifel an meiner Behauptung hegte. Doch er trat sich wortlos die Schuhe von den Füßen und bedeutete mir, ihm Platz zu machen. Dass ich nun meinerseits die Bettdecke für ihn hob, damit auch er darunterkonnte, ignorierte er und legte sich obenauf. Es wirkte beinah entspannt, wie er sich auf dem Rücken darauf ausstreckte, die Hände im Nacken verschränkte und die Knöchel kreuzte. – Wäre da nicht die Tatsache gewesen, dass er die Zähne zusammengebissen hatte.

Ich drehte mich auf die Seite, schob die Hände unter meine Wange und sah ihn still und abwartend an. Nur kurz erwiderte er meinen Blick aus dem Augenwinkel, dann schaute er wieder starr zur Decke empor.

»Wie fangen Märchen gewöhnlich an ... Ah ja: *Es war einmal in einem weit entfernten Königreich* ... oder so ähnlich. Da dieses Märchen nicht mit: *Und sie lebten glücklich bis an ihr Ende* enden wird, lassen wir diesen Part am besten weg. Ich hoffe, du verzeihst mir diesen Stilbruch. Lass uns Zeit sparen und gleich zur Sache kommen.« Die Bitternis in seiner Stimme tat mir weh – um seinetwillen. Er seufzte. »Weißt du, was die Résistance war?« Offenbar dauerte es ihm mit meiner Antwort zu lange, denn er sprach bereits nach ein paar Sekunden weiter. »So hat man den französischen Widerstand im Zweiten Weltkrieg genannt. Bastien, Raoul, Adrien und ich gehörten dazu. Damals waren wir noch in Marseille zu Hause, und dass es von den Nazis besetzt war ... na ja, das konnten wir einfach nicht ertragen. Marseille war unsere Stadt. Schon seit ihrer Gründung stand sie unter dem Schutz der Lamia. Also haben wir uns dem Widerstand angeschlossen. Raouls und Bastiens Familie war davon absolut nicht begeistert. Unsere eigentlich auch nicht, aber unser Vater akzeptierte zumindest, dass Adrien und ich es als unsere Pflicht ansahen, für unser Marseille zu kämpfen. Die Menschen in der Résistance wussten nicht, was wir waren. Und letztendlich ging es uns ja auch nicht um sie, sondern um die Lamia und Vampire, die in der Stadt zu Hause waren. Dass sie auch davon profitiert haben, war eigentlich nur ein Nebeneffekt. Wir haben für die Alliierten spioniert und unser Bestes getan, die Deutschen zu sabotieren. Und ich glaube, wir waren ziemlich gut darin.« Ein arrogantes und zugleich erschreckend bösartiges Lächeln glitt über seine Lippen, das sofort wieder verschwand. Langsam holte er Luft. »Wir waren in Berlin, als es passierte. Raoul, Bastien, Adrien und ich. Wir waren das Kleeblatt. Die vier Musketiere – alle für einen, einer für alle. Wir arbeiteten in der Regel immer zusammen. Adrien und ich hatten den Ruf, begnadete Fassadenkletterer zu sein, Raoul konnte so ziemlich jedes Schloss öffnen und Bastien ... Bastien war ein Genie darin, die Leute so zu beschwatzen, dass er bekam, was er wollte. Und das, auch ohne die Menschen zu beeinflussen. Er besorgte uns stets das, was wir für unsere Unternehmungen an Material benötigten.«

»Wer misstraut schon einem Engel«, murmelte ich vor mich hin.

Juliens Quecksilberaugen zuckten für den Bruchteil einer Sekunde zu mir – und kehrten zur Decke zurück. »Wir sollten Informationen über einen geplanten Bomberangriff beschaffen. Und da sich in den letzten Tagen immer mehr seltsame Gestalten in der Nähe unseres Verstecks herumgetrieben hatten, wollten wir die Sache schnellstmöglich erledigen, nachdem wir endlich erfahren hatten, wo diese Informationen zu finden waren. Adrien und ich sollten das Ding alleine drehen. Aber offenbar waren wir aufgeflogen. Wir waren kaum weg, als die Gestapo aufgetaucht sein muss. Und nach dem, was Raoul und Bastien auf ihrer überstürzten Flucht noch aufschnappen konnten, erwartete ein anderer Trupp Adrien und mich bei unserem Ziel. Sie sind uns nach, um uns zu warnen. Letztendlich sind wir gerade noch aus der Falle geschlüpft. Quer durch Berlin hat uns die Gestapo gejagt. Dabei hat Raoul ...« Julien stockte, rieb sich mit den Händen übers Gesicht. »Raoul wurde so schwer verletzt, dass wir ihn endgültig umgebracht hätten, wären wir einfach weitergeflohen. Zurücklassen wollten wir ihn aber um keinen Preis. Im besten Fall hätten sie ihm noch vor Ort einen Genickschuss verpasst oder eine Kugel in den Kopf gejagt, im schlimmsten hätten sie entdeckt, dass er kein Mensch ist, und versucht herauszufinden, *was* er ist – und dann eine Hexenjagd auf unsere Art veranstaltet.« Er sah mich an. »Ich habe ihn zu einem Vampir gemacht! Die Umwandlung hat seine Wunden so weit geheilt, dass er mit uns weiterkonnte. Damit es schneller geht, habe ich sein Blut getrunken.« Dass er schwieg, ohne den Blick von mir zu nehmen, sagte mir deutlich, dass er auf eine Reaktion von mir wartete. Dass ich ihn verurteilte – oder zumindest das, was er getan hatte. Aber was hatte er anderes getan, als seinen Freund vor dem Tod oder Schlimmerem zu bewahren? Ich zog eine Hand unter meiner Wange hervor und legte sie an seine.

»Man kann also auch einen Lamia zum Vampir machen? Wie? Ebenso wie man einen Menschen zum Vampir macht? – Raoul war doch wie ihr, oder?«

Julien starrte mich für Sekunden an, als rechne er plötzlich damit, dass mir im nächsten Moment wahlweise Fänge oder Hörner wachsen würden, bevor er ein schwaches Nicken bewerkstelligte. Aber erst nach einer weiteren Sekunde räusperte er sich.

»Natürlich kann man auch einen Lamia zu einem Vampir machen. Dazu muss das Gift nur stark genug sein.«

»Gift?«

Julien musterte mich einen Augenblick unergründlich. Dann senkte er die Lider. Ich wusste nicht, ob er mich durch seine langen schwarzen Wimpern weiter beobachtete, oder ob er sie ganz geschlossen hatte. Es war mir auch gleichgültig.

Nach einem neuerlichen tiefen und seltsam schweren Atemzug sprach er weiter. »Gift ist vermutlich das falsche Wort. Ein moderner Biologe würde es wahrscheinlich als hochaggressives Enzym bezeichnen, das von einer Trägerflüssigkeit transportiert wird.«

»Wie wird es übertragen?«

»Unsere Fangzähne haben im Inneren einen feinen Kanal, ähnlich wie bei einer Giftschlange.« Er bewegte sich ein klein wenig unter meiner Hand. »Es ist immer eine bewusste Entscheidung, einen Menschen zu einem Vampir zu machen. Wenn wir den Entschluss gefasst haben, schießt das Gift in unsere Fangzähne und wird mit dem nächsten Biss in die Blutbahn injiziert. Es verändert das Blut unseres Opfers sofort.«

»Je weniger Blut im Körper vorhanden ist, umso schneller ist also auch die Umwandlung abgeschlossen.«

Juliens Nicken war nur der Hauch einer Bewegung. »Der eigentliche Wechsel zum Vampir dauert ein paar Tage, weil sich die ganze Körperchemie wandelt, aber Wunden oder Krankheiten beginnen sofort zu heilen. Aber nur bei direkten Abkommen der Lamia-Familien mit wirklich alter Blutlinie oder sehr alten Vampiren ist das ›Gift‹ potent genug, um die Veränderung zum Vampir auszulösen – vor allem bei einem Lamia.«

»Und wenn es ein anderer versucht, dessen Gift nicht stark genug ist?«

»Dann hast du eine Fifty-fifty-Chance, dass die Veränderung tatsächlich einsetzt und gut endet, und nicht mit Qualen und Wahnsinn. Was wiederum bedeuten würde, dass die Vourdranj die arme Kreatur aufspüren und zur Strecke bringen müssen – und den Idioten, der sie erschaffen hat, gleich mit –, bevor sie zur Gefahr für alle anderen Lamia und Vampire wird, weil sie die Menschen auf sich und damit auf uns aufmerksam macht.« Er stieß einen leisen, harten Laut aus. »Wobei das Erschaffen eines Vampirs nach unserem Gesetz ohnehin einzig den Fürsten vorbehalten ist und jeder, der dagegen verstößt, zusammen mit seinem Geschaffenen hingerichtet wird.«

Ich holte scharf Luft. »Und wie war es bei dir und Raoul? Du warst doch kein Fürst.«

Julien öffnete die Augen. »Der Rat ließ Gnade vor Recht ergehen und entschied, dass es in einer Ausnahmesituation geschah, die uns keine andere Wahl ließ. Raouls Vater forderte den Blutpreis – ein Leben für ein anderes –, doch der Rat verweigerte ihn ihm, da dieser Krieg und der davor auch unsere Reihen stark gelichtet hatte. Und letztendlich war sein Sohn ja immer noch ›am Leben‹.« Die Bitterkeit kehrte in seine Augen und um seinen Mund zurück. »Muss ich erwähnen, dass er nicht bereit war, das Urteil hinzunehmen?«

Ich schüttelte den Kopf. »Gérard ist Raouls Vater, nicht wahr?«

Abermals war sein Nicken mehr zu spüren, als zu sehen.

»Wie ging es weiter mit Adrien und dir, Raoul und Bastien in Berlin?«

Er drehte sich auf die Seite, mir zu. Ich ließ meine Hand, wo sie war.

»Wir fanden mit Mühe und Not ein Versteck und sind in der nächsten Nacht aus Berlin geflohen – ohne unseren Auftrag auszuführen. Da wir uns nicht anders zu helfen wussten, sind wir zurück nach Marseille. Mehr oder weniger direkt durch feindliches Gebiet, zusammen mit einem gerade erst geschaffenen Vampir, der nur bei Nacht reisen konnte und den der Hunger Tag und Nacht quälte, in einer Zeit, in der wirklich alles und jeder verdächtig war ... Wir hatten mehr Glück als Verstand.« Sein Lachen klang, als könne er es selbst nach all den Jahren noch immer nicht glauben.

Doch die Heiterkeit verschwand so schnell, wie sie gekommen war. »Wir gingen zuerst zu unserer Familie. Mein Vater war, gelinde gesagt, schockiert. Immerhin hatte ich Gérards einzigen Sohn und Erben zu einem Vampir gemacht. Aber er nahm es bedeutend besser auf, als Gérard es getan hat. Er blieb sogar bei seiner Erlaubnis, dass ...« Er stockte, holte einmal tief Atem, bevor er weitersprach: »... dass Cathérine weiterhin Raouls Gefährtin werden könne, wenn sie das wollte. – Eigentlich ein absoluter Affront, eine junge Lamia einem Vampir zu geben, da aus einer solchen Verbindung keine Kinder hervorgehen können. – Natürlich wollte sie.« Wieder war da für einen kurzen Moment ein Lächeln. »Die beiden waren Romeo und Julia in Reinform. Die Familien d'Orané und Du Cranier waren schon seit drei Generationen verfeindet. Aber sie hatte ihn gesehen und musste ihn haben. Bei ihm war es genauso. Er hatte sogar den Mut, sich ihren fürchterlichen Zwillingsbrüdern zu stellen und bei ihrem noch fürchterlicheren Vater um die Erlaubnis zu bitten, ihr den Hof machen zu dürfen. – Papa konnte ihr nichts abschlagen. Und er mochte Raoul. Also gab er ihm die Erlaubnis.« Er rollte sich wieder auf den Rücken und sah abermals zur Decke empor. Ich ließ meine Hand dort liegen, wohin sie bei seiner Bewegung geglitten war: auf seiner Brust. »Wir konnten es nicht allzu lange vor Gérard verheimlichen, dass wir wieder da waren. Schließlich brachten wir Raoul zu ihm. Gérard explodierte. Ein Du Cranier hatte seinen Sohn zu einem Vampir und damit in seinen Augen zu Abschaum gemacht, kaum mehr – wenn nicht sogar weniger – wert als ein Mensch. Eine Schande für seine Blutlinie. Wie gesagt: Er brachte die Sache ohne Erfolg vor den Rat.« Seine Brust dehnte sich unter meiner Hand. »Raoul traf sich nur noch ein paarmal mit Cathérine. Ungefähr vier Wochen nachdem wir nach Marseille zurückgekommen waren, ging er in die Sonne.«

Ich hob den Kopf.

Julien nickte. »Er beging Selbstmord. Cathérine hat tagelang geweint – und mich verflucht.« Mit den Fingerspitzen rieb er sich die Stirn, als habe er plötzlich Kopfschmerzen. »In einem Brief, der zwei Tage danach bei uns abgegeben wurde, hat er ihr geschrieben, dass er die *Schande* nicht länger ertragen könne.« Mit einem harten Lachen sah er mich unter seinem Ellbogen hindurch an. »Es war seine Handschrift, aber nicht seine Worte. – Als ob ich jemals meine Gewalt über ihn geltend gemacht hätte. Er war mein bester Freund. Vampir hin oder her. – Wir haben nie herausgefunden, was wirklich geschehen ist, nachdem wir ihn zu seinem Vater gebracht hatten. Vermutlich hat Gérard so lange Druck gemacht und ihm das mit der *Schande* eingeredet, bis er zusammengebrochen ist und keinen anderen Ausweg sah als die Sonne. Aber vielleicht hat sein Vater auch nachgeholfen.«

Einen Augenblick schwieg Julien. Sein Blick hatte etwas Gequältes. Schließlich wandte er das Gesicht wieder zur Decke und legte den Arm über die Augen. »Hatte Gérard meinen Vater bisher nur auf dem politischen Parkett angegriffen, reichte ihm das jetzt nicht mehr. Die ganze alte Fehde kochte hoch. Gérard wollte nur noch Rache. Er hat sie bekommen.« Seine Stimme klang dumpf. »Unsere Eltern wurden als Mitglieder der Résistance – was sie nie waren – verhaftet und aufgehängt. Adrien und ich konnten gerade noch entkommen, hatten aber keine Chance, die Hinrichtung zu verhindern, obwohl wir alles daransetzten.« Sekundenlang drückte er seinen Arm härter auf die Augen. »Wenigstens ging es für sie schnell. Genickbruch. Sie waren sofort tot.« Die Worte kamen rau und stockend über seine Lippen.

Ich richtete mich neben ihm auf einen Ellbogen auf, ohne zu wissen, was ich tun sollte, um ihm zu sagen, dass ich da war. Meine Kehle war eng. Schließlich legte ich meine Hand nur ein wenig fester auf seine Brust.

»Freunde von der Résistance haben uns versteckt. Und Cathérine. Sie hatten vor, uns aus Marseille zu schmuggeln. Cathérine hat sich an dem Tag umgebracht, als wir fortwollten.« Ganz langsam, wie gegen seinen Willen, kroch seine Hand zu meiner, legte sich über sie. »Gérard hat uns von seinen Handlangern quer durch Europa jagen lassen. Irgendwie haben wir es schließlich bis nach Griechenland geschafft und uns dort den Vourdranj angeschlossen. Damit wurden wir für ihn unantastbar. Eine andere Chance, zu überleben, hatten wir nicht. Und das wollten wir. Denn jetzt wollten *wir* Rache.« Einen Moment schwieg er, bevor er die Lippen kurz zu einem dünnen Strich zusammenpresste und weitersprach. »Wir haben versucht zu beweisen, dass er es war, der unsere Eltern an den Galgen gebracht hat. Aber natürlich hat er keine Spuren hinterlassen. Doch wer sonst sollte diese unsinnige Anklage gegen sie erhoben haben.« Seine Finger schlossen sich um meine. Er holte sehr lange Atem. »Ich habe, abgesehen von Adrien, meine ganze Familie auf dem Gewissen. – Und er hat meinetwegen auch alles verloren«, sagte er schließlich leise.

»Du hast versucht deinen Freund zu retten.«

»Wie heißt es so schön: *Auch die gute Absicht bringt die böse Tat hervor.*«

Ich setzte mich gänzlich neben ihm auf. »Wo hast du denn diese blödsinnige Weisheit her. Klingt wie Shakespeare. Ich hätte dem guten Will mehr Hirn zugetraut.«

Julien hob den Arm und sah mich ungläubig an. »Verstehst du denn nicht? Wenn ich Raoul nicht …«

»Ja klar. Und wenn das Wildschwein die Eichel nicht übersehen hätte, hätte kein Baum draus wachsen können, um den Wanderer zu erschlagen.«

»Was?« Jetzt sah er mich an, als hätte ich definitiv den Verstand verloren.

»Wer bist du? Jesus?«

Er riss die Augen noch weiter auf. Die Hand auf seine Brust gestemmt beugte ich mich über ihn. »Du musst nicht alle Schuld der Welt auf dich nehmen. Das zu versuchen, wäre blanker Größenwahn. - Und größenwahnsinnig bist du nicht, Julien Du Cranier.« Ich schüttelte leicht den Kopf. »Du wolltest nichts anderes, als deinen Freund retten. Und du konntest nicht ahnen, dass Gérard seinen eigenen Sohn, von wegen Vampir und Schande, so fertigmachen würde. Oder dass Raoul nicht genug Verstand haben würde, um seinen Vater Vater sein zu lassen und zu *euch* zu kommen, nachdem *dein* Vater ja offenbar bereit war, ihn auch weiter als Freund seiner Tochter zu akzeptieren.«

»Ich hätte es ahnen müssen. Ich kannte Gérards Ansichten ...« Julien stützte sich auf seine Ellbogen.

»Nein, hättest du nicht. Und selbst wenn: Was hättest du getan? Raoul den Deutschen überlassen? Eher wärst du bei ihm geblieben.« Ich kletterte endgültig auf ihn. »Es ehrt dich, dass du die Schuld auf dich nehmen willst, aber es ist auch dumm. Denn du hast keine.«

Meine Knie rechts und links von seiner Taille und obendrein jetzt auch noch seine Beine unter der übergeschlagenen und zusammengeschobenen Decke, saß er unter meinem Gewicht ziemlich effektiv fest - sah man davon ab, dass er mich dank seiner Kraft nach wie vor mühelos hätte abschütteln können. Sein Blick wurde geradezu misstrauisch, als ich eine Hand neben ihm auf dem Bett abstützte und mich, die andere noch immer auf seiner Brust, vorbeugte.

»Ein Vater liebt seinen Sohn, egal was er ist oder was er angestellt hat. Sollte er nach meinem Verständnis zumindest. Gérard hat in diesem Punkt gnadenlos versagt. Er war es, der Raoul dazu gebracht hat, in die Sonne zu gehen. Es war sein Hass, der ihn dazu getrieben hat, deine Eltern falsch zu beschuldigen. Ihr Tod geht auf sein Konto - nicht auf deines. Und er war es, der dich und Adrien aus Marseille vertrieben und gejagt hat. Er! Er und seine Handlanger! Aber nicht du! – Du. Konntest. Nichts. Dafür!«

Ich spreizte meine Finger auf seiner Brust und beugte mich noch weiter vor. Seine Augen wirkten im Kerzenlicht gefährlich dunkel. »Und deine Schwester – entschuldige, wenn ich das so direkt sage – war eine selbstsüchtige Ziege.«

Ich hätte nicht gedacht, dass Julien sich nur auf den Ellbogen noch ein gutes Stück weiter aufrichten könnte. Doch er konnte es, denn plötzlich war ich beinah Nase an Nase mit ihm – und Brust an Brust. Ich zog meine Hand zwischen uns hervor und legte sie ein weiteres Mal gegen seine Wange. Sein Atem zischte zwischen seinen zusammengebissenen Zähnen hervor. Ohne den Blick von ihm zu nehmen, legte ich den Kopf ganz langsam ein kleines Stück zur Seite und entblößte meine Kehle. Juliens Atemzüge stockten, seine Augen hingen für eine halbe Sekunde an meinem Hals, dann zuckten sie zu meinem Gesicht zurück. Ich sah ihn weiter an, fuhr mit dem Daumen sacht über seine Wange. »Sie hätte dir dankbar sein sollen, dass du ihr den Jungen, den sie liebte, zurückgebracht hast. Zwar als Vampir, aber am Leben – was ja offenbar für sie nichts geändert hat. Aber was tut sie?« Ich suchte Juliens Blick. »Dass Raoul sich umgebracht hat, war schlimm für sie. Und ich hätte nicht mit ihr tauschen wollen. Aber sie hatte kein Recht, *dich* dafür verantwortlich zu machen. Er hat diese Entscheidung getroffen. – Es. War. Nicht. Deine. Schuld!«

Für eine sehr lange Zeit waren nur Juliens harte Atemzüge zu hören. Keiner von uns rührte sich.

Irgendwann wandte er den Blick zur Seite. »Das hat Adrien auch immer gesagt.« Seine Stimme war heiser.

»Und du hast ihm so wenig geglaubt, wie du jetzt mir glaubst. – Gut. Wenn du unbedingt den Sündenbock für Gérard spielen willst, kann ich dich nicht daran hindern. Aber lass dir eines gesagt sein, Julien Du Cranier ...« Julien keuchte, als ich mein Gewicht auf seiner Hüfte verlagerte, mich noch näher zu ihm beugte, sein Gesicht in beide Hände nahm und zu mir zurückdrehte. »Ich liebe dich! Was du getan hast oder glaubst getan zu haben, ändert nichts daran und wird es auch nie tun.« Ich strich mit den Lippen über seine, ehe ich ihn so behutsam küsste, wie er es immer mit mir tat. Er war unter meiner Berührung erstarrt. »Und noch etwas: Wenn du für den Tod deiner Eltern und deiner Schwester verantwortlich bist, dann bin ich auch dafür verantwortlich, dass Samuel meine Eltern ermordet hat. Du bist also nicht besser oder schlechter als ich.«

Der Kuss, den ich ihm diesmal gab, war deutlich züchtiger als der erste. Er schaute mich an. In seinen Augen glaubte ich Trauer und Scham zu sehen, aber auch Verwirrung und sogar Ärger. Einen Moment lang erwiderte ich seinen Blick, dann stieg ich ein bisschen umständlich von seiner Hüfte herunter – irgendwie hatte die Decke sich um meine Knie gebauscht –, legte mich wieder neben ihn, drehte ihm den Rücken zu und zog das Bettzeug über mich.

Es war still. Nicht einmal Juliens Atem war zu hören. Ich beobachtete seinen Schatten, den die kleine Kerzenflamme vor mir an die Wand warf. Er hatte sich hinter mir aufgesetzt und schien auf mich herabzusehen. Für eine schiere Ewigkeit völlig reglos – bis er sich vorbeugte. Sein Atem strich über meinen Hals. Ich schloss die Augen, versuchte so zu tun, als würde ich nichts bemerken. Mein Herz schlug viel zu schnell. Er murmelte etwas über mir; ich konnte es nicht verstehen, doch es schien Französisch zu sein und klang wie eine Zeile aus einem Gedicht oder einem Gebet. Im nächsten Moment berührten seine Lippen meine Schläfe. Dann legte er sich so dicht hinter mich, wie es ihm die Bettdecke erlaubte, zog mich in seine Arme und an seine Brust. Ich rührte mich nicht, während er seine Finger mit meinen verwob und den Kopf an meine Schulter lehnte. Schließlich lag auch er reglos, und ich wusste, dass er ebenso wenig an Schlaf dachte wie ich.

Die Kerze brannte ruhig vor sich hin und malte unsere Schatten an die Wand. Irgendwann erlosch sie und wir lagen im Dunkeln beieinander.

Hatte er jemals etwas gestohlen? Er konnte sich nicht daran erinnern. Bitter verzog er den Mund. Nicht dass er sich an besonders viel erinnern konnte. Alles, was vor dem Augenblick lag, als er an diesem Wehr zwischen Ästen und Abfall zu sich gekommen war, schien – abgesehen von Bildern, die kaum mehr als Momentaufnahmen waren, oder Satzfetzen – nicht zu existieren.

Aber er war dankbar dafür, dass er die ausgeblichene Jeansjacke hatte mitgehen lassen, die am Rand des Trailerparks zusammen mit Socken und Unterwäsche vergessen auf einer Leine gehangen hatte. Sie war nicht besonders dick, eigentlich schon viel zu dünn für diese Jahreszeit. Doch sie hielt die kalte Nachtluft besser ab, als es nur sein Hemd getan hätte. Zudem wäre er ohne sie bedeutend auffälliger gewesen.

Über eine Stunde hatte er an der Busstation das gute Dutzend Männer beobachtet, die jeden kontrollierten, der in einen der abfahrenden Busse stieg; aus der Dunkelheit hinter einem stillgelegten, mit schreiend bunten Farben besprühten Bus heraus. Einige trugen Gewehre, andere waren mit Knüppeln bewaffnet. Jeder, der auch nur annähernd seine Größe und Haarfarbe hatte, wurde von ihnen rüde aufgehalten und offenbar nach irgendwelchen Papieren gefragt. Ein junger Mann hatte es gewagt, zu protestieren. Er war kurz darauf mit blutender Nase in seinen Bus gestiegen.

Es war fast erschreckend gewesen, welche Wirkung Cathérines Blut – nein, Kathleens; wenn er sich nicht konzentrierte, verwechselte er die beiden Namen noch immer – auf ihn hatte. Bis vor ein paar Tagen hätte er nicht einmal auf die Hälfte der Distanz irgendetwas zuverlässig und scharf erkennen können. Und jetzt? Seine Sinne waren scharf, fast wie die eines Raubtieres. Sogar das zäh gewordene Öl im Motor des Busses und den winzigen Rest Benzin im Tank hatte er wahrnehmen können. Ein paarmal hatte der ein oder andere der Männer das Aussehen eines der Angehaltenen anscheinend mit einem Bild verglichen. Wenn es tatsächlich ihn darstellte ... Woher wussten sie, wie er aussah? Er konnte sich nicht vorstellen, dass Cathé... Kathleen ihnen eine Beschreibung von ihm gegeben hatte. Vor *allem nicht so schnell. Aber wer dann? – Letztlich war es nicht wichtig. Wichtig war nur, dass die Männer offenbar nicht vorhatten, ihre Suche in der nächsten Zeit einzustellen, und es somit auf diesem Weg kein Entkommen für ihn gab. Also hatte er sein Versteck aufgegeben und war das kurze Stück in die Stadt zurückgegangen.*

Seitdem strich er durch die Straßen, ruhelos, angespannt. Die Kälte hatte den Schmerz in seinem verletzten Bein wieder stärker werden lassen. Auch das Ziehen in seinem Nacken war abermals schlimmer geworden und drohte jetzt zu den nur zu vertrauten Kopfschmerzen zu werden. Zu allem Überfluss nagte die Gier nach Blut erneut in seinen Eingeweiden. Er schob die Hände unter die Achseln, um sie zu wärmen, zog die Schultern hoch und wich einem Pärchen aus, das Arm in Arm vor den Schaukästen eines Kinos stand.

Wenn er die Stadt verlassen wollte, würde er das wohl zu Fuß und am besten quer durch den Wald tun müssen. Aber wie es schien, war er dazu gezwungen, zuvor noch einmal das Blut eines Menschen zu trinken. Allein der Gedanke genügte, um das Pochen in seinem Oberkiefer zurückkehren zu lassen. Er biss die Zähne zusammen. Vampir ... Das Wort, das Kathleen benutzt hatte. Sosehr er sich auch bemühte ... es blieb für ihn noch immer leer. Dabei begegnete es ihm überall in der Stadt: Vampir-Partys, Vampir-Kostüme ... Sogar das Kino hier warb mit einer langen »Vampir-Nacht«. Aber auch wenn er das alles sah ... etwas daran fühlte sich falsch an.

Abrupt blieb er stehen. Am Ende des Blocks bog gerade eine Gruppe Männer um die Ecke. Im Licht einer Straßenlaterne glänzte ein Gewehrlauf. Einer von ihnen schulterte einen Baseballschläger, während seine Begleiter einen jungen Mann anhielten.

Er drehte sich weg, gab vor, das Plakat in dem Kinoschaukasten zu betrachten. Der junge Mann bekam noch einen Schubs, dann setzte sich die Gruppe wieder in Bewegung. Die Straße herauf. Auf ihn zu. Verdammt! Wenn er sich einfach umwandte und vor ihnen herging, war es ziemlich wahrscheinlich, dass sie doch irgendwann zu ihm aufschlossen und ihn anhielten.

Das Pärchen hatte sich offenbar für einen Film entschieden. Noch immer eng umschlungen gingen sie zur Kasse an der gegenüberliegenden Ecke des Eingangs. Er entschied sich, ihnen unauffällig zu folgen. Die Hände in die Taschen der Jacke vergraben wartete er, während die beiden bezahlten und dann in das Kino-Foyer hineingingen, auf eine der Türen weiter hinten zu. Die Schritte der Jäger kamen näher, ihre Stimmen wurden lauter.

So gelassen wie möglich trat er vor die Glasscheibe. Dahinter saß eine junge Frau, das Handy am Ohr, in ein Telefonat vertieft.

»Einmal den gleichen bitte.« Er hatte weder auf die Filmtitel geachtet noch sich einen gemerkt.

Die Frau sah nur kurz auf. »Acht fünfzig«, teilte sie ihm zwischen zwei Sätzen mit und klagte ihrem Gesprächspartner weiter ihr Leid, dass sie ausgerechnet heute Abend arbeiten musste. Schweigend schob er ihr einen Schein hin, nahm sein Wechselgeld und die Karte. »Saal drei«, beschied sie ihm noch, dann galt ihre Aufmerksamkeit schon nicht mehr ihm.

Er widerstand dem Drang, sich nach den Männern umzusehen, während er, wie das Pärchen zuvor, tiefer in das Foyer hineinging, auf die 3 zu, die über einer zweiflügligen Tür prangte. Ein müde wirkender Platzanweiser kontrollierte seine Karte und führte ihn mit einer Taschenlampe bewaffnet einen Gang hinunter zu seinem Platz. Nicht dass er den hellen Lichtkegel vor sich auf dem Boden gebraucht hätte: Er konnte in der Dunkelheit ebenso gut sehen wie jeder andere hier bei Tageslicht.

Auf der Leinwand führte eine schwarz gekleidete Rothaarige einen jungen Mann durch die Gänge von etwas, das wohl ein Schlachthaus war. Dahinter verbarg sich ein Klub. Der Film lief also schon. Mit einem Nicken dankte er dem Mann, setzte sich und streckte sein verletztes Bein aus. Er hatte nicht vor, lange zu bleiben, aber wenn er gleich wieder ging, würde das Aufmerksamkeit erregen. Und mit ein wenig Glück durchkämmten die Jäger später auch nicht mehr diese Gegend.

Vor ihm auf der Leinwand ging ein roter Regen – Blut? – auf die

Tanzenden nieder, über den Techno-Beats der Musik wurden verzückte Schreie laut. Plötzlich verfügten alle Anwesenden außer dem jungen Mann über Fänge.

Zwei Sitze weiter klammerte sich eine Frau an den Arm ihres Begleiters. In einer Mischung aus Unglauben und Entsetzen verfolgte er das Gemetzel auf der Leinwand. Abgetrennte Gliedmaßen und ganze Körper, die unter Aufglühen zu Staub zerfielen, verbrannte Leichen, die wieder zum Leben erwachten und Menschen anfielen, die ihnen zufällig am nächsten waren ... Und die ganze Zeit wartete er darauf, dass diese grotesken Szenen für ihn einen Sinn ergaben, mehr wurden als ein verwaschenes Zerrbild, das sich im einen Moment vage richtig anfühlte und im nächsten wieder vollkommen falsch.

Konnte irgendetwas davon stimmen? Wenn ja, was? Was? – Er trank Blut, seine Eckzähne wuchsen sich zu Fängen aus ...

Auf der Leinwand hob der Held die verletzte Frau im weißen Kittel aus seinem Wagen und trug sie zu einem Metalltisch, während er seinen Freund herbeirief.

»Sie ist gebissen worden.«

Sein Freund kam hinkend heran. »Dann hättest du sie töten sollen.«

»Ja, ich weiß.« Der Held nahm seine dunkle Brille ab und schob sie in die Jacke. »Aber ich hab's nicht getan.«

Sein Freund schaute auf die stöhnende Frau hinab, sah wieder ihn an. »Du darfst sie nicht aus den Augen lassen. Wenn sie sich verwandelt, wirst du sie töten müssen.« Er knipste eine Lampe oberhalb des Tisches an, warnte noch kalt: »Sonst tu ich es«, und machte sich daran, die Frau zu untersuchen.

»Es ist hart an der Grenze. Noch eine Stunde und die Verwandlung wäre zu weit fortgeschritten«, teilte er ihm dann mit.

Die beiden unterhielten sich weiter, während er der Frau Knoblauch in den Hals injizierte. Von der Wunde an ihrer Kehle stieg zischend Rauch auf, während der Held sie mit einer Hand auf dem Tisch festhielt. Mit einem »Ihre Chancen stehen fünfzig-fünfzig.

Falls sie die Nacht übersteht«, kehrte der Freund des Helden zu seiner Arbeit zurück.

Er starrte auf die Leinwand. Und wenn er das, was er war, auch durch seinen Biss übertrug? Wenn er Kathleen ... Abrupt stand er auf. Wenn auch nur die Möglichkeit bestand, dass auch sie sich verwandeln könnte, dass auch ihre Chancen fünfzig-fünfzig standen, so zu werden wie er, dass er sie »angesteckt« hatte, musste sie das erfahren.

Rasch drängte er sich durch die Reihe zum Gang und zur Saaltür. Ärgerliches Zischen folgte ihm. Er ignorierte es. Es konnte gut sein, dass sie ihn noch nicht mal in ihre Nähe ließ oder ihm kein Wort glaubte. Beinah hätte er aufgelacht. Wie sollte sie ihm etwas glauben, von dem er selbst nicht wusste, ob es stimmte oder nur der Fantasie eines Filmemachers entsprungen war. Aber wenn doch ... dann war es seine Pflicht, ihr zu helfen, sie zu beschützen. – Oder sich zumindest davon zu überzeugen, dass er sie nicht angesteckt hatte.

Weder der Platzanweiser noch die Frau an der Kasse schenkten ihm übermäßig viel Aufmerksamkeit, als er das Kino verließ. Draußen in der kalten Nachtluft atmete er ein paarmal tief durch, dann wandte er sich in die Richtung, aus der er zuvor gekommen war. An der nächsten Ecke bog er in eine Seitenstraße ein. Warum sollte er der Hauptstraße folgen, wenn er über die Nebenstraßen keine Umwege machen musste?

Er bemerkte ihre Schritte, als er eine verlassene Kreuzung überquerte, an der die Ampeln gelb blinkten. Den Geräuschen nach zu urteilen, waren es drei. Sie gaben sich noch nicht einmal Mühe, so zu tun, als würden sie ihm nicht folgen. Umso misstrauischer machte es ihn, dass sie dann doch geradeaus weitergingen, als er sich hinter einer schon dunklen Pizzeria nach rechts wandte.

Sie erwarteten ihn einen Durchgang weiter. Drei junge Burschen. Vielleicht gerade mal zwanzig. Natürlich. Sie kannten sich hier aus. Selbst wenn er umgekehrt wäre, hätten sie ihn jetzt nicht mehr entkommen lassen. Er ballte die Hände in den Jackentaschen und ging weiter. Sie machten nicht den Eindruck, als gehörten sie zu denen, die unbedingt einen Mann dingfest machen wollten, der Morde begangen hatte. Nein. Viel eher gehörten sie zu der Sorte, die es einfach genossen, ungestraft etwas »Spaß« haben zu dürfen. Wenn dabei tatsächlich noch das Kopfgeld heraussprang: umso besser. Allerdings hatte er nicht vor, ihretwegen Zeit zu verlieren, ehe er mit Cathérine reden und sie warnen konnte. Bevor die Sonne aufging.

Unter einer Laterne vermeintlich harmlos zu beiden Seiten an die Mauern gelehnt, schienen sie sich überhaupt nicht für ihn zu interessieren. Bis er auf gleicher Höhe mit ihnen war.

»*Du siehst aus wie jemand, den ein Freund von uns sucht, Kumpel.*« Der zu seiner Rechten stieß sich von der Wand ab, die beiden anderen folgten seinem Beispiel. Gemeinsam versperrten sie ihm den Weg. Von der Hand des einen baumelte eine Kette.

Etwas in seinem Inneren krampfte sich zusammen.

»Sorgt dafür, dass er nicht wieder auftaucht.«

»*Ihr müsst mich verwechseln.*«

Sie traten dichter zusammen, als er sich zwischen ihnen hindurchschieben wollte.

»Nicht so schnell. Ich bin sicher, du bist der Richtige, Kumpel.« Der Erste nickte seinem Kameraden zu. »Zeig mal das Foto.« Er hielt ihn am Arm fest, während einer der beiden anderen grinsend in seine Hosentasche langte.

»*Du bist unserm Freund ganz schön was wert, Kumpel.*« Der Dritte spielte mit seiner Kette.

Zu gerne hätte er sie gefragt, wer denn dieser Freund war und ob er ihnen vielleicht einen Namen genannt hatte, doch er schluckte es runter.

»*Nimm die Finger weg*«, sagte er stattdessen kalt und zog die Hände aus den Jackentaschen.

»Sonst was ...?« Der Rädelsführer maß ihn verächtlich von Kopf bis Fuß.

Ärger brodelte in ihm auf.

»Ich sage es kein zweites Mal.« Weder sprach irgendjemand so mit ihm noch fasste ihn jemand auf diese Weise an.

»Uuhh, jetzt habe ich aber Angst.« Der Typ lachte. »Na sag schon, Kumpel: sonst was ...?«

Er machte einen halben Schritt zurück, drehte gleichzeitig den Arm, packte den des Burschen, riss ihn herum und seine Hand zwischen die Schulterblätter empor, ehe er ihm einen harten Stoß versetzte. Mit einem Grunzen taumelte der Kerl ein paar Schritte vorwärts, bevor er sein Gleichgewicht wiedergefunden hatte.

Die beiden anderen wichen hastig zurück. Plötzlich hatte auch der Zweite eine Kette in der Hand.

In seinem Oberkiefer erwachte wieder der inzwischen so vertraute Schmerz – und doch war er diesmal anders.

»Das war ein Fehler, du Idiot.« Ein Springmesser glänzte im Licht der Laterne. »Schnappen wir ihn uns!«

Er fing die erste Kette mit dem Unterarm ab, ließ sie sich darumwickeln, zog den dazugehörigen Kerl mit einem Ruck zu sich heran, als der Anführer mit dem Messer zustieß – und seinen Kumpel damit erwischte. Der Kerl kreischte. Sofort hing der Geruch von Blut in der Luft. Ohne Vorwarnung brachen seine Fänge aus seinem Kiefer hervor. Er fletschte sie fauchend gegen den Dritten, der mit weit aufgerissenen Augen rückwärtstaumelte, stieß den Kerl von sich, wandte sich dem Anführer zu. Knurrte. War im nächsten Moment über ihm. Bog ihm das Messer aus der Hand. Schlug ihm die Zähne in die Kehle. Blut füllte seinen Mund ...

Spiele

Wer war eigentlich auf die glorreiche Idee gekommen, mir einen Pinsel und eine Dose rote Acrylfarbe in die Hand zu drücken? Diese Frage stellte ich mir seit dem Augenblick, als ich mich zum ersten Mal im Spiegel gesehen hatte, nachdem wir vom Dekorieren der Turnhalle für den Halloween-Ball nach Hause gekommen waren. Auf meiner Stirn und meinen Wangen prangten rote Sommersprossen: rechts größere und mehr als links. Irgendwie hatte ich es geschafft, mir eine ungefähr zwei Finger breite rote Strähne in die Haare zu färben – die zusammengeklebt und steif war.

Heute Morgen hatte ich Julien auf der Fahrt zur Schule gefragt, was »mon ange« bedeutete. Als er es mir gesagt hatte, entschied ich, dass »mein Engel« eine Vertraulichkeit war, mit der Bastien sich für unser erstes Treffen eindeutig zu viel herausgenommen hatte. Sollten wir uns tatsächlich noch einmal begegnen, würde ich ihm das unmissverständlich klarmachen.

Ich ließ den Blick über meine Schmink- und Abschmink-Utensilien wandern und versuchte herauszufinden, welche davon am besten zur Acryl-Sommersprossen-Haarsträhnen-Entfernung geeignet waren. Nach einem Moment verwarf ich die Reinigungstücher und entschied mit einem Seufzen, direkt zum Nagellackentferner zu greifen.

Dass ich den ganzen Tag versucht hatte, mich stets zwischen Julien und Neal zu halten, wenn die beiden sich einander auf mehr als drei Meter näherten, hatte an meinen Nerven gezehrt. Prellbock zwischen einem angefressenen Lamia und einem idiotischen Menschen zu spielen, war vielleicht etwas für einen Adrenalin-Junkie, aber eindeutig nichts für mich. Obendrein war es wesentlich einfacher, wenn wir normalen Unterricht hatten. Wenigstens hatte Neal endlich begriffen, dass es für ihn absolut nicht gesund war, sich weiter mit Julien anzulegen oder dessen persönliche Demarkationslinie in irgendeiner anderen Form zu überschreiten.

In Todesverachtung tränkte ich einen Wattepad mit Nagellackentferner und nahm mir meine rote Acryl-Haarsträhne vor. Es dauerte keine fünf Minuten und das Bad stank so entsetzlich nach Aceton, dass ich Kopfschmerzen bekam. Ich riss Fenster und Tür sperrangelweit auf und machte verbissen weiter. Vor mir im Waschbecken sammelten sich rot verklebte Wattepads. Meine Haare hatten inzwischen nur noch einen leicht rötlichen Schimmer, dafür waren sie jetzt stumpf und erinnerten mich unangenehm an Stroh.

»Die nächsten zwei Tage werde ich nichts anderes riechen als dieses Zeug«, sagte Julien so unvermittelt von der Tür her, dass ich beinah einen Satz machte. »Was tust du da eigentlich?« Natürlich: Er hatte die scharfen – und entsprechend empfindlichen – Sinne eines Raubtieres. Ich warf einen schuldbewussten Blick auf das beinah leere Fläschchen in meiner Hand und drehte mich zu ihm um. Die Hände lässig in die Hosentaschen geschoben lehnte er im Rahmen.

Als ich heute Morgen in seinen Armen aufgewacht war, hatte er noch genauso dicht neben mir gelegen wie gestern: seine Brust an meinem Rücken, seine Knie in meinen Kniekehlen, und so nah, wie es ihm die Bettdecke nur erlaubte. Er war bereits wach gewesen – oder vielleicht hatte er auch die ganze Nacht nicht geschlafen. Der Ausdruck in seinen Augen und der Zug um seinen Mund hatten mir verraten: Was er mir gestern über die Geschehnisse in Marseille erzählt hatte, hatte eine alte qualvoll tiefe Wunde neu aufbrechen lassen. Ich hatte nicht noch einmal daran gerührt. Und Julien ... Er gab vor, nur sehr erleichtert zu sein, dass ich mich von meiner Magen-Darm-Virus-Attacke wohl wieder vollständig erholt hatte.

Den ganzen Tag war er nicht von meiner Seite gewichen. Jeder Versuch meinerseits, etwas zu heben, was schwerer war als eine Halbliterdose Farbe, wurde von ihm vereitelt. Stieg ich auf eine Leiter, tauchte er darunter auf, um sie festzuhalten; wahlweise bereit, mich herunterzureißen, sollte ich auch nur das winzigste Anzeichen von Unwohlsein erkennen lassen, oder mich aufzufangen, falls mir urplötzlich schwindlig werden sollte oder ich am Ende von einem Tritt abrutschte. Über seine bittere Gutenachtgeschichte verlor er kein weiteres Wort. – Ich hatte nichts anderes erwartet. Julien war niemand, der seine Gefühle so einfach vor anderen offenbarte. Und einige verbarg er selbst vor mir. Zumindest versuchte er es ...

»Entschuldige, ich habe nicht daran gedacht ...«

Sein Schulterzucken und dass er sich vom Türrahmen abstieß und die Hände aus den Hosentaschen zog, während er zu mir herüberkam, hielten mich davon ab, das Fläschchen zuzuschrauben. Die Augen leicht zusammengekniffen begutachtete er mein Werk und nahm mir gleichzeitig den Nagellackentferner und den Wattepad ab.

»Abschneiden wäre einfacher gewesen«, kommentierte er dann kopfschüttelnd.

»Wage es nicht ...« Ich machte einen Schritt rückwärts, als könne er aus dem Nichts eine Schere hervorzaubern – was mich schmerzhaft mit dem Rand des Waschbeckens kollidieren ließ –, und funkelte ihn warnend an.

»Keine Angst. Der Schaden ist schon angerichtet. Ich hoffe, dein Shampoo taugt was.« Er griff sich den Verschluss und drehte ihn auf den Nagellackentferner, stellte ihn beiseite, warf den Wattepad zu den anderen und fasste mich am Kinn, um mein Gesicht ins Licht zu drehen. »Hübsch«, meinte er nach einem Moment. Ich streckte ihm die Zunge hinaus. Spöttisch hob er eine Braue. »Ich nehme mal an, du willst den Rest deiner Kriegsbemalung auch loswerden?«

»Natürlich«, indigniert warf ich einen Blick in den Spiegel.

Einer seiner Mundwinkel zuckte in einem schiefen Lächeln. »Ich schätze, ich hab was Besseres als deinen Nagellackentferner.« Er fischte eine meiner Cremes von meiner Seite des Badezimmerregals und drückte sie mir in die Hand. »Die hier wirst du danach aber brauchen. – Warte hier.«

Damit ließ er mich stehen. Ich sah ihm nach. Wenn man es genau nahm, hatte ich nicht wirklich vorgehabt, mich wegzubewegen. Aber das musste ihm wohl entgangen sein.

Er war schneller zurück, als ich erwartet hatte. Wenn man allerdings ohnehin bei einer Treppe stets zwei Stufen auf einmal nahm und sowieso längere Beine hatte ... von gewissen anderen Fähigkeiten ganz zu schweigen, war das kein Wunder. In der Hand hielt er eine leicht verbeulte Metalldose.

»Was ist das?«, erkundigte ich mich misstrauisch.

»Terpentinöl.« Julien drehte sie so, dass ich die Aufschrift lesen konnte. »Setz dich ans Fenster.«

»Damit willst du an mein Gesicht?« Mit diesem Zeug hatte mein ehemaliger Leibwächter Simon, der auch Chauffeur und Hausmeister gewesen war, sich unter anderem immer die Hände sauber gemacht, wenn er an einem der Autos gearbeitet hatte. Ich wusste gar nicht, dass so etwas in diesem Haus überhaupt existierte.

»Du hattest das Gleiche mit Nagellackentferner vor.« Er langte an mir vorbei nach der Tüte mit den Wattepads.

Abermals beäugte ich die Metalldose. Wo er recht hatte, hatte er recht. Seufzend fügte ich mich in mein Schicksal. Julien ließ sich mir gegenüber auf der Fensterbank nieder, mit dem Rücken zur schon wieder überraschend tief stehenden Sonne. Hatten wir tatsächlich so lange in der Turnhalle geschuftet?

Er tränkte den ersten Wattepad mit dem Terpentinöl, beugte sich ein wenig näher zu mir und begann meine künstlichen Sommersprossen wegzutupfen. Langsam arbeitete er sich von oben nach unten. War er mit einer Stelle fertig, tauchte er die Fingerspitzen in meine Creme und verteilte sie behutsam genau dort, bevor er sich der nächsten zuwandte.

Die ganze Zeit schaute ich ihm ins Gesicht. Sein Mund, der nicht halb so weich aussah, wie er sich unter meinem gewöhnlich anfühlte, und bei dem die Unterlippe ein klein wenig voller war als die obere. Die schmalen Wangen, über denen seine eleganten hohen Wangenknochen ein bisschen ausgeprägter wirkten, als sie eigentlich waren. Die dunklen Brauen, die sich so beredt heben oder zusammenziehen konnten; die langen, dichten Wimpern von der gleichen Farbe, um die ihn so manche Frau beneidet hätte. Und seine Augen, die mich unter leicht gesenkten Lidern konzentriert ansahen. Augen, die ihre Farbe je nach seiner Stimmung änderten und die in jeder nur vorstellbaren Schattierung von Silber schimmerten. Quecksilberaugen, dunkel, unergründlich und geheimnisvoll – und wunderschön. Augen, deren Farbe zu tödlichem Schwarz wechselte, wenn Julien zornig war. Und in deren Tiefen ein rotes Brennen nistete, wenn er Durst hatte.

Ich konnte meinen Blick einfach nicht von ihm losreißen. So wie seine Lippen sich zuweilen kräuselten, war ihm das durchaus bewusst.

Er hatte gerade den Bereich neben meinem Mund erreicht, als er sich unvermittelt stocksteif aufrichtete und auf etwas zu lauschen schien. Seine Augen weiteten sich. Im nächsten Moment drückte er mir die Terpentindose in die Finger und sprintete aus dem Bad. Eine Minute später war er wieder da, ein Handy in der Hand. Das neue ohne Branding, gegen das er das beschädigte seines Bruders ausgetauscht hatte. Er starrte aufs Display, klickte sich durch irgendwas hindurch. Beunruhigt stellte ich Terpentin und Creme ins Waschbecken und stand auf.

»Was ist?«

Er nahm mich überhaupt nicht wahr. Mit der Hand fuhr er sich durchs Haar, klickte weiter.

»Julien?«

Erst jetzt schaute er auf. »Adrien soll in Norcross sein.«
»Was? Woher ...?« Ich sah auf das Handy. Natürlich.

»Eine SMS. Genauer gesagt, die dritte heute. Die beiden anderen kamen, während wir aufbauen waren.« Sein Ton verriet, wie sehr es ihn ärgerte, dass er nicht auch dieses Handy stets und ständig bei sich trug – es zumindest heute nicht bei sich getragen hatte. Aber da war noch etwas ...

»Wer hat sie geschickt?«

»Die Nummer war unterdrückt. Jedes Mal.«

Jetzt wurde mir klar, was ich noch in seiner Stimme gehört hatte. Die Karte in diesem Handy gehörte Adrien. Das bedeutete, nur die Mitglieder des Rates würden versuchen meinen Leibwächter unter dieser Nummer zu erreichen. Oder jemand, der sie von ihnen bekommen hatte. Aber keinem davon würde einfallen, »Adrien« per SMS und mit unterdrückter Rufnummer mitzuteilen, wo sein Bruder sich gerade aufhielt. Außer einem ...

»Bastien?«

»Vermutlich.« Die Lippen zu einem harten Strich zusammengepresst versuchte er offenbar noch immer irgendeinen Hinweis auf den SMS-Schreiber zu finden. Schließlich gab er mit etwas, das wie ein Fluch klang, auf.

Ich ballte die Fäuste. Auch wenn wahrscheinlich keiner von uns beiden wirklich daran glaubte, dass Bastien binnen so kurzer Zeit erfolgreich gewesen war, wo Julien bisher versagt hatte: Bastien war klar, dass »Adrien« jedem Hinweis nachgehen würde, der ihn auch nur eventuell zu seinem Bruder führte. Vor allem wenn er nicht wusste, von wem dieser Hinweis kam. Und da »Julien« ein Todesurteil sicher war, wenn er den Fürsten in die Hände fiel ... Dieser miese Bastard!

»Du wirst hinfahren, oder?« Eigentlich war meine Frage rein rhetorisch gemeint, doch Julien zögerte.

»Was ist, wenn das Ganze ein Trick ist, um mich von dir wegzulocken?« Er umklammerte das Handy so fest, dass seine Knöchel weiß hervortraten.

Ich biss mir auf die Lippe. Möglich war es. Nach der Sache mit dem Crystal sogar wahrscheinlich. Und Julien würde mich nicht allein lassen, wenn auch nur der Hauch einer Chance bestand, dass mir während seiner Abwesenheit irgendetwas zustoßen könnte. Aber mitnehmen konnte er mich auch nicht. Schließlich wusste er nicht, was ihn in Norcross erwartete.

Konnten Lamia sich irgendwelche widerlichen Krankheiten einfangen? Wenn ja, wünschte ich Bastien hiermit das ganze Sortiment an den Hals.

»Würde er versuchen an mich heranzukommen, solange ich mit irgendjemand anderem zusammen bin?«

»Ich denke nicht.« Julien musterte mich fragend.

»Dann kannst du mich zu Susan fahren – zum Kürbisschnitzen.« Sie hatte mich vorgestern schon gefragt, ob ich ihr heute Nachmittag helfen wollte, das zweite halbe Dutzend Kürbisse zu bearbeiten, das ihre Mutter Anfang der Woche in einem Halloween-Kürbis-Anfall zusätzlich zu den bereits vorhandenen angeschleppt hatte. Da hatte ich zu ihrer Enttäuschung dankend abgelehnt. Auch wenn es ziemlich kurzfristig war: Sie würde mich mit offenen Armen empfangen. »Ich sage ihr nur schnell Bescheid, dass ich doch komme, und ziehe mich um. Dann können wir.«

Als ich an ihm vorbei in mein Zimmer wollte, hielt er mich am Arm zurück. Sekundenlang sah er mir schweigend in die Augen. Dann küsste er mich. Langsam und zärtlich. Dennoch vergaß ich dabei, wie man Luft holte. Entsprechend atemlos war ich, als er seinen Mund von meinem löste – und mit einem Schritt rückwärts wieder Distanz zwischen uns brachte. Schlagartig saß in meiner Kehle ein Kloß. Warum konnte er nicht mehr Vertrauen in seine eigene Selbstbeherrschung haben?

Mein Lächeln misslang. Ich flüchtete in mein Zimmer, zerrte mir die Sachen vom Leib und wühlte in meinem Kleiderschrank nach etwas, das sich auch nur halbwegs zum Kürbisschnitzen eignete, während ich gleichzeitig mit Susan telefonierte, um herauszufinden, ob sie den Kürbissen heute noch immer zu Leibe rücken wollte. Natürlich wollte sie – genau genommen war sie schon dabei, den ersten zu massakrieren – und natürlich war meine Anwesenheit und Hilfe dabei nach wie vor mehr als willkommen. Sie freute sich riesig, als ich ihr versprach gleich da zu sein. Meine Jagd im Kleiderschrank allerdings endete damit, dass ich wieder genau die Jeans und den Pullover anzog, die ich mir heute schon zuvor mit Farbspitzern versaut hatte.

Julien erwartete mich an den Rahmen seiner Zimmertür gelehnt. Seine Lederjacke hatte er schon übergezogen und spielte scheinbar gelangweilt mit den Schlüsseln der Vette. Als ich vor ihm die Treppe hinabstieg, fragte ich mich, ob er vielleicht eine Waffe bei sich trug. Immerhin wusste ich, dass Adriens Pistole hier im Haus war. Ich hatte sie damals gefunden, als ich Juliens Sachen auf irgendwelche Hinweise durchsucht hatte, nachdem er von einem Tag auf den anderen spurlos verschwunden war.

Auf der Fahrt zu Susan schärfte er mir ein, bei den Jamisens zu bleiben, bis er mich wieder abholte, egal wie spät es wurde. Notfalls sollte ich bei ihr schlafen. Nicht dass Letzteres ein Problem gewesen wäre. Susan – wie ihre Mutter – hatte mich so oft dazu eingeladen, dass sie eine »Mädchen-Nacht« vor dem Halloween-Ball vermutlich für eine fantastische Idee halten würde. Aber bei seiner Predigt fühlte ich mich ein wenig wie ein kleines Kind, das zum ersten Mal den Schulweg allein bewältigen sollte. Und ehrlich gesagt, er jagte mir damit allmählich Angst ein.

Er wartete mit laufendem Motor neben dem Bordsteinrand, bis Susan mich hineinließ, ehe er sich endgültig auf den Weg machte. Das Quietschen der Reifen war offenbar bis in die Küche zu hören gewesen, zumindest empfing mich

Mrs Jamis mit einem Kommentar bezüglich Juliens »gewagtem« Fahrstil - bevor sie die Reste meiner Kriegsbemalung und die Farbspuren auf meinen Kleidern entdeckte. Die Kürbisse - und Susan - mussten auf mich warten: Sie schleifte mich ins Bad und nahm sich mit Nagellackentferner und einer Flut anderer Flüssigkeiten und Cremes meine verbliebenen roten Sommersprossen vor. Als sie fertig war, entging ich nur knapp einer Gurkenmaske.

Im Gegensatz zu mir war sie außerdem der Meinung, dass meine Sachen noch zu retten waren. Sie fragte nicht lange, was ich davon hielt, sondern ließ mich Pullover und Jeans ausziehen und ihr überlassen. Als Ersatz dafür bekam ich eine ausgebeulte Latzhose von Susan und ein langärmeliges Shirt, das offensichtlich auch schon einmal Bekanntschaft mit Farbe - allerdings weißer - gemacht hatte. Erst jetzt durfte ich mich zu Susan und den Kürbissen gesellen. Ich war sehr schnell sehr froh, dass Mrs Jamis' Küche gefliest war.

Wir trennten bei jedem der gelben Ungetüme gewissenhaft einen Deckel ab und höhlten sie sorgfältig aus. Fruchtfleisch und Kerne wurden in unterschiedliche Schüsseln geschaufelt, wobei ich nicht wissen wollte, wie lange es bei den Jamisens in nächster Zeit Kürbis in allen Variationen und zu allen Gelegenheiten geben würde. Obwohl wir uns bemühten, nicht übermäßig zu kleckern, hatten wir doch nach einer gewissen Zeit überall orangefarbenes Fruchtfleisch an uns hängen.

Mike nutzte eine Stippvisite, bei der er vorgab, sich eine Cola aus dem Kühlschrank holen zu wollen, um ein bisschen über Frauen und ihre Fähigkeiten in der Küche zu lästern. Er trat aber sehr schnell den Rückzug an, als wir begannen ihn mit Kürbiskernen zu bewerfen, und drohten, als Nächstes mit Fruchtfleisch weiterzumachen. Danach erinnerte die Küche endgültig an ein Schlachtfeld.

Susan hatte es bisher geschafft, ihre Neugier zu bezwingen. Doch jetzt hielt sie es nicht mehr aus und nutzte die Gelegenheit, als ihre Mutter uns in der Küche allein ließ, um mich zu fragen, was mit mir und Julien war. An einem Tag schwiegen wir uns an, am nächsten lieferte er mich zum Kürbisschnitzen bei ihr ab und ging dann seiner Wege ... Sie versicherte mir mindestens drei Mal, dass sie sich nicht in meine Angelegenheiten einmischen wollte und dass es sie ja auch letztlich nichts anging, aber Julien hatte nun mal einen gewissen Ruf, und wenn man es genau nahm, wusste eigentlich niemand so richtig etwas über ihn, geschweige denn seine Vergangenheit ... Kurzum: Sie hatte Angst, dass Julien mich schlecht behandelte oder mich irgendwie von sich abhängig gemacht hatte und mich jetzt so einschüchterte, dass ich es nicht wagte, jemandem die Wahrheit zu erzählen. Bei der Vorstellung hätte ich beinah lachen müssen. Ich versuchte ihr einen Kürbisschnitzgang lang klarzumachen, dass zwischen uns alles in Ordnung war. Okay, wir hatten die ein oder andere Meinungsverschiedenheit gehabt. Aber gehörte so etwas nicht zu jeder Beziehung? Ich war mit Julien glücklich und würde ihn um nichts in der Welt missen wollen. Auch wenn ich das weder ihr noch irgendjemand anderem gegenüber jemals laut aussprechen würde: Er *war* mein Leben. – Ob sie mir glaubte, konnte ich nicht sagen. Zumindest ließ sie es dabei bewenden.

Als endlich alle Kürbisse ausgehöhlt waren und Mrs Jamis das gelborange Fruchtfleisch in einem Rudel Plastikbehälter verstaute – einen Teil davon wollte sie einfrieren –, machten Susan und ich uns ans Fratzenschnitzen. Die Aussicht, mit einem großen, scharfen Messer herumspielen zu können, lockte binnen Kurzem auch Mike von seinem PC zu uns in die Küche. Wir verpassten den Kürbissen Spiral-, Dreiecks- und Schlitzaugen, und unsere Mundvarianten reichten von gar keinen, über einzelne bis zu quadratischen und spitzen Zähnen. Mikes Kürbis wies dabei eine nicht zu leugnende Ähnlichkeit mit Pac-Man auf. Ganz nebenbei schafften wir es sogar, kein Blut zu vergießen und uns auch nicht selbst zu verstümmeln.

Anschließend trugen wir unsere Kunstwerke in die Garage hinaus, die Mr Jamis vorübergehend hatte aufgeben müssen. Mit Massen an Haarspray verliehen wir ihnen zusätzlichen Glanz und gaben uns der Illusion hin, dass sie damit etwas weniger schnell vergammeln würden.

Von Anfang an hatte ich regelmäßig auf die Uhr gesehen. Inzwischen tat ich es immer öfter. Es ging bereits auf zehn zu, draußen war es schon eine kleine Ewigkeit stockdunkel und Julien hatte bisher nichts von sich hören lassen.

Mrs Jamis bot an, einen großen Topf ihrer herrlichen Pasta zu kochen, nachdem wir schließlich auch das Schlachtfeld aufgeräumt und sauber gemacht hatten. Selbst wenn ich versucht hätte abzulehnen, hätte mein Magen mich mit seinem Knurren verraten. Da sie den Verdacht hegte, dass mir beim letzten Mal davon so entsetzlich schlecht geworden war, versprach sie sogar, ihre Lieblingszutat wegzulassen: Knoblauch. Auch wenn meine Übelkeitsattacke damals andere Gründe gehabt hatte, ließ ich sie in dem Glauben. Denn so göttlich ich die Soßen von Susans Mutter fand: Ich würde zugunsten einer Knoblauchfahne nicht auf einen einzigen Kuss von Julien verzichten, wenn ich es irgendwie vermeiden konnte.

Wir waren bei Vanilleeis mit Schokosplittern angekommen, als es klingelte. Ich hielt mich an meinem Eisbecher fest, sonst wäre ich noch vor Mr Jamis an der Haustür gewesen. Mein Herz klopfte – und dann kam Julien in die Küche. Was auch immer in diesem Moment auf meinem Gesicht zu sehen war: Es entlockte Mrs Jamis ein Lächeln und Susan ein Stirnrunzeln. Julien nickte ein höfliches »guten Abend« in die Runde, trat hinter mich, lehnte sich über meine Schulter und gab mir einen züchtigen Kuss auf die Wange. Die dunklen Gläser seiner Brille verbargen seine Augen. Dennoch sagte mir alles an ihm, dass die SMS nicht nur ein böser Streich gewesen waren. Offenbar war da noch mehr nicht so gelaufen, wie Julien es gewollt hatte. Meine Kehle zog sich zusammen. Ich räusperte mich und hielt ihm einen Löffel Eis hin, wie das wohl jedes Mädchen getan hätte, deren Freund sich nicht von einer ganz bestimmten *Diät* ernährte.

»Magst du?«

Julien ging auf meine Komödie ein und griff an mir vorbei, um den Eisbecher in meiner Hand so zu drehen, dass er lesen konnte, was die weiße Masse alles enthielt, ehe er in vorgetäuschtem Bedauern den Kopf schüttelte. »Nicht für mich. Danke.«

»Es muss schlimm sein, wenn man gegen so viele Dinge allergisch ist«, meinte Mrs Jamis mitleidig und verwarf offenbar gerade den Gedanken, Julien etwas von den Resten der Pasta anzubieten.

Gleichmütig hob er die Schultern. »Man gewöhnt sich dran. Es nervt nur manchmal, immer wieder von Neuem erklären zu müssen, warum man sich so selten in der Schulkantine blicken lässt.« Er sah auf mich herunter. »Was ist mit deinen Sachen passiert?«

»Mrs Jamis meinte, sie könne sie noch retten.« Ich schob mir eine große Portion Eis in den Mund.

»Susan bringt sie dir am Montag mit in die Schule, Liebes.« Ihre Mutter lächelte mich quer über den Tisch an, dann nickte sie Julien zu. »Möchtest du dich nicht setzen, während Dawn zu Ende isst?«

Bei seinem höflich gemurmelten »danke, gern, wenn es Ihnen nichts ausmacht«, wurde Mrs Jamis Blick irgendwie … gütig? Natürlich hatte sie schon von Juliens Ruf an der Schule gehört, auch wenn sie ihn bisher noch nicht kennengelernt hatte, aber – sein Ruf hin oder her – Julien hatte Manieren, die ihn zum potenziellen Traum-Schwiegersohn machten. Auch wenn er sie vor den wenigsten herauskehrte. Ich verbarg mein Grinsen hinter dem nächsten Löffel Eis. Es war gut möglich, dass er von jetzt an eine glühende Verteidigerin an der Schule hatte: immerhin saß Mrs Jamis im Elternbeirat.

Julien hatte sich schon den Stuhl zurückgezogen, als er innehielt und zu mir hersah. »Es sei denn, Dawn möchte gleich gehen.«

Damit hatte ich mein Stichwort. Er war ein grandioser Schauspieler. Ich nickte, schob mir die nächste Portion Eis in den Mund und stand auf.

»Ja bitte. Ich bin ziemlich müde.«

Susan und ihre Mutter schienen zwar einen Moment etwas verblüfft ob meiner überraschenden Aufbruchsstimmung, nahmen es aber widerspruchslos hin. Immerhin war das mit dem »müde« ja auch nicht zu abwegig, nachdem ich heute schon in der Turnhalle hatte dekorieren müssen und es inzwischen obendrein fast elf war. Ich vertilgte die Eisreste in Rekordgeschwindigkeit, während ich gleichzeitig zu Mülleimer und Spülmaschine hinüberging, wo ich Packung und Löffel entsorgte.

Keine fünf Minuten später saß ich schon auf dem Beifahrersitz der Vette. In der kalten Nachtluft fröstelnd winkte Susan mir von der Haustür aus noch einmal zu, bedachte Julien mit einem »bis Morgen auf dem Ball«, während er um den Wagen herum zur Fahrerseite ging, und zog sich dann schnell ins Haus zurück.

»Und?«, fragte ich, kaum, dass Julien hinters Steuer geglitten war, seine Tür geschlossen hatte und losfuhr. Auch wenn Susan und ihre Eltern offenbar nichts gemerkt hatten, ich kannte ihn. Seine Anspannung war für mich regelrecht spürbar. Die Bewegung, mit der er seine Brille in die Innentasche seiner Jacke schob, sagte mir überdeutlich: Er war frustriert und zornig.

»Die Adresse gehört zu einem abbruchreifen Miethaus, das einer Horde Clochards und Junkies als Unterschlupf dient. – Adrien war nicht dort. Ebenso wenig hatte irgendeiner von ihnen jemanden gesehen, der mir auch nur entfernt ähnelt.« Er spreizte die Hände am Lenkrad. »Allerdings waren ein paar der Junkies der Auffassung, dass ich ihnen mein Geld dalassen sollte. Und meine Jacke gleich mit.«

Ich hielt den Atem an.

Dass er ungerührt weitersprach, zog meinen Magen zusammen. »Als ich ablehnte, meinte einer von ihnen, ein Messer hervorholen zu müssen.«

Erschrocken sah ich ihn an. Er blickte weiter auf die Straße.

»Er ist ziemlich ungeschickt selbst hineingefallen.«

»Wird er …?«

»Er ist schon. – Und ehe du fragst: Ich habe dafür gesorgt, dass sich keiner der Beteiligten an mich erinnert. Nicht dass die Cops ihnen ein einziges Wort glauben würden. – Eine Leiche mehr bei irgendwelchen Streitigkeiten um den nächsten Schuss. Fall abgeschlossen.«

»Bist du verletzt?«

Seine Antwort war ein Blick aus dem Augenwinkel unter gehobenen Brauen hervor. Wie konnte ich fragen! Ein paar menschliche Junkies waren keine Gegner für einen Vourdranj. Vor allem dann nicht, wenn jemand Spielchen mit ihm spielte.

»Ich habe mir Sorgen gemacht, als du so lange nicht wiedergekommen bist.«

Julien schnaubte, doch dann nahm er meine Hand in seine und drückte sie. »Ich war kaum aus dieser Bruchbude heraus, als die nächste SMS kam. Diesmal war es ein Schrottplatz, noch mal fünfzehn Meilen nördlich von Norcross.« Natürlich. Er würde auch dieses Handy von nun an immer bei sich tragen. »Auf dem Gelände haben mich zwei frei laufende, zähnefletschende Vierzig-Kilo-Wachhunde erwartet.« Mit einem Kopfschütteln kam er meiner Frage zuvor. »Nein, mir ist nichts passiert. Sie waren auf der Erde und ich auf den Dächern der aufgestapelten Autos. Wir sind uns nicht in die Quere gekommen.« Für eine Sekunde schlossen seine Finger sich fester um meine, bevor er sie ans Lenkrad zurücknahm. Der Lederbezug knirschte unter seinem Griff. »Aber auch da war nichts. Nichts außer rostigem Schrott, ausgelaufenem Öl und alten Reifen.« Obwohl seine Stimme scheinbar vollkommen gelassen klang, als er weitersprach: Ich konnte die Frustration in der Tiefe dennoch hören – und den Zorn. »Er lässt mich Phantome jagen. Und er wird es wieder tun. So lange, bis ich ihm unabsichtlich gebe, was er will. – Was auch immer das ist.«

Die Frage danach, ob er bei der nächsten SMS wieder auf die Jagd gehen würde, hatte sich von Anfang an erübrigt. Auch wenn noch so viele sich als bösartige falsche Fährte entpuppen würden, so konnte ihn doch die nächste zu Adrien – oder wenigstens einem Hinweis – führen. Julien hatte keine Chance, dieses Spiel zu gewinnen: weil er in diesem Fall zu einhundert Prozent berechenbar war.

Draußen huschte der Starbucks von Ashland Falls vorbei. Verwirrt sah ich Julien an.

»Das ist nicht der Weg nach Hause.«

»Nein. Ich fahr dich ins *Ruthvens*.«

Unwillkürlich packte ich den Türgriff fester. »Und warum?«

»Weil du dort sicher bist.«

»Sicherer als bei dir kann ich nirgends sein.«

»Dawn, ich ...«

Ich ließ ihn nicht ausreden, als mir unvermittelt klar wurde, was er wirklich vorhatte. »Du willst mich dort absetzen und gleich wieder verschwinden?«

»Ich muss erst ein Stück runterkommen ...«

»Halt an!«

So wie Julien auf die Bremse trat, rechnete er damit, dass ich in der nächsten Sekunde wieder versuchte aus dem fahrenden Auto zu springen. Ich schaffte es gerade noch, mich mit der Hand am Armaturenbrett abzustützen.

»Wir müssen reden!«

»Jetzt? – Ich denke nicht, dass das ...«

»Es reicht!« Ich wandte mich ihm zu.

Sein Blick wurde übergangslos schmal. »Was?«

»Dass du Entscheidungen für mich triffst.«

»Dawn ...«

»Nein, Julien, nein! Ich weiß, dass du nichts anderes willst, als mich beschützen. Aber nicht so. Nicht mehr.«

»Dawn ...« War da tatsächlich ein drohender Unterton in seiner Stimme? Ich ballte die Fäuste.

»Nein! Ich bin es leid! Mein ganzes Leben hat Samuel über mich bestimmt. Jetzt versuchen es die Fürsten und ganz nebenbei auch noch du. Ich will nicht mehr! Es reicht! Mein Leben gehört mir! Niemandem sonst.«

»Dawn, ich werde nicht erlauben ...«

»Erlauben?« Ich starrte ihn eine halbe Sekunde an. »Zum Teufel mit dir, Julien Du Cranier. Ich bin nicht deine Gefangene! Du hat mir gar nichts zu erlauben«, fauchte ich dann, drehte mich um und langte gleichzeitig nach dem Türgriff. Er hatte mich schneller am Arm gepackt, als ich den Hebel zurückziehen konnte, hielt mich fest, hart und schmerzhaft. Doch er sagte nichts. Nur meine eigenen Atemzüge waren zu hören. Warum, verdammt noch mal, mussten sie beinah wie Schluchzer klingen?

»Lass mich los!«, forderte ich, ohne ihn anzusehen.

Er sagte noch immer nichts. Er ließ mich aber auch nicht los.

»Hörst du nicht, Du Cranier? Lass mich los! Du tust mir weh!«

Sofort lockerte sein Griff sich, gab mich aber noch immer nicht frei.

»Meine Gefangene?«, fragte er endlich leise.

Ich starrte weiter unverwandt in die Dunkelheit. Seine Hand fiel herab. Mit einem Ruck stieß ich die Tür auf, stieg aus, knallte sie wieder zu und marschierte die Straße hinunter. Doch schon nach wenigen Schritten blieb ich wieder stehen und schlang die Arme um mich. Hinter mir blubberte der Motor der Vette im Leerlauf. Ihre Scheinwerfer malten zwei helle Streifen neben mich auf die Fahrbahn. Als Juliens Schatten im ersten erschien, versteifte ich mich. Im Licht des zweiten Scheinwerfers blieb er stehen. Keiner von uns sprach. Aus Sekunden wurden Minuten.

»Ich weiß, wie sich das anfühlt und ... das hab ich nie gewollt«, sagte er irgendwann in das Schweigen hinein.

Stumm blickte ich zur Seite.

»Aber ... der ... der Gedanke, dass dir etwas zustoßen könnte, weil ... ich nicht da war ... das ...« Er trat aus dem Lichtschein heraus, näher zu mir, aber noch immer nicht nah genug, um mich zu berühren. »Ich will nicht, dass du dich wie eine Gefangene fühlst, am allerwenigsten wie meine Gefangene. – Doch ich werde tun, was ich meinem Erachten nach tun muss, um dich zu beschützen.« Etwas in seiner Stimme hatte sich verändert. Da war noch immer Bedauern, aber jetzt schwang in ihr auch wieder unüberhörbar die kalte Entschlossenheit mit, die zu jenem anderen Teil von Juliens Wesen gehörte.

Ich grub mir die Zähne in die Unterlippe, bis ich Blut schmeckte. Warum musste mein Leben so sein, wie es war? Warum konnte ich nicht wie Susan oder Beth sein? Warum musste meine Mutter sich auch in einen Lamia verlieben? Warum musste *ich* mich in einen Lamia verlieben? Warum konnten wir nicht ganz gewöhnliche Menschen sein?

»Dawn?«

Ich zog die Schultern hoch. »Vielleicht redest du das nächste Mal mit mir, Julien. Sag mir in Zukunft einfach, was du vorhast.« Abrupt drehte ich mich zu ihm um. Er war näher, als ich gedacht hatte. »Triff die Entscheidungen nicht für mich, sondern mit mir.«

»Das wird nichts daran ändern, dass ich dich auch in Zukunft nicht um Erlaubnis für etwas bitten werde, von dem ich denke, dass es erforderlich ist.«

»Nein, das wird es nicht. Aber ...« Ja, was »aber«? Mit einem Kopfschütteln holte ich einmal tief Atem und stieß ihn wieder aus. »Tu es einfach. Sprich mit mir.«

Juliens Antwort war ein schlichtes Nicken.

Das Schweigen kam zurück. Ich schlang die Arme fester um mich, schaute zu Julien. Er sah mich unverwandt an.

»Verrätst du mir, wo du hinwolltest, um ›ein Stück runterzukommen‹?«

»Ins *Bohemien*.«

Wenn er ins *Bohemien* ging, dann nur aus einem Grund. »Du wolltest dort spielen?«

»Ja. Ich habe die Geige schon geholt, bevor ich zu Susan gefahren bin.«

»Willst du immer noch dorthin?«

»Ja.«

»Nimm mich mit.«

Er zögerte.

»Du weißt, wie gern ich dich spielen höre. Und du hast selbst gesagt, dass das *Bohemien* eine hervorragende Akustik hat. Warum willst du mich irgendwo abliefern, wenn du mich ebenso gut mitnehmen kannst?«

»Weil ich auf nicht ganz legalem Weg ins Innere des *Bohemien* gelangen werde?«

»Das bin ich beim letzten Mal auch nicht.« Damals hatte ich ihn zum ersten Mal spielen gehört. Und er hatte mich um ein Haar umgebracht. Fröstelnd rieb ich mir die Arme, während ich auf ihn zutrat. Allmählich wurde mir kalt. »Lass mich mitkommen, Julien.« Ich konnte sehen, dass seine Brauen sich zusammengezogen hatten. Scheinbar nachdenklich sah er auf mich herab. Ich war schon fast bereit ein »Bitte!« hinterherzuschicken, als er unvermittelt die Hand hob und mir eine Strähne hinters Ohr strich, ehe er langsam nickte.

»Also gut. Eine Privatvorführung nur für dich. – Und jetzt steig ein, bevor du mir erfrierst.«

Im Innern der Corvette war es angenehm warm. Ich warf einen schnellen Blick zwischen den Vordersitzen hindurch nach hinten. Wie hatte ich den Geigenkasten vorhin nur übersehen können? Als ich mich wieder nach vorne wandte, schloss Julien gerade seine Tür. Einen Moment sah er mich noch einmal auf diese nachdenkliche Art an, dann fuhr er los – nur um zwei Straßen weiter vor einem kleinen Supermarkt zu halten, der 24 Stunden geöffnet hatte. Wortlos stieg er aus und verschwand im Inneren.

Binnen Kurzem war er zurück. Eine Taschenlampe und passende Batterien landeten in meinem Schoß, nachdem er wieder eingestiegen war.

»Wenn sie dort wirklich am Renovieren sind, ist es vielleicht besser, du siehst, wo du hintrittst«, meinte er auf meinen fragenden Blick hin und ließ den Motor der Corvette zu schnurrendem Leben erwachen. Meine Lichtquelle sollte ich mir wohl selbst zusammenbauen.

Wenig später bogen wir Arm in Arm in die Merillstreet ab, die kleine Seitenstraße, in der sich das *Bohemien* befand; meine Taschenlampe und den Geigenkasten unauffällig zwischen uns. Julien hatte die Vette ein Stück weiter in einer anderen Nebenstraße des Riverdrive abgestellt. Nachdem wir dem alten Varieté-Theater einen illegalen Besuch abstatten würden, wollte er nicht unnötig auffallen.

Meine Schritte schienen zwischen den hohen Klinkerbauten mit den altmodischen Fenstereinfassungen aus Sandstein und den vorstehenden Einganstreppen erschreckend laut widerzuhallen. Hier kam ich mir stets vor, als sei ich unvermittelt in die Zeit von Al Capone geraten oder zumindest in die Kulisse eines Gangsterfilmes, der in den Zwanzigerjahren des vergangenen Jahrhunderts spielte. Vor etlichen Jahrzehnten war das *Bohemien* bei einem Brand beinah zerstört worden. Danach war es zwar wieder aufgebaut worden, aber nur noch einmal für kurze Zeit geöffnet gewesen. Inzwischen gehörte es Cynthias Vater, für den es offenbar nicht mehr als ein Abschreibungsobjekt war – hätte er es sonst einfach leer stehen lassen?

Julien war vollkommen gelassen. Mir hingegen klopfte das Herz bis zum Hals. Zu meiner Verwunderung gingen wir an der breiten Eingangstreppe unter dem von gedrehten Sandsteinsäulen getragenen Vordach vorbei. Vielleicht hatte ich unbewusst meine Schritte verlangsamt in der Annahme, Julien würde einfach die Vordertür für uns öffnen, denn sein Arm schloss sich ein klein wenig fester um meine Schultern, während er mich bestimmt weiterschob und gleichzeitig kaum merklich den Kopf schüttelte.

»Der einfachste Weg ist manchmal nicht der klügste und meistens auch nicht der sicherste.« Er klang, als wiederhole er etwas, das er selbst einmal auswendig gelernt hatte. Der Blick, den er mir dabei scheinbar zuwarf, galt in Wirklichkeit gar nicht mir, sondern ging über mich hinweg und hinter uns. Gleich darauf schlenderten wir noch immer täuschend harmlos in den schmalen Durchgang zwischen dem *Bohemien* und dessen Nachbarhaus. Von meinem letzten Besuch wusste ich, dass diese Sackgasse in einem schmuddeligen Hinterhof endete – in dem sich nichts verändert hatte, wie ich gleich darauf feststellte, als ich kurz den Strahl der Taschenlampe durch ihn gleiten ließ. Der verbeulte Metallcontainer stand wie gehabt in seiner Ecke, die Häuserfassaden waren unverändert grau und trist, selbst das Dröhnen der Bässe aus dem *Ruthvens* war wie damals als leises Wummern bis hierher zu hören.

Offenbar würden wir das schmale Kippfenster unterhalb der wenig vertrauenerweckenden Feuerleiter als Einstieg benutzen.

»Den Film kenn ich«, raunte ich Julien zu. Ich konnte mir das Grinsen nur schwer verkneifen. Das hier war beinah wie ein Déjà-vu. »Soll ich eine Mülltonne suchen?« Dort, wo beim letzten Mal einige altmodische Modelle dieser Gattung gestanden hatten, waren jetzt vergammelte Kartons gestapelt. Julien bedachte mich mit einem bösen Blick, ehe er sich dem Fenster zuwandte. Als wir damals das *Bohemien* durch eben dieses Fenster gemeinsam verlassen hatten, hatte ich vergessen, ihn vor der Mülltonne zu warnen, mit deren Hilfe ich hineingekommen war. Bei seinem »Kopf voraus«-Abstieg hatte er sie dann auf etwas schmerzhafte Weise »gefunden«. Offenbar trug er mir das ein wenig nach.

Gerade fuhr er mit der Hand am unteren Teil des Rahmens entlang, drückte in regelmäßigen Abständen dagegen, dann ein kurzer harter Schlag, etwas brach mit einem Knacken und er konnte das Fenster öffnen.

»Nach ihnen, ma demoiselle.« Er deutete eine spöttische Verbeugung an, stemmte sich mit dem Rücken gegen die Mauer darunter, verschränkte die Finger ineinander und bot mir seine Hände als Tritt, um mir hinauf- und hindurchzuhelfen.

»Und wenn ich nicht mehr durchpasse?« Plötzlich hatte ich wieder jenes mulmige Gefühl.

»Das wüsste ich.«

»Und wenn doch nicht?«

»Dann gehe ich ab morgen jeden Tag mit dir vor der Schule joggen. – Los jetzt!«

Einen Moment zögerte ich noch, dann legte ich die dunkle Taschenlampe und den Geigenkasten neben ihn auf eine möglichst saubere Stelle des gepflasterten Hofes, trat in seine Hände, stützte mich auf seiner Schulter ab, griff gleichzeitig nach dem Fensterrahmen und stieß mich ab. Julien verpasste mir in derselben Sekunde noch ein wenig zusätzlichen Schwung. Ich war schon halb durch das Fenster hindurch, als mir plötzlich einfiel, dass das altmodische Sofa, das beim letzten Mal meinen Fall gedämpft hatte, weg sein könnte. Doch da war es bereits zu spät. Zu meinem Glück stand es noch immer an seinem Platz.

Julien ließ mir kaum Zeit, meine Glieder zu entwirren und wieder auf die Beine zu kommen, da reichte er mir schon Taschenlampe und Geigenkasten herein. Ich war auf das Sofa geklettert, um ihm beides abzunehmen. Als ich ihm jetzt meine Hand hinstreckte, um ihm meinerseits hereinzuhelfen, schüttelte er nur den Kopf und bedeutete mir, Platz zu machen. Gehorsam trat ich beiseite. Ich hörte ihn draußen einen Schritt Anlauf nehmen, dann tauchte er auch schon in dem Fensterchen auf, stemmte sich gekonnt hindurch, rollte sich in einer fließenden Bewegung auf dieser Seite über das Sofa ab und stand beinah im gleichen Moment bereits wieder auf seinen Füßen. Ich blies mir eine Haarsträhne aus dem Gesicht. Diese Kombination aus Lamia-Eleganz und artistischem Können konnte einen schon manchmal neidisch werden lassen.

Den Strahl wohlweislich auf den Boden gerichtet knipste ich die Taschenlampe an. Auch hier hatte sich nichts verändert: Kisten und alte, ausgemusterte Möbel standen nach wie vor herum. Sogar der Spiegel war noch da.

Julien hatte mir den Geigenkasten aus der Hand genommen und sich auf den hindernisreichen Weg zur Tür gemacht. Ich folgte ihm – und hätte beinah gelacht, als ich mich dabei ertappte, wie ich versuchte möglichst leise zu sein. Nicht dass es sehr wahrscheinlich war, dass sich außer uns noch jemand hier herumtrieb, der uns vielleicht hätte hören können.

Der Gang, der aus dem hinteren Teil des *Bohemien* zur Bühne und dem Zuschauerraum führte, wirkte verglichen mit dem vollgestopften kleinen Raum, in den wir eingestiegen waren, regelrecht kahl. Bei meinem letzten Besuch hatten hier gerahmte Plakate gehangen – eines davon war damals zu Bruch gegangen, als Julien mich mit seiner Hand an meiner Kehle von den Beinen geholt und an die Mauer gedrückt hatte. Jetzt waren die Wände kahl.

Im Durchgang zum Zuschauerraum blieb ich stehen und ließ das Licht der Taschenlampe durch den halbrunden Saal wandern. Plastikfolie. Überall. Die Tische und Stühle, die das Dekorationsteam unter Mr Barrings zusammengestellt hatte, waren ebenso darunter verborgen wie die muskelbepackten Sagengestalten, die an die Wände gelehnt die Logen auf ihren Schultern trugen, der mächtige Kronleuchter mit den unzähligen Facetten oder die ähnlich prächtigen Wandleuchter. Selbst der Boden von Zuschauerraum und Bühne verschwand darunter. Doch abgesehen davon, dass sich jemand die Mühe gemacht hatte, die gläserne Kuppel über uns von altem Vogeldreck und verrotteten Blättern zu befreien, sodass man den schwarzsamtenen Nachthimmel mit seinen Sternen sehen konnte, hatte sich nichts verändert. Es schien beinah, als hätten Mr Brewers Leute die Arbeiten wieder eingestellt, nachdem sie alles unter Plastik begraben hatten.

Julien runzelte neben mir in unübersehbarem Unwillen die Stirn, legte den Geigenkasten auf den Rand der Bühne, durchquerte den Saal und machte sich absolut skrupellos daran, die Planen eine nach der anderen von den Wänden und den Logen herunterzureißen. Ich schluckte. Irgendwie war ich davon ausgegangen, dass wir keine Spuren hinterlassen würden. Auf dem Weg zurück zu mir ging er an den aufeinandergestapelten Stühlen vorbei, holte einen davon unter dem Plastik hervor, stellte ihn auf die Bühne und überwand den knappen Meter dort hinauf mit einem geschmeidigen Satz, ehe er auch mir – erheblich weniger elegant – hochhalf. Er bedeutete mir, die Geige zu nehmen, während er den Stuhl bis ungefähr zur Mitte der vorderen Bühnenhälfte trug, ihn dort abstellte und dann auch die Folie darunter und ein gutes Stück darum herum vom Boden riss. Anschließend förderte er aus seiner Jacke ein knappes Dutzend Teelichter zutage, die er in einigem Abstand auf dem Boden verteilte und anzündete.

»Ma demoiselle.« Mit einer neuerlichen Verbeugung bot er mir den Sitzplatz an. Vorsichtig stieg ich über die Kerzen hinweg und setzte mich. Er schlüpfte aus seiner Jacke und legte sie mir um die Schultern. Seine Finger streiften meine, als er mir den Geigenkasten abnahm.

»Soll ich ...?« Ich flüsterte, ohne zu wissen warum. Fragend hob ich die Taschenlampe. Als Julien nickte, knipste ich sie aus. Schlagartig schien es jenseits der Kerzen noch dunkler zu sein. Ich schmiegte mich tiefer in seine Jacke.

Er brauchte kein Licht, um die Geige und den Bogen aus dem Kasten zu holen. Mit routinierten Griffen spannte er den Bezug des Bogens, hob die Geige unters Kinn, strich prüfend über ihre Saiten, nahm sie wieder herunter und wiederholte das Stimmen, bis er zufrieden war.

Dann begann er zu spielen: kaum hörbar zuerst, nur ein wenig mehr als ein Hauch, der sich langsam, unendlich langsam steigerte – bis der Klang das *Bohemien* erfüllte. Ich saß da und vergaß, wie man atmete.

Er hatte für mich schon vorher gespielt, aber das hier ... war etwas anderes. Julien stand keine Sekunde wirklich still. Es war, als ... würde er eins mit seinem Instrument, der Musik – und mit mir, auch wenn ich nur wie gebannt auf meinem Stuhl saß, denn er löste seinen Blick nicht ein Mal aus meinem, während er um mich herumschritt; mal innerhalb, mal außerhalb des Kreises aus Kerzenflammen. Das polierte Holz der Geige schimmerte bei jeder Bewegung in ihrem Licht. Und die ganze Zeit veränderte sich Juliens Miene, so als habe er nicht nur die Melodien im Kopf, sondern auch jedes Wort der dazugehörigen Texte. Er spielte Stücke, von denen ich nie angenommen hätte, dass jemand ihnen mit einer einzigen Geige so viel Ausdruck verleihen könnte, ja dass man sie mit einer einzigen Geige überhaupt spielen *könnte*. Seine Bewegungen änderten sich, als würde er bei Liedern, die eigentlich Duette waren, die Persönlichkeit wechseln. Seine Finger tanzten über die Saiten. Er brachte die Geige zum Weinen, dass es mir die Kehle zusammenzog, und im nächsten Moment ließ er sie jubilieren, dass ich beinah mitlachen musste. Was er mit der Geige und dem Bogen – und durch sie mit mir – tat, war Magie. Nein, keine Magie: dunkle Hexerei! Seinem Vater vom Teufel persönlich in die Wiege gelegt und an ihn, den Sohn, weitervererbt. Zum ersten Mal konnte ich verstehen, warum man ihn damals *Teufelsgeiger* genannt hatte: Er schlug mich in seinen Bann. Und selbst wenn ich mich ihm hätte entziehen wollen – ich hätte es nicht gekonnt.

Keines der Stücke übernahm er eins zu eins. Manchmal glaubte ich ein Motiv oder eine etwas längere Tonfolge zu erkennen. Doch gleich darauf verwandelte Julien sie wieder zu etwas anderem, Neuem. Er wechselte von Klassik zu Rock, von Modernem zu lang Vergessenem, nahm mich gefangen und ließ mich die Zeit vergessen. Zu Anfang meinte ich, in den Bogenstrichen noch seine Anspannung zu spüren, doch je länger er spielte, umso mehr verlor er sich in der Musik – und entführte mich ebenso in sie.

Nur das letzte Stück erkannte ich eindeutig: *Who wants to live forever?* von Queen. Oder das, was Julien daraus machte. Unendlich süß und sehnsuchtvoll – und zugleich so unendlich traurig, dass ich die Hand nach ihm ausstreckte. Mit jedem Strich seines Bogens war Julien mir am Ende näher gekommen, hatte sich weiter zu mir gebeugt. Jetzt senkte er die Geige. Seine Augen schimmerten im Licht der Kerzen. Noch immer in der einen Hand den Bogen und in der anderen sein Instrument lehnte er sich so dicht zu mir, dass ich seinen Atem spüren konnte. Für eine Ewigkeit, die nicht mehr als Sekunden gewesen sein konnte, verharrte er so. Reglos. Dann glitt sein Mund über meinen. Sacht. Zärtlich. Beinah fragend. Sein Kuss wurde fester, tiefer, ohne dabei auch nur für den Bruchteil eines Herzschlags seine Sanftheit zu verlieren. Als er ihn brach, lehnte er behutsam die Stirn gegen meine. Ich schloss die Augen.

»Si notre amour est un rêve, ne me réveille jamais«, flüsterte er. Seine Lippen streiften meinen Mundwinkel, dann war seine Stirn wieder an meiner. »Versprich es mir. Versprich mir, dass du mich niemals aus diesem Traum wecken wirst.«

»Versprochen«, wisperte ich zurück, ohne die Lider zu heben. »Wenn du mir sagst, was dieser Traum ist.« Es war verrückt, aber ich glaubte sein Lächeln zu spüren.

»Du!«

Von einer Sekunde zur anderen brachte ich keinen Laut mehr hervor. Also nickte ich nur.

»Gut. Denn wenn ich aufwach-« Mit einem Zischen brach er ab.

Seine Berührung verschwand abrupt. Erschrocken öffnete ich die Augen.

»Schnell! Da ist jemand. Kerzen aus!« Er war schon dabei, Geige und Bogen eilig im Kasten zu verstauen.

So rasch ich konnte, tat ich, was er gesagt hatte. Jetzt hörte ich auch etwas. Hastig tastete ich im Dunkeln nach der Taschenlampe. Sie musste irgendwo bei meinem Stuhl liegen.

»Lass sie!« Julien zog mich in die Höhe und zum Rand der

Bühne. Zwei Lichtfinger erschienen auf der anderen Seite des Zuschauerraumes.

»Wer ist da?«, erklang eine Männerstimme.

Für einen Moment war Juliens Hand nicht mehr an meinem Arm. Ich glaubte ihn vor mir als vagen Schatten zu erkennen, als er lautlos von der Bühne sprang. Mein Abgang war weniger geräuschlos, obwohl er mich aufzufangen versuchte. Die Lichtfinger zuckten in unsere Richtung. Einer streifte mich. Julien riss mich hinter dem Bühnenrand in die Hocke.

»He! Stehen bleiben!« Die Stimme eines weiteren Mannes. Schritte wurden laut. Das Licht kam auf uns zu.

Ich hörte Julien neben mir unterdrückt fluchen, dann zerrte er mich rasch den finsteren Gang entlang zu unserem Einstieg. Blind stolperte ich hinter ihm her.

»Stehen bleiben!«

An Juliens Hand schlängelte ich mich zwischen den Möbeln hindurch bis zu dem alten Sofa. Er stieg darauf, zog mich nach und drückte mir in derselben Bewegung den Geigenkasten in die Arme. Gleich darauf hatte er sich schon durch das Fenster nach draußen geschoben und zischte: »Komm schon!« Ich stieß die Geige vor mir her im Vertrauen darauf, dass er sie auffangen würde, dann zwängte ich mich selbst durch das Fenster.

»Ihr sollt stehen bleiben!«

Julien packte mich und zog. Im letzten Moment schaffte ich es, die Arme um seinen Hals zu schlingen, hing für einen Augenblick an ihm und hatte im nächsten wieder Boden unter den Füßen. Licht drang hinter mir aus dem Fenster. Er bückte sich hastig nach der Geige, dann rannten wir den Durchgang hinunter.

»Stehen bleiben!«, brüllte einer der Männer hinter uns her und fluchte gleich darauf heftig.

Auf der Merillstreet drängte Julien mich nach rechts, weg

vom *Bohemien* und direkt in den Schatten der nächsten Treppe. Keine Sekunde zu früh, denn gleich darauf flog die Eingangstür des alten Theaters auf und einer der Männer stürmte heraus. Ich hörte ihn wütend Verwünschungen ausstoßen und hielt den Atem an, als seine Schritte unvermittelt auf dem Bürgersteig laut wurden. Doch kurz darauf stieg er die Treppe wieder hoch, als sein Kollege ebenfalls am Eingang auftauchte. Offenbar wurden sie nicht gut genug bezahlt, um Einbrecher auch außerhalb des *Bohemien* zu verfolgen, denn die Tür schloss sich wieder.

Für einen Augenblick kauerten wir noch nebeneinander, um sicherzugehen, dass sie nicht doch auf die Jagd nach uns gehen würden. Dann richtete Julien sich auf, zog mich mit empor und legte gleichzeitig den Arm um meine Schultern. Als wären wir die personifizierte Unschuld, schlenderten wir dann an der Treppe des *Bohemien* vorbei zur Vette zurück, den Geigenkasten, wie auf dem Weg hierher, zwischen uns verborgen. Das Einzige, was uns hätte verraten können, waren meine noch immer etwas raschen Atemzüge.

Wir waren kaum außer Sichtweite, da stieg das Kichern in mir auf. Sosehr ich mich bemühte: Es gelang mir nicht wirklich, es zu unterdrücken. Ich schaffte es mit Mühe und Not bis auf den Beifahrersitz der Corvette, dann prustete ich los. Julien stieg auf seiner Seite ein. Sekundenlang sah er mich tadelnd an – dann brach er ebenfalls in Gelächter aus. Was mir nicht gerade half mich zu beruhigen. Zumindest nicht für mehr als ein oder zwei Atemzüge, ehe ich wieder anfing.

Das alles war so ... absurd. Ich hing in meinem Sitz und konnte einfach nicht aufhören zu lachen; selbst als mir am Ende die Seiten wehtaten. Julien ging es nicht viel besser. Auch wenn er dabei deutlich würdevoller war als ich.

»Ich hätte die Planen vielleicht hängen lassen sollen. Das hätte die Lautstärke der Geige ein wenig gedämpft«, meinte er irgendwann trocken, sichtlich darum bemüht, wieder ernst zu werden. Ich schaffte es ungefähr eine halbe Minute, nicht zu lachen, bevor ich erneut losprustete. Auch um Juliens Mund zuckte es schon wieder. Er warf mir noch einen strafenden Blick zu, als wäre das alles einzig und allein meine Schuld, ehe er losfuhr.

Drei Ampelkreuzungen weiter erlosch meine Heiterkeit schlagartig. In Juliens Jackentasche summte ein Handy auf – der Jacke, die ich immer noch trug. Wir tauschten einen Blick, dann zog ich es hervor und gab es ihm. Eine SMS. Er machte sich nicht die Mühe ranzufahren, um sie aufzurufen und zu lesen. Ich musste nicht fragen, was ihr Inhalt war. Dass seine Miene von einer Sekunde zur anderen ernst und hart wurde, sagte mir mehr als genug.

»Fahr mich nach Hause.« Ich versuchte ruhig zu klingen. Es gelang mir nicht ganz. »Dort bin ich sicher genug.«

Erst nach einem Zögern schob Julien das Handy wieder zu und nickte.

Er tat mehr, als mich nur nach Hause zu fahren: Er stieg mit mir zusammen aus, ging mit mir hinein, kontrollierte jeden einzelnen Raum und vergewisserte sich, dass jedes Fenster und jede Tür richtig abgeschlossen war. Erst dann ließ er mich allein. Und ich war mir sicher, dass er vor der Haustür wartete, bis ich sie hinter ihm verriegelt hatte, ehe er zur Vette ging und sich ein weiteres Mal auf die Jagd machte – eine Jagd, die mit nahezu hundertprozentiger Sicherheit ebenso erfolglos enden würde wie die vorherige.

Und erneut wünschte ich Bastien jede nur erdenkliche Krankheit an den Hals, die ein Lamia möglicherweise bekommen konnte, während ich in den ersten Stock hinaufstieg, mich für die Nacht fertig machte und in mein Bett kroch.

Ich war müde genug, um irgendwann tatsächlich einzuschlafen. Doch wie jede Nacht, in der Julien nicht bei mir war, beherrschten Blut, Schmerz und Angst meine Träume.

Es kam ihm wie Stunden vor, bis er Kathleen endlich gefunden hatte. Als er das Haus ihrer Großmutter kurz nach Sonnenaufgang erreicht hatte, war sie nicht da gewesen. Im Schatten des Carports hatte er einige Zeit auf sie gewartet. Dann war er auf die Suche gegangen. Sein erstes Ziel: der Rummel. Angespannt hatte er sich zwischen den Besuchern hindurchgeschoben, jede Sekunde in der Erwartung, dass der Schmerz in seinem Kiefer aufs Neue erwachen würde. Doch außer einem kaum wahrnehmbaren Ziehen war da nichts gewesen. Dass er von den beiden Burschen getrunken hatte, die ihn mit ihrem Freund zusammen in der Stadt angegriffen hatten, half ihm offenbar, das Gedränge und den Geruch des Blutes in den Adern der Menschen hier besser zu ertragen.

Er schob die Hand in die Hosentasche, um sich zu vergewissern, dass das Foto noch da war.

Als er aus seinem Blutrausch wieder zu sich gekommen war, hatten die beiden Burschen bleich und reglos am Boden gelegen – bewusstlos, aber noch am Leben. Der dritte war verschwunden. Der Erste der zwei hatte sich bereits wieder schwach zu regen begonnen, während er sie in einen Hauseingang gezerrt hatte. Er konnte nur darauf hoffen, dass ihnen niemand glaubte, falls sie tatsächlich behaupten würden, von einem Vampir angegriffen worden zu sein.

Das Foto, das er nach kurzer Suche in der Tasche des zweiten Kerls gefunden hatte, war auf irgendeinem vermutlich arabischen Flughafen aufgenommen. Dafür zumindest sprachen die Schriftzeichen an diversen Wandtafeln und die Palmen, die in der weitläufigen Halle in die Höhe ragten, ebenso wie die Kleidung einiger Personen. Es zeigte ihn, die Haare nahezu stoppelkurz geschnitten, ganz in Schwarz gekleidet, die Augen hinter einer dunklen Brille verborgen, mit einem abgewetzten Seesack über der Schulter. Wie es schien, war es heimlich, oder zumindest von ihm unbemerkt, gemacht worden. In den letzten Stunden hatte er immer wieder darauf gestarrt in der Hoffnung, es würde irgendetwas in seinem Gedächtnis wachrütteln. Vergeblich. Der Mann auf dem Bild hätte ebenso gut ein anderer sein können. Aber es war immerhin ein Hinweis – auch wenn er ihn nicht entschlüsseln konnte.

Beruhigt, dass es noch da war, zog er die Hand wieder aus der Hosentasche und trat am Rand der Menge einen Schritt weiter in den Schatten einer der Buden. Je höher die Sonne stieg, desto grausamer brannten seine Augen. Er musste sie immer stärker zusammenkneifen, um den Schmerz halbwegs erträglich zu halten. Vielleicht sollte er für die wenigen Wolken dankbar sein, die sich immer wieder vor sie schoben und ihm kurzfristig ein wenig Erleichterung verschafften.

Dreimal hatte er den ganzen Platz abgesucht, ehe er Kathleen in Begleitung zweier Männer entdeckt hatte. Der eine schlank und drahtig mit fahlblondem Haar, der andere ein breitschultriger Hüne von sicherlich knapp zwei Metern, der seine dunkle Mähne zu einem Pferdeschwanz zusammengebunden trug.

Jetzt stand sie ganz vorne unter den Zuschauern und beobachtete, wie der Blonde der beiden gerade auf das Hochseil hinaustrat, das in vielleicht zwanzig oder fünfundzwanzig Metern zwischen zwei Gittermasten gespannt war. Mithilfe einer Balancierstange überquerte er es bis zur Mitte, wo er sich für einige Augenblicke im Spagat darauf niederließ, ehe er seinen Weg bis zum Ende fortsetzte und sich mit einer schneidigen Verbeugung für den Applaus bedankte.

Seine Hände waren schweißnass, während er beobachtete, wie der Mann dort oben Trick um Trick zeigte, einer gewagter als der andere, wobei fetzige Rockmusik aus mächtigen Boxen im Schatten der Masten seine Vorstellung untermalte. Das alles fühlte sich unendlich vertraut an. Nicht die Musik. Nicht die Gittermasten, die durch moderne Hydraulik aufgerichtet wurden. Nicht die sandgefüllten Container, die die Abspannseile hielten, die das Hochseil gegen zu starkes Ausschwingen sicherten. Noch nicht einmal die Balancierstange. – Nur der Anblick eines Mannes so hoch oben.

Doch der Mann dort oben bewegte sich ... falsch ... steif ... ohne jene fließende Eleganz ...

»Du willst tatsächlich mit brennenden Fackeln jonglieren und dabei über das Seil laufen? Du bist verrückt! Papa bringt dich um.«

»Nicht verrückter als du mit deiner Geige und deinen Rückwärtssalti.«

Ein Zittern saß in seinem Magen. Er presste die Handfläche gegen die Stirn, schloss die Augen, um dem wiedererwachenden Schmerz dahinter zu begegnen. Schreie und ein zweifaches Krachen ließen ihn sie wieder aufreißen. Das Einrad, mit dem der Mann zuletzt auf das Seil gegangen war, war verschwunden. Ebenso die Balancierstange. Die Arme zu beiden Seiten ausgestreckt kämpfte er darum, sein Gleichgewicht ohne sie wiederzufinden – und fiel. Stimmen kreischten. Er warf sich ans Seil, versuchte sich noch mit der Achsel einzuhaken, stieß einen Schrei aus, der Arm löste sich, er fiel weiter, hing nur noch mit einer Hand am Seil ...

Ein peitschender Laut; der Aufschrei einer Menge; ein dumpfer Aufprall ... »Ist er tot?« – »Das überlebt keiner.« *Der Boden schien unter ihm nachzugeben, er hielt sich an der hölzernen Budenwand fest.* »Das überlebt keiner.«

Kathleen hatte entsetzt die Hand vor den Mund geschlagen. Mit weit aufgerissenen Augen starrte sie in die Höhe, totenblass, wo der Mann an einer Hand sacht hin und her schwang, den anderen Arm schlaff an der Seite. Anscheinend nicht in der Lage, sich wieder aufs Seil zu ziehen. Der Hüne zerrte ein Handy aus der Tasche, wählte hastig eine Nummer, telefonierte angespannt mit irgendjemandem, schüttelte immer wieder den Kopf.

Langsam bewegte er sich am Rand der Menge entlang, den Blick unverwandt nach oben gerichtet.

Der Hüne legte auf. »Sie werden nicht rechtzeitig da sein«, *hörte er ihn.*

»Das überlebt keiner.«

»*Er muss sich nur lang genug festhalten ...*« *Kathleens Stimme klang hilflos.*

»*Das schafft er nicht. – Verdammt, das ist doch der Grund, wes-*

halb wir hier sind und nicht in Vegas. Stephen ist vor Kurzem in eine Messerstecherei geraten und wurde an der Schulter verletzt. Er hatte noch immer Probleme mit der Stange. Deshalb hat der Veranstalter in Vegas abgesagt. Weil keine Versicherung gezahlt hätte, wäre was passiert. Ich habe ihm gesagt, er soll nicht aufs Seil gehen. – Warum müssen sich diese Idioten auch alle an dieser verfluchten Menschenjagd beteiligen, statt ihren Job zu machen.«

»Haben wir denn nichts, was seinen Aufprall mildern könnte?«

Niedergeschlagen schüttelte der Hüne den Kopf. »Nichts, was wir hierhaben, reicht, um einen Aufprall aus über zwanzig Metern abzufangen.«

Mit einem erstickten Laut drückte Kathleen die Hand noch fester gegen die Lippen.

Hieß das, er bedeutete ihr etwas? Waren sie ... ein Paar?

»Das überlebt keiner.«

In der Höhe versuchte der Mann sich aufs Seil zurückzuziehen. Erfolglos. Offenbar konnte er den freien Arm nicht richtig gebrauchen. Die Menge schrie abermals auf, als er zurückpendelte.

Er bewegte sich wie ferngesteuert. Niemand beachtete ihn, als er an den Mast trat, der ihm am nächsten war, und Schuhe und Strümpfe auszog. Über dem Gitter hingen zwei aufgewickelte Seile. Er griff sich das längere der beiden, schlang es sich quer über die Schulter. In einem großen Karabiner direkt daneben hing ein gutes Dutzend kleinerer. Er hakte zwei los und steckte sie in die Hosentasche. Dann kletterte er Sprosse um Sprosse den Mast hinauf. Keiner sah zu ihm her. Erst als er das Hochseil erreichte und auf die kleine Plattform trat, wurden in der Tiefe überraschte Rufe laut.

Er blickte nicht hinunter. Einen Moment schloss er die Augen, atmete tief durch. Seine Hand stahl sich zu seiner Brust, als suche sie dort etwas. Doch was auch immer es war: Sie fand es nicht. Er ließ sie sinken, rückte stattdessen das Seil über seiner Schulter zurecht und setzte langsam den Fuß nach vorne. Die Rufe unten wurden lauter.

»Kommen Sie da runter, Mann!«, brüllte jemand.

Etwas wie ein warmer Schauer durchrann ihn, brachte eine seltsam vertraute Spannung in seinem Körper mit sich. Der zweite Fuß. Die Augen auf die Stelle gerichtet, wo die Hand des anderen sich festklammerte, ging er los. Die Arme ganz leicht zur Seite hin gehoben, um das Gleichgewicht einfacher zu halten. Gelassen und angespannt und zugleich entspannt und konzentriert. Es fühlte sich an, als habe er sein ganzes Leben nichts anderes getan. Das Seil sprach zu ihm, während er Schritt um Schritt weiterbalancierte; von dem Wind, der es ganz leicht zum Schwingen brachte; von der Angst des Mannes, der sich verzweifelt und mit schwindenden Kräften an es klammerte. So verrückt, so unglaublich es schien: Das hier war für ihn so normal wie atmen.

Unter seinen nackten Fußsohlen bebte und sang das Seil. Schritt. Schritt. Schritt. Am Boden war es bis auf das Geschrei eines Kleinkindes nahezu totenstill. Die Sonne hatte Erbarmen mit ihm und verbarg sich hinter einer besonders großen Wolke. Direkt neben dem anderen blieb er stehen, hockte sich hin. Erst jetzt schaute er hinab, ohne tatsächlich in die Tiefe zu sehen. Ganz schwach hing der Geruch von Blut in der Luft. Der Mann starrte fassungslos zu ihm empor.

»Wer ...?« *Das Wort klang mehr wie ein Stöhnen.*

Er nahm das Seil von der Schulter, öffnete es, ließ die Enden zu beiden Seiten des Hochseils hinunterfallen. »Sagen wir: ihr Schutzengel. – Können Sie sich noch zwei Minuten festhalten?«

»Ich ... glaube ... kaum.«

»Ach was. Kommen Sie. Was sind schon läppische zwei Minuten.« *Mit einem halben Knoten sicherte er es dagegen, einfach in die Tiefe zu rutschen, wenn er losließ.* »Ich möchte nicht umsonst hier hochgestiegen sein. Außerdem will Sie da unten eine junge Dame in einem Stück zurück. – Ich komme zu Ihnen runter. Könnte ein bisschen wackeln. Also: festhalten.«

»Was? – Sie sind ... wahnsinnig.«

»Das überlebt keiner.«

»Kann sein.« *Langsam, um das Seil nicht zu sehr zu erschüttern,* setzte er sich seitlich darauf, packte es vor und hinter sich, drückte sich ein klein wenig in die Höhe, beugte sich vor und verlagerte seinen Schwerpunkt, bis das Seil in seinen Kniekehlen war. »Festhalten.« Rückwärts ließ er sich nach unten kippen.

Die Menge schrie auf.

Kopfüber am Seil löste er die Hände gerade noch rechtzeitig, um den Mann am Gürtel zu packen und zu verhindern, dass der Ruck den anderen den Halt kostete. »Alles klar. Ich hab Sie.« Das Hochseil grub sich hart in seine Kniekehlen.

Sekundenlang sog der andere nur keuchend die Luft ein, bevor er ein schwaches Nicken zustande brachte.

Der Geruch nach Blut war so dicht bei dem Mann stärker. »Wenn ich Sie sichern will, muss ich Sie noch mal loslassen.«

Zögern, dann wieder ein Nicken. Nach einem Augenblick nahm das Gewicht in seinen Armen ein klein wenig ab und nach einem weiteren wagte er es, den anderen loszulassen.

Er arbeitete schnell und doch ohne Hast. Hand über Hand holte er ein Ende des Seiles empor. Schlang es dem Mann mit einem Knoten, der sich auch unter Belastung nicht weiter zusammenziehen und ihm am Ende die Rippen brechen würde, eng um die Brust. Ein Zug am anderen Ende löste den ersten Knoten. Er benutzte seinen eigenen Körper als Gegengewicht, um das Seil zu straffen, den anderen ein Stück näher an das Hochseil heranzuziehen und sich dabei so weit in die Höhe zu hangeln, um es selbst wieder mit den Händen erreichen zu können. Der Knoten, zu dem er das lose Ende diesmal schlang, würde sich unverrückbar zuziehen, sollte von der anderen Seite mehr Zug darauf kommen. »Gesichert.«

»Das überlebt keiner.«

Der andere war klug genug, die Hand nicht vom Hochseil zu lösen, auch wenn er vor Erleichterung regelrecht zusammensackte.

»Danke.«

»Danken Sie mir, wenn Sie wieder am Boden sind.«

»Das überlebt keiner.«

»Wird Ihr Freund dort unten begreifen, dass er Sie ablassen soll, *auch wenn man es ihm nicht explizit sagt? – Es sei denn, Sie wollen die Aussicht noch ein wenig genießen, bis die Feuerwehr hier eintrifft. – Oder wen auch immer er vorhin angerufen hat.«*

»*Russ wird es begreifen.*«

»*Gut.« Er schob die Hand in die Hosentasche. Beinah wäre einer der beiden Karabiner herausgerutscht und in die Tiefe gefallen. Er erwischte ihn im letzten Moment. Doch als er nach dem zweiten tastete, musste er feststellen, dass er ihn anscheinend bereits vorher unbemerkt verloren hatte. Also nur mit einem. Wie zuvor zog er sich zum Hochseil hinauf, klinkte den Karabiner ein und holte die lose Seite des Seils hindurch. Er musste die Augen zusammenkneifen, als die Sonne für einen kurzen Moment hinter der Wolke hervorkam. Zum Glück verschwand sie gleich wieder hinter der nächsten. Vielleicht würde es demnächst regnen. Solange es erst anfing, wenn sie beide unten waren, hatte er nichts dagegen einzuwenden. Die Sonne wäre so ein Stück länger von dem Grau der Wolken verborgen.*

Seine Hände schlangen den Knoten wie von selbst, als würden sie sich an seiner statt daran erinnern. Mühelos ließ er sich wieder zurückgleiten, steckte zwei Finger in den Mund, pfiff gellend und gab dem freien Ende Schwung. Der Mann dort unten, Russ, zögerte einen Moment. Dann hatte er verstanden, packte es, sicherte es, indem er es an Schulter und Rücken vorbei zu seiner Hüfte führte, und zog an. Zwei weitere Männer, die wohl auch zum Rummel gehörten, fassten das Ende hinter ihm, anscheinend bereit, sich notfalls mit hineinzustemmen.

Neben ihm hatte der andere das Hochseil wieder fester ergriffen. Wortlos zog er sich abermals empor, löste den Knoten, mit dem er ihn gesichert hatte und hielt einen Moment lang mit seinem eigenen Gewicht dagegen, bis die Männer unten erneut Zug auf das Seil gebracht hatten. Langsam ließ er schließlich los, pendelte zurück in die Vertikale und breitete die Arme in einem wortlosen »er gehört euch« aus. Stück für Stück begann das Seil durch den Karabiner zu gleiten. ... ein dumpfer Aufprall ... In seinem Magen zog sich et-

was zusammen. »Das überlebt keiner.« Plötzlich waren seine Hände wieder schweißnass. Er musste hier runter. Einen Moment schloss er die Augen, kämpfte das Zittern nieder, das von einer Sekunde auf die andere in seinem Inneren saß. Wischte sie an seinen Hosen trocken, bevor er sich zurück aufs Seil zog, die Füße wieder darauf brachte, nach und nach endgültig aufstand. Jedes Nachlassen der Männer am Boden war ein Beben unter seinen nackten Sohlen. Vorsichtig trat er über den Karabiner hinweg, setzte sich bedächtig zum anderen Ende des Seils in Bewegung. »Das überlebt keiner.« Am Boden brandete Jubel auf. Schritt. Schritt. Schritt. In seinem Kopf saß ein dumpf pochender Schmerz, der mit jedem Herzschlag schlimmer wurde. Er musste die Arme weiter ausbreiten, um sein Gleichgewicht halten zu können. Endlich. Die Plattform. Einen Moment klammerte er sich mit geschlossenen Augen an dem Geländer zu beiden Seiten fest. Erst nach mehreren Atemzügen wagte er, sie wieder zu öffnen. In früheren Zeiten war er an den Spannseilen hinabgerutscht. Jetzt stieg er die Mastsprossen hinunter. Seine Hände zitterten. Unten hatte die Menge sich um den anderen gedrängt, jemand rief nach einem Arzt. Er verpasste beinah die letzte Sprosse, wäre um ein Haar gefallen. Der Boden fühlte sich seltsam weich an unter ihm. Niemand schenkte ihm Beachtung. Er war froh darüber. Das Pochen in seinem Kopf hatte sich zu einem quälenden Hämmern gesteigert. Er bewegte sich, ohne nachzudenken. Weg von der Menge, den Menschen. Weg! Ein gelbes Absperrband. Er tauchte darunter hindurch. Weg! Schotter grub sich in seine nackten Sohlen. Beinah wäre er über ein dickes, schwarz isoliertes Kabel gestolpert, das mit blauem Klebeband zwischen zwei Latten auf dem Boden festgetapt war. Im letzten Moment fing er sich an einer mit schreiend bunten Graffiti besprühten Holzwand ab. Irgendwo über ihm zischte Druckluft. In seinem Kopf war das Hämmern qualvoller geworden. Er presste die Handfläche gegen die Stirn, hielt sich mit geschlossenen Augen an einer metallenen Stützstrebe fest. Der Schmerz wühlte sich immer tiefer. Das scharfe Schnalzen, mit dem ein Spannseil nachgab; ein anderer peitschender Laut; der Aufschrei einer Menge; ein dumpfer Aufprall ... Stille. Menschen, durch die er sich gewaltsam hindurchdrängte. Murmeln. Rufe. »Ein Arzt! Schnell, ein Arzt!« – »Ist er tot?« – »Das überlebt keiner.« Männer und Frauen, die gaffend die Hälse reckten. Ihm den Weg versperrten ... den Weg zu ... zu ... *Irgendetwas zog seine Kehle zusammen, nahm ihm den Atem, bis er keuchte.*

Eine Gestalt in einem Krankenhausbett. Weiße Laken. Verbände. Schienen, um gebrochene Knochen zu richten. Überall. Die Fenster verhängt. Vorgeblich, um Gaffer fernzuhalten. Bangen und Hoffen. Stunde um Stunde um Stunde.

»Ben?«

Qualvolles Stöhnen. Schwarze Augen. Augen, die eigentlich grau sein sollten. Fänge statt Zähne. Die Schreie einer Krankenschwester. »Hör auf! Du bringst sie um! Hör auf!« Dunkles, wahnsinniges Knurren.

»Ben.«

Erschrocken hob er den Kopf. Cathérine. Sie stand nur ein paar Meter von ihm entfernt auf einem schmalen Schotterweg. Warum lag er auf den Knien? Zögernd machte sie einen Schritt auf ihn zu. Sie hielt seine Schuhe und Strümpfe in der Hand. Irgendwie benommen und orientierungslos sah er sich hastig um. Blätter, die der Indian Summer in unzählige Schattierungen von Gelb, Orange und Ocker getaucht hatte, lagen in einer dicken Schicht unter einer nicht ganz mannshohen Hecke am Boden. Sie begrenzte den Rummel wohl auf dieser Seite. Hinter ihm ragten bunt besprühte Rückwände mehrere Meter in den Himmel. Gelbes Absperrband war zwischen den metallenen Stützstreben hindurchgezogen und verkündete, dass hier das »Betreten verboten« war. An einigen Stellen war es heruntergerissen und flatterte in den Böen, die immer wieder über den Weg strichen. Zwischen den Steinen lagen die Reste von Papiertüten und Losschnipseln. Schwere schwarze Kabel zogen sich über den Schotter zu einem Sicherungskasten, auf dem unübersehbar ein Hochspannungszeichen prangte.

Abgesehen von dem leisen Zischen der Druckluft und dem Dudeln von Musik, mit der etwas in ihm ein altes Karussell mit Holzpferden verband, war es verwirrend ruhig. Sie mussten irgendwo hinter Spiegelkabinett und Geisterbahn sein. Er hatte keine Ahnung, wie er hierhergekommen war.

»Ben?«

Cathé... Kathleen machte einen weiteren Schritt auf ihn zu, zögernd, vorsichtig, wie man sich einem wilden Tier nähert. Er verzog bitter den Mund. Eine Hand an der Stützstrebe neben sich stand er langsam vom Boden auf.

»Ich tue dir nichts.«

Die Art, wie sie fast trotzig die Schultern ein kleines Stück zurücknahm, hatte etwas seltsam Vertrautes.

»Was machst du hier? Ich habe dich überall gesucht.«

»Das tun auch andere.«

Sie kam noch näher, blieb eine gute Armlänge von ihm entfernt stehen. »Du hast Stephen das Leben gerettet.«

Als er schwieg, sog sie für einen winzigen Moment die Unterlippe zwischen die Zähne, ehe sie die Hand hob. »Ich hab dir deine Schuhe gebracht.«

»Danke.« Er nahm sie ihr ab, lehnte sich gegen die Stützstrebe und zog sie an.

Kathleen ließ ihn nicht aus den Augen.

»Stephen sagt, er hat es noch nie erlebt, dass sich jemand so auf einem Hochseil bewegt wie du. Er glaubt, dich schon mal irgendwo gesehen zu haben. – Wer bist du?«

»Das weißt du doch: Der Freak, der dich gebissen und dein Blut getrunken hat. – Du solltest zu deinem Freund zurückgehen.« Er stieß sich von der Strebe ab.

»Sie haben ihn ins Krankenhaus gebracht. Die Wunde an seiner Schulter ist unter der Belastung wieder aufgebrochen. Außerdem hat er vermutlich einen Schock. – Er meinte, du würdest wohl glauben, dass er und ich zusammen wären. Wir sind gute Freunde. Mehr nicht.« Scharfe Falten erschienen auf ihrer Stirn. Sie trat ganz dicht vor ihn, sah forschend zu ihm auf. »Grau«, murmelte sie dann erstaunt.

»Was?«

»Deine Augen. Sie sind grau. Bisher waren sie schwarz. Und das waren keine Kontaktlinsen. – Wer bist du?«

Leise und hart lachte er auf. »Wenn ich das wüsste.« Mit einer scharfen Geste verhinderte er, dass Kathleen etwas sagen konnte. »Vergiss es!« Er machte einen Schritt von ihr weg. »Und vergiss, dass du mich jemals gesehen hast. Ich verschwinde aus deinem Leben, so wie du es gestern gewollt hast. Ich bin nur zurückgekommen, um mich zu vergewissern, dass ich dich nicht angesteckt habe.«

»Angesteckt? Womit?« Anscheinend ohne es zu merken, wich sie ein kleines Stück zurück.

»Mit dem, was ich bin?«

»Mit dem ... Und was bist du?«

»Du hast es doch selbst gesagt. Ein Vampir.«

»Ein Vamp–« Sie riss die Augen auf. »Es gibt keine Vampire«, sagte sie dann bestimmt.

»Heute Nacht hast du mich noch ...«

»Ja, ich weiß. Aber das war ...« Entschieden schüttelte sie den Kopf. »Es gibt keine Vampire. Vampire sind Horrorgestalten, Ausgeburten der Fantasie. Sie existieren nicht wirklich. Gut, vielleicht gibt es Menschen, die sich für Vampire halten. Und wenn du einer von ihnen bist, dann ... dann musst du zu einem Arzt, damit der dir hilft diese Wahnvorstellung loszuwerden. Aber damit kann man einen anderen nicht anstecken wie mit einer Krankheit.«

»Ich war in einem Film. Da wurde es mit dem Biss übertra–«

»In einem Film?« Aus ihrem Tonfall sprach pure Verblüffung. »Du glaubst dem, was dir in einem Film erzählt wird? – Lieber Himmel, von welchem Stern kommst du?«

Er starrte sie an. Das alles war irgendwie ... lächerlich. Lächerlich und vollkommen absurd. Bedächtig holte er Luft und nickte dann. »Nachdem es dir ja offensichtlich gut geht ...« Zögernd musterte er sie.

»Es geht mir gut. Keine Sorge.«

»... dann werde ich wohl jetzt endgültig tun, was du heute Nacht wolltest: aus deinem Leben verschwinden.«

Ihre Hand auf seinem Arm verhinderte, dass er sich abwandte. Die Berührung war schmerzhaft zart. »Du hast Stephen das Leben gerettet. Vielleicht ... Er und Russ kennen ein paar Leute, die ... Vielleicht können sie dir ja helfen ...«

»Wobei? Die ›Wahnvorstellung‹ loszuwerden, ein Vampir zu sein? Oder einfach nur aus dieser Gegend abzuhauen? – Dein Angebot ist freundlich, aber ich denke, ich komme allein klar.« Er streifte ihre Hand ab, wandte sich zum Gehen und erstarrte mitten in der Bewegung.

Einige Meter hinter ihm standen fünf junge Männer. Alle in die gleichen schwarzen Lederjacken gekleidet. Einer von ihnen ließ gerade ein Handy sinken, nur um hastig auf der Tastatur herumzutippen. Ein anderer nahm von einem seiner Freunde etwas entgegen, was wie ein weiterer Abzug des Fotos aussah, das in seiner Hosentasche steckte. Er schloss die Hand zur Faust. Mit dreien dieser Sorte war er fertig geworden, aber mit fünf? Und selbst wenn: Wollte er wirklich, dass Kathleen sah, wie er am Ende wieder die Kontrolle verlor und einem der Kerle die Fänge in den Hals schlug? Die Antwort war eindeutig: Nein! Fluchend drehte er sich um, packte sie am Arm und zerrte sie mit sich. Die ersten Schritte war sie zu verblüfft, um sich zu wehren, doch dann stemmte sie sich gegen seinen Griff. Ein rascher Blick über die Schulter; die Typen folgten ihnen. »Sorgt dafür, dass er nicht wieder auftaucht.« Er zog sie weiter, ging schneller.

»Verdammt, was soll das?« Empört riss sie an seiner Hand, konnte sich aber nicht befreien.

»Offenbar haben mich noch ein paar andere außer dir gefunden.«

Auch sie warf einen hastigen Blick hinter sich. »Das kannst du nicht wissen.«

»Ach? Und weshalb folgen sie uns dann?«

»Vielleicht wollen sie dir zu deiner Heldentat auf dem Seil gratulieren?« Abermals versuchte sie loszukommen.

Spöttisch schnaubte er. »In der Stadt bin ich heute Nacht an drei Burschen geraten, die meinten, ich sähe aus wie jemand, den ein ›Freund‹ von ihnen sucht. Und dass ich diesem Freund einiges ›wert‹ sei. Sie hatten ein Foto von mir dabei und wollten mich mit der Hilfe von Ketten und einem Messer dazu überreden, mit ihnen zu kommen. – Scheint so, als gäbe es außer dem Vater, der den Schänder und Mörder seiner Tochter tot sehen will, möglicherweise noch jemanden, der ein Kopfgeld auf mich ausgesetzt hat. Vielleicht tue ich den freundlichen jungen Herren hinter uns unrecht, aber ich werde nicht stehen bleiben, um sie zu fragen, ob sie sich gleich beide Kopfgelder verdienen wollen.«

Er duckte sich mit ihr unter einem unversehrten Stück Absperrband hindurch und zog sie den schmalen Durchgang zwischen der Hecke und den Toilettenhäuschen entlang.

»Und was habe ich damit zu tun?«

»Sie haben dich mit mir zusammen gesehen. Und sogar zusammen fotografiert, wenn ich mich nicht täusche.«

»Und weiter?«

»Es kann gut sein, dass sie sich jetzt auch für dich interessieren.«

»Nach dem Motto: Mitgefangen, mitgehangen, oder was? Das ist paranoid. – Lass mich los, verdammt.« Sie versuchte ihre Finger unter seine zu schieben, um seinen Griff zu lösen. Die Schritte der Typen kamen auf dem Schotter unüberhörbar näher.

»Ich werde nicht riskieren, dass dir meinetwegen etwas zustößt. Deshalb kommst du mit.«

»Ich will aber nicht mitkommen.«

»Das interessiert mich nicht.«

»So was nennt man Entführung«, zischte sie und zerrte erneut an seinem Griff.

»Du kannst gerne schreien.« Um ein Haar hätte sie sich tatsächlich freigewunden. Er packte fester zu.

Sie holte wahrhaftig Luft. Doch zu seiner Verblüffung klappte sie den Mund gleich wieder zu. Aus welchen Gründen auch immer sie für den Moment darauf verzichtete, den gesamten Rummel zusammenzubrüllen: Er war ihr dankbar dafür.

»Und wie lange gedenkst du, mich gegen meinen Willen mitzuschleifen?« Auch wenn sie auf das Schreien verzichtete, wütend war sie nach wie vor.

»Bis ich sicher bin, dass du nicht – oder nicht mehr – in Gefahr bist.«

»Geht das vielleicht ein klein wenig genauer?«

»So lange, bis ich weiß, von wem diese Fotos stammen und warum er diese Typen dafür bezahlt, mich zu finden und zu ihm zu bringen. – Dir wird nichts geschehen. Du hast mein Wort.«

»Ja klar, bis zu deinem nächsten Vampiranfall. Vielleicht wäre ich bei den Typen hinter uns sicherer«, schnaubte sie verächtlich.

»Ich werde nicht noch einmal die Kontrolle verlieren!« Allmählich stieg auch in ihm Ärger auf. Möglich, dass er ihr Misstrauen verdient hatte, trotzdem wollte er nicht mehr, als sie beschützen. Und wenn es sein musste, würde er Mittel und Wege finden, um sicherzustellen, dass er selbst für sie nicht zur Gefahr wurde. Ihr Hohn war vollkommen unangebracht.

Der Pfad machte einen scharfen Knick nach rechts. Doch statt ihm zu folgen, zwängte er sich mit ihr links unter den Stützen einer Achterbahn hindurch, duckte sich dahinter in den Schatten einer Plane und zog sie neben sich in die Hocke. Den Gedanken, ihr eine Hand auf den Mund zu legen, um zu verhindern, dass sie doch noch schrie, verwarf er. Er musste einfach darauf vertrauen, dass sie es auch weiter nicht tat. Ratternd schoss über ihnen eine Wagenkette in die Tiefe. Ihre Insassen kreischten. Die Schritte ihrer Verfolger erklangen auf dem Schotter, verharrten. Vorsichtig spähte er am Rand der Plane vorbei.

Die Männer standen an der Biegung. Offenbar unentschlossen, weil ihre Opfer auf dem Stück dahinter nicht mehr zu sehen waren. Einer ging gerade einige Schritte weiter, kam aber gleich darauf kopfschüttelnd zurück.

Er spannte sich, als ein Zweiter den Blick in ihre Richtung wandte, ihn prüfend zwischen den Streben umher und über die Plane wandern ließ. Der, der zuvor vermutlich ein Foto von ihnen gemacht hatte, zückte erneut sein Handy, wählte eine Nummer. Er musste offenbar nicht lange warten, bis sich jemand am anderen Ende meldete, denn gleich darauf redete er hastig los. Was er sagte, ging in dem Rattern und Kreischen der nächsten Wagenkette und deren Insassen unter. Doch er nickte mehrmals heftig, bevor er auflegte und sich seinen Freunden zuwandte.

»Er kommt hierher. Wir sollen herausfinden, wer seine Schnepfe ist, ihn aber ansonsten nicht noch mehr aufscheuchen.« Die Worte waren unter der Musik und dem Lärm der Stimmen kaum zu hören. Er bedachte Kathleen mit einem beredten Blick unter einer gehobenen Braue heraus.

Unter Nicken und Murmeln machten die Männer kehrt und marschierten den Weg zurück, den sie ihnen eben noch gefolgt waren.

Sie sah ihn nur fragend an. Wie es schien, hatte sie nichts verstehen können.

Auch wenn die Kerle die Verfolgung zumindest für den Moment aufgegeben hatten, erlaubte er Kathleen erst nach einer weiteren halben Minute, aufzustehen und unter der Plane hervorzuschlüpfen. Jedoch ohne sie dabei loszulassen.

»Sie sind weg. Ich bin nicht mehr in Gefahr.« Unwillig stemmte sie sich gegen seinen Griff. »Nimm endlich die Pfoten weg.«

»Nein!« Er zog sie einfach hinter sich her, weiter an der Hecke entlang.

»Ich werde nicht mitkommen.« Ihr Versuch, die Fersen in den Schotter zu stemmen, kostete sie das Gleichgewicht. Ohne seine Hand wäre sie gefallen.

»Das hatten wir schon.«

»Wenn du mich nicht augenblicklich gehen lässt, schreie ich diesmal wirklich.«

Es war wie ein Reflex. Ein Ausdruck seines allmählich immer größer werdenden Ärgers und der Frustration. Vollkommen unüberlegt. Im selben Moment, als er es tat, war ihm klar, dass es ein Fehler war: Er knurrte und fletschte die Zähne. Mit einem Keuchen wich sie so weit zurück, wie sein Griff es ihr erlaubte, starrte ihn mit großen Augen an. Ihr Blick tat ihm tief in der Seele weh. Doch er konnte es nicht mehr rückgängig machen. Er war ein Freak, daran ließ sich wohl nichts ändern.

»Ich diskutiere nicht mit dir darüber. Du kommst freiwillig mit oder es wird dir leidtun.«

»Du hast gesagt, du würdest mir nichts tun.« Der Ton in ihrer Stimme traf ihn noch schlimmer als ihr Blick zuvor.

»Nicht, solange du mich nicht dazu zwingst.« Brüsk drehte er sich um und schleppte sie hinter sich her. Wenn sie tatsächlich schrie, konnte er nur hoffen, dass jeder, der sie hörte, es für das übliche Rummelkreischen hielt. Sie musste nicht wissen, dass er eher freiwillig die Hand in ein Feuer gehalten hätte, als sie gegen sie zu erheben. Sehr zu seiner Überraschung schwieg sie. Bis sie den Parkplatz erreichten und er unmissverständlich auf ihren dunkelblauen Cougar zuhielt.

»Den Schlüssel!« Ohne langsamer zu werden, streckte er ihr die Hand hin.

»Wie lange schleichst du mir schon nach?« Der Blick, mit dem sie ihn aus schmalen Augen bedachte, war geradezu mörderisch. »Warst du das etwa im Schuppen? Bist du auch noch ein Stalker?« Sie schnaubte. »Wenn du mich fragst, hast du wirklich ein paar ernsthafte Probleme. Jeder Therapeut würde sich an dir dumm und dämlich verdienen.«

»Den Schlüssel!«

»Vergiss es!«

Er blieb so abrupt stehen, dass sie in ihn hineinlief. Dass sie die Hand in die Jackentasche geschoben hatte, verriet ihm, wo der Autoschlüssel war. Er zog sie ihr am Gelenk heraus, griff selbst hinein und förderte den Schlüssel zutage. Sie fauchte wie eine Katze.

»Du wirst mein Auto nicht fahren.«

Wortlos ging er weiter, schloss die Fahrertür auf. »Steig ein!«, befahl er und ließ dabei wachsam den Blick über den Platz gleiten. Von den Kerlen in den Lederjacken war nichts zu entdecken. Gut.

Die Art, wie sie ihn ansah, war bestenfalls misstrauisch. Nach einem kurzen Zögern tat sie, was er verlangte. Wahrscheinlich gehorchte sie nur, weil sie annahm, dass er sie tatsächlich fahren lassen würde. Dabei hatte er andere Pläne. Nicht umsonst hielt er immer noch die Schlüssel in der Hand. »Rutsch rüber.« Das Begreifen in ihrem Gesicht wandelte sich in Ärger. Hatte sie tatsächlich geglaubt, er würde sie auf der Beifahrerseite einsteigen lassen und damit riskieren, dass sie die Tür wieder aufriss und davonlief, während er um den Wagen herum zur Fahrerseite ging? Da sie sich nicht rührte, zwängte er sich neben sie auf den Sitz und schob sie einfach gegen die Mittelkonsole. Mit einem frustrierten Zischen gab sie dann zum Glück ihren Widerstand auf und glitt auf den Beifahrersitz hinüber. Allerdings nicht, ohne ihm nachdrücklich den Ellbogen in die Rippen zu rammen.

Er steckte den Schlüssel in die Zündung. Und war wie erstarrt, plötzlich nicht mehr sicher, ob er wusste, was er zu tun hatte. Die Zähne zusammengebissen drehte er den Schlüssel. Der Motor erwachte mit einem grollenden Schnurren, das fremd und zugleich wieder vertraut schien. Wie zuvor bei den Knoten. Etwas in ihm wusste, was zu tun war.

Er setzte zurück, fuhr langsam zur Ausfahrt des Parkplatzes. Kathleen saß steif neben ihm.

»Mein Grandpa hat dieses Auto restauriert und mir kurz vor seinem Tod geschenkt – Ein Kratzer ... nur ein einziger Kratzer ...« Auch wenn sie die Drohung nicht zu Ende brachte: Sie klang, als verspräche sie ihm alle Qualen der Hölle.

»Kein Kratzer. Ehrenwort.« Er verbiss sich ein Lächeln, während er bedächtig auf die Straße abbog, Gas gab. Die Tachonadel schnellte in die Höhe. Der Motor schnurrte lauter. Es fühlte sich vertraut an. Unendlich vertraut.

Auf dem Beifahrersitz spannte Kathleen sich noch ein Stück mehr an. »Schon mal was von Tempolimit gehört?«, erkundigte sie sich bissig.

Mit leisem Bedauern nahm er gehorsam den Fuß ein wenig vom Gas. Ihre Hand löste sich ein kleines bisschen vom Türgriff.

»Und darf ich fragen, wo wir hinfahren?« Ihr Ton hatte sich keinen Hauch geändert.

»Zu dir. Damit du ein paar Sachen zusammenpacken kannst; etwas zum Wechseln, Waschzeug, was du für ein paar Tage brauchst. Und danach ...« Wenn er ehrlich war, wusste er nicht, was danach sein sollte. Er hatte keine Ahnung, ob es irgendwo einen Ort gab, an dem er Unterschlupf finden könnte, ob es jemand gab, dem er weit genug vertrauen konnte, um sich bei ihm zumindest für kurze Zeit zu verstecken. Betont gleichgültig hob er die Schultern. »... weiter weg.«

Einen Augenblick starrte sie ihn stumm an, dann sah sie zurück auf die Straße. Ihre Hand schloss sich von Neuem ein wenig fester um den Griff.

Sie schwieg und rührte sich nicht, bis er knapp fünf Minuten später vor dem Haus ihrer Großmutter hielt. Selbst auf dem Weg zur Haustür oder als sie aufsperrte, sagte sie kein Wort. Erst nachdem er die Tür hinter ihnen geschlossen hatte, schien sie ihre Stimme wiedergefunden zu haben.

»Ich komme nicht mit dir.«

Er nickte zur Treppe hin. »Geh packen. Und beeil dich!« Im Haus war es, verglichen mit draußen, angenehm dämmrig. Das Brennen in seinen Augen wurde beinah sofort erträglicher.

»Ich muss hierbleiben. Die Katzen müssen gefüttert werden. Granny verlässt sich auf mich.« Störrisch umklammerte sie den Treppenpfosten.

»Nimm dein Handy mit. Dann kannst du einen deiner Freunde anrufen, wenn wir weg sind, damit der die Katzen für dich füttert.« Wie bei einem kleinen Kind löste er ihre Hände und schob sie die ersten Stufen hinauf. »Geh packen. Wir haben nicht den ganzen Tag Zeit.«

»Sie nehmen aber nicht von jedem Futter.«

»Dann sollen sie Mäuse fangen. Oder Kaninchen. Groß genug sind sie.« Allmählich verlor er die Geduld. »Geh endlich! – Es sei denn, wir können gleich fahren.«

Einen Moment maß sie ihn mit zusammengebissenen Zähnen. Dann machte sie kehrt und stieg die Treppe hinauf. Als er ihr folgen wollte, schüttelte sie abweisend den Kopf. »Das kann ich noch allein. Und ich bin wahrscheinlich sogar schneller, wenn du mir nicht im Weg herumstehst.«

»Gib mir dein Handy.« Dass im ersten Stock kein Telefonanschluss war, wusste er.

Sie zog es aus ihrer Jackentasche hervor und warf es ihm verächtlich zu. Mit einem Nicken nahm er den Fuß wieder von der Stufe, sah zu, wie sie nach oben stieg und im Bad verschwand.

Nach einem kurzen Zögern sank er schwer auf den vorletzten Tritt, lehnte sich mit der Schulter gegen die Wand und ließ den Kopf in den Nacken sinken. Er war müde. Einfach nur müde. Auch wenn das Hämmern in seinem Schädel wieder zu einem Pochen geworden war, es war immer noch da.

Wenn es nach ihm gegangen wäre, hätte er sich in irgendeine dunkle Ecke gelegt und den Rest des Tages verschlafen. Er verzog den Mund zu einem freudlosen Lächeln. Wenn es nach ihm gegangen wäre, hätte sie hierbleiben können, hätte er ihr all das erspart. Aber so: Er wagte es nicht. Es würde den Typen in den Lederjacken nicht besonders schwerfallen, herauszufinden, wer Kathleen war und wo sie wohnte. Über kurz oder lang würden sie hier auftauchen. Bis dahin mussten sie wieder fort sein. Vielleicht war es ein Fehler, Zeit damit zu verschwenden, sie das Notwendigste zusammenpacken zu lassen. Aber er hatte es schlicht nicht über sich gebracht, sie dazu zu zwingen, mit ihm zu kommen, ohne sie wenigstens ein paar Dinge mitnehmen zu lassen. Vor allem, da sie ja noch nicht einmal Geld hatten, um ihr irgendetwas zu kaufen.

Oben marschierte sie vom Bad in ihr Zimmer.

»Beeil dich!«

Sie schenkte ihm keinerlei Beachtung. Gleich darauf hörte er sie rumoren. Es knarrte. Dann war plötzlich ein kühler Luftzug im Flur. Nein! Fluchend sprang er auf, hetzte immer zwei Stufen auf einmal die Treppe hinauf und stürmte in ihr Zimmer. Das Dachfenster stand offen. Dahinter führte das Dach sanft abwärts und endete über dem Schuppen. Eben tat es einen leisen Schlag.

Verdammt! Warum hatte er nicht mit einem Fluchtversuch gerechnet? Er hätte sich doch denken können, dass sie nicht so leicht aufgab! Was war er nur für ein himmelschreiender Idiot. Er packte den Rahmen des Dachfensters, zog sich hindurch und aufs Dach. Gleich darauf sprang er geschmeidig vom Schuppen hinunter auf den Boden. Eben erreichte sie die ersten Bäume. Mit einem neuerlichen Fluch rannte er ihr nach. Vor ihm warf sie einen hastigen Blick zurück, wäre beinah gestolpert, fing sich und lief schneller. Zweige schlugen ihm entgegen. Als er einen umgefallenen Baumstamm übersprang, war dahinter eine Kuhle, die ihn fast zu Fall gebracht hätte. Dennoch holte er mit jedem Schritt auf. Ihre keuchenden Atemzüge waren überdeutlich zu hören. Sie wechselte abrupt die Richtung, sah immer wieder zurück, erneut ein Haken. Dann hatte er sie erreicht, sprang sie an und riss sie zu Boden. Gemeinsam rollten sie durchs Laub. Sie spuckte, kratzte, schrie, trat um sich, etwas blitzte in ihrer Hand. Er ließ sie los, bevor sie sich damit selbst verletzte, was auch immer es war. Hastig krabbelte sie auf die Füße, doch er war noch schneller wieder auf den Beinen.

»Bleib mir vom Leib.« Sie machte einen Schritt zurück, schwang ein altmodisches Rasiermesser gegen ihn.

Hatte sie das aus dem Bad geholt? Ärgerlich biss er die Zähne zusammen, griff nach ihr. Dieser Unsinn hier kostete sie Zeit, die sie nicht hatten. Sie versuchte ihm auszuweichen, stieß das Messer hoch, er erwischte sie am Handgelenk. Mit einem Schrei wollte sie sich losreißen. Die Schneide fuhr über seinen Arm. Blut floss. Erschrocken starrte sie auf den Schnitt, schüttelte den Kopf. Ohne den Blick von ihr zu nehmen oder sie loszulassen, hob er den Arm, leckte langsam mit der Zunge darüber. Sie keuchte auf. Die Wunde schloss sich bereits, als er zum zweiten Mal drüberfuhr. Ihre Augen wurden noch größer. Sie schien es kaum zu merken, dass er ihr das Rasiermesser aus der auf einmal schlaffen Hand nahm. Auch als er sie am Arm packte und unsanft zum Haus zurückschob, sträubte sie sich nicht. Sie starrte weiter auf den Schnitt, von dem nur noch eine rote Linie übrig war. Endlich sah sie ihn an. Vollkommen fassungslos.

»Glaubst du mir jetzt?«

Sie schluckte hart, blieb ihm aber die Antwort schuldig. Nun, zumindest wehrte sie sich diesmal nicht gegen seinen Griff. Immer wieder ging ihr Blick zu seinem Arm.

Erst als er mit ihr den Waldrand erreichte und auf den Cougar zuhielt, erwachte sie aus ihrer Benommenheit.

»Was ...«

»Wir haben mehr als genug Zeit ver–« Er brach ab und blieb stehen.

Hinter dem Cougar blockierten ein silberner Sportwagen und ein BMW den Zufahrtsweg. Ein Mann lehnte an dem zweiten Fahrzeug, die Augen hinter einer dunklen Brille verborgen. In der Hand ein Gewehr. Eben stieß er sich vom Kotflügel ab. Vier weitere Männer wandten sich gerade von der Haustür ab. Drei trugen Lederjacken. Neben ihm holte Cathérine scharf Luft. Der vierte, blond, schlank, mittelgroß, in hellen Jeans, schob sich zwischen den anderen hindurch. Er wirkte nicht älter als fünfundzwanzig. Wie der bei dem BMW war er auf eine vertraute Art schön. Und auch er trug eine dunkle Brille. Schlagartig war seine Kehle eng und seine Hände schweißfeucht.

Ein Amphitheaterrund. Die Ränge um ihn herum voll besetzt. Der Blonde, nur ein paar Meter von ihm entfernt. Blaue Augen sehen ihn triumphierend an.

»Ich habe es selbst gesehen: Der Angeklagte hat einen von uns gebissen und getötet. Vor einem menschlichen Zeugen. Er hat nicht nur unsere Existenz verraten, sondern unter dem Vorwand, es in seiner Eigenschaft als Vourdranj zu tun, auch einen Mord begangen.«

»Dafür kann es nur ein Urteil geben.«
»Tod!«
»Wie urteilt der Rat?«
»Schuldig!« – »Schuldig!« – »Schuldig!« – »Schuldig!« Immer wieder.

»Nicht schuldig!« Die Stimme erklang hinter ihm. Er hätte sie unter Tausenden erkannt. »Weil ich es war.«

»»Nein!« Sein Aufschrei, der sich mit anderen mischte.

»Nein!« Unwillkürlich machte er einen Schritt zurück, schob Cathérine halb hinter sich. Der Blonde kam auf sie zu. Auch der Mann mit dem Gewehr setzte sich in Bewegung. Die anderen folgten ihnen. »Lauf!« Cathérine rührte sich nicht. Hinter seinem Rücken nahm er ihre Hand fest in seine, drehte sich um und zerrte sie hinter sich her, zurück in den Wald. Sie nahmen denselben Weg, den er sie eben noch entlanggeschleppt hatte.

»Bewegt euch! Bringt sie mir! Beide!« Die Stimme des Blonden kippte fast vor Zorn. Er vergeudete keine Zeit damit, sich nach ihren Verfolgern umzusehen. Sie waren da. Ohne Zweifel.

Neben ihm keuchte Kathleen. Er war zu schnell für sie. Immer wieder stolperte sie an seiner Hand. Er musste sie nur loslassen, brauchte sie nur zurückzulassen. Dann hätte er vielleicht eine Chance. Er packte sie fester. Ihre Atemzüge waren fast ein Stöhnen. Er ignorierte es, duckte sich unter Ästen hindurch, zerrte sie über Baumstämme, durchs Dickicht und an Büschen vorbei. In seinem Bein meldete sich der Schmerz pochend zurück. Der Blonde kannte die Antworten auf seine Fragen. Jede einzelne. Er musste einfach stehen bleiben, sich ihnen einfach ergeben … Warum war er sich nur sicher, dass er ihm keine einzige beantworten würde, wenn er herausfand, dass er sich an so gut wie nichts erinnern konnte? Ein Schuss peitschte. Kathleen stolperte erneut, diesmal riss sie ihn fast mit zu Boden. Über seinem Kopf schlug etwas in den Baum vor ihm, Rinde spritzte. Flüche hinter ihnen. Er zerrte sie wieder in die Höhe, zog sie weiter. Sie klammerte sich an seine Hand, die Augen aufgerissen. Ein zweiter Schuss. Ein dünner, feiner Schmerz bohrte sich in seinen Hals. Mit einem Ächzen griff er danach, zerrte die Spitze aus seiner Haut, starrte auf das schlanke Plastikröhrchen mit den schreiend pinken Fäden am Ende. Schlagartig schien sich sein Blut in Blei zu verwandeln. Er taumelte zwei Schritte weiter. Seine Knie knickten ein. Plötzlich waren Blätter unter seiner Wange. Cathérine beugte sich zu ihm, riss an seinem Arm.

»Lauf!« Seine Zunge weigerte sich, das Wort vernünftig zu formen. Dann war sie fort. Ein Stoß beförderte ihn auf den Rücken. Schlaff fielen seine Hände ins Laub. Das Gesicht des Blonden erschien über ihm, grinste auf ihn hinab.

»Sieh an, sieh an. Der eine vergnügt sich mit einem Halbblut, der andere mit einem menschlichen Flittchen. Ts, ts ... Kann man eigentlich noch tiefer sinken, Julien?«

Er versuchte den Kopf zu heben und schaffte es nicht. Die Welt um ihn herum wurde mit jedem Atemzug verschwommener.

»Gib dir keine Mühe.« Der Blonde tätschelte seine Wange. »Du wirst ein paar Stunden schlafen und danach noch eine Zeit lang ziemlich groggy sein, aber das wird dich nicht daran hindern, mir ein paar Fragen zu beantworten.« Hilflos fletschte er die Fänge. »Oh, keine Angst, du wirst sie mir beantworten.« Bastien. Der Name des Blonden war Bastien. »Und nachdem du mir gesagt hast, wo du das Blut versteckt hast, wirst du das Vergnügen haben, zu erfahren, wie es ist, wenn man zu Abschaum gemacht wird. So wie du es damals mit Raoul getan hast. Oder sollte ich dich lieber dabei zusehen lassen, wie dieses Schicksal deinem Bruder zuteilwird? Du musst wissen: Er sucht dich nämlich ebenso wie ich. – Auch wenn es mir ein Rätsel ist, warum du dich nicht schon lange bei ihm gemeldet hast. – Aber egal: Wenn er hört, dass ich dich vor ihm gefunden habe, wird er sich sehr schnell zu uns gesellen. Immerhin hat er sich deinetwegen schon die ganze letzte Nacht um die Ohren geschlagen. – Aber warte ...« Bastien blickte über die Schulter. »Wäre ein Dasein als Vampir nicht auch etwas für deine kleine Freundin?« Die Welt driftete immer mehr ins Grau ... »Ich mache sie ... Vampir und ... darf ... Opfer haben. Was ... du, Julien? ... Bruder ... für

mich ... ganzen ... Spaß.« Er hörte Cathérine aufschreien. Das Grau verschluckte ihn ...
Nein, nicht Julien. Nicht Julien ...

Gejagte ...

Noch vor zwei Stunden war ich entschlossen gewesen, nicht auf den Halloween-Ball zu gehen. Nicht weil ich kein Kostüm hatte, nein. Das Kostüm – beziehungsweise das Kleid –, das auf meinem Bett ausgebreitet lag, war ein Traum aus weißer Spitze, geradezu dafür geschaffen, als Weiße Lady durch die Räume zu schweben. Es war dasselbe Kleid, das ich im Schaufenster dieser Boutique so bewundert hatte. Ein Bote hatte es vor ungefähr zwei Stunden gebracht. Ich war davon überzeugt gewesen, es sei von Julien, und war ich ihm um den Hals gefallen. Immerhin hatte er die ganze Zeit über keinen Hehl daraus gemacht, dass er vorhatte, mir ein Kleid zu besorgen – und dass es eine Überraschung sein sollte. Doch als ich seinen Gesichtsausdruck gesehen hatte, wusste ich, es konnte nur von Bastien sein. Er hatte es mir einfach kommentarlos geschickt. In der Annahme, dass Julien selbst es demnach wohl nicht geschafft hatte, ein Kleid für mich zu finden, hatte ich entschieden, dass wir nicht gehen würden. Er hatte mich nur angesehen, gesagt: »Wir werden gehen!«, und mich ins Bad gescheucht.

Als ich wieder herauskam, lag ein zweites Kleid auf meinem Bett. Ein Kleid aus tiefroter Seide, so dunkel, dass es beinah schwarz schimmerte, je nachdem, wie das Licht darauf fiel; Seide, die wie ein Strom aus Blut durch meine Hände floss, als ich es hochnahm und anhielt. Mir war die Luft weggeblieben. Das Weiße war schön, mädchenhaft, geradezu unschuldig – aber das Rote war ... zum Niederknien.

Schlicht und gleichzeitig elegant. Lang und schmal geschnitten, mit einem atemberaubend tiefen Rückenausschnitt – und es interessierte mich nicht, dass es für einen Halloween-Ball eigentlich vollkommen ungeeignet war: Ich wollte dieses Kleid tragen! Um jeden Preis!

Ich hatte nicht bemerkt, dass Julien im Türrahmen gestanden und mich beobachtet hatte, bis er hinter mich getreten war, die Arme um mich gelegt und mich auf den Hals geküsst hatte. Mein »Es ist wunderschön« hatte geklungen, als würde ich jeden Moment in Tränen ausbrechen. Seine Antwort war ein weiterer Kuss gewesen, und ich hatte mich an ihn gelehnt, fest entschlossen, alles zu nehmen, was ich kriegen konnte, nachdem er heute Abend anscheinend dazu bereit war, die Mauer ein klein wenig weiter zu senken. Viel zu bald hatte er sich wieder von mir gelöst, das Kleid auf mein Bett zurückgelegt und war sich selbst umziehen gegangen.

Jetzt stand ich vor dem Spiegel und starrte die Fremde mit dem kunstvoll hochgesteckten Haar in dieser Verführung aus Seide an, die sich auf der Haut wie eine Liebkosung anfühlte und sich um mich schmiegte, als wäre sie nur für mich gemacht worden – und deren Rückenausschnitt noch gefährlich tiefer reichte, als ich ursprünglich angenommen hatte. Nur ein schmaler Steg, der im Nacken geschlossen wurde, und ein paar dünne Seidenschnüre, die sich zweimal in meinem Rücken kreuzten, hielten die Seide dort, wo sie hingehörte. Und obwohl ich Riemchenpumps mit für meine Verhältnisse beinah hohen Absätzen trug, schleppte es ein klein wenig hinter mir über den Boden.

Es gab nur einen Wermutstropfen: Nachdem ich heute Morgen beschlossen hatte, den Verband an meinem Hals endgültig abzunehmen, verbarg nichts mehr die knapp handtellergroße Narbe, die von Samuels Biss zurückgeblieben war. Schrumpelig und rot prangte sie an meiner Kehle wie ein übergroßes Siegel, das mir jemand in die Haut gedrückt hatte. Ein Andenken an Samuel und das, was er mit mir vorgehabt hatte, das mich den Rest meines Lebens begleiten würde. Und dessen Anblick mir die Tränen in die Augen zu treiben drohte. Auch wenn Julien mir versicherte, es würde mit der Zeit verblassen: Samuel hatte mich gezeichnet. Vielleicht sollte ich mich daran gewöhnen, zukünftig nur noch Pullis mit Rollkragen oder Schals und Tücher zu tragen ...

»Mon Dieu.« Julien tauchte unvermittelt hinter mir auf. Seine Stimme klang erstickt.

»Gefalle ich dir?« Unsicher suchte mein Spiegelbild seinen Blick. Beinah hätte ich die Hand zu meinem Hals und der Narbe gehoben.

»Gefallen? Heiliger Himmel. Du siehst umwerfend aus.« Ich spürte seine Fingerspitzen kühl auf meinem Rücken, an der Stelle, an der untere Rand des Ausschnittes auf meiner Haut lag.

Er war erst am frühen Morgen von seiner sinnlosen Jagd zurückgekehrt, doch er ließ sich nicht anmerken, wie frustriert – und müde – er sein musste. Der Gedanke, dass er meinetwegen auf einige weitere Stunden Schlaf verzichtete, nagte an meinem Gewissen. »Ich hätte das hier nur nicht ganz so tief machen lassen dürfen.« Seine Berührung verschwand. Als er die Hände über meine Schultern hob, glitzerte etwas in seiner Linken. Er wollte gerade vor meinem Hals vorbeigreifen, da sickerte die Bedeutung seiner Worte in meinen Verstand. Mein Herz begann zu klopfen. Ich drehte mich halb zu ihm um.

»Du hast es *machen lassen?*« Jetzt klang *ich* erstickt. Lieber Gott! »Aber ... woher ...«

»Was glaubst du, von wem Fürst Vlad und Fürst Radu deine Maße hatten?« In seinen Augen glitzerte es verschmitzt. »Diesen Stoff zu besorgen war da schon schwieriger. Dafür schulde ich di Uldere jetzt etwas. – Aber solange es dir gefällt, ist es jede Schuld wert.«

Ich drehte mich wieder zum Spiegel um, meine Hände strichen über die Seide. »Es ist wunderschön. – Aber ich fürchte, du hältst mich für größer, als ich bin.« Ein bisschen verlegen zupfte ich das Kleid vom Boden hoch. Hinter mir machte Julien einen Schritt zurück und sah an mir hinab. Dann bückte er sich kurz, und als er wieder auftauchte, hatte er den Saum in der Hand. Er nahm meine Linke in seine und schob eine kleine Seidenschlaufe über meinen Mittelfinger, dann ließ er meinen Arm an meine Seite zurücksinken. Jetzt führte der Stoff in einem eleganten Bogen zu meiner Hand, ohne den Boden weiter zu berühren.

Über meine Schulter hinweg sah er mich im Spiegel an. »Das, mein Schatz, soll so sein.«

Hitze kroch in meine Wangen. Sein Atem streifte die empfindliche Stelle unter meinem Ohr, als er abermals dicht hinter mich trat, über meine Schultern hinweggriff und etwas vor meinem Hals von einer in beide Hände wechselte. Das Etwas glitzerte kurz zwischen seinen Fingern auf, dann schmiegte es sich kalt um meine Kehle: Ein filigranes Halsband, dessen tropfenförmig geschliffene, tiefrot funkelnde Steine auf einem Geflecht aus geschwärztem Silber saßen, das wie Dornenranken gearbeitet war – inklusive winziger Dornen. Bewundernd strich ich darüber. Unter ihm wirkte die Narbe nur noch halb so abstoßend. Meine Hand bebte. So wie sie bei der kleinsten Bewegung blitzten, mussten es Swarovski-Kristalle sein. Lieber Himmel, Swarovski-Schmuck war wahnsinnig teuer ... Und Julien hatte das Geld meines Großonkels ausgeschlagen, er bezahlte immense Summen für noch so kleine Hinweise, die ihn vielleicht auf Adriens Spur führen könnten, und dann gab er für mich noch so viel aus? Allein der Stoff für das Kleid musste ein Vermögen gekostet haben.

Unsere Blicke begegneten sich im Spiegel. Julien hakte

den Verschluss vorsichtig in meinem Nacken zu, ohne seine Augen aus meinen zu lösen.

»Das kann ich nicht annehmen«, flüsterte ich.

Mit sichtlichem Bedauern fuhr er über das Schmuckstück. »Keine Sorge, es ist nicht von mir.« Es war, als hätte er meine Gedanken gelesen. »Fürst Vlad hat es für dich geschickt. – Frag mich nicht, woher er von diesem Halloween-Ball wusste.« Er trat langsam zurück und ich drehte mich um.

»Du bist atemberaubend schön«, sagte er leise.

Meine Wangen schienen endgültig in Flammen zu stehen. Ich schluckte, lächelte hilflos und blickte ihn an. Er war nicht mehr länger nur eine dunkle Gestalt hinter mir im Spiegel, sondern rückte unendlich nah. Jetzt betrachtete ich ihn genauer – und konnte der Versuchung nicht widerstehen, ihn zu berühren. Sein Hemd war aus schwarzer matter Seide, mit Rüschen am Kragen und an den Ärmelaufschlägen. Die oberen beiden Knöpfe standen offen, sodass man die goldene Kette um seinen Nacken schimmern sah, an der sein St.-Georgs-Medaillon hing. Es war mit nachlässiger Eleganz in den Bund einer Lederhose von der gleichen Farbe gestopft, die ihm wie angegossen passte und offensichtlich nicht zum ersten Mal getragen wurde. Julien legte den Kopf ein klein wenig zur Seite und quittierte meine Musterung mit diesem Lächeln, das mir regelmäßig eine Gänsehaut bescherte. Betont langsam holte ich Luft. »Du bist aber auch ... WOW!« Sexy, sinnlich und auf eine unterschwellige Art gefährlich, die ihn umso faszinierender machte. Ich räusperte mich und versuchte jegliches Schmachten aus meiner Stimme zu verbannen. »Aber sagt dir der Begriff ›Klischee-Vampir‹ etwas?«

Für eine halbe Sekunde starrte Julien mich an, dann brach er in Gelächter aus. Im nächsten Moment zog er mich an seine Brust und sah auf mich herab. »Ich tue, was ich kann, um nicht aufzufallen. – Hoffentlich verzeihst du mir, dass ich davon abgesehen habe, mir eines dieser Plastikgebisse zu besorgen.« Er grinste verschlagen.

So weit ich konnte, lehnte ich mich in seinen Armen zurück. »Ich denke, auch ohne ist deutlich zu erkennen, als was du dich verkleidet hast.« Wenn Julien wollte, waren seine Reißzähne bedeutend eindrucksvoller als jeder Plastikabklatsch. Ich konnte das bezeugen, ich hatte sie ja bereits aus allernächster Nähe gesehen. »Und was stelle ich dar? Ich meine ... in diesem Kleid ...«

»Du? Ist das nicht ebenso offensichtlich?« Er beugte sich ganz dicht zu mir. »Du bist die unendlich begehrenswerte sterbliche Geliebte dieses Klischee-Vampirs«, raunte er mir ins Ohr. »Und diese hübschen kleinen Dornen aus Silber an deinem Hals sollen verhindern, dass sich ein anderer als dein Herr und Meister an deiner Kehle labt.«

»Herr und Meister?« Um ein Haar hätte ich losgeprustet. »Ich glaube, darüber müssen wir uns noch mal unterhalten – nach diesem Ball.« Ich löste mich aus seinen Armen. »Wollen wir?«

»Die Kutsche steht bereit, Princessa.« Julien verbeugte sich schwungvoll, legte meine Hand in seine Armbeuge und führte mich die Treppe hinunter. Bei den letzten Stufen hingen unsere Jacken über dem Geländer – oder zumindest das, was ich dafür gehalten hatte. Ich fragte nicht, woher das lange Samtcape stammte, das er mir gekonnt um die Schultern legte und am Hals zusammenband. Er selbst glitt in einen dunklen Ledermantel, bei dessen Anblick ich unwillkürlich an eine gewisse Vampirjäger-Trilogie denken musste. Ich verbiss mir ein Grinsen und musterte ihn übertrieben eingehend von Kopf bis Fuß.

»Klischee-Vampir«, sagte ich dann todernst und nickte gewichtig. Die Antwort war ein gefährlich schmaler Blick, ehe Julien auf die Haustür hinter mir wies. »Du. Raus da!«

Ich schüttelte lachend den Kopf, wandte mich so schwungvoll um, dass das Cape um mich wirbelte, und befolgte seinen Befehl.

Wie nicht anders zu erwarten stand die Vette direkt vor dem Eingang. Julien half mir, mich, mein Kleid und das Cape auf den Beifahrersitz zu sortieren, bevor er meine Tür zuschlug und um die Schnauze herum auf die Fahrerseite ging, wo er selbst auf den Sitz glitt. Der Motor der Vette sprang mit seinem gewohnten Schnurren an und Julien fädelte den Wagen mit der üblichen Gelassenheit in den Samstagabendverkehr ein, als wir von der Einfahrt auf die Straße bogen.

Auf dem Schulparkplatz wimmelte es von Geistern, Hexen, Zombies, toten – und noch lebenden – Präsidenten und Politikern, Cheerleadern, Kätzchen und allen nur erdenklichen skurrilen Gestalten. Ein Ölscheich wäre Julien beinah bei dem Versuch, Batgirl einzuholen, in die Vette gelaufen, und dann mussten wir warten, bis etwas, das aussah wie ein halber Apfel, seine Kerne wieder eingesammelt hatte, ehe wir weiterfahren konnten. Natürlich war der Parkplatz bereits weitestgehend voll und ich stellte mich schon auf einen längeren Fußmarsch in Riemchenpumps ein, als Julien mir einen kurzen Seitenblick zuwarf, ein Stück zurücksetzte und in eine schmale Durchfahrt einbog, die auf dem Lehrerparkplatz endete.

Mein langsames Atemholen, während er den Motor abstellte, quittierte er mit einem Grinsen. Zumindest war er nicht so dreist gewesen, die Vette direkt unter einer der Laternen zu parken, sondern hatte sie in einer nicht ganz so gut ausgeleuchteten Ecke abgestellt. Trotzdem ersparte er mir damit gut ein halbes Dutzend Mal Umknicken auf den so wunderbar uneben gepflasterten Schulgeländewegen.

Er half mir aus dem Wagen, nahm mich auf die Arme – und stieg mit mir über die niedrige Hecke, die den Lehrerparkplatz einfasste. Damit bewahrte er mich sogar vor dem Weg bis zum nächsten Durchgang.

Die Turnhalle war in schummriges Licht getaucht, nur in der Mitte, wo wir Platz für die Tanzfläche gelassen hatten, sorgten ein paar Spotlights für mehr Helligkeit. Irgendwer hatte sich den Spaß erlaubt, zusätzlich künstliche Spinnweben direkt im Eingang zu verteilen, sodass jeder, der größer war als ich, sich ducken musste, um das klebrige Zeug nicht im Gesicht oder in den Haaren zu haben. Ich hatte unsere Dekorationen bisher nur bei Tageslicht gesehen, und auch wenn ich es nicht erwartet hätte: Bei dieser Beleuchtung sahen sie richtig cool aus.

Julien ging zur Kasse, um unseren Eintritt zu bezahlen – nicht ohne zuvor sein Handy in die Hosentasche zu schieben –, während ich unsere Mäntel zur Garderobe brachte. Die beiden Mädchen, die hinter dem Tresen aus Strohballen herumwuselten, schienen sich in ihren Katzenkostümen mit den wippenden Schwänzen ziemlich wohlzufühlen und ließen nach jedem Satz ein »Miaauu« hören. Wie lange sie das wohl durchhielten? Ich nahm einer von ihnen unsere Bons aus den rot lackierten Krallen, drehte mich um – und stand Kleopatra gegenüber. Ganz in Gold und ein altägyptisch angehauchtes weißes Gewand gekleidet, starrte Cynthia mich an, als hätte ich gerade versucht Caesar und Marcus Antonius gleichzeitig zu verführen. Der Typ neben ihr im Vogelscheuchen-Kostüm gaffte zumindest mit offenem Mund. Den beiden Cheerleadern hinter ihr erging es ebenso. Cyn fing sich bedeutend schneller als ihr Gefolge.

»Findest du das nicht ein bisschen overdressed, Dawn?« Bedeutungsvoll maß sie mich von Kopf bis Fuß. »Kann es sein, dass du den Halloween- mit dem Abschlussball verwechselt hast, oder was willst du darstellen?« Sie strich sich eine der Goldschnüre ihrer schwarzen Perücke ins Dekolleté. Ihr Gefolge kicherte, während die Vogelscheuche es endlich schaffte, sich daran zu erinnern, mit wem er hier war.

Scheinbar entsetzt riss ich die Augen auf. »Du kannst nicht erkennen, als was ich verkleidet bin?« In einer dramatischen Geste hob ich eine Hand an meine Kehle – und lenkte damit Cynthias Blick ganz nebenbei auf die glitzernden roten Steine an meinem Hals. »Ich bin die sterbliche Geliebte eines Prinzen der Nacht.« Irgendwie klang mir »Vampir« ein wenig zu banal. Und wenn man es genau nahm, war Julien ja eigentlich auch kein Vampir. Ich schenkte ihr mein süßestes Lächeln. »Und jetzt entschuldige mich bitte. Ich muss zu meinem Herrn und Meister zurück.« Mit einem Nicken wies ich zur Kasse, wo Julien eben über die Köpfe der anderen hinweg herübersah. »Wenn er ungeduldig wird, neigt er dazu, Blut zu vergießen.« Noch immer lächelnd schob ich mich an ihr vorbei. Vielleicht war es Einbildung, aber ich glaubte Cyns Blick auf dem ganzen Weg zu Julien in meinem Rücken zu spüren.

Auf seine über der dunklen Brille fragend gehobene Braue schüttelte ich den Kopf. »Wenn Cyn an Kleopatras Stelle gewesen wäre, hätte die Schlange sich geweigert sie zu beißen, aus Angst, sich dabei selbst zu vergiften«, erklärte ich mit einem ähnlich süßen Lächeln wie eben, beachtete seinen seltsamen Hustenanfall nicht und spähte an ihm vorbei in den Saal. Ein Stück weiter drin, in einer strategisch äußerst günstigen Position zu den Getränken und dem Büfett, das unter anderem solche Dinge wie »abgehackte Finger« und »Augäpfel auf Mageninhalt« zu bieten hatte, winkte eine Gestalt in Sträflingskleidung: Susan. Der Zorro neben ihr war, soweit ich das erkennen konnte, Mike und der Werwolf, dem er eben beinah mit seinem Degen ein Auge ausgestochen hätte, demnach vermutlich Ron. Neal hatte – zu meiner Erleichterung – Anwesenheitspflicht auf der Halloween-Party seiner Eltern und Beth musste heute Nacht ja im *Ruthvens* arbeiten.

Ein kurzes Nicken, dann steuerte ich auf die drei zu, Julien dicht hinter mir. Auf dem Weg dorthin zog ich so ziemlich jeden Blick auf mich, und ungefähr in der Hälfte hörte ich meinen Freund etwas murmeln, was wie ein Fluch klang. Ich glaube *robe* zu verstehen – das meines Wissens Französisch für »Kleid« war. Demnach musste er sich wohl auf mich und besagtes Kleid beziehen. Es war schwer, mir das Grinsen zu verbeißen. Zudem: So ziemlich jedes weibliche Wesen im Raum gaffte *ihn* an; also war es nur gerecht, wenn ich auch einmal meinen Teil abbekam.

Mit einem weiteren Strohballen, den wir aus der Dekoration besorgten, bauten wir bei den beiden an, die Susan, Mike und Ron bereits als Sitze annektiert hatten, und machten es uns bequem. Julien setzte sich mit dem Rücken zur Wand.

Allerdings schien es Mr Arrons, der offenbar gerade die Aufsicht über das Büfett hatte, ein gewisses Unbehagen zu bereiten, meinen Freund so nahe beim Punsch zu wissen. Dabei war Julien der Letzte, der ein Interesse daran hatte, den Inhalt der großen Glasschüssel mit etwas Hochprozentigem ein wenig aufzupeppen. Aber wie immer nahm Arrons natürlich von ihm nur das Allerschlimmste an. Als er dann auch noch loszog, um uns einen Teller Augäpfel und Co. zusammen mit einem Glas Punsch zu besorgen, stand er unter permanenter Observation durch unseren Schulleiter. Dass ich die Einzige von uns beiden war, die sich letztlich über seine Beute hermachte – die wir uns vorgeblich teilten –, schien niemandem aufzufallen.

Wir waren nicht die einzigen Vampire. Nun ja, zugegeben, ich war die einzige sterbliche Geliebte eines Vampirs, aber Kostüme der Marke: weißes Make-up, rot geränderte Augen, schwarzer Anzug, weißes Rüschenhemd, Fledermauscape und Plastikgebiss gab es noch drei oder vier weitere, die im Laufe der nächsten Stunde an uns vorbeiflanierten und die »Geliebte« begutachten wollten – wobei Juliens »Geständnis«, dass er vergessen habe, sich künstliche Fänge zu besorgen, Grinsen und mitleidiges Schulterklopfen auslösten.

Ich diskutierte mit Ron gerade die Vorteile eines rückenfreien Seidenkleides gegenüber denen eines pelzigen Werwolf-Vollkostüms in einer ziemlich warmen Turnhalle, als Julien unvermittelt meine Hand ergriff.

»Kannst du Walzer tanzen?«

Seine Frage überraschte mich ein bisschen, trotzdem nickte ich.

Im nächsten Moment zog er mich auch schon auf die Tanzfläche und in Walzerposition. Bisher hatte ich der Musik keine besondere Aufmerksamkeit geschenkt, jetzt legte ich den Kopf schief und lauschte. Eindeutig ein Walzer, wenn auch ein wenig schnell. Das Lied kam mir vage bekannt vor: *Hijo de la Luna* oder so ähnlich. Aus den Achtzigern oder Neunzigern, wenn mich nicht alles täuschte.

Julien gab mir den perfekten Einsatz und ich fand sofort den Takt. Wir wirbelten über die Tanzfläche. Er führte so gekonnt, dass ich mir dessen kaum bewusst war. Und obwohl er seine Augen keine Sekunde aus meinen löste, schien er stets ganz genau zu wissen, wo die anderen Paare sich gerade befanden. Nicht dass ein Walzer besonders viele auf die Tanzfläche gelockt hätte.

Schon nach den ersten Takten erschien ein gefährlich träges Lächeln auf seinen Lippen. »Du tanzt gut?«

Ich bedachte ihn mit einem indignierten Blick. »Ich hatte einen Tanzlehrer.« Sein Ton hätte mich warnen müssen.

»Auch linksherum?«

»Den Tanzlehrer?«

Julien lachte. »Den Walzer.«

Mit einem verächtlichen Schnauben reckte ich das Kinn. »Natürlich.«

»Na dann ...« Er wechselte, ohne zu stocken, aus der Rechts- in die Linksdrehung und nahm mich in die Bewegung mit. Nur dass seine Hand sich ein klein wenig fester gegen meinen Rücken drückte, verriet mir, dass er bereit war, mich notfalls zu halten, sollte ich doch ins Stolpern geraten. Es war vollkommen unnötig. Ich lehnte mich in die Schwünge und Bögen, immer wieder unterbrochen von ruhigerem Wiegen, das in Juliens Armen wie Schweben war. Schwerelos. Dabei ging es quer über die Tanzfläche und an ihrem Rand entlang. Ein Rausch im Dreivierteltakt, währenddessen ich mich in seinen Augen und seinen Armen verlor. Es war, als wären wir allein auf der Welt. Als gäbe es nur uns. Nur das Jetzt. Für eine kurze Ewigkeit. Doch die Zeit hatte nicht genug Erbarmen mit uns, um anzuhalten. Schon verklangen die letzten schwermütigen Töne, noch einmal drehten wir uns als perfekte Einheit, dann war das Lied bereits vorbei – viel zu schnell für meinen Geschmack.

Als Julien schließlich stehen blieb, war mir ein klein wenig schwindlig. Einen Augenblick herrschte Stille. Dann dröhnten Techno-Beats durch die Turnhalle und machten mir abrupt klar, dass der Traum vorbei war. Die Welt hatte uns wieder. Ich trat einen Schritt aus Juliens Armen zurück, doch er ließ meine Hand nicht los. Vom Büfett aus starrte Mr Arrons sichtlich verblüfft zu uns herüber. Er war nicht der Einzige. Eine ganze Menge Blicke folgte uns, als wir uns zwischen den anderen hindurch an den Rand der Tanzfläche schoben.

Juliens Hand strich über meinen Rücken. »Willst du etwas trinken?«

»Bist du Du Cranier?«

Ich hielt vor Schreck den Atem an. Julien war bei seinem »richtigen« Namen neben mir erstarrt. Jetzt drehte er sich langsam zu dem Typen um, der hinter uns stand. Ich hatte den Kerl noch nie zuvor gesehen. Schlaksig, in Jeans und einer Lederjacke, die ihre besten Zeiten schon hinter sich hatte, gehörte er vermutlich zu der Sorte Jungs, die nur in Rudeln stark waren und denen man dann besser nicht allein begegnete. Zwei weiß geschminkte Geister in Lumpen und Plastikketten machten gerade einen vorsichtigen Bogen um ihn, wobei sie auch wiederholt unruhig zu Julien herübersahen.

»Warum?« Julien schob mich halb hinter sich.

»Weil ich hier was für diesen Du Cranier habe.« Der Typ wedelte mit einem braunen A4-Kuvert. »Also, bist du's oder nicht?«

Statt zu antworten, schnappte Julien ihm den Briefumschlag aus der Hand, bevor der Typ ihn wegziehen konnte.

»Von wem ist das?« Er ignorierte dessen empörtes »He!« und riss die Lasche auf. Ich versuchte an ihm vorbei in den Umschlag zu spähen.

Der Kerl schob die Unterlippe vor. »Keine Ahnung. So 'n blonder Schönling. Hat nen Fuffziger dafür rüberwachsen lassen, dass ich das Zeug einem Typen hier auf der Party gebe, der ganz in Schwarz ist, obendrein vergessen hat seine Sonnenbrille abzunehmen und ›Du Cranier‹ heißt. Ich würd sagen, die Beschreibung passt. Nur dass das Kleid von deiner Schnecke nich weiß ist, wie der Kerl gesagt hat.«

Beim letzten Satz hob Julien langsam den Kopf. Der Typ machte einen hastigen Schritt zurück.

»Wann war das? Und wo?«

Der Kerl zuckte die Schultern. »Vor 'ner Dreiviertelstunde vielleicht. Auf dem Parkplatz von diesem Klub, diesem *Ruthvens*. – Hör mal, er hat gesagt, du hättest auch nen Fuffziger für mich.«

»Hat er das? Tja, dein Pech, würde ich sagen. Hättest dir die Kohle mal besser von ihm geben lassen. Von mir siehst du keinen Cent. – Verzieh dich!«

»Ey! So haben wir ...« Er verstummte abrupt, als Julien verwirrend schnell und dennoch ohne Hast den Abstand zwischen ihnen auf einen knappen halben Meter reduzierte.

»Was war an ›Verzieh dich!‹ nicht zu verstehen?«, erkundigte er sich gefährlich leise. »Muss ich es dir buchstabieren? - Hau ab! Und zwar gleich! Oder soll ich dich selbst rausbringen?«

Für einen Moment huschten die Augen des Typen zu mir, dann schluckte er hart und brachte hastig wieder ein wenig mehr Distanz zwischen Julien und sich - rückwärts -, bevor er sich nach einem letzten wütenden Blick umdrehte und davonmachte. Julien wartete gerade so lange, bis der Kerl an der Kasse vorbei nach draußen verschwunden war. Dann schob er sich zwischen den anderen hindurch in eine etwas ruhigere Ecke. Ich folgte ihm wortlos. Etwas in meinem Magen hatte sich zu einem harten Klumpen zusammengezogen.

Mit einer entschlossenen Bewegung riss er den Umschlag endgültig auf, griff hinein - und förderte ein paar verpixelte unscharfe Abzüge zutage, wie man sie erhielt, wenn man versuchte, mit dem Handy geschossene Fotos zu vergrößern. Julien starrte mit zusammengebissenen Zähnen darauf, blätterte sie langsam durch. Ich trat ganz dicht neben ihn und warf ebenfalls einen Blick auf die Bilder. Es war wie das Daumenkino einer einzelnen Szene: ein Mann auf einem Hochseil. Er schien sich mit absoluter Selbstverständlichkeit darauf zu bewegen, als sei es das Normalste der Welt, nur ein dünnes Stahlseil unter den Füßen zu haben. Das sich offenbar mehr als nur ein paar Meter über dem Boden befand. Und so schlecht die Bilder in dieser Vergrößerung auch sein mochten, er war erstaunlich gut zu erkennen: Julien. - Oder zumindest jemand, der aussah wie er. Und dieser Jemand konnte nur Adrien sein.

Für einen kurzen Moment sah Julien mich an, dann griff er erneut in den Umschlag. Dieses Mal kam ein Teil einer Zeitungsseite zum Vorschein. In der oberen Ecke prangte das Datum von morgen. Einer der Artikel war mit einem schwarzen Edding markiert. Die Headlines weckten wahrscheinlich nicht nur bei mir Erinnerungen:

Rettung auf dem Hochseil
Unbekannter verhindert Absturz eines
Starartisten

Ich hatte die wenigen Zeilen darunter schnell überflogen.

Offenbar hatte ein Mann auf dem Rummel von Darven Meadow, einer kleinen Stadt südlich von Ashland Falls, den bekannten Hochseilartisten Stephen Kadrelsky vor einem Sturz aus circa fünfundzwanzig Meter Höhe bewahrt, nachdem der aus bisher ungeklärten Gründen abgerutscht war. Kadrelsky hatte sich zwar in letzter Sekunde noch am Seil festhalten können, war dann aber wegen einer Verletzung am Arm nicht mehr in der Lage gewesen, sich aus dieser gefährlichen Lage selbst zu befreien. Da weder Polizei, Feuerwehr noch irgendwelche anderen Rettungskräfte rechtzeitig den Ort des Geschehens hätten erreichen können, schien der Ausgang des Dramas bereits festzustehen. Im allerletzten Moment war ein Mann auf dem Hochseil aufgetaucht, der sich mit geradezu unglaublicher Eleganz und Selbstverständlichkeit darauf bewegte. Er hatte den Hochseilartisten – dabei selbst kopfüber hängend – gesichert und es anschließend Kadrelskys Partner Russell Gowen, zusammen mit einigen der unten Stehenden, ermöglicht, Kadrelsky sicher abzulassen. Über die Identität des Unbekannten rätselten sowohl die Beteiligten als auch die Behörden, stand da, denn der war nach seiner Heldentat anscheinend vollkommen spurlos verschwunden.

Daneben war ein Foto, dessen Qualität ungleich besser war als die der Abzüge, auf dem der Unbekannte gerade auf dem Seil neben Stephen Kadrelsky in die Hocke ging.

Hätte man ihn auf den anderen Bildern nicht bereits erkannt, hätte es spätestens jetzt keinen Zweifel mehr gegeben. Der Mann auf dem Seil war Adrien. Doch seine Züge wirkten, verglichen mit Juliens, seltsam hager.

Ein dunkler Fleck zierte den unteren Rand der Seite. Julien fuhr mit dem Daumen darüber und hinterließ eine rote Schmiere.

Mein Magen zog sich noch weiter zusammen. »Ist das ...« Ich schluckte und beobachtete, wie Julien den Finger zum Mund hob und das, was davon an seiner Haut hängen geblieben war, mit der Zungenspitze berührte. Einen Sekundenbruchteil schloss er die Augen, dann nickte er, ehe er mich wieder ansah.

»... Adriens«, sagte er leise und tonlos. Abermals rieb er mit dem Daumen über den Fleck auf dem Papier. »Wahrscheinlich nicht mehr als eine, allerhöchstens zwei Stunden alt.«

Mit einem Gefühl der Hilflosigkeit blickte ich auf die Fotos und den Artikel. Bastien, dieser Mistkerl! Er wusste genau, wie er Julien – beziehungsweise seiner Meinung nach Adrien – quälen konnte. Immerhin kannte er die beiden gut genug.

»Und jetzt?«

»Jetzt habe ich einen Anhaltspunkt: diesen Rummel. Dass die Polizei keine Spuren gefunden hat, bedeutet nicht, dass ich auch keine finde.« Entschieden steckte Julien die Abzüge und das Stück Zeitungspapier in den Umschlag zurück. »Wir gehen!«

Die Hand um meinen Oberarm schob er mich durch die anderen hindurch zur Garderobe. Ich ließ es zu. Auch wenn man ihm äußerlich nichts anmerkte, so verriet sein beinah schmerzhafter Griff seine Anspannung. Jede Sekunde, die das Katzenmädchen brauchte, um unsere Mäntel herauszusuchen, waren drei zu viel für Julien.

Auf dem Weg zum Parkplatz gingen wir wortlos nebeneinanderher, gerade schnell genug, um nicht zu rennen, jedoch bedeutend zu schnell, um gelassen zu wirken. Aber selbst wenn Bastien uns beobachten ließ: Unser vorzeitiger Aufbruch sagte ihm ohnehin, dass seine Nachricht Julien ... Adrien ... erreicht hatte – und dass der nicht einfach ruhig abwarten würde, was weiter geschah. Oder ob Bastiens nächste Nachricht vielleicht mehr als nur ein wenig Blut auf Zeitungspapier enthalten würde. Juliens Arm um mein Taille und seine Hand an meinem Ellbogen verhinderten, dass ich stolperte.

Die Fahrt zum Hale-Anwesen verlief schweigend. Nur einmal brach Julien kurz die Stille, um mich zu fragen, wie er am schnellsten zu diesem Rummel bei Darven Meadow kam. Ich war nur ein- oder zweimal dort gewesen, entsprechend unzulänglich fiel meine Wegbeschreibung aus. Julien nahm meine gemurmelte Entschuldigung mit einem Nicken zur Kenntnis.

Er ließ die Corvette direkt vor dem Haus stehen und machte sich noch nicht einmal die Mühe, sie abzuschließen. Dass er darauf verzichtete, mir die Beifahrertür zu öffnen, sondern stattdessen schon die Treppe hinaufeilte – wobei er zwei Stufen auf einmal nahm –, um aufzusperren, machte seine Ungeduld überdeutlich.

Mit mehr Kraft als nötig stieß Julien die Haustür auf und bedeutete mir vorzugehen. »Zieh dich um. Ich bring dich ins *Ruthvens*.«

Schon halb an ihm vorbei hielt ich inne und drehte mich zu ihm um. »Aber wenn ich mit dir ...«

»Nein!«, schnappte er. Scharf und hart. Ohne mich den Satz zu Ende bringen zu lassen. Ich ballte die Fäuste. Aber sosehr es mich drängte, mich ihm zu widersetzen, ich schluckte den Widerspruch hinunter, den ich schon auf der Zunge hatte. Im Augenblick gab er Befehle – und erwartete von mir, dass ich sie befolgte. Er würde nicht mit mir diskutieren, sondern seinen Willen durchsetzen. Und wenn er mich mit Gewalt ins *Ruthvens* schleppen musste, um mich dort in Sicherheit zu bringen, dann würde er das tun. Ganz egal, ob ich noch in rote Seide gekleidet war oder nicht. Und diesmal würde er sich nicht umstimmen lassen. Wortlos schob ich mich endgültig an ihm vorbei und ging in mein Zimmer.

Als ich es wenig später wieder verließ, trug ich ein paar schwarze Jeans, einen dunklen Pullover mit einem weiten Rollkragen und Chucks. Das einzig Helle an mir war meine Jeansjacke. Das Kleid lag achtlos hingeworfen auf meinem Bett. Sogar die Kämme und Klammern waren noch in meinen Haaren.

Julien kniete – nach wie vor in Seidenhemd und Lederhosen – in seinem Zimmer vor dem Kleiderschrank, seinen Seesack halb herausgezerrt und offen vor sich. Nur die Rüschen waren von Ärmeln und Kragen verschwunden. Wie es schien, hatte er sie einfach heruntergerissen. Dafür sprachen zumindest die unzähligen Fadenreste, die jetzt an ihrer Stelle aus dem Stoff ragten. Gerade zog er das Hosenbein über den rechten Knöchel.

Ich biss mir auf die Lippe, als er eine Metallkassette aus seinem Seesack hervorholte und sie öffnete. Darin lag eine Pistole. Was für eine genau es war, hätte ich nicht sagen können. Dazu kannte ich mich zu wenig mit diesen Dingen aus, obwohl meine Leibwächter früher ebenfalls solche Mordwerkzeuge getragen hatten. Für einen kurzen Moment fragte ich mich, ob es seine eigene war oder die seines Bruders, die ich damals in Adriens Kiste gefunden hatte. Julien nahm sie heraus, befreite sie aus ihrem Holster, zog den oberen Teil zurück, begutachtete den Lauf und ließ ihn offenbar zufrieden wieder zuschnappen. Nachdem er beides beiseitegelegt hatte, packte er eine Schachtel mit Munition und mehrere Magazine aus der Kassette. Patrone um Patrone drückte er mit routinierten Bewegungen erst in eines, dann in ein zweites und drittes. Das erste schob er in das Griffstück der Pistole, wo es mit einem Klicken einrastete. Dann eine weitere knappe Bewegung und ein Ratschen verriet, dass die Waffe durchgeladen war. Ganz kurz drückte er mit dem Daumen direkt über dem Griff an den Lauf der Pistole – offenbar um sich zu vergewissern, dass sie gesichert war – ehe er sie in ihr Holster zurückschob, durch dessen Schlaufe einen Gürtel zog, den er in den Bund seiner Hose fädelte. Von den übrigen Magazinen kam eines in die rechte Gesäßtasche, das andere in die linke. Gleich darauf leistete ein Schalldämpfer dem auf der rechten Seite Gesellschaft. Erst jetzt sah Julien auf.

Unwillkürlich legte ich die Arme um mich. Der Junge, den ich kannte, hatte sich vor meinen Augen in einen Vourdranj verwandelt. Den Killer, von dem ich zwar gewusst hatte, dass er sich in den Tiefen von Juliens Wesen verbarg, dem ich aber noch nie leibhaftig gegenübergestanden hatte. Ich hatte ihn schon töten gesehen, ja, aber auf eine unerklärliche Weise war das etwas anderes gewesen. Als er aufstand, machte ich einen Schritt rückwärts. Er verharrte mitten in der Bewegung. Ein Raubtier, dem nur zu bewusst war, dass seine Beute kurz davor stand, die Flucht zu ergreifen. Nur dass ich eigentlich nicht seine Beute war – und obendrein die letzte Person, die er jemals mit Absicht verletzten würde.

»Bist du fertig?« Betont langsam wandte er sich um und hob seinen Mantel vom Boden auf, ehe er mich wieder ansah. Sein Seesack lag scheinbar vergessen in der offenen Schranktür.

Ich nickte. Mein Mund war vollkommen ausgedörrt.

Er wies an mir vorbei zur Treppe. »Dann lass uns gehen.«

Stumm drehte ich mich um, stieg die Stufen hinunter und verließ das Haus. Ich hörte, wie Julien hinter mir die Tür abschloss. Auf halbem Weg zur Corvette hatte er mich schon eingeholt und war bereits um die Schnauze des Wagens herum, als ich die Beifahrerseite erreichte. Er öffnete gerade seine Tür, als mein Handy klingelte. Die Stirn in unwillige Falten gelegt hielt er inne, als ich es aus meiner Jackentasche fischte und ranging.

»Ja?«

»Ist dein Freund noch bei dir? Ts, ts, ts. – Frag ihn, was er glaubt, wie lange sein Bruder wohl braucht, um auszubluten?«

»W...was?«

»Du hast mich schon verstanden, mon ange.«

Das Entsetzen in meiner Stimme musste Julien verraten haben, wer am anderen Ende war, denn er stand schneller vor mir, als ich noch einmal Luft holen konnte. Im gleichen Moment knackte es in der Leitung. Als er die Hand nach meinem Handy ausstreckte, schüttelte ich den Kopf.

»Aufgelegt.«

Julien nahm es mir dennoch ab, klickte sich hastig ins Menü – und zischte enttäuscht. Bastien hatte wohlweislich seine Nummer unterdrückt.

»Was wollte er?« Angespannt gab er es mir zurück.

»Er ...« Ich tat einen bebenden Atemzug. »Ich soll dich fragen, was ... was du glaubst, wie lange Adrien braucht, um ... auszubluten.«

Für eine geschlagene Sekunde starrte Julien mich reglos an. Dann fuhr er sich abrupt durchs Haar. »Hat er wirklich ›Adrien‹ gesagt?«

»N-nein, er sagte dein ›Bruder‹, aber ...«

Er nickte brüsk und öffnete mir die Autotür. »Steig ein.«

Ich gehorchte und schob das Handy in meine Jackentasche zurück, als könne es mich beißen, während Julien auf die Fahrerseite glitt. In meiner Magengrube saß ein Zittern.

Die Vette erwachte mit einem Röhren zum Leben. Die Hinterräder drehten durch, als er aus dem Stand Vollgas gab. Dreck spritzte. Ich klammerte mich am Türgriff fest und versuchte mich selbst damit zu beruhigen, dass Juliens Reflexe bedeutend besser waren als die jedes Menschen. Es tat einen dumpfen Schlag, als wir vom Zufahrtsweg auf die Straße einbogen – der Fluch eines tiefergelegten Wagens. Aber wir hatten zu viel Schwung, um aufzusitzen. Eine Hupe heulte und blieb hinter uns zurück.

Julien fuhr wie ein Besessener, und ich hörte nach der dritten Kreuzung auf zu zählen, wie vielen anderen Wagen er die Vorfahrt nahm, wie viele unseretwegen eine Vollbremsung machen musste – und wie oft er rote Ampeln schlichtweg ignorierte.

Es war kein Wunder, dass wir das *Ruthvens* in Rekordzeit erreichten. Er hielt mehr oder weniger direkt vor dem Klub, ohne einen Parkplatz zu suchen. Doch diesmal machte er sich zumindest die Mühe, die Vette abzuschließen, als ich ausgestiegen war. Mit dem Arm um meinen Rücken dirigierte er mich an der vor dem Eingang wartende Menge vorbei, ohne das empörte Gemurmel und die Rufe zu beachten. Wortlos nickte er dem Türsteher zu und hob die Hand in einer seltsamen Geste, worauf der Hüne uns, ohne mit der Wimper zu zucken, durchwinkte. Hinter uns protestierte jemand erbost.

Im *Ruthvens* empfing uns die Musik mit ohrenbetäubender Lautstärke und mit jedem Schritt, den wir uns weiter in den Klub hineindrängten, schien sie noch zuzunehmen. Der Boden unter meinen Füßen vibrierte im Takt der Bässe. Als das Gedränge immer dichter wurde, nahm Julien meine Hand und ging vor mir her. Er kam mir ein wenig vor wie Moses, vor dem sich das Rote Meer teilt. Selbst die, die am Rand der Tanzfläche in Cliquen zusammenstanden, traten auseinander, um uns vorbeizulassen. Fast schien es, als gäbe es noch immer irgendeinen schon lange vergessenen Instinkt, der ihrem Unterbewusstsein sagte, dass eine Kreatur unter ihnen war, die in der Nahrungskette noch ein Stück über den Menschen stand: eine ziemlich zornige Kreatur, der man am besten weiträumig aus dem Weg ging.

Julien steuerte direkt auf eine zierliche junge Frau zu, deren Blässe wohl nicht nur auf ihr Make-up zurückzuführen war. Sie mixte – in ein hautenges und zugleich umwerfend elegantes Kleid aus schwarzer Spitze gekleidet – hinter der Bar Cocktails und unterhielt sich dabei mit zwei gut aussehenden Typen, die auf unserer Seite des verspiegelten Tresens klebten. Die beiden warfen ihm unwillige Blicke zu, als er sich neben sie schob und nur mit einer einzigen Geste die Aufmerksamkeit der Schönen auf sich lenkte. Was er sagte, konnte ich nicht hören – vermutlich musste man hier in der Lage sein, von den Lippen zu lesen, um auf Dauer eine halbwegs sinnvolle Unterhaltung führen zu können. Doch sie schien ihn mühelos zu verstehen, obwohl er darauf verzichtete, gegen die Musik anzubrüllen. Als Julien auf einen schweren Vorhang neben der Bar wies, zögerte sie kurz, nickte dann aber hastig und bedeutete einem schlanken Mann, der gerade mit einem Tablett voller leerer Gläser an ihr vorbeiwollte, ihren Platz einzunehmen. Die Blicke ihrer beiden Verehrer wurden schlagartig mörderisch.

Eine Bewegung vom anderen Ende der Bar lenkte mich einen kurzen Moment ab. Beth. Sichtlich verblüfft winkte sie mir zu. Betreten winkte ich zurück. Doch ehe sie es schaffte, sich zu uns durchzudrängeln, zog Julien mich schon wieder hinter sich her. Er hatte meine Hand nicht eine Sekunde losgelassen.

Jenseits des Vorhangs verbarg sich eine ledergedämmte Tür – auf deren anderer Seite sanftes Licht und verhältnismäßige Stille herrschte. Ein kurzer getäfelter Gang endete vor einer zweiten Tür. Die junge Frau war vorausgegangen und erwartete uns hier. Als wir sie erreichten, klopfte sie an und schlüpfte auf das knappe »Ja« hin, das beinah augenblicklich erklang, in den Raum dahinter. Julien und ich mussten im Flur warten.

Gleich darauf kam sie wieder heraus.

»Mein Herr empfängt Sie, Vourdranj.« Sie hielt uns die Tür auf und schloss sie hinter uns, sobald wir den Raum betreten hatten. Weiches Halbdunkel empfing uns. Nur aus dem Augenwinkel registrierte ich die eleganten Stofftapeten an den Wänden. Der Lärm der Musik war hier so gut wie gar nicht mehr zu hören. Unter meinen Füßen spürte ich schwere Teppiche, die unsere Schritte dämpften, als Julien mich weiterführte. Auf den Mann zu, der sich gerade hinter einem Schreibtisch aus Glas und Chrom erhob – und der von derselben atemberaubenden Schönheit war, die anscheinend die meisten Lamia auszeichnete. Sein dunkelblondes Haar war im Nacken zu einem Pferdeschwanz zusammengefasst. Offen würde es vermutlich bis auf seine Schultern reichen. Ein Computerbildschirm warf Schatten an die Wand hinter ihm. Er sah uns mit hellen blauen Augen aufmerksam und zugleich gelassen entgegen – zumindest bis er erkannte, *wen* Julien da an der Hand hatte. Sein Blick zuckte zwischen ihm und mir hin und her, während er um seinen Schreibtisch herumkam.

»Die Princessa Strigoja. – Sie ehren mich, Vourdranj, dass Sie sie in mein Haus bringen. – Benvenuto!«

Erst jetzt gab Julien mich frei. »Dawn Warden; Tochter und Erbin von Alexej Tepjani Andrejew, Enkeltochter von Fürst Radu, Großnichte der Fürsten Mircea und Vlad. – Dawn, das ist Timoteo Riccardo di Uldere. Der Sovrani von Ashland Falls.« Er nickte zu dem Mann hin, der sich gerade in einem perfekten Handkuss – einem, bei dem die Lippen des Herren die Knöchel der Dame *nicht* berührten – über meine Hand beugte.

»Sovrani?« Ein wenig hilflos sah ich Julien an.

Di Uldere kam ihm mit der Antwort zuvor. »Der Lamia, der diese kleine Stadt und deren Umgebung als sein Territorium für sich und seine Geschaffenen beansprucht. Der Herr der Unterwelt von Ashland Falls, wenn Ihr so wollt,

Principessa«, erklärte er mir mit einer Spur Humor in der Stimme, während er sich aufrichtete, meine Hand losließ und zurücktrat. Dann wanderte sein Blick zu Julien. Er musterte ihn eingehend.

»Sie gehen auf die Jagd, Vourdranj?«, erkundigte er sich schließlich in sachlichem Ton.

»Ja.«

Di Uldere nickte verstehend. »Und Sie bitten mich, die Principessa in dieser Zeit zu beschützen?«

Jetzt war ich es, die von einem zum anderen sah. Das konnte nicht sein Ernst sein?!

Julien neigte den Kopf. »Ja.«

»Aber ...« Mein Ansatz eines Protestes wurde von beiden Seiten überhört.

»Ich gebe Ihnen mein Ehrenwort, sie mit allem zu beschützen, was mir zu Gebote steht, Vourdranj. Und ihr - naturalmente - jeden Wunsch zu erfüllen, soweit er in meiner Macht liegt. - Darf ich fragen, wer das Ziel Ihrer Jagd ist?« Mit vollendeter Eleganz geleitete di Uldere mich zu einem der beiden Ledersessel, die vor seinem Schreibtisch standen. Ich hatte nur die Wahl, mich gegen ihn zu stemmen wie ein bockiges Kleinkind oder mich zu setzen. - Ich setzte mich. Aber nicht ohne ihnen einen ärgerlichen Blick zuzuwerfen. Beiden!

Sie bedachten mich mit diesem ganz bestimmten Lächeln, das mich innerlich zum Kochen brachte.

»Ich habe nicht weniger von Ihnen erwartet, Sovrani. Und was ihre Wünsche angeht ... Erfüllen Sie ihr alle bis auf einen: Ich will, dass sie hierbleibt, bis ich wiederkomme.«

Ich verbiss mir ein ärgerliches Zischen. Julien kannte mich viel zu gut. Doch als etwas für einen winzigen Augenblick über seine Züge huschte, bevor er weitersprach, zog sich meine Kehle zusammen. »Ich versuche meinen Bruder zu finden. Offenbar war Bastien d'Orané schneller als ich -

und nun macht er sich einen Spaß daraus, mich mit seinem Leben zu erpressen.« Wenn man Julien hörte, hätte man meinen können, es berühre ihn überhaupt nicht, was möglicherweise gerade mit Adrien geschah. Ich wusste es besser. Ohne nachzudenken, streckte ich die Hand nach ihm aus. Julien ergriff sie und drückte sie kurz. Offenbar konnte sich auch di Uldere vorstellen, was in ihm vorging, denn er nickte verstehend.

»Ihnen ist bewusst, dass das vermutlich eine Falle ist, nevvero?«, erkundigte er sich nach einem Moment jedoch halblaut.

Juliens Antwort war ein kaltes, freudloses Lächeln, ehe er sich zu mir herabbeugte und meine Hand zu seiner Wange hob. Ich saß wie erstarrt. Für vielleicht eine halbe Minute verharrte er so, die Augen geschlossen, dann hauchte er mir einen Kuss aufs Handgelenk, legte meinen Arm beinah übertrieben vorsichtig auf die Sessellehne zurück und wandte sich zur Tür. Unvermittelt schossen mir Tränen in die Augen.

»Julien!« Ich sprang auf, rannte ihm nach und warf mich in seine Arme. Unter dem Leder seines Mantels spürte ich die Pistole. »Er hat recht! Es ist eine Falle!« Ich redete Unsinn und ich wusste es: Julien war sich sehr wohl darüber im Klaren, dass Bastien ihn sicher nicht allein erwartete. – Vermutlich war ihm das schon sehr viel länger klar.

Er hielt mich fest, lehnte die Wange gegen mein Haar. »Willst du, dass ich mich zwischen Adrien und dir entscheiden muss?«, fragte er schließlich leise.

Erschrocken hielt ich den Atem an, schüttelte den Kopf. Ich spürte, dass er nickte. »Dann lass mich gehen und warte hier auf mich.«

Für eine Sekunde klammerte ich mich noch an ihn, dann schluckte ich den Kloß in meinem Hals hinunter und trat zurück. Möglichst unauffällig fuhr ich mir über die Wangen.

»Bleib nicht zu lange. Ich muss morgen noch für Chemie lernen.« Ich versuchte unbeschwert zu klingen.

Ein flüchtiges Lächeln erschien auf seinen Lippen, bevor er nickte. »Ich denke dran.« Damit war er hinaus. Schlagartig war der Kloß in meiner Kehle wieder da. Ich starrte die Tür an, machte einen Schritt darauf zu – und zuckte zusammen, als di Uldere plötzlich hinter mir stand.

»Vielleicht könnte ich ihm doch helfen«, versuchte ich es zaghaft.

»Ihr helft ihm mehr, wenn er Euch hier in Sicherheit weiß. – In più: Er ist ein Vourdranj; Ihr würdet ihm nur im Weg sein und ihn behindern, ja ihn sogar durch Eure Anwesenheit in Gefahr bringen. Es ist besser so.« Betont langsam trat er vor mich. »Und nun sagt mir, was ich tun kann, um Euch das Warten ein wenig erträglicher zu machen, Principessa!« Aufmerksam musterte er mich.

Ich hob die Schultern. Irgendwie gelang es mir nicht, den Blick von der Tür abzuwenden.

»Dann setzt Euch wenigstens. Er ist nicht schneller zurück, wenn Ihr ihm im Stehen nachstarrt, Principessa.«

Mit einem gepressten Laut stieß ich die Luft aus. Wo er recht hatte, hatte er recht. Und da war noch etwas ...

»Ich wäre Ihnen dankbar, wenn Sie aufhören würden mich *Principessa* zu nennen. Noch habe ich meinen Wechsel nicht hinter mir.« Vielleicht würde ich ihn ja nie hinter mir haben. »Mein Name ist Dawn.« Absolut unelegant ließ ich mich in einen der Sessel fallen.

»Ecco ... also doch ein Wunsch. Und einer, den ich erfüllen kann.« Er kauerte sich neben mich, bis er mit mir auf Augenhöhe war. »Va bene, *Dawn*. – Wenn Sie ansonsten tatsächlich keinerlei Wünsche haben, darf ich Ihnen wenigstens etwas zu trinken bringen lassen? Cola? Saft? Einen Kaffee oder Tee? Immerhin sind wir hier im *Ruthvens*.« Mein Kopfschütteln entlockte ihm ein Seufzen. »Sie machen es mir wahrhaftig schwer, ein guter Gastgeber zu sein.«

Er richtete sich auf, doch nur, um sich mir gegenüber

seitlich auf die Kante seines Schreibtischs zu setzen. Als sein Blick dabei an meinem Hals hängen blieb, erstarrte ich.

»Le chiedo perdono.« In einer entschuldigenden Geste breitete er die Hände aus. »Es lag nicht in meiner Absicht, Sie zu erschrecken. Ich habe nur die Rubine von Signora Wilhelmina bewundert.«

Ich brauchte eine Sekunde, um zu begreifen, was er gesagt hatte. »Rubine?«, platzte ich heraus. Beinah hätte ich mich an dem Wort verschluckt.

Verwirrt sah er auf mich herab. »Ma certo! Was haben Sie geglaubt?«

Ich räusperte mich beklommen. »Na ja, ich dachte, es wären ... Swarovski-Kristalle?«

Di Uldere schaffte es irgendwie, nicht lauthals loszulachen, obwohl ihm überdeutlich anzusehen war, dass genau das eigentlich seine erste Reaktion gewesen wäre. Stattdessen schüttelte er mit eisern beherrschter Miene den Kopf. »Ich bezweifle, dass Fürst Vlad oder einer seiner Brüder es dulden würde, dass Sie etwas anderes als exquisite – und vor allem echte – Steine tragen, Dawn. Und dieses Halsband ist unter unseresgleichen beinah legendär. Es gehörte Signora Wilhelmina Harker, Fürst Vlads Geliebter. Sie war eine der wenigen Nicht-Lamia, mit der sich einer der alten Fürsten jemals im Rat gezeigt hat. Wann immer sie an seiner Seite saß, trug sie stets dieses Schmuckstück. Das Rot der Rubine für ihr Blut und die silbernen Dornen als Symbol dafür, dass dieses Blut mit einem hohen Preis einhergehen würde, sollte tatsächlich jemand versuchen davon zu kosten. Eine Warnung an jeden Narren, der sie für nicht mehr als eine einfache Blutquelle halten mochte. – Dass er Ihnen erlaubt, es zu tragen, bedeutet nicht nur, dass er Sie sehr gern haben muss, sondern auch, dass Sie unter seinem Schutz stehen. Und das bedeutet automatisch, dass Sie auch unter dem der Fürsten

Mircea und Radu stehen. – Die Basarabs hinter sich zu wissen, ist eine nicht zu verachtende Tatsache.«

Basarab. Auch Julien hatte diesen Namen erwähnt, allerdings war ich bisher nicht dazu gekommen – und hatte es irgendwann vergessen –, ihn danach zu fragen. »Aber ich dachte ... Der Nachname meines Vaters war doch Tepjani ...«

Er nickte. »Das ist er auch. Sie haben recht, Dawn. Tepjani ist der Name, den er in der Öffentlichkeit führte. Aber seine Blutlinie war die der Basarabs.«

»Die Lamia unterscheiden zwischen dem normalen Nachnamen und der ›Blutlinie‹?«

»Esatto. – Nachdem wir bedeutend länger leben als die Menschen, sind wir gezwungen, immer wieder unsere Namen zu wechseln, um unter ihnen nicht aufzufallen. In diesen modernen Zeiten der Computernetzwerke und des Internets noch mehr als früher. Ein ›gewöhnlicher‹ Nachname verliert dabei schnell an Bedeutung. Da die Blutlinie aber nur unter unseresgleichen bekannt ist – und wir ja alle dasselbe Geheimnis teilen –, ist sie die Konstante in unseren Identitäten. Gleichzeitig gilt es jedoch als unhöflich, sich mit seiner Blutlinie vorzustellen oder einen anderen damit anzusprechen.« Er schob auf seinem Schreibtisch einen Brieföffner zusammen mit einem Notizkalender ein Stück beiseite und setzte sich bequemer hin. »Gewöhnlich wissen wir, mit wem wir es zu tun haben. Das Blut einer alten Linie hat eine vollkommen andere, bedeutend verlockendere Witterung als das einer jungen.«

Erschrocken riss ich die Augen auf. »Sie meinen ...«

»Ma sì!« Sein Lächeln war so freundlich, dass es mir erst recht eine Gänsehaut über den Rücken schickte.

Ich schluckte. »Und warum lässt mein Blut Sie so vollkommen kalt?«

Er beugte sich ein wenig näher zu mir und ich lehnte mich unwillkürlich ein Stück weiter von ihm fort, was sein

Lächeln vertiefte. »Wer sagt, dass Ihr Blut mich ›kalt‹ lässt? Aber einerseits bin ich durch mein Wort gebunden, Sie zu beschützen – auch vor mir –, andererseits bin ich alt genug, um solchen Verlockungen widerstehen zu können. Signore Du Cranier war sich dieses Umstands gewiss, sonst hätte er Sie nicht zu mir gebracht. Und überdies: Ich bin auch alt genug, um kein Narr mehr zu sein, Dawn. Abgesehen davon, dass Sie die Princessa Strigoja sind – und damit für jeden von uns als Blutquelle verboten, es sei denn, Sie entschließen sich, jemandem die Gunst zu gewähren, ihn von sich trinken zu lassen –, würde *er*«, er neigte den Kopf zur Tür hin, »mich – wie sagen die jungen Leute heute? Ah, sì – in meine Einzelteile zerlegen, sollte er an Ihnen auch nur den Hauch eines Kratzers finden, wenn er zurückkommt. Eine Erfahrung, auf die ich gerne verzichte. – Von Ihren übrigen männlichen Verwandten wollen wir erst gar nicht reden.«

»Wie alt sind Sie, Mr di Uldere?«

Er ließ ein kurzes Schnalzen hören. »Per favore, wenn ich zu Ihnen Dawn sagen soll, müssen Sie mich Timothy nennen. – Ich wurde im Sommer des Jahres 1758 geboren und im Frühling 1782 erlebte ich meinen Wechsel zum Lamia.«

Überrascht hob ich die Brauen. »Sie sind über einhundert Jahre älter als ... er und haben dennoch Angst vor ihm?«

Nachlässig und zugleich elegant verschränkte er die Hände über einem Knie und neigte sich mir etwas weiter zu. »Mir ist bekannt, um welchen der Brüder es sich bei ihrem ... ah ... Beschützer handelt, Dawn«, offenbarte er mit einem verschwörerischen Lächeln. »Er hat sich bei seinem letzten Besuch bei mir dadurch verraten, dass der bevorzugte Drink seines Bruders für ihn ein wenig ... sagen wir ... *scharf* war.«

Mein Gesicht wurde heiß. »Ich wollte nicht ...«, setzte ich verlegen an, doch di Uldere winkte ab.

»... mich beleidigen? Ma no! Einem Fremden wie mir sofort all Ihre Geheimnisse anzuvertrauen, wäre ausgesprochen dumm und gefährlich. – Doch wo waren wir ... ach ja: Macht und Stärke haben nur bedingt etwas mit dem Alter zu tun. Die Blutlinie ist ein Faktor, den man ebenso wenig unterschätzen darf. Und die Linie der Du-Cranier-Familie lässt sich bis auf die dritten Söhne zurückverfolgen. Das in Verbindung mit den Fähigkeiten eines Vourdranj ...? – Es gibt Ältere als mich, die es sich zweimal überlegen würden, ob sie sich einen der Du-Cranier-Zwillinge zum Feind machen.«

»Die *dritten Söhne?*«

»So nennt man die dritte Generation der direkten Nachkommen der allerersten Lamia.« Er bedachte mich mit einem abschätzenden Blick, dann seufzte er kopfschüttelnd, während er zugleich etwas auf Italienisch murmelte, was ich nicht verstand. »Sie war eine libysche Prinzessin, der Legende nach sogar eine Tochter Poseidons«, erklärte er dann, »schön genug, dass Zeus selbst sich in sie verliebte und mit ihr Kinder zeugte. Was natürlich seiner Gemahlin Hera nicht gefiel. Sie verfluchte Lamia und mit ihr all ihre Kinder. – Und Zeus war mit ihr äußerst ... ah ... zeugungsfreudig. – Doch während die Prinzessin selbst zu einem wahnsinnigen Monster wurde, das das Licht der Sonne nicht mehr ertragen konnte und kleine Kinder stahl, nachdem sie deren Mütter und Väter ermordet hatte, waren ihre Söhne durch das Erbe ihres Vaters zu einem gewissen Grad vor Heras Fluch geschützt.« Er hob andeutungsweise die Schultern. »Auch sie verwandelten sich, certo: Sie wurden zu fürchterlichen Kriegern, animalisch, unberechenbar, wild – beinah mehr Tier als Mensch –, und sie tranken wie ihre Mutter Blut; auch wenn sie sich meist auf das ihrer Feinde beschränkten. Aber sie verfielen nicht dem Wahnsinn und sie konnten das Licht der Sonne ertragen, auch wenn es sie schwächte und ihnen Unbehagen bereitete; weshalb sie es mieden, wann immer es ihnen möglich war.

In ihren wenigen klaren Momenten, wenn der Wahnsinn sie kurz aus seinen Klauen entließ, bereute Lamia, was sie ihren Opfern antat, und versuchte sie mit ihrem Blut zurück ins Leben zu holen – was selbstredend nicht gelang. Stattdessen gab sie ihnen etwas anderes: ein ›Un‹leben. Sie erschuf auf diese Weise die ersten Vampire. Leider übertrug sie auch ihren Wahnsinn auf ihre Geschöpfe. Schließlich waren ihr so viele zum Opfer gefallen, dass ihre Existenz nicht länger geheim war. Die Menschen machten Jagd auf die Vampire. Natürlich waren sie ihnen nicht gewachsen.

Um ihre Mutter vor dem Zorn der Menschen zu schützen, machten Lamias Söhne – die mittlerweile ebenfalls Söhne gezeugt hatten, die den Fluch ihrer Väter unverändert in sich trugen – ihrerseits ebenfalls Jagd auf die Vampire. Lamia selbst jedoch war inzwischen endgültig dem Wahnsinn erlegen. Sie erkannte ihre eigentlichen Söhne nicht mehr und hielt nur noch die Vampire für ihre leiblichen Kinder. Und sie tat alles, um sie vor den ›Jägern‹ zu beschützen; unter anderem, indem sie immer mehr von ihnen schuf. Schließlich sahen die wahren Söhne Lamias keinen anderen Ausweg mehr: Sie stellten ihr eigene ›Vampire‹ entgegen, die im Gegensatz zu den Kreaturen ihrer Mutter nicht den Keim des Wahnsinns in sich trugen und ihren ›Herren‹ bedingungslos loyal waren. So vernichteten sie mit deren Hilfe ihre Mutter und deren Brut. Im Andenken an sie nannten ihre wahren Kinder sich und ihresgleichen von da an ›Lamia‹.«

Was di Uldere da erzählte, hörte ich zum ersten Mal. Julien hatte nichts davon auch nur ansatzweise verraten. Offenbar war ihm nicht entgangen, dass ich ihm gespannt lauschte, denn er sprach mit einem feinen Lächeln weiter.

»Lamias ›Erbe‹ – nur den Fürsten des Rates ist bekannt, was genau das ist– jedoch erhielten sie. Eine bestimmte Blutlinie wurde zu seinem Bewahrer ernannt und das Amt seines

Hüters geht stets vom Vater auf den erstgeborenen Sohn über. Welche Linie das ist und wer der jeweilige Hüter ist, wissen nur die ältesten Fürsten. Und wenn einer in ihre Kreise aufsteigt und damit auch in dieses Geheimnis eingeweiht wird, schwört er einen Eid, es niemals und unter gar keinen Umständen zu offenbaren.«

Abermals zuckte er leicht mit den Schultern.

»Man sagt, die ersten Söhne und die beiden nächsten Generationen ihrer direkten Nachkommen zeugten ihre Kinder mit den edelsten Töchtern der Menschen. Nicht wenige bestiegen die Throne diverser Stadtstaaten oder wurden als Helden gefeiert.« Etwas wie Spott glitt über sein Gesicht. »Über die Jahrtausende hinweg machte die Evolution auch vor uns Lamia nicht halt. Wir können heute die Sonne deutlich besser ertragen als unsere Vorväter und wir wurden bedeutend ›menschlicher‹. Dafür haben wir – offenbar abgesehen von einigen wenigen Ausnahmen – die Fähigkeit verloren, mit den Frauen der Menschen Kinder zu zeugen. Aber wir machen in der Regel noch immer im gleichen Lebensjahr, in dem auch der Erste der jeweiligen Blutlinie seinen Wechsel erlebte, den Wandel zu einem Lamia durch. Wir ernähren uns von diesem Tag an nur noch von Blut, und unsere Lebensspanne verlängert sich auf Hunderte von Jahren.«

»Also waren die *ersten Söhne* auch die ersten Vourdranj?« Ich hätte viel früher einmal hierherkommen sollen. In einer halben Stunde mit di Uldere erfuhr ich mehr über die Lamia als in der ganzen Zeit mit Julien.

»Wenn man es genau nimmt: Ja.«

»Und das alles ist wahr?« Der Gedanke, dass die Lamia aus der Verbindung eines griechischen Gottes mit einer Halbsterblichen hervorgegangen sein sollten und sie letztlich ein göttlicher Fluch zu dem gemacht hatte, was sie waren, klang schon sehr ... fantastisch.

Di Uldere lachte. »Wenn eine Geschichte so alt ist wie diese, wer weiß da noch, was wahr ist und was erfunden, nevvero? – Aber sie hat geholfen, Sie ein wenig von Ihren Sorgen abzulenken und die Zeit vergessen zu lassen, Dawn. Damit hat sie für mich ihren Zweck erfüllt.«

Ich rang mir ein Lächeln ab und sah auf meine Hände. Einen Moment glaubte ich di Ulderes musternden Blick auf mir zu spüren, dann räusperte er sich. »Sie würden es vorziehen, allein zu sein, Dawn, giusto?« Offenbar war Julien nicht der Einzige, der meine Gedanken erraten konnte. Als ich nickte, stieß er ein Seufzen aus. »Nun gut, offenbar kann ich tatsächlich nicht mehr – und nichts anderes – für Sie tun. – Wenn ich Sie allein lasse, versprechen Sie mir, hierzubleiben und Signore Du Cranier nicht nachzulaufen?«

Mit einem bemüht spöttischen – und zugleich frustrierten – Schnauben blies ich gegen eine der Strähnen, von denen sich mittlerweile mehrere aus meiner Frisur gelöst hatten, und schaute auf. »Ich wüsste ja noch nicht einmal, wo ich nach ihm suchen sollte.«

»War das ein Ja?« Die Geste, mit der er die Hände im Schoß verschränkte, hatte etwas von einem gütigen Priester, der bereit war, die Beichte eines seiner Schäfchen anzuhören.

Ich verdrehte die Augen. »Ja.«

»Bene.« Nachlässig stand er vom Schreibtischrand auf. »Wenn Sie sich die Zeit an meinem Computer vertreiben wollen – prego! Ich persönlich finde Solitär, Mahjong, Sudoku und dergleichen wenig reizvoll, aber vielleicht bietet es Ihnen ja zumindest etwas Ablenkung. Ich habe auch nichts dagegen, falls Sie es vorziehen, ein wenig im Internet zu surfen.« Auf halbem Weg zur Tür blieb er noch einmal stehen. »Sollten Sie doch irgendwelche Wünsche haben, drücken Sie auf dem Telefon die Sterntaste und die Eins, dann sind Sie direkt mit der Bar verbunden. Man wird Ihnen bringen, was auch immer Sie möchten.« Er wartete mein Nicken ab, bevor er den Raum endgültig verließ.

Einen Moment saß ich da und starrte ein weiteres Mal die Tür an. Doch dann riss ich meinen Blick davon los, stand auf, schlüpfte aus meiner Jacke, während ich um den Schreibtisch herumging, und ließ mich in den hochlehnigen Ledersessel fallen. Irgendwelche Rechnungen waren über der Tastatur achtlos zu einem Stapel zusammengeschoben, auf der rechten Seite lagen zwei Ordner aufeinander. Die Maus wartete auf ihrem mattschwarzen Pad.

Gewöhnlich hielt ich auch nicht viel von Mahjong und Co., aber im Moment war tatsächlich alles besser, als die Uhr anzustarren, die von hier aus gut sichtbar an der Wand neben der Tür hing. Ich schnappte mir die Maus und der Bildschirm erwachte zum Leben. Vor dem Hintergrund des Kolosseums in Rom saß ein bunter Wust an Icons. Die Spiele waren in den Tiefen der üblichen Menüleisten verborgen. Mehr gelangweilt als enthusiastisch klickte ich mich zu ihnen durch und versuchte mich an Mahjong.

Ungefähr eine Dreiviertelstunde später beobachtete ich die Zeiger der Uhr, wie sie Sekunde um Sekunde vorwärtstickten. Die Nadeln und Klammern aus meinem Haar lagen ordentlich vor mir aufgereiht auf dem Schreibtisch – in der inzwischen x-ten Anordnung. Ich hatte die Spiele schon lange aufgegeben. Stattdessen war ich ziellos durchs Internet gewandert, hatte in irgendwelchen Foren herumgelesen, Susan eine SMS geschrieben, um sie – wenn auch mit ziemlicher Verspätung – von unserem überhasteten Aufbruch zu informieren. Und hatte immer wieder auf das Zifferblatt gestarrt in der Hoffnung, die Zeiger nur durch meinen Blick schneller vorrücken zu lassen. Doch sie schienen festgeklebt zu sein. Mehr als einmal hatte ich mich dabei erwischt, wie ich Juliens Nummer im Telefonbuch meines Handys aufrief. Ich hatte es jedes Mal hastig wieder beiseitegelegt, als mir klar wurde, welche bodenlose Dummheit ich da im Begriff war zu begehen: Immerhin war es beinah schon ein Klischee, dass ein klingelndes, summendes oder auch nur vibrierendes Handy den Helden in irgendwelchen Filmen regelmäßig in ungeahnte Schwierigkeiten brachte. Dennoch hatte ich es bisher nicht geschafft, es wieder in meiner Jackentasche zu versenken. Ich machte beinah einen Satz, als es unvermittelt lossang. Mit einem seltsamen Zittern in der Magengrube griff ich danach. Die Rufnummer war unterdrückt. Das Zittern verstärkte sich, erfasste meine Hände. Irgendwie schaffte ich es, ranzugehen.

»Ja?« Das Zittern war sogar in meiner Stimme zu hören. Dann hätte ich um ein Haar das Handy fallen lassen. Der Laut, der mir entgegendrang, war ein seltsam gedämpftes Stöhnen, das sich zu einem entsetzlichen Schrei steigerte, der von einem Augenblick auf den anderen abbrach.

»Julien!« Ich wusste, dass ich hysterisch klang, doch es war mir absolut egal.

Für einen kurzen Moment herrschte Stille, dann lachte Bastien.

»Ich fürchte nein, mon ange. Weißt du, inzwischen hat dein Freund Adrien sich zu uns gesellt.«

Mein Freund? Adrien? In meinem Schock brauchte ich Sekunden, um zu begreifen, was Bastien meinte. Für ihn war mein Freund *Adrien* und nicht *Julien*. Also war es doch Julien, den ich gehört hatte. O Gott!

Erneut drang ein qualvoller Laut aus dem Handy. Mir wurde schlecht.

»Möchtest du uns nicht auch Gesellschaft leisten?«

Ich schluckte hilflos. »Ich ... ich kann nicht.«

»Du kannst nicht, mon ange?« In Bastiens geheuchelter Verwunderung schwang Ärger mit. »Was soll das heißen, ›Du kannst nicht‹? Möchtest du deinen Liebsten nicht noch einmal sehen, bevor ich ihm das Genick breche?«

»Nein!« Wieder war meine Stimme viel zu schrill.

»Nein? Du überraschst mich. Bisher dachte ich ... Aber wenn das so ist ...«

»Nein! Nein, bitte, tu ihm nichts!« Ich wusste nicht, ob ich darüber froh sein sollte, dass dieses Mal kein Stöhnen oder Schrei erklang. Dafür hörte ich Bastien erneut lachen.

»Ah ... jetzt verstehe ich. Vielleicht solltest du dich das nächste Mal etwas präziser ausdrücken, mon ange, nicht dass uns hier noch ein Missverständnis unterläuft. Das wäre doch zu bedauerlich, meinst du nicht auch?«

»Ja.« Das Wort kam so leise über meine Lippen, dass ich nicht sicher war, ob er es überhaupt verstand. Er tat es.

»Sehr schön. Und nun zurück zu deinem ›Ich kann nicht‹. Was soll das heißen?«

»Ich ... bin nicht zu Hause.«

Schweigen. Dann: »Ach, natürlich. Er hat dich zu di Uldere gebracht. – Ts. – Nun, ich gehe davon aus, dass er dich nicht irgendwo angebunden hat. Also solltest du es mit ein bisschen gutem Willen durchaus schaffen, dich aus diesem Klub davonzustehlen, oder?«

Ich fuhr mir übers Gesicht. Meine Hand war eisig. »Ich weiß nicht.«

»Nun, dann wirst du dich ein wenig anstrengen, mon ange.« Sein bisher schmeichelnd-spöttischer Ton wurde kalt und geschäftsmäßig. »Du kommst zum Industriedock. – Ich nehme an, du weißt, wo das ist. – Das Tor am südlichen Ende wird offen sein. Du parkst davor. Dann folgst du den Bahngleisen, die auf das Gelände führen. Geh immer geradeaus. Ich – oder besser wir erwarten dich. Du hast eine halbe Stunde Zeit. So lange werde ich von einer weiteren Unterhaltung mit deinem Liebsten absehen. – Hast du das verstanden?«

»Ja.«

»Sehr gut. – Und auch wenn ich es hasse, kitschig zu klingen: Ich denke, es ist selbstverständlich, dass du allein kommst, nicht wahr?«

»Ja.«

Klick!

Ich ließ das Handy sinken, starrte benommen darauf. Was hatte mich eigentlich annehmen lassen, Bastien würde vor Folter zurückschrecken, wenn er sich selbst für Entführung und Erpressung nicht zu schade war? Und jetzt hatte er auch noch Julien in seiner Gewalt. Ich mochte mir gar nicht vorstellen, was er ihm schon angetan hatte. Allein bei dem Gedanken zog sich mein Magen zusammen. Ich schluckte gegen die aufsteigende Galle in meinem Mund an.

Zu tun, was Bastien verlangte, war absoluter Wahnsinn. Ich konnte Julien nicht helfen. Und anzunehmen, meine Anwesenheit würde ihn davon abhalten, Julien - oder Adrien - etwas anzutun ... Nein. Ohne es wirklich zu merken, krampfte ich die Finger fester um das Handy. Wenn ich dorthin fuhr, spielte ich ihm nur noch zusätzlich in die Hände. Aber ebenso wenig konnte ich *nicht* zu dem Dock fahren. - Dieser verdammte Mistkerl!

Und wenn ich di Uldere um Hilfe bat? Immerhin war Ashland Falls *seine* Stadt, wenn man es genau nahm. Ich konnte mir ein freudloses Auflachen nicht verbeißen. Er hatte Julien sein Wort gegeben, auf mich aufzupassen und mich nicht gehen zu lassen. Und er würde sich daran halten. Ob mir Onkel Vlad ... Unwillkürlich schüttelte ich den Kopf. Ganz sicher nicht. Im Gegenteil. Er würde vermutlich di Uldere anrufen und sicherstellen, dass ich das *Ruthvens* auf gar keinen Fall verließ. In seinen Augen war ich bedeutend wichtiger als irgendein Vourdranj. Auch wenn er den Namen Du Cranier trug und ich ihn liebte. Nein, Onkel Vlad würde Julien einfach seinem Schicksal überlassen. Ich zwang mich, meinen Klammergriff um das Handy zu lockern. Und auch die anderen, Susan, Mike, Tyler oder Ron, konnte ich nicht um Hilfe bitten. Ich würde damit ihr Todesurteil unterschreiben – und meines und Juliens gleich mit. Nur Beth, die musste ich mit hineinziehen. Bastien hatte mir eine halbe Stunde Zeit gegeben. Zu Fuß war das unmöglich. Selbst mit einem Auto war es knapp bemessen. Ich hatte keine andere Wahl, als Beth zu fragen, ob sie mir ihren Käfer lieh. Aber auch sie durfte nicht wissen, worum genau es eigentlich ging.

Ich stand entschlossen auf. Unvermittelt wurde mir schwindlig. Im letzten Moment bekam ich die Tischkante zu fassen. Mit geschlossenen Augen klammerte ich mich daran. Nein, bitte nicht wieder einer dieser Schwindelanfälle! Nicht ausgerechnet jetzt. Ganz langsam ließ ich mich auf den Sitz zurücksinken. Minutenlang konnte ich nichts anderes tun, als mich aufs Atmen zu konzentrieren. Nur allmählich ließen die Übelkeit und das Gefühl, dass der Raum sich um mich drehte, nach. Für einen weiteren Augenblick blieb ich ruhig sitzen, ehe ich noch einmal aufzustehen versuchte. Diesmal blieb alles, wie es sein sollte. Kein Schwindel, keine Übelkeit. Gott sei Dank. Panisch warf ich einen Blick auf meine Uhr. Mir lief die Zeit davon.

Ich griff mir meine Jacke – das Handy ließ ich nur widerwillig in die Tasche gleiten – und ging zur Tür. Ob di Uldere wohl jemanden davor postiert hatte? Betont gleichgültig öffnete ich. Der Gang dahinter war leer. Ich stieß ganz langsam die Luft aus und rieb meine plötzlich schweißfeuchten Hände an meiner Jeans. Er vertraute ganz offensichtlich darauf, dass ich mein Versprechen hielt. Ich konnte nur hoffen, dass er verstehen würde, warum ich es brach. Ich zog die Tür hinter mir zu und durchquerte rasch den Gang. Die Gefahr, dass mich jemand bemerkte, war hier bedeutend größer, da sich diese Tür direkt neben der Bar befand.

Nach einem kurzen Zögern öffnete ich sie einen Spaltbreit. Sofort flutete das Wummern der Bässe zu mir herein. Ich unterdrückte einen Fluch. Durch den Vorhang, der sie auf der anderen Seite verbarg, war mir die Sicht versperrt. Aber vielleicht war das ja auch mein Glück? Ich glitt durch den Spalt in den engen Raum zwischen Vorhang und Tür und zog sie hinter mir wieder zu. Vorsichtig spähte ich an dem schweren Stoff vorbei – keiner sah herüber –, schlüpfte hinter ihm hervor und tauchte im Gewühl der Besucher unter. Erst als ich beinah das Gedränge um die Tanzfläche erreicht hatte, wagte ich es, mich umzudrehen. Niemand schien etwas bemerkt zu haben. Vermutlich achtete man mehr darauf, wer durch diese Tür hineinging. Die junge Frau, die mich und Julien zuvor in di Ulderes Büro geführt hatte, war nirgends zu sehen. Aber Beth konnte ich hinter der Bar auch nicht entdecken. Ob sie bediente? Lieber Himmel, die Chance, sie in diesem Gewimmel und bei der Beleuchtung zu finden, ging gegen null. Dennoch machte ich mich auf die Suche nach ihr. Einen Blick auf meine Uhr zu werfen wagte ich erst gar nicht. Mit klopfendem Herzen schob ich mich zwischen den anderen Gästen hindurch und hielt dabei Ausschau nach Beth; immer darauf bedacht, nicht unvermittelt di Uldere oder der jungen Frau zu begegnen. Das *Ruthvens* schien noch voller als zuvor, sofern das überhaupt möglich war. Ich biss mir auf die Lippe. Hoffentlich war Beths Schicht nicht schon zu Ende. Immerhin ging es bereits auf Mitternacht zu.

Endlich entdeckte ich sie, mit einem Tablett leerer Gläser, auf dem Weg zurück zum Tresen.

»Beth!« Hastig drängelte ich mich zwischen den anderen Gästen hindurch. Wem ich dabei meine Ellbogen in die Rippen stieß, war mir egal. Ebenso wie die Drinks, die ich zum Überschwappen brachte, und die empörten »He!«, die darauf folgten. »Beth!« Sie musste mich gehört haben, denn sie wandte sich um und ließ den Blick fragend über die Leute wandern. Allerdings bezweifelte ich, dass sie mehr als dunkle Gestalten erkennen konnte. Ich riss den Arm hoch und winkte, doch sie drehte sich wieder um und steuerte weiter auf die Bar zu. Ich stöhnte innerlich und verdoppelte meine Anstrengungen, sie zu erreichen. Die »He!« wurden zahlreicher – und wütender.

Ich erwischte Beth gerade noch am Rand der Menge, ehe sie in den ein wenig helleren Bereich um den Tresen geriet. Beinah hätte ich ihr Tablett zum Absturz gebracht. Der Ärger, mit dem sie sich nach der ersten Schrecksekunde zu mir umsah, wurde zu Überraschung, als sie mich erkannte.

»Dawn? Was ...«

»Beth, bitte, kannst du mir deinen Käfer leihen?« Ich fiel direkt mit der Tür ins Haus. Wie viel Zeit mochte inzwischen vergangen sein? Zehn Minuten? Ich konnte es niemals rechtzeitig bis zum Industriedock schaffen.

»Meinen Käfer, aber ... du bist doch mit Julien gekommen?« Selbst bei diesem Licht konnte ich sehen, dass sie die Stirn runzelte.

»Der ist schon weg. – Bitte, Beth. Es ist wichtig. Ich bring ihn dir zurück, so schnell ich kann.«

»Habt ihr euch wieder gestritten?« In ihrem Ton war jetzt eine Mischung aus Besorgnis und Ärger. Letzteres galt definitiv nicht mir.

»Es ist nicht, was du denkst. Bitte, leih mir einfach deinen Käfer. Ich erklär's dir später, ja?«, flehte ich.

Sie musterte mich noch einmal, dann nickte sie. »Ich hol dir den Schlüssel aus dem Spind. Warte so lange an der Bar.«

»Nein, ich ... nicht an der Bar. Ich warte lieber hier.« Jemand rempelte mich von hinten an und ich machte einen Schritt auf sie zu, um mein Gleichgewicht zu halten.

»Dawn, was ist denn los? Allmählich fange ich an, mir Sorgen zu machen.«

Unglücklich schüttelte ich den Kopf. »Bitte, Beth. Hol einfach den Schlüssel – und sag niemandem, dass du ihn *mir* gibst. Bitte!«

Ihre Augen wurden schmal. »Hat das etwas damit zu tun, dass Julien Timothy kennt?« Sie trat ein Stück beiseite, um einen jungen Mann vorbeizulassen. »Du kannst ihm ausrichten, wenn er dir irgendwie wehgetan hat, kann er sich auf einiges gefasst machen.« Noch ehe ich etwas sagen konnte, drehte sie sich schon um und machte sich erneut auf den Weg zur Bar, wo sie ihr Tablett gekonnt abstellte, zu einem schlanken, blassen jungen Mann etwas sagte und dann in Richtung der Toiletten verschwand, in der sich vermutlich auch der Aufenthaltsraum für das Personal befand.

In der kurzen Zeit, die sie verschwunden war, sah ich mindestens ein Dutzend Mal auf meine Uhr. Nur noch gut fünfzehn Minuten. Als sie mir den altmodischen Schlüssel ihres Käfers in die Hand drückte, hätte ich sie küssen können.

»Es reicht, wenn du ihn mir bis morgen Nachmittag nach Hause bringst. Richard nimmt mich heute Abend mit.« Ihre Miene verriet immer noch Sorge. »Ich hoffe, dass das mit Julien und dir wieder in Ordnung kommt.« Sie strich mir über den Arm. An der Bar rief jemand ihren Namen und sie schenkte mir ein letztes aufmunterndes Lächeln, bevor sie hinüber und wieder an die Arbeit ging. Auch wenn es im Moment meine geringste Sorge war: Vor dem Augenblick, in dem ich ihr erklären musste, warum ich mir ihren Käfer wirklich geliehen hatte, grauste mir jetzt schon. Irgendetwas sträubte sich in mir, tatsächlich einen Streit mit Julien vorzugeben – aber ihr die Wahrheit zu sagen kam noch viel weniger infrage.

Ich verscheuchte den Gedanken und drängelte mich eiligst in Richtung Ausgang. Der Türsteher nickte mir zu, als ich mich hinter ihm vorbeischob. Auf dem kleinen Parkplatz hinter dem Klub war Beths Käfer nicht zu übersehen. Seine Kuppel ragte gut sichtbar über die Dächer der anderen Wagen hinaus.

Als ich den Schlüssel ins Zündschloss steckte, betete ich,

dass ihr nicht wieder jemand einen Streich gespielt hatte oder dass der alte VW aus irgendwelchen anderen Gründen vielleicht auf die Idee kam, nicht anzuspringen. Mit einem dröhnenden Donnern, gegen das das Röhren der Corvette, wenn man sie im Stand hochjagte, ein verschämtes Räuspern war, erbarmte sich der Wagen. Im ersten Moment suchte ich den Lichtschalter auf der falschen Seite, doch dann hatte ich ihn entdeckt und setzte vorsichtig zurück. Noch zehn Minuten. Selbst wenn ich jedes Tempolimit brach, würde ich es auch nicht annähernd schaffen, rechtzeitig da zu sein. – Nicht dass es mit Beths Käfer überhaupt großartig möglich war, das Limit zu überschreiten. Aber ich hatte vor, mein Bestes zu versuchen.

Ich brauchte zwanzig Minuten quer durch die Stadt. Und fünf weitere, weil ich im Industriegebiet zweimal falsch abbog, bis ich den Zufahrtsweg zu dem Tor fand, das Bastien mir genannt hatte. War das andere Ende des Industriedocks hell erleuchtet, lag hier jenseits des Maschendrahtzauns alles in tiefer Schwärze. Offenbar wurden die Lagerhallen auf dieser Seite schon seit einiger Zeit nicht mehr genutzt.

Ich parkte den Käfer direkt vor dem Tor. Sein Dröhnen hatte mein Kommen vermutlich deutlich genug angekündigt. Meine Hand war eiskalt, als ich ihn abstellte. Einen Moment war nur das Klicken des Motors zu hören. Im Licht seiner abgeblendeten Scheinwerfer starrte ich das Tor an, eine vermutlich zwei Meter hohe Stahlrohr-Drahtzaun-Konstruktion. Dort, wo die beiden Flügel aneinanderstießen, baumelte eine Kette lose herab. Irgendwo auf der anderen Seite erwartete mich Bastien – mit Julien. Ich schaltete das Licht ab und stieg aus. Vom Penobscot River wehte der Geruch von Brackwasser zu mir herüber. Dass ich ihn in gar nicht allzu großer Entfernung gurgeln zu hören glaubte, musste Einbildung sein.

Wie Bastien gesagt hatte, führten ein paar Schienen unter dem Tor hindurch tiefer auf das Gelände. Sie waren ins Kopfsteinpflaster eingelassen und verschwanden zwischen in der Dunkelheit aufeinandergestapelten Containern und mehrere Stockwerke hohen Lagerhallen, die noch aus Backsteinen gebaut waren. Hinter mir endeten sie ein Stück neben der Zufahrtsstraße vor einem halb zugewachsenen Prellbock.

Nach einem letzten tiefen Atemzug schlüpfte ich durch das Tor. Die Kette schlug mit einem leisen *Däng* gegen das Rohr. Eine Sekunde stand ich wie erstarrt und lauschte, doch dann schalt ich mich eine dämliche Gans. Bastien erwartete mich! Es gab keinen Grund, leise zu sein. – Und trotzdem widerstrebte es mir, mich mit dem Lärm eines kleinen Abrisstrupps anzukündigen.

Ich rieb meine feuchten Handflächen an meinen Jeans und setzte mich in Bewegung. Zwischen den Pflastersteinen wuchs Gras und das ein oder andere größere Pflanzenbüschel. Auch entlang der Schienen reckte sich das Unkraut, und ich fragte mich unwillkürlich, wann das letzte Mal jemand absichtlich hierhergekommen war, und nicht, weil er sich zwischen den Containern verlaufen hatte. Mit jedem Schritt klopfte mein Herz höher in meiner Kehle. Meine Hände waren noch immer schweißfeucht – und obendrein schon wieder eiskalt. Ich zog meine Jacke enger um mich und schob sie unter meine Achseln, während ich weiterging.

Gelegentlich drang das Knarren und Krachen, mit denen auf der anderen Seite des Docks Schiffe und Güterwaggons beladen wurden, bis zu mir. Ansonsten war es – abgesehen von meinen leise knirschenden Schritten – still. Unruhig sah ich mich um. Über mir spannte sich das Skelett eines Portalkrans über die Schienen. Ein altes Silo ragte ein Stück daneben in den Nachthimmel. Zwischen ein paar Containern, denen man selbst im Dunkeln den Rost ansah, konnte ich den Penobscot erkennen. Ich war überrascht, wie nah er war. Sein Wasser glänzte ölig. Irgendwo schlug Metall klirrend auf Metall. Die halbe Stunde, die Bastien mir gegeben hatte, war schon lange vorbei. Ich wagte nicht, mir vorzustellen, was er Julien vielleicht bereits alles angetan hatte.

»Wie niedlich. Versuchst du dich anzuschleichen?«

Mein Schrei war vermutlich bis zum beleuchteten Teil des Docks zu hören, laut genug hallte er zumindest zwischen den Containern und Mauern um uns herum wider. Ich presste die Hand auf den Mund, um wenigstens meine panischen Atemzüge zu dämpfen. Hatte ich tatsächlich die Hoffnung, sie vor Bastien verbergen zu können? Großer Gott, was war ich doch für eine dämliche Gans. Er war ebenso ein Lamia wie Julien: ein Raubtier, mit den entsprechend scharfen Sinnen. Ich ließ die Hand sinken und straffte die Schultern, bevor ich mich in die Richtung umdrehte, aus der seine Stimme eben erklungen war.

Bastien lehnte an dem Stahlskelett des Portalkranes; soweit ich das erkennen konnte, die Hände lässig in den Hosentaschen. Ich war tatsächlich an ihm vorbeigegangen, ohne ihn zu bemerken. Was – oder besser wen – hatte ich auf meinem Weg hierher noch alles übersehen?

»Du hast dich verspätet, mon ange.«

»Ich musste erst noch aus dem *Ruthvens* herauskommen – und mir außerdem ein Auto besorgen.« Mein Tonfall war zickiger, als ich beabsichtigt hatte. Dabei hatte ich nur verhindern wollen, dass meine Stimme zitterte.

»So langsam sehe ich, was Adrien an dir findet.« Er stieß sich von dem Träger ab und schlenderte auf mich zu. »Cathérine fletschte gewöhnlich auch ihre Fänge, anstatt sich zu benehmen, wie es sich für eine junge Frau geziemte. Nun ja, was konnte man bei diesen Brüdern auch anderes erwarten.« Direkt vor mir blieb er stehen. »Und dieser Trottel Raoul hatte genau deswegen einen Narren an ihr gefressen.«

Seine Finger strichen über meine Wange abwärts. Ich stieß sie weg.

»Wo ist er?« Ich würde mich nicht von ihm einschüchtern lassen. Und wenn es ihm doch gelang, würde ich alles tun, damit er es nicht bemerkte.

»So ungeduldig?« Mit einem leisen Lachen schüttelte er den Kopf. »Erst kommt sie zu spät und dann kann sie es nicht erwarten, ihren Liebsten wiederzusehen.« Den Mund noch immer spöttisch verzogen nickte er an mir vorbei. »Da lang. – Nach dir!«

Ich warf ihm noch einen letzten giftigen Blick zu, dann wandte ich mich in die Richtung, in die er gewiesen hatte, und marschierte los. Doch als er mich am Arm fasste, befreite ich mich mit einer brüsken Bewegung.

»Ich kann alleine gehen.«

Abermals lachte er. »Ah, bitte vergib mir, *mon ange*. Immerhin bist du ja nach wie vor nur ein kleines Halbblut und deine Sinne sind noch so ... menschlich. Ich wollte nur verhindern, dass du im Dunkeln stolperst und dich am Ende noch irgendwie verletzt.«

Betont langsam wandte ich mich endgültig zu ihm um. »Und genau diesem kleinen Halbblut mit den ach so menschlichen Sinnen wolltest du noch vor ein paar Tagen den Hof machen. Und jetzt dieser Sinneswandel? Du zerreißt mir das Herz.« So dicht ich es wagte, trat ich vor ihn, ehe ich dann »Lieber brech ich mir sämtliche Knochen, als mich von dir anfassen zu lassen, *mon ange*.« zischte.

»Dann will ich dich nicht daran hindern.« Selbst bei diesem Licht konnte ich den Ärger in seinen Zügen erkennen. »Los jetzt!« Er drehte mich um und schubste mich vorwärts. Ich ließ ihm nicht die Genugtuung eines zweiten Stoßes, sondern marschierte störrisch in die Richtung, in die er mich dirigierte.

Es ging nach rechts, zwischen den Stahlstreben des Portalkrans und einigen übereinandergestapelten Containern hindurch und dann noch einmal nach rechts auf einem Kai in die Richtung zurück, aus der ich zuvor an den Schienen entlang gekommen war. Ein altes Containerschiff ragte als schwarzer Schatten in den Nachthimmel. Die Taue, mit denen es festgemacht war, knarrten leise. Nach ein paar hundert Metern ging es erneut nach rechts, unter dem Arm eines Ladekrans hindurch und in einen vergleichsweise schmalen Kopfsteinpflaster-Durchgang zwischen Lagerhallen, die den Kai auf der einen Seite säumten. Bastien bewegte sich hinter mir mit der gleichen Lautlosigkeit, die ich bisher nur an Julien gekannt hatte.

Etwa in der Mitte des Durchgangs war schließlich zu unserer Linken das Rolltor einer der Backsteinhallen zur Hälfte in die Höhe gezogen. Ein Stoß beförderte mich darauf zu und unter ihm hindurch. Dahinter herrschte tiefste Schwärze. Ich zögerte – und erhielt einen weiteren Stoß, taumelte zwei Schritte vorwärts. Im allerletzten Augenblick bemerkte ich den dunklen Schatten direkt vor mir und konnte gerade noch verhindern, dass ich bäuchlings auf der Motorhaube von Bastiens Ferrari landete. Irgendwo in der Halle erklang ein Knarren, dann ein schwaches Stöhnen.

In der nächsten Sekunde knackte es laut und Strahler flammten auf. Geblendet riss ich die Hand hoch, um mich vor dem grellen Licht zu schützen, und machte unwillkürlich einen Schritt zurück. Einen Moment lang war ich beinah vollkommen blind. Nur ganz allmählich wurden aus den verschwommenen Schatten Gestalten. Ich schnappte nach Luft. Bastiens Hand schloss sich um meinen Oberarm und verhinderte, dass ich noch weiter zurückwich.

Sie balancierten auf ziemlich wackelig aussehenden Holzkisten; eine junge Frau, die ich nicht kannte, und Adrien. Auch wenn seine Augen geschlossen waren, verriet seine starre Haltung, dass jeder seiner Muskeln zum Zerreißen gespannt war. Sein nackter Oberkörper war mit einer Gänsehaut überzogen – und mit unzähligen kleinen und größeren Schnitten. Einige bluteten noch, andere hatten sich bereits wieder geschlossen. Dazwischen blühten Blutergüsse in jeder nur erdenklichen Schattierung von Violett über Grün bis zu verblassendem Gelb. Auf der linken Seite zog sich eine frische, noch rote Narbe schräg abwärts über seine Brust nach hinten. Es war nicht die einzige. Seine Haut hatte jenes ungesunde Grau, das ich auch bei Julien gesehen hatte, als ich ihn damals nach seinem *Unfall* mit der Blade in *Onkel* Samuels Weinkeller gefunden hatte. Beinah hätte man seine Rippen darunter zählen können, und es schien fast, als würde es schon seine Kräfte übersteigen, nur zu atmen; als bräuchte es seine ganze Konzentration, sich aufrecht zu halten. Wenn er die Augen öffnete, würden sie schwarz sein – schwarz vor Hunger. Mehrere Lagen silbriges Klebeband schnürten seine Handgelenke hinter seinem Rücken zusammen. Knapp darüber waren seine Unterarme rot verschmiert. Ein weiterer Streifen verschloss seinen Mund. Er schien zu zittern – und das wohl eher vor Erschöpfung als vor Kälte.

Die junge Frau hatte ebenso wie ich einen Moment in die plötzliche Helligkeit geblinzelt, jetzt starrte sie mit weit aufgerissenen Augen zu mir und Bastien herüber. Die kleinen, hastigen Atemzüge, mit denen sie die Luft durch die Nase einsog, kamen viel zu schnell hintereinander. Rotblondes Haar hing ihr wirr ins Gesicht. Wie Adrien war auch sie gefesselt und geknebelt. Die Schlinge eines Stahlseils lag so um ihren Hals, dass ihr Kopf scharf zur Seite und nach vorne gezwungen wurde. Das Seil selbst lief straff gespannt über zwei Rollen an der Decke – und war auf die gleiche Weise auch um Adriens Kehle gezurrt. Ganz egal, wer von ihnen zuerst das Gleichgewicht verlor oder wen zuerst die Kräfte verließen: Er würde nicht nur sich selbst das Genick brechen, sondern dem anderen gleich mit.

Weiter hinten in der Halle standen ein silbergrauer BMW, ein dunkelblauer Cougar und ein Suburban mit dunklen Scheiben, aus dem gerade drei Männer ausstiegen.

Julien war nirgends zu sehen.

»Wo ist er? Was hast du mit ihm gemacht?« Ich fuhr zu Bastien herum. »Hol die beiden da runter, du sadistischer Mistkerl!«

Sein Griff an meinem Arm wurde noch härter. Ich biss mir auf die Lippe, um ein Stöhnen zu unterdrücken.

»Ich denke, es wird nicht mehr allzu lang dauern, bis er sich zu uns gesellen wird. – Jetzt, nachdem nicht nur sein geliebter Bruder hier ist, sondern auch du.«

Es war, als hätte er mir einen Kübel Eiswasser übergegossen. Mit einem Gefühl dumpfer Benommenheit starrte ich ihn an. Nur langsam wurde mir bewusst, *was* er da gerade gesagt hatte. Lieber Gott, was hatte ich getan!

»Warum?«

»Warum, mon ange? Nun, ich glaube, du wirst mir zustimmen, dass dein Freund bedeutend ... zahmer ... sein wird, wenn du hier bei mir bist, oder?«

»Er weiß gar nicht, wo ich bin.« Ich fühlte mich entsetzlich hilflos.

»Darum mach dir keine Sorgen, das lässt sich schnell ändern.« Bastien streckte mir die Hand entgegen. »Dein Handy. Ich wette, du hast seine Nummer eingespeichert.« So weit ich konnte, wich ich zurück – nur um gleich wieder grob von ihm herangezerrt zu werden. Rasch tastete er über meine Taschen. Dass ich an seinem Arm riss, um freizukommen, ignorierte er. Ich hatte ihm kräftemäßig ebenso wenig entgegenzusetzen wie Julien. Er fand mein Handy beinahe auf Anhieb – und ließ mich los. Einen Augenblick lang dachte ich an Flucht. Ein schneller Blick zu dem noch immer halb offen stehenden Rolltor – und ich gab den Gedanken auf. Einer von Bastiens Freunden lehnte neben dem

Durchgang, ohne mich aus den Augen zu lassen. Sie waren erschreckend dunkel.

Bastien hatte inzwischen das Telefonbuch meines Handys aufgerufen und klickte sich durch die Einträge. Mein stummes Flehen, der Akku möge den Geist aufgeben, wurde nicht erhört. Schließlich hatte er offenbar das richtige Kürzel gefunden. »DC, so, so?« Er sah halb belustigt, halb spöttisch zu mir, aktivierte den Lautsprecher und gleich darauf ertönte das Freizeichen: einmal, zweimal, dreimal, viermal ...

»Dawn?« Beim Klang von Juliens Stimme wurde meine Kehle schlagartig eng. Im Hintergrund schnurrte der Motor der Vette. Ich ballte die Fäuste.

»Nicht ganz, mein Freund. Sie ist aber hier bei mir. Zusammen mit deinem Bruder.«

Schweigen. Das Schnurren war zu dem leisen Tuckern geworden, das sie im Leerlauf von sich gab.

»Willst du nicht wissen, weshalb ich dich anrufe?«

»Das wirst du mir ohnehin sagen.«

Ärger glitt über Bastiens Züge.

»Wir sind in einem Lagerhaus im alten Teil des Industriedocks von Ashland Falls: D-4. Es sollte für dich nicht allzu schwer zu finden sein. Wenn du willst, dass dein verletzlicher kleiner Engel die nächsten Stunden unbeschadet übersteht, kommst du besser her und ...«

»Nein! Julien, bleib weg! Er wird es nicht wagen ...« Bastiens Hand traf mich mitten im Gesicht und ließ mich vor Schmerz keuchend rückwärtstaumeln. Beinah wäre ich gegen Adrien gestoßen. Blut rann aus meiner Nase. Von einer Sekunde auf die andere hingen alle Blicke an mir.

Dann klickte es und Julien hatte aufgelegt.

Bastien wandte sich mir zu, während er mein Handy mit einer brüsken Bewegung in seine Tasche schob. Sein Zorn war ihm überdeutlich anzusehen.

»Julien also. Wer hätte das gedacht. Haben die Zwillinge

demnach mal wieder die Rollen getauscht. Das hätte mir auch früher auffallen können. Ich hätte vielleicht nur ein klein wenig genauer hinsehen müssen.« Er förderte ein Taschentuch zutage, drückte es mir in die Hand. »Wisch dir das Blut ab«, befahl er und nickte einem seiner Begleiter zu. Ich gehorchte mit zittrigen Fingern. Hinter mir atmete Adrien erschreckend tief ein.

Etwas Silbriges segelte durch die Luft. Es klirrte leise, als Bastien es auffing.

»Nun, mon ange, was tun wir, während wir auf deinen Freund warten?«

»Wer sagt, dass er kommt?«

Klickend legte sich die eine Hälfte eines Handschellenpaares um mein Handgelenk. Gleich darauf schnappte die andere um Bastiens.

»Ich habe dich und ich habe seinen Bruder. Er kommt.«

Ich schloss die Augen und wünschte mich zurück ins *Ruthvens*.

... und Jäger

Bastien legte von einer Minute zur nächsten auch noch das letzte bisschen Kavaliersgebaren ab. Nachdem er mir genug Zeit gelassen hatte, mich an seinem so sorgfältig aufgebauten Szenario sattzusehen, schaltete er die beiden grellen Strahler wieder aus. Dabei zerrte er, als er die linke Hand hob, meinen Arm ebenfalls mit. Sofort war der Rest der Halle in Dunkelheit verschwunden. Nur eine trübe Glühbirne, die in einem kleinen Gittergehäuse von einem Stahlträger baumelte, erhellte noch den Bereich vor dem Rolltor.

Sein Trupp ließ mich nach wie vor keine Sekunde aus den Augen. Auch nachdem meine Nase aufgehört hatte zu bluten und Bastien das rot verschmierte Taschentuch über seinem Feuerzeug in Flammen hatte aufgehen lassen. Die Witterung meines Blutes musste doch verlockender sein, als ich bisher angenommen hatte. Wahrscheinlich sollte ich erleichtert sein, dass Bastien seine Leute anscheinend gut genug im Griff hatte, um zu verhindern, dass sie mich zu ihrem verspäteten Mitternachtssnack erklärten.

Aus der Dunkelheit jenseits des Rolltores waren fünf weitere Männer hinzugekommen. Nur zwei von ihnen wiesen die für Lamia so bezeichnende Schönheit auf. Wie der Rest von Bastiens Vampir-Entourage bezogen sie auf ein kurzes Nicken hin in einigem Abstand zu Adrien und der jungen Frau Posten bei oder auf dem teilweise mannshoch aufgestapelten Frachtgut – Holzkisten, mit Folie verpackte Pappkartons und Säcke, Metallfässer oder aufeinandergetürmte Holzpaletten.

Einer der Lamia, ein dunkelhaariger Mann mit südländischem Aussehen, lehnte sich mit der Schulter nachlässig an einen der senkrecht stehenden Stahlträger, die zwischen dem Frachtgut aufragten und zusammen mit einem Netz aus waagerechten Streben – von denen an einigen Stellen Ketten und Seilwinden herabhingen – das Dach trugen, und kontrollierte in aller Seelenruhe noch einmal sein Gewehr. Der zweite machte es sich auf dem Sitz eines Gabelstaplers bequem.

Bastien hatte meine Hand gepackt und wollte mich zwischen Adrien und der jungen Frau hindurch zu zwei massiven Holzkisten schleppen. Trotz und hilflose Wut wallten in mir auf. Ich stemmte mich gegen ihn. »Du glaubst doch wohl nicht ernsthaft, dass du damit durchkommst?« Ein Ruck vorwärts. Ich taumelte zwei Schritte hinter ihm her, dann sträubte ich mich erneut, kaum dass ich mein Gleichgewicht wiedergefunden hatte. »Hast du vergessen, mit wem ich verwandt bin? Sie reißen dich in Stücke!« Ich zerrte an seinem Griff. »Hörst du mich, du Idiot?« Bastien runzelte unwillig die Stirn. »Vlad allein macht Hackfleisch aus dir. Von Radu und Mircea ganz zu schweigen.« Ich stemmte mich weiter gegen seine Hand. »Wie blöd muss man eigentlich sein, sich mit den Basarabs anzulegen? Selbst dir hätte ich mehr Hirn zugetraut. Und glaub nicht, nur weil du der Adoptivsohn des Fürsten von Marseille bist ... Ahhh!« Ein neuerlicher Ruck holte mich von den Beinen. Schmerzhaft landete ich auf den Knien, und noch bevor ich mich aufrappeln konnte, schleifte Bastien mich vollkommen ungerührt hinter sich her über den Boden. Ich hing an seiner Hand wie ein Fisch am Haken. Mit dem Unterschied, dass ich nicht nur zappelte, sondern auch aus voller Kehle kreischte.

Kaum blieb er stehen, schoss ich wieder auf die Füße. Von den Jutesäcken, die hinter den Kisten auf Paletten mehr als schulterhoch aufgeschichtet waren, stahl sich der Geruch von Kaffee herüber.

»Damit kommst du nicht durch«, fauchte ich noch einmal.

»Hinsetzen!« Bastien wies auf den kalten Beton.

Ich machte zischend einen Schritt zurück. Wofür hielt er mich? Seinen Hund? »Und so was wie du war mal mit Julien und Adrien befreundet? Waren die beiden damals auf Drogen oder was?« Ein Ruck an meinem Arm ließ mich stolpern.

»Mach schon!« Knurrend versuchte er mich auf die Knie zu drücken.

Ich schlug seine Hand weg. »Rühr mich nicht an!«

In der nächsten Sekunde hatte er mir den Arm auf den Rücken verdreht, mich an den Haaren gepackt und mir den Kopf so weit in den Nacken gezogen, dass es wehtat.

»Mach, was ich dir sage, oder du wirst es bereuen, mon ange.«

Ich keuchte in seinem Griff. »Wenn du so blöd bist, mir irgendwas anzutun, wirst du es bereuen. Ob es dir passt oder nicht: Ich bin die Princessa Strigoja. Die Fürsten haben mich anerkannt.«

»Oh, wer sagt denn, dass ich dir etwas antue, mon ange?« Sein Atem streifte die empfindliche Stelle direkt unter meinem Ohr. »Es macht doch viel mehr Spaß, wenn Adrien für deine Widerspenstigkeit bezahlt.«

»Das wagst du nicht.« Schlagartig war mein Mund trocken.

»Wetten?« Es klang, als würde er grinsen.

»Julien zerfetzt dich in der Luft.« Ich zerrte an seinem Arm. Bastien lachte.

»Philip!«

Ein rotblonder, selbst für einen Vampir jung aussehender Typ fuhr zu uns herum. »Herr?« Seine Augen waren schwarz.

»Bist du hungrig?«

Er nickte heftig. »Ja, Herr.« Sein Blick saugte sich an mir fest. Hätte ich es gekonnt, wäre ich zurückgewichen.

Bastien lachte erneut. »Nicht sie. – Er.« Mit dem Kopf wies er auf Adrien.

»Nein!« Meine Stimme war viel zu hoch.

Anscheinend verunsichert sah Philip zwischen uns hin und her.

»Na, geh schon«, ermunterte Bastien ihn.

»Nein!« Doch diesmal ließ er sich nicht von mir aufhalten. Er durchquerte die Halle so schnell, dass er beinah rannte.

Adrien stand stocksteif, als wisse er, was jetzt kam. Und als Philip seine Fänge fletschte und hinter ihn trat, begriff ich auch, warum seine Arme blutverschmiert waren und so gefesselt, dass die Innenseiten nach außen wiesen. Bastien, dieses verdammte Schwein.

»Nein!« Ich zuckte zusammen, als Philip seine Fänge in Adriens Arm schlug. Blut spritzte auf den Boden. Adrien ging mit einem gedämpften Stöhnen in die Knie. Leise quietschend bewegte sich das Seil in den Rollen über ihm. Die junge Frau stieß ein hilfloses Ächzen aus. Das Gegengewicht zwang sie auf die Zehenspitzen. Ihre Augen waren weit aufgerissen. Die Kiste knarrte. Irgendwie schaffte Adrien es, sich wieder aufzurichten und das Seil zwischen ihnen zu entspannen. Es schien ihn mehr Kraft zu kosten, als er eigentlich noch hatte.

»Wie oft?« Ich brachte die Worte kaum hervor.

»Lass mich nachdenken ...« Bastien zog meinen Kopf ein Stück mehr nach hinten. Wenn er mich jetzt losließ, würde ich unweigerlich das Gleichgewicht verlieren. »In den letzten sechs Stunden nur drei oder vier Mal. – Du musst wissen: Er ist noch nicht lange ein Vampir. Sein Hunger ist derzeit immens – und wird es für eine ganze Weile auch weiter sein.« Mein Magen krampfte sich vor Entsetzen zusammen. »Wie bedauerlich, dass ihm bisher niemand gezeigt hat, wie man zubeißt, damit das Opfer nichts spürt. Und wie man nicht so viel danebengehen lässt. – Aber er kann ja üben.«

Der junge Vampir hing noch immer an Adriens Arm und trank. Ich konnte den Anblick nicht ertragen.

»Er soll aufhören! Ruf ihn zurück!«

»Sag ›bitte‹, mon ange.« Bastiens Mund war direkt neben meinem Ohr.

»Bitte!« Sosehr ich verhindern wollte, dass es wie ein Schluchzen klang: Ich schaffte es nicht.

»Und du wirst von jetzt an tun, was ich sage?«

»Ja!« Ich schrie fast.

»Philip! Es reicht! Hör auf!«

Der junge Vampir knurrte.

»Es reicht, habe ich gesagt!« Bastien klang nicht wirklich verärgert. »Schließ die Wunde und geh zurück auf deinen Posten!«

Erst nach einem weiteren Schluck tat Philip, was Bastien ihm befohlen hatte. Ich sackte in seinem Griff zusammen, als der Vampir endlich zurücktrat. Beinah fürsorglich wartete Bastien, bis ich wieder auf meinen eigenen Beinen stand.

Dann ließ er mich endgültig los. Lächelnd fasste er mich am Kinn, drehte meinen Kopf, damit ich ihn ansah.

»Setz dich.« Wie zuvor deutete er neben die Kisten. Widerspruchslos sank ich auf den Betonboden, schaute beiseite. Dennoch nahm ich wahr, wie er selbstgefällig den Blick durch die Halle gleiten ließ. Wollte er sicherstellen, dass es auch wirklich alle gesehen hatten? Hatten sie mit Sicherheit. Da würde ich jede Wette halten.

Mir war kalt. Ich zog die Jacke enger um mich, soweit mir das mit einer Hand möglich war. Meine andere war nutzlos, ich hing damit immer noch an Bastien, der sich gerade neben mir auf den Kisten häuslich niederließ. Es war irrational, aber ein Teil von mir wünschte sich noch immer, dass Julien nicht kam – ein anderer hoffte, dass er es bald tat, damit das hier endlich vorbei war. Ein leises Zittern kroch in meine Glieder. Ich zog die Beine eng an den Leib, um es vor Bastien und seiner Entourage zu verbergen und mich so vielleicht auch ein wenig selbst warm zu halten.

Als ich aufschaute, bemerkte ich, dass Adrien zu mir herübersah. Nur aus dem Augenwinkel, mehr erlaubte ihm das Seil um seinen Hals nicht, dennoch hing sein Blick an mir. Zwischen seinen Brauen war die gleiche feine Linie, die ich von Julien kannte. Ich versuchte ein schwaches Lächeln. Die Linie vertiefte sich. Im nächsten Moment hatte er die Augen wieder geschlossen. Eine Sekunde später patrouillierte einer von Bastiens Truppe an ihm vorbei.

Ich sah zu der jungen Frau hinüber. Sie starrte zurück. Das blanke Entsetzen stand in ihren Augen. Ihre Atemzüge waren lediglich ein flaches, kurzes Keuchen. Es schien, als würde sie jeden Moment das Gleichgewicht verlieren oder einfach zusammenbrechen. Wie auch immer sie in diese Geschichte hineingeraten war: Sie hatte wahrscheinlich am allerwenigsten mit alldem zu tun.

Ich ruckte an Bastiens Arm. »Sie kann nicht mehr.«

Unwillig schaute er von meinem Handy auf. Mistkerl! Ich ballte unwillkürlich die Faust. Privatsphäre war wohl ein Fremdwort für ihn. Erst nach einem kurzen Stirnrunzeln schien er zu begreifen, was ich meinte, und sah seinerseits zu ihr – und zuckte die Schultern. »Sie wird schon noch durchhalten.«

Ich biss mir auf die Zunge, um ihm nicht zu sagen, was ich von ihm hielt. Stattdessen holte ich tief Luft. »Lass sie da runter und nimm mich an ihrer Stelle.«

Spöttisch hob er eine Braue. »Ohne dir zu nahe treten zu wollen, mon ange: Ich bezweifle, dass der gute Adrien ebenso darauf bedacht wäre, dich am Leben zu halten, wie er es bei ihr ist. Immerhin sollte er dich ursprünglich ins Jenseits befördern. Du verzeihst mir also, wenn ich in diesem Fall kein Risiko eingehe.« Er wandte sich wieder meinem Handy zu. »Sie bleibt, wo sie ist.«

»Du ...!« Ich krümmte mich und übergab mich. Nur am Rande nahm ich wahr, dass jemand einen Arm um meine Mitte legte und verhinderte, dass ich mit dem Gesicht voran in der Lache vor meinen Knien landete. Bastien war es zumindest nicht, denn der war zurückgewichen; die Handschellen verdrehten meinen Arm nach oben. Irgendwann kam nicht einmal mehr Galle – und trotzdem zogen meine Innereien sich in qualvollen Krämpfen zusammen. Wer auch immer mich hielt, hob mich schließlich auch hoch, legte mich auf etwas, das sich unter meiner Wange vage wie Holz anfühlte, und breitete einen Mantel über mich, in dem ein Hauch Wärme hing. Mit einem Stöhnen kauerte ich mich weiter zusammen, zumindest versuchte ich es. Das Zittern wollte nicht nachlassen, ebenso wenig wie der reißende Schmerz in meinem Magen oder das Gefühl, dass sich die Welt um mich herum drehte und schwankte. Ich konnte mich nicht bewegen, wollte es auch gar nicht. Alles, was ich wollte, war, dass der Schmerz nachließ.

Über mir knurrte eine Stimme etwas. Sie klang so unendlich weit weg ...

Ich lag einfach nur da.

Manchmal war da ein Ruck an meinem Arm. Manchmal hörte ich die Stimme über mir, manchmal auch zusammen mit anderen. Es interessierte mich nicht.

Ich lag einfach nur da.

Als ich aus meinem dumpfen Dahindämmern erwachte, war ich nach wie vor an Bastien gefesselt. Mir war noch immer kalt, aber das Zittern war vergangen. Ebenso der Schmerz in meinem Magen. Nur der Geschmack nach Galle hing nach wie vor in meinem Mund. Jemand hatte eine Jacke, nein, eher einen Mantel, über mich gebreitet. Es war wie beim letzten Mal: Der Anfall war vorbei und es ging mir wieder gut. Man hätte meinen können, alles sei nur ein böser Traum gewesen. Die Augen halb geschlossen lag ich auf dem rauen Holz der Kisten und rührte mich nicht.

Bastien telefonierte. Nachdem er die Person am anderen Ende immer wieder mit *mon père* ansprach, musste es sich wohl um Gérard handeln. Was er sonst sagte, konnte ich – abgesehen von einem gelegentlichen *oui, non* oder *bien sûr* – nicht verstehen. Dazu redete er zu schnell. Mit *elle* war wohl ich gemeint, denn er sah dabei ein ums andere Mal auf mich herab. Offenbar entging ihm dabei nicht, dass ich wieder wach war. Nach einer gefühlten Ewigkeit legte er auf und schob das Handy in seine Jackentasche.

»Mein Vater kann es kaum erwarten, uns endlich in Marseille zu begrüßen«, erklärte er laut – und scheinbar an niemand Bestimmtes gewandt – in die Halle hinein. »Vor allem deshalb, weil nicht nur einer, sondern gleich beide der Du-Cranier-Zwillinge mich begleiten werden. – Du kannst dir vorstellen, was das für ihn bedeutet, nicht wahr, *Adrien?*« Lächelnd lehnte er sich zu mir. »Und auf dich, *mon ange*, freut er sich ganz besonders.« Mit spitzen Fingern strich er mir das Haar aus dem Gesicht. Sekundenlang musterte er mich dann nachdenklich, ehe er sich noch näher zu mir beugte. »Sag, mon ange, kann es sein, dass sich das mit dir demnächst erledigt hat?«

Ich starrte ihn benommen an.

»Na ja, du zitterst, hast Magenkrämpfe, kotzt dir die Seele aus dem Leib, auch wenn es gar nichts mehr zum Auskotzen gibt ... Ich wette, das ist nicht das erste Mal, dass das passiert, oder?« Als ich nicht gleich antwortete, zuckte er die Schultern und richtete sich auf. »Egal. Ein bisschen dauert es schon noch.« Nach wie vor sah er auf mich herab. Ich versuchte noch immer zu begreifen, was er da gerade gesagt hatte. Etwas in mir weigerte sich schlicht, es hinzunehmen. Nach einem weiteren Moment schüttelte er mit einem Seufzen den Kopf. »Samuel war ein solcher Narr. Er hätte nichts weiter tun müssen, als abzuwarten und uns die Sache zu überlassen. Aber nein, ein Vourdranj taucht in dieser Stadt auf und er ...« Abermals hob er die Schultern. »Nun ja. Lassen wir das. Wenn man es genau nimmt, hat dein Freund uns einen Gefallen getan.«

»W-was?« Endlich fand ich meine Stimme wieder. Ich brachte das Wort kaum hervor. Mein Magen hatte sich erneut zu einem schmerzhaften Knoten zusammengezogen. Doch diesmal aus einem anderen Grund. Samuel und Gérard ...? Aber ...? Wie von Fäden gezogen setzte ich mich langsam auf, ohne den Blick von ihm nehmen zu können. Bastien lachte. Offenbar fand er meinen Gesichtsausdruck hochamüsant.

»Er hat verhindert, dass Samuel dich an sich binden konnte. – Andererseits: Hätte Samuel nicht versucht sein eigenes Spiel zu spielen und dabei den ein oder anderen Fehler gemacht, hätte der Rat nicht von dir erfahren. Keiner hätte den legendären Adrien Du Cranier geschickt, um der nächsten Princessa Strigoja den Garaus zu machen, bevor sie ein Problem werden kann. Und wir alle wären nicht hier.«

»Ihr ... Samuel hat ... für Gérard ... gearbeitet?«

Er lächelte milde. »So kann man das nicht direkt nennen. – Aber weißt du, mon ange: Das alles geht dich letztlich auch überhaupt nichts an. Du bist nur Mittel zum Zweck und tust besser, was man dir sagt.«

Ich saß da und sah ihn an. Einen Mundwinkel spöttisch in die Höhe gezogen, erwiderte er meinen Blick. In meinem noch immer irgendwie trägen Verstand gab es nur einen Gedanken: »Warum?«

»Warum was?«

»Warum das alles? Warum will ... dein Vater mich um jeden Preis?«

»Wie gesagt, das geht dich ...«

Sein Ton ließ jenen hilflosen Zorn wieder in mir hochkochen. Ich presste die Hand auf die Holzkiste unter mir. »Du weißt es nicht, was? Du bist nur sein Laufbursche. Oder redet bei den Lamia jeder Sohn seinen Vater mit ›mon père‹ an?« Julien sprach von seinen Eltern immer als »Papa« und »Maman«. Ich konnte mir nicht vorstellen, dass er seinen Vater jemals »mon père« genannt hatte – außer vielleicht, wenn er etwas ausgefressen hatte.

Bastiens Augen wurden schmal. »Du hast keine Ahnung. Du weißt noch nicht einmal, welche Macht dem Blut einer Princessa Strigoja nachgesagt wird ...« Er brach ab, knurrte. »Glaubst du wirklich, Gérard würde es zulassen, dass sich so etwas in den Händen der Du Craniers befindet?«

So etwas ... Ich hob das Kinn. »Dann warst du das also tatsächlich mit dem Crystal? Wolltest du so dafür sorgen, dass ich mich nicht länger *in den Händen der Du Craniers befinde?*«

»Es war der Ferrari, nicht wahr?« Mit einem übertrieben schuldbewussten Seufzen verdrehte er die Augen. »Ich hätte doch den BMW nehmen sollen, um darauf zu warten, dass sie ihn mitnehmen. – Was sie ja leider nicht getan haben.« Schlagartig war er ernst. »Eigentlich erstaunlich, wenn man bedenkt, um welchen der beiden Du Craniers es sich letztendlich gehandelt hat. Gewöhnlich ist Julien in diesen Dingen nicht ganz so ... elegant wie sein Bruder.«

»Und woher wusstest du, in welchen Spind du das Zeug stecken musstest?« Noch immer fröstelnd zog ich den Mantel, so gut es ging, enger um mich und warf einen verstohlenen Blick auf meine Uhr. Ich musste ungefähr eine knappe halbe Stunde weggetreten gewesen sein. Schnell sah ich zu Adrien und der jungen Frau hinüber. Wie durch ein Wunder hielt sie immer noch durch. Wenn Julien nicht bald kam ... Aber konnte ich denn wollen, dass er in eine so offensichtliche Falle ging?

Neben mir gab Bastien ein amüsiertes Schnauben von sich. »Nur um keinen falschen Eindruck entstehen zu lassen: Es war Edmond«, er nickte zu dem Lamia auf dem Gabelstapler hinüber, »der das Crystal in diesem Spind deponiert hat. Und woher er es wusste ... Die Witterung eines Lamia ist anders als die eines Menschen. Den entsprechenden Spind zu finden war für jemanden wie ihn einfach. – Oder hätten wir dieses Verwechslungsspiel der Zwillinge möglicherweise sogar bedeutend früher aufdecken können, wenn er stattdessen nur einen kurzen Blick in die Schulak-«

An dem Stahlträger sackte der andere Lamia zusammen. Sein Gewehr schlug mit einem hohlen Geräusch auf. Nur einen winzigen Moment später rutschte einer der Vampire an einem Stapel Kartons entlang zu Boden. Als er auf dem Beton aufkam, war seine Haut grau und runzlig, das Haar schlohweiß und die Glieder nur noch Haut über Knochen. Geschockt starrte ich auf den Pfeil, der in seinem Herzen steckte, während Bastien mit einem Fluch aufsprang, mich mit sich auf die Beine zerrte und gleichzeitig vor sich drehte, sodass ich mit dem Rücken gegen ihn gepresst wurde. Der

Mantel bauschte sich um meine Füße. »Julien«, zischte er. Aus dem Nacken des Lamia ragte ebenfalls ein Pfeil. In der nächsten Sekunde drückte Bastien mir etwas Kaltes und Hartes unters Kinn. Ich lehnte den Kopf so weit zurück, wie ich konnte, und umklammerte seinen Unterarm mit der freien Hand. Auch wenn ich nur eine vage Ahnung hatte, was er in der Hand hielt, wollte ich es nicht riskieren, mir beim Schlucken selbst die Kehle aufzuschlitzen. Um uns herum waren die Vampire und der zweite Lamia hastig in Deckung gegangen, die Waffen im Anschlag. Angespannt blickten sie in das Halbdunkel über uns. Adrien stand wie zuvor vollkommen starr. Doch jetzt sprach gespannte Aufmerksamkeit aus seiner Haltung. Die junge Frau stöhnte hinter ihrem Knebel kaum hörbar. Mein Herz hämmerte.

»Licht, verdammt!«, fauchte Bastien.

Philip stürzte zu dem Schalter neben dem Rolltor. Es knackte, die beiden Strahler flammten auf. Hastig ging er hinter dem Ferrari in Deckung. Für eine Sekunde war vermutlich nicht nur ich von der plötzlichen Helligkeit geblendet. Doch dann krachte es zweimal splitternd, gleich darauf noch ein drittes Mal, und es war, abgesehen von dem fahlen Mondlicht, das durch das Tor hereindrang, endgültig dunkel. Ein paar Augenblicke herrschte Stille, die dann jedoch unvermittelt von einem leisen Zischen durchbrochen wurde, das ich zuerst nicht einordnen konnte. Bis mir klar wurde, dass es aus der Richtung des Ferraris kam. Hatte Julien die Reifen zerschossen? Falls ja, blockierte er jetzt die anderen drei Wagen.

»Holt ihn da runter, bon sang!«, knurrte Bastien und drehte sich, mit mir vor sich, einmal um sich selbst. Vermutlich versuchte er wie alle anderen herauszufinden, wo Julien sich gerade aufhielt. »Zeig dich, Du Cranier!«, verlangte er laut.

Wie zur Antwort klappte ein weiterer Vampir auf einem der Kistenstapel zusammen. Seine Pistole schlitterte mit einem Schaben über den Beton. Soweit ich das erkennen konnte, hatte auch er einen Pfeil im Herzen – und verwandelte sich binnen Sekunden in ein weißhaariges, ausgetrocknetes Etwas, dessen Kleider es umschlackerten.

Meine Augen gewöhnten sich langsam an die Dunkelheit. Soweit ich erkennen konnte, musste das Geschoss diesmal aus einer vollkommen anderen Richtung gekommen sein.

Bastien fuhr herum, riss mich mit. »Komm da runter, wenn du nicht willst, dass ich deinem kleinen Liebling die Kehle durchschneide!«

Von den Stahlträgern hinter uns erklang Gelächter. Bastien zerrte mich erneut herum. Die Vampire zuckten in ihrer jeweiligen Deckung in die gleiche Richtung, hoben ihre Waffen. Kugeln schlugen dumpf irgendwo im Dach ein.

»Ich schenke sie dir!«

Für einen Atemzug war Bastien so entgeistert wie ich. »Du bluffst«, brüllte er dann nach oben.

»Du kennst mich doch: ein bisschen Liebesgesülze, hab Spaß mit ihnen – und au revoir.« Juliens Stimme kam von links. »Bei ihr war es geradezu verboten einfach.« Mit einem Fauchen drehte Bastien sich abermals um. Erneut gingen Schüsse ins Leere. Ich hing wie eine Puppe in seinem Arm. Das konnte nicht sein! »Tja, mein Engel, es war amüsant mit dir, aber das war's dann zwischen uns. Dumm gelaufen, dass du es so erfährst.« Julien hatte schon wieder den Standort gewechselt. Seine Worte waren wie Ohrfeigen. Ich biss mir auf die Lippe. Das konnte nur ein Bluff sein. Es musste einer sein! Ich weigerte mich, ihm zu glauben.

Bastien machte einen Schritt in Adriens Richtung, noch einen. Eine halbe Sekunde später zischte ein Pfeil so dicht an uns vorbei, dass ich den Luftzug zu spüren glaubte und dass er Bastien wieder zwei Schritte zurücktrieb. Hastig drehte er sich erneut so, dass ich mich zwischen ihm und der Richtung befand, aus der das Geschoss gekommen war.

Nur aus dem Augenwinkel registrierte ich, wie ein blonder Vampir sich vor den Fässern langsam rückwärtsbewegte, auf einen Durchgang zwischen dem Frachtgut zu, den Blick die ganze Zeit wachsam in die Höhe gewandt, die Waffe im Anschlag.

»Julien ...« Mein Versuch, ihn zu warnen, wurde von dem Messer beendet, das sich mit einem scharfen Brennen unter mein Kinn drückte. In derselben Sekunde fuhr ein Pfeil in die Brust des Blonden. Er stürzte einen guten Meter neben dem anderen Vampir zu Boden, während ich das Gefühl hatte, als drehten sich die Köpfe der Übrigen abrupt in meine Richtung. Was da langsam meinen Hals abwärtsrann, konnte nur Blut sein. Ich fühlte ihre Blicke auf mir. Sie brannten auf der Haut. Bastien fuhr über meine Kehle, hielt die Hand so, dass ich mein Blut dunkel auf seinen Fingern sehen konnte. Und vermutlich nicht nur ich. Dann leckte er es gemächlich ab und stieß ein genießerisches Stöhnen aus.

»Du schmeckst äußerst delikat«, teilte er mir in geheuchelter Verzückung mit – laut genug, dass es jeder hören konnte. Ich schluckte hilflos. Sein Mund war direkt neben meinem Hals. Beinah an derselben Stelle, an der Samuel mich gebissen hatte. Das Halsband würde ihn nicht stoppen. Es hatte vielleicht die Geliebte meines Großonkels geschützt, aber mich ...? Bastien würde einfach ... darüber ... einfach ... Das Zittern saß von einer Sekunde auf die andere in meinen Gliedern.

»Bitte ...« Das Wort drang als Wimmern über meine Lippen. Dennoch genügte es, um das Messer abermals in meine Haut zu drücken.

Bastien gluckste. »Hast du das gehört, Julien? Sie sagt ›bitte‹. – Wer bin ich, der Princessa Strigoja einen Wunsch abzuschlagen?« Diesmal fuhr er mit bedeutend mehr Druck über den Schnitt. Es tat weh. Ich stöhnte. Wieder leckte er mein Blut von seinen Fingern. »Delikat«, nickte er erneut genüsslich.

»Weißt du was, Bastien, ich lass dich am Leben«, tönte es aus der Höhe.

Abermals zerrte Bastien mich herum, sein Blick zuckte für einen Sekundenbruchteil zum Rolltor. »Ach? Und womit habe ich diese Gnade verdient?«, fragte er spöttisch nach oben und signalisierte mit einer scharfen Kopfbewegung gleichzeitig ein weiteres Mal wortlos: »Holt ihn da runter!« Wahrscheinlich ließ er sich nur auf diese Unterhaltung ein, weil er hoffte, Julien abzulenken, und damit der verbliebene Rest seiner Entourage ihn auf den Trägern besser ausfindig machen konnte. Ebenso wie die anderen versuchte ich dort oben in der Dunkelheit etwas zu erkennen. Erfolglos.

»Ganz einfach: Ich will sehen, wie Vlad einen Pfahl durch dich hindurchschiebt, weil du Hand an seine Großnichte gelegt hast. – Falls es dir entgangen ist: Sie trägt Madame Minas Rubine.« Auf dem Boden hoben die verbliebenen Vampire und der zweite Lamia ihre Waffen. Für einen Augenblick herrschte wieder Stille, dann kam Juliens Stimme erneut aus einer anderen Richtung. Einer der Vampire fletschte lautlos die Fänge. »Was meinst du, wie lange du brauchst, um zu krepieren? Fünf Tage? Sechs? Eine Woche? Er weiß, wie er es anstellen muss, damit du es da oben richtig lange genießen kannst.« Ein dunkelhaariger Vampir gab einem anderen ein unauffälliges Zeichen, wies kaum sichtbar zu den Trägern hinauf. Der neben ihm nickte. Beide legten an. »Sie haben ihn damals nicht umsonst den ›Pfähler‹ genannt.«

Ich zuckte in Bastiens Arm zusammen, als sie wie auf ein stummes Kommando zeitgleich abdrückten. Wieder und wieder. Der Lamia glitt neben den Gabelstapler und ging dort in die Hocke. Wo die Kugeln einschlugen, war über dem Lärm nicht zu hören. Bastien bewegte sich mit mir hastig rückwärts – und wurde von Neuem von einem Pfeil zurückgedrängt. Beinah gleichzeitig stellten sie das Feuer ein.

Alle lauschten angespannt. Der einzige Laut war das Schaben, mit dem einer von ihnen sein Magazin wechselte.

Juliens Gelächter erklang aus der gegenüberliegenden Ecke. Blut sickerte weiter aus dem Schnitt an meiner Kehle.

Bastiens Blick ging erneut zum Rolltor.

»Wartest du auf jemanden?« Wieder kam Juliens Stimme aus einer anderen Richtung. »Ich fürchte, sie werden nicht mehr kommen.«

Lautlos fluchend drehte Bastien sich ihm wieder zu. »Wie sollte der gute Vlad hiervon erfahren, wenn ihr mich alle drei nach Marseille begleiten werdet? Übrigens: Gérard wartet schon auf uns. Vor allem auf den ehrlosen Bastard, der seinen Sohn umgebracht hat.«

Sekunden vergingen. Auf welche Reaktion Bastien auch immer gewartet hatte: Sie kam nicht. Er stieß ein Zischen aus.

»Ich habe noch immer deinen Bruder«, fauchte er nach oben.

Schweigen. Nichts rührte sich.

Wie zuvor drehte Bastien sich mit mir um die eigene Achse. »Die Kleine ist dir möglicherweise egal, aber er ganz sicher nicht. Wenn du nicht willst, dass ich ihn bluten lasse, komm runter und ergib dich.«

Keine Antwort.

Bastien knurrte. »Deine letzte Chance, Julien.«

Stille.

Es war, als hätte Julien sich in Luft aufgelöst.

Bastien nickte einem der Vampire zu. »Sorg dafür, dass man ihn durch den Knebel hört«, befahl er.

Der Dunkelhaarige gab seine Deckung nur zögernd auf. Er hatte gerade zwei Schritte in Adriens Richtung gemacht, als er auf die Knie fiel und nach einer weiteren Sekunde endgültig zu Boden stürzte. »Noch jemand?«, erkundigte Julien sich eisig. Es klang, als sei er direkt über uns. Bastien riss den Kopf in den Nacken. Neben den Kisten hob der andere

Vampir die Pistole so schnell, dass ich die Bewegung kaum sah, feuerte. Bastien zerrte mich rückwärts. Für einen Sekundenbruchteil glaubte ich einen Schatten wahrzunehmen, dann rührte sich unter dem Dach abermals nichts mehr.

»Ich hab ihn.« Bei den Worten des Vampirs setzte mein Herz einen Schlag aus. Nein!

Bastien nickte ihm anerkennend zu. »Wirst du alt, Julien?«, spottete er dann.

Einen Moment war es still. Dann gab es einen dumpfen Laut. Ein Pfeil nagelte den Vampir durchs Herz hindurch an den Palettenstapel. Binnen Sekunden war nur noch eine mumifizierte Leiche übrig. Die Pistole klapperte auf den Beton.

Bastien machte einen weiteren Schritt zurück. Erst jetzt wurde mir bewusst, wo wir standen: direkt neben Adrien. Ich stöhnte innerlich. Damit hatte Bastien nicht nur uns beide als Deckung, sondern auch als Druckmittel. Etwas, das Julien bisher hatte verhindern wollen. Leider war es ihm letztendlich doch nicht gelungen.

»Was willst du, Bastien?«

»Komm runter und versprich ein braver Junge zu sein, dann sage ich es dir.« Erneut herrschte über uns nur Schweigen. Bastien versetzte der Kiste, auf der Adrien stand, einen kleinen Stoß. Das Seil schabte in den Rollen. Die junge Frau stieß ein hohes Keuchen aus. »Meine Geduld ...«

»Was willst du, Bastien?«

Nicht nur ich erschrak, als Juliens Stimme plötzlich von links kam; alle fuhren herum. Er stand auf dem Dach des BMW. Offenbar hatten ihn auch Bastien und die mageren Reste seiner Entourage nicht gehört. Philip wich hinter der Schnauze des Ferraris hastig noch ein Stück zurück.

»Hierher, mon ami.« Bastien machte eine kleine Bewegung mit dem Kopf, während er zugleich den Fuß von der

Kiste nahm. Das Messer rutschte an meiner Kehle ein Stückchen abwärts. Endlich konnte ich das Kinn wieder ein wenig senken. »Du siehst müde aus. Eine lange Nacht gehabt?«, erkundigte er sich in spöttisch geheuchelter Sorge.

Ebenso lautlos, wie er zuvor von den Trägern heruntergekommen war, stieg Julien jetzt über die Motorhaube des Wagens auf den Hallenboden. In der Hand hielt er einen dieser hypermodernen Sportbogen – einen Pfeil auf der Sehne, die über Rollen an den Bogenenden gespannt wurde. Ich hatte das Ding noch nie zuvor bei ihm gesehen. Die Ärmel seines Hemdes waren hochgeschoben. Auf der linken Seite, auf der er den Bogen hielt, trug er einen schwarzen Unterarmschutz, rechts steckten Zeige-, Mittel- und Ringfinger in einer Art Handschuh. An seiner Hüfte hing ein Köcher, aus dem noch mehrere Pfeile ragten. Adrien hob den Kopf höher, schien angestrengt auf das zu lauschen, was hinter ihm geschah. Der zweite Lamia kam aus seiner Deckung hervor und wechselte zu uns herüber; die Waffe unverwandt auf Julien gerichtet.

»Hattest du keinen Spaß?«

Julien antwortete nicht, sondern kam nur vollkommen geräuschlos und scheinbar ebenso gelassen näher. Einmal mehr erinnerte er mich an eine wunderschöne Raubkatze. Seine Fänge waren deutlich hinter seiner leicht gehobenen Lippe zu sehen. Seine Augen funkelten schwarz. Knapp über seinem Hosenbund klebte das Hemd feucht an seiner Seite.

Hinter dem Ferrari bewegte Philip sich unruhig.

Bastien schob die Hand in die Hosentasche und zog einen kleinen Schlüssel daraus hervor. Wahrscheinlich merkte er es gar nicht, doch die Klinge drückte wieder fester gegen meinen Hals. Mit einem Ächzen lehnte ich mich hastig enger gegen ihn und versuchte gleichzeitig Julien nicht aus den Augen zu lassen.

»Also, du musst zugeben, das mit dem Krematorium und

der Müllkippe war nicht schlecht. Wobei mir persönlich ja die Idee mit dem Kreuz auf dem Friedhof am besten gefallen hat. Schade nur, dass letztlich doch der falsche Name draufstand. Allerdings erklärt das natürlich auch, warum ich Adrien absolut nicht davon überzeugen konnte, dass es für ihn gesünder ist, meine Fragen zu beantworten.« Aus Juliens Kehle kam ein leises Knurren. »Aber nachdem du bei der Polizei aufgekreuzt bist und Erkundigungen eingeholt hast, konnte ich nicht riskieren, dass du vielleicht auf die Idee kommst, dich für diese hübsche kleine Jagd südlich von hier zu interessieren. Vor allem, da meine Kontakte Adrien endlich aufgestöbert hatten. Ich musste dich einfach von Darven Meadow fernhalten. Und wenn ich mir schon die Mühe machen musste, wollte ich auch ein bisschen Spaß haben. – Das reicht! Bleib stehen, leg den Bogen auf den Boden und schieb ihn von dir weg. Das Gleiche machst du mit den Pfeilen.« Der Spott war jäh aus Bastiens Stimme gewichen.

Ohne die beiden Lamia aus den Augen zu lassen, stoppte Julien, ging langsam in die Hocke und tat, was Bastien gesagt hatte.

»Die Beretta auch. Du trägst sie doch wie immer bei dir, oder? Nur für den Fall, dass du mal menschliche Ziele dabeihast ... Langsam, bitte!« Wortlos holte Julien die Pistole mit zwei Fingern aus dem Holster. »Das Magazin raus. Und vergiss die Kugel im Lauf nicht.« Es klapperte, dann ein Schnappen, als Julien den oberen Teil der Waffe zurückzog, beinah gleichzeitig klirrte etwas bedeutend Leichteres metallisch auf dem Beton. Julien legte auch die Pistole auf den Boden und versetzte ihr einen Schubs, der sie ein Stück auf uns zurutschen ließ, bevor er sich, ebenso langsam, wie er zuvor in die Knie gegangen war, wieder aufrichtete. Bastien hatte die Handschellen geöffnet, die mich an ihn gekettet hatten, und warf sie jetzt Philip zu. Sein Arm und das Messer hielten mich ebenso effektiv bei ihm, wie es diese verdammten

Dinger zuvor getan hatten. Ich rieb mein malträtiertes Handgelenk. Warum hatte Julien sich nur erpressen lassen?

»Fessle ihm die Hände auf den Rücken.«

Gehorsam setzte der junge Vampir sich in Bewegung.

»Was willst du, Bastien?« Julien schaute ihn unverwandt an. Erst als Philip ihn erreicht hatte, nahm er den Blick von Gérards Adoptivsohn und sah dem Vampir in die Augen. Für einen winzigen Moment schien Philip zu zögern, doch dann trat er hinter Julien. Ich hörte das Ratschen, mit dem die Handschellen einrasteten, und schloss für eine Sekunde die Augen. Meine Kehle war schlagartig eng. Das war es endgültig! Diesmal gab es keine Büroklammer, mit der Julien die Schlösser seiner Fesseln knacken konnte wie damals in Samuels Keller. Warum bloß war er nicht fortgeblieben?

Mit einem Wink befahl Bastien Philip zu bleiben, wo er war.

»Durchsuch ihn. Der Julien Du Cranier, den ich kannte, hatte immer noch irgendwo einen Dolch verborgen.«

Rasch ließ der junge Geschaffene die Hände über Juliens Körper gleiten – und förderte tatsächlich einen Dolch unter dem rechten Hosenbein zutage, den er unter seinen eigenen Gürtel steckte.

Bastien grinste. »Und nun, Julien: Auf die Knie!«

Ich biss mir auf die Lippe. Selbst jetzt schaffte Julien es noch, elegant zu Boden zu sinken.

»Was willst du, Bastien?«

Doch der sah über ihn hinweg zu Philip. »Wie ist es, immer noch hungrig?«, erkundigte er sich freundlich.

Julien erstarrte.

Die Antwort war ein Nicken. Hatte ich tatsächlich auf etwas anderes gehofft?

Bastien lachte leise. »Bon appétit. Ich bin gespannt, ob die beiden nicht nur gleich aussehen, sondern auch gleich schmecken.«

Fauchend warf Julien den Kopf zu dem jungen Vampir herum.

Mir entfuhr ein: »Nein!«

Philip ignorierte mich, griff seinem Opfer in die Haare, zog seinen Kopf zur Seite und schlug die Zähne in seinen Hals. Julien stieß ein Zischen aus; fletschte hilflos die Fänge, das Gesicht vor Schmerz verzogen. Adrien knurrte hinter seinem Knebel. Ein dünner Faden Blut rann unter Philips Lippen hervor und in Juliens Hemd. Ich konnte sehen, wie sein Adamsapfel sich bei jedem seiner Schlucke bewegte. Der Anblick zog meinen Magen zusammen.

»Er soll aufhören! Bitte.« Die Worte waren nur ein Flüstern. Mehr brachte ich nicht zustande.

»Hast du das gehört, mon ami?« Bastien nahm mich fester in die Arme. »Du gibst ihr den Laufpass, sagst ihr sogar, dass sie nur eines von vielen kleinen Spielzeugen für dich war, und was tut sie?« Ich glaubte seine Wange beinah an meiner zu spüren. So weit ich konnte, lehnte ich mich zur Seite. »Sie macht bitte-bitte, damit ich Philip befehle aufzuhören. Ist das nicht herzallerliebst?«

Die Augen vor Schmerz schmal, sah Julien mich an. »Hat er dir gesagt, was es für einen Geschaffenen … bedeutet, wenn er Hand an einen Lamia legt?«, stieß er zwischen den Zähnen hervor. Die Worte galten nicht mir, sondern Philip. Der junge Vampir drehte den Kopf ein wenig – Julien zuckte bei der Bewegung zusammen – und schielte zu Bastien. »Wenn die Fürsten gnädig sind, jagen sie … dir nur einen Pflock durchs Herz. Ansonsten ketten sie dich kurz vor Morgengrauen im Freien an und … warten darauf, dass die Sonne aufgeht und den Rest erledigt. Nicht dass das Ergebnis ein anderes wäre, aber man … sagt, bei lebendigem Leib zu verbrennen, sei kein angenehmes Ende. Soweit ich weiß, war es … bisher immer die zweite Variante und sie haben noch keinen begnadigt.«

Die Bewegung von Philips Kehle stockte, er drehte den Kopf ein wenig mehr, die Zähne noch immer in Juliens Hals. Der stöhnte. Erneut ließ Adrien ein Knurren hören, tiefer und drohender diesmal.

»Was denkst du, wem die Fürsten mehr glauben? Mir, dem Sohn eines Fürsten, oder ihm, einem verurteilten Mörder und Verräter.« Verächtlich schnaubte Bastien. »Aber fürs Erste ist es ohnehin genug. Hör auf.«

Philip nahm die Zähne aus der Wunde, die er an Juliens Kehle gerissen hatte – ohne sie zu lecken. Mit einem leisen Keuchen sackte Julien ein Stück zusammen. Ein etwas größeres Rinnsal Blut rann weiter in seinen Kragen.

»Was willst du, Bastien?«, fragte er zum, wusste der Himmel, wievielten Mal.

»Nun, zu allererst meinen Spaß. – Dich arroganten Bastard auf den Knien zu sehen, ist da schon mal ein guter Anfang.«

Ein wenig mühsam hob Julien den Kopf. »Mich musste mein Vater zumindest nicht adoptieren, um sich zu mir bekennen zu können. – Versuchst du immer noch ihm zu beweisen, dass du gut genug bist, seinen Namen zu tragen, obwohl du auf der falschen Seite der Decke geboren bist?«

Bastien fauchte, stieß mich in die Arme des anderen Lamia, die sich, wie zuvor seine, schraubstockgleich um mich schlossen, und machte einen Schritt auf Julien zu, die Hände zu Fäusten geballt. »Du ...«

Julien spannte sich. »Vergiss es! Du wirst immer nur zweite Wahl sein.« Sein Blick zuckte von Bastien zu Adrien und zurück.

Abrupt blieb Bastien stehen. »Die Zeiten haben sich geändert, mon ami.«

Ich konnte sehen, wie Julien die Zähne zusammenbiss. »Was willst du, Bastien?«

»Das Blut.«

Julien holte Luft. »Quoi?«

Mit einem Schnalzen schüttelte Bastien den Kopf. »Du hast mich schon verstanden. Ich weiß, dass du der Kideimon bist. – Der ach so hoch geachtete Sebastien Du Cranier hat die Tradition gebrochen und nicht seinen Erst-, sondern seinen Zweitgeborenen zum Hüter bestimmt. Wahrscheinlich weil er seine geliebten Zwillinge mal wieder *gleich* behandeln wollte, was?« Langsam, beinah höhnisch trat er näher zu Adrien, schritt um ihn herum. »Dass du als Einziger weißt, wo das Blut ist, war der Grund, weshalb der Rat dich nur in die Verbannung geschickt und nicht zum Tode verurteilt hat, als du behauptet hast, du hättest den Verrat und den Mord begangen, und nicht Adrien.«

Ich sah von einem zum anderen. Das Blut? Was sollte das sein? Oder hatte das am Ende irgendetwas mit diesem »Erbe« zu tun, von dem di Uldere erzählt hatte? Wenn es tatsächlich so war ... Ich schluckte. Lieber Himmel, was hatte Julien mir noch alles nicht gesagt? Mir war klar, dass ich bisher nur die Spitze des Eisbergs kannte, aber offenbar war das, was sich *unter* Wasser verbarg, noch viel größer, als ich jemals angenommen hatte. Und auch wenn ich nicht mit letzter Sicherheit wusste, worum es ging, eines war mir mit einem Schlag klar: Julien war selbst unter den Lamia nicht *irgend*jemand.

Der Blick, mit dem er Bastien eben musterte, war so kalt, dass er mir eine Gänsehaut verursachte. »Anschuldigungen, von denen wir wissen, dass sie ebenso eine Farce waren wie deine Aussage.«

»Lenk nicht ab!« Bastien nickte Philip zu. »Nachdem der gute Julien jetzt weiß, wie es sich anfühlt, wenn du von jemandem trinkst ...« Mit einer einladenden Bewegung wies er auf Adrien.

»Wage es nicht!« Knurrend fletschte Julien die Fänge.

Der junge Vampir zögerte nur einen kurzen Moment,

dann trat er hinter Adrien - und schlug seine Zähne wie schon zuvor in dessen Arm. Keuchend stieß Adrien den Atem aus. Julien fauchte, rang mit seinen Fesseln und war schon halb auf den Beinen, als Bastiens »ah-ah-ah« ihn stoppte. Philip hatte erschrocken von Adrien abgelassen und machte einen Schritt von ihm weg. An seinem Mund hing Blut.

»Bleib, wo du bist.« Bastien war zurückgetreten und legte nun der jungen Frau Adrien gegenüber die Hand auf ein Bein. Die Berührung entlockte ihr ein ängstliches Schluchzen. »Das sterbliche Flittchen mag dir nichts bedeuten, aber deinem Bruder anscheinend schon. - Bleib dort auf den Knien und ihr geschieht nichts, verstanden?«

Für eine halbe Sekunde zuckte Juliens Blick von ihr zu Adrien, dann sank er widerstrebend auf den Boden zurück; die Fänge noch immer deutlich sichtbar.

Bastien nickte. »Schön. Und jetzt noch einmal: das Blut. Wo ist es?«

»Nachdem ich es dem Rat bei der Befragung nicht gesagt habe, glaubst du, ich sage es dir?« Julien betrachtete ihn eisig. »Du dürftest die Zusammenhänge noch nicht einmal kennen. Gérard hat sein eigenes Todesurteil ausgesprochen, indem er dir davon erzählt hat.«

»Und wer wird es dem Rat sagen? Du? Adrien?« Bastien wies mit dem Kopf auf mich. »Der kleine Engel hier? - Ich glaube nicht.«

Hatte ich tatsächlich gehofft, aus alldem lebend herauszukommen? Auch wenn ich es mir selbst nicht eingestanden hatte, war es einem kleinen Teil von mir von Anfang an doch klar gewesen: Wenn wir für Bastien - oder Gérard - nicht mehr von Nutzen waren, würden wir alle sterben. Egal wer hier wer war. Titel zählten dann nicht mehr. Falls ich dafür wahrhaftig noch weitere Beweise brauchte, war ich ein größeres Schaf, als ich jemals selbst angenommen hatte.

Ach, Julien, warum bist du nicht einfach weggeblieben?

»Sicher?«

»Sicher, mon ami.« Bastien bedeutete Philip erneut, hinter Adrien zu treten. »Also?«

»Sag mir, warum ich das Legat meines Vaters verraten sollte. Abgesehen davon, dass du deine kleine Ratte von meinem Bruder trinken lässt. – Und was dein süßer Engel damit zu tun hat!«

»Du weißt, was man über das Blut sagt. Du kennst die Legenden. Und über die Jahrhunderte ist das Blut der ältesten und edelsten Linien schwach geworden. Gérard ist ...«

Das Auflachen, mit dem Julien ihn unterbrach, war kalt und hart. »Jetzt versteh ich. Gérard hat die Krankheit. – Den Grund dafür, Bastien, nennt man Inzucht. Das beste und edelste Blut, so verrottet es auch sein mochte, war ihnen ja stets gerade ...«

Bastien zeigte ihm knurrend seine Fänge. »Es ist deine Pflicht ...«

»Pflicht?«, fauchend fletschte Julien seine eigenen. »Es wäre ihre Pflicht gewesen, uns in Marseille gegen die Nazis beizustehen. Wo waren sie da?« Er stieß ein böses Schnauben aus. Die Wunde an seinem Hals blutete noch immer. »O nein, wieder geradezubiegen, was dieser Klüngel an reaktionären Idioten mit ihrer Borniertheit und ihrer Arroganz über Generationen hinweg ruiniert hat, ist ganz sicher nicht *meine Pflicht*.« Er spuckte die letzten Worte regelrecht aus.

»Ich werde mit dir nicht darüber diskutieren, mon ami.« Bastien nickte Philip erneut zu. »Wo ist das Blut?«

Dieses Mal schrie Adrien auf. Ich zuckte unwillkürlich zurück.

»Bitte ...« meine Stimme versagte. Der dumpfe Schrei war zu einem Keuchen geworden. Adrien kämpfte dagegen an, in die Knie zu gehen. Das Seil bewegte sich kaum merklich in seinen Rollen.

Julien zischte, als hätte Philip seine Zähne in ihn geschlagen. »Was zum Teufel hat dein süßer Engel damit zu tun? Warum ist Gérard plötzlich so an ihr interessiert?«

Bastiens Blick war schmal geworden. Ohne Julien aus den Augen zu lassen, kam er herüber und zerrte mich am Handgelenk so grob aus den Armen des anderen Lamia, dass ich gegen ihn stolperte. »Dafür, dass der kleine Engel dir nichts bedeutet, interessierst du dich sehr für sie, findest du nicht, mon ami?« Ich konnte nicht verhindern, dass er mich wieder rücklings gegen seine Brust presste. Mit einer Geste rief er Philip zurück. Adrien stieß ein Ächzen aus, rang für eine Sekunde um sein Gleichgewicht und stand dann wieder aufrecht. Schwer atmend. Das Messer war erneut in Bastiens Hand erschienen und drückte sich abermals gegen meine Kehle. »Kann es sein, dass du mir etwas vorgemacht hast?«

Julien stieß einen Laut aus, der wohl ein spöttisches Lachen sein sollte, aber zu einem Knurren misslang. »Glaub, was du willst.«

»Dann kannst du mir ja sagen, warum du dich so für sie interessierst, mon ami.«

Nur aus dem Augenwinkel sah ich, wie Bastien die Stirn runzelte.

»Samuel hat für Gérard gearbeitet. Er wollte mich schon viel länger.« Die Worte platzten einfach aus mir heraus. Ich hätte noch nicht einmal sagen können, ob sie überhaupt einen Sinn ergaben. Ich wollte nur, dass das alles endlich aufhörte. »Bitte ...«

Julien sah mich direkt an.

»Unser kleiner Engel übertreibt. *Gearbeitet* ist das falsche Wort. Aber wenn es dich so sehr interessiert, kannst du Gérard ja selbst fragen, wenn wir in Marseille sind. – Ein letztes Mal: wo, Julien?«

Sehr langsam gingen Juliens Augen von mir zu Bastien.

»Va te faire foutre!«

Der fletschte zur Antwort die Fänge, zerrte mich zu

Adrien hinüber und stemmte den Fuß gegen die Kiste unter ihm. »Dann brauchen wir deinen Bruder ja nicht mehr.«

Ob es Juliens »Warte!«, mein »Gérard erwartet beide!« oder letztlich doch nur ein Bluff war, Bastien hielt tatsächlich inne.

Erneut sank Julien auf den Boden zurück. Seine Miene wurde wieder kalt. »Du vergisst eins: Wenn du Adrien umbringst, hast du nichts mehr gegen mich in der Hand«, sagte er hart. »Und außerdem: Es braucht jemanden wie ihn oder mich, um an das Versteck heranzukommen.«

»Was, Fassadenkletterer?« Verächtlich schnaubte Bastien.

»Hochseilartisten.«

Die Lippen zu einem dünnen Strich zusammengepresst musterte Bastien ihn sekundenlang. Julien erwiderte seinen Blick mit einem feinen Lächeln. Brüsk drehte Bastien sich schließlich zu dem anderen Lamia um.

»Verpass beiden genug, dass sie erst in Marseille wieder aufwachen! Um die Kleine hier kümmere ich mich im Jet. Das Menschenflittchen brauchen wir nicht mehr. Entsorgt sie – und beseitige die restlichen Spuren«, befahl er mit offensichtlich nur mühsam unterdrücktem Ärger.

Ich wandte den Kopf, so weit es mir möglich war, starrte ihn entsetzt an. »Nein, das ...« Die Klinge unter meinem Kinn brachte mich einmal mehr zum Schweigen.

»Wenn du mir Ärger machst, mon ange, schicke ich dich jetzt und hier genauso schlafen wie die Zwillinge. Aber glaub mir: Ab einer gewissen Dosis verträgst du das Zeug noch schlechter als sie.« Er nickte dem Lamia zu. »Los jetzt. Die Maschine wartet ohnehin schon lange genug auf uns. Wir treffen uns am Flugplatz.«

Der andere griff gerade in seine Jacke und holte etwas hervor, was wie ein Medikamentenfläschchen aussah – und unangenehme Erinnerungen bei mir weckte. Er winkte Philip zu Julien hinüber.

Das Messer verschwand und ich bekam einen Stoß in Richtung des Tores. »Und wir zwei machen uns schon mal mit deiner Schrottkarre auf den Weg. Nachdem Julien nichts Besseres zu tun hatte, als die Reifen zu zerschießen ... – Außerdem denke ich, benimmst du dich manierlicher, wenn du nicht in der Nähe unseres Herzensbrechers bist.«

Nur zögernd setzte ich mich in Bewegung. Offenbar für Bastien nicht schnell genug, denn er packte mich mit einem Grollen im Genick, um mich vorwärtszuschieben.

Wir waren keine zwei Schritte weit gekommen, als ein Knurren ihn herumfahren ließ. Mich zerrte er mit. Ich sah gerade noch, wie Julien aufsprang und sich mit gefletschten Fängen auf den anderen Lamia stürzte. Seine Hände waren frei! Die zweite Schelle baumelte lose von seinem Gelenk. Philip sackte gerade auf den Beton; aus seiner Brust ragte ein Pfeil. Klirrend zerbrach das Fläschchen. Die Spritze segelte durch die Luft. In der nächsten Sekunde rollten die beiden fauchend und knurrend im Dunkeln über den Boden, jeder mit dem Ziel, dem anderen an die Kehle zu gehen.

Bastien zischte, zerrte mich zu Adrien hinüber. »Nein!« Mit aller Kraft stemmte ich mich dagegen. Er durfte Julien nicht schon wieder mit dem Leben seines Bruders erpressen. Ich sah seine Hand zu spät. Der Schlag ließ mich taumeln. Das Knurren und Fauchen wollte einfach nicht enden. Bastien schlang einfach den Arm um meine Mitte, drückte mich an sich und schleifte mich mit. Weder, dass ich um mich trat, noch, dass ich mich in seiner Umklammerung wand, hielt ihn in irgendeiner Form auf. Selbst mein Kreischen interessierte ihn nicht.

Der zweite Lamia kam halb auf die Füße. Julien riss ihn gleich wieder zu Boden. Krachend landeten sie zwischen den Fässern. Noch einmal ein Fauchen ... Dann war es still. Alles, was ich hörte, waren meine eigenen Atemzüge; viel zu schnell, viel zu schluchzend. Bastien starrte an mir vorbei in die Schwärze, dorthin, wo Julien und der andere Lamia eben noch miteinander gekämpft hatten. Unvermittelt stieß er ein Zischen aus – und trat mit voller Wucht gegen die Kiste unter Adrien. Sein – und ihr – Keuchen ging in meinem »Nein!« unter. Das Letzte, was ich sah, war Julien, der mit einem gellenden Schrei aus der Dunkelheit heraus auf seinen Bruder zustürzte. Dann hatte Bastien mich bereits rücklings aus der Halle gezerrt.

Wie betäubt hing ich sekundenlang in seinem Arm. Adrien war gefallen. Ein Wimmern saß in meiner Kehle. Ich würgte es hinunter. Zusammen mit dem Kloß, der sie mir zuschnürte. Bastien hatte Adrien umgebracht. O Gott, Julien. Das alles war meine Schuld. Blind stolperte ich hinter Bastien her. Meine Schuld. – Wann hatte er mich wieder runtergelassen, damit ich selbst lief? Irgendwo klirrte Glas. Adrien wäre noch am Leben, wenn es mich nicht gäbe. Auf der Seite des Docks, die noch betrieben wurde, piepte eine Maschine. Ein Ruck an meinem Arm. Es ging um eine Ecke. Über unseren Köpfen ein Stahlskelett.

»Komm schon.«

Bastiens Stimme. Bastien. – Bastien, der Juliens Bruder ermordet hatte. Auf die gleiche Weise wie damals Gérard ihre Eltern hatte ermorden lassen. Kreischend stürzte ich mich auf ihn.

Im ersten Moment war er so überrascht, dass ich es sogar schaffte, ihm die Fingernägel durchs Gesicht zu ziehen. Dann hatte er mich bereits wieder gepackt und hielt mich erneut rücklings an sich gepresst. Und wie schon zuvor schlug und trat ich wie eine Besessene um mich. Ob ich ihn traf, wusste ich nicht. Es war mir irgendwo auch egal. Ich wusste nur eins: Ich würde mich nicht einfach wie ein Lamm zur Schlachtbank – sprich, nach Marseille – schleifen lassen. Nicht, nachdem er Adrien umgebracht hatte. Nicht, nachdem er Julien den Einzigen genommen hatte, der ihm von seiner Familie geblieben war. Ich hatte ihm vielleicht nichts entgegenzusetzen, aber ich würde es ihm nichtsdestotrotz so schwer wie möglich machen.

Fluchend und grunzend schleppte Bastien mich weiter. Sein Arm lag inzwischen so eng um mich, dass ich keine Luft mehr bekam. Meine Schreie waren zu einem abgewürgten Japsen geworden. Wahrscheinlich hätte er mir trotzdem gerne den Mund zugehalten, aber er brauchte beide Hände, um mich zu bändigen. Die Haare hingen mir wirr ins Gesicht. Er zuckte zusammen, als ich ihn mit Wucht am Schienbein traf – und blieb unvermittelt stehen. Vor uns erklang ein leises Lachen: hart, kalt und böse. Ich verstummte und hob den Kopf. Bastien knurrte. Wieder das Lachen.

»Nicht so sanftmütig, wie du dachtest, der kleine Engel, was?«, kam es aus der Dunkelheit.

»Julien.« Bastien zischte seinen Namen nur.

»Julien!« Plötzlich war mir nach Lachen zumute. Ich wusste nicht, wie er es geschafft hatte, vor uns zu gelangen. Es zählte nur, dass es so war. »Jetzt bist du dran, Arschloch«, kicherte ich. Ich war so nah an der Hysterie, wie man nur sein konnte. Und ich fühlte mich fantastisch dabei.

»Schwimmen dir die Felle davon? Wolltest du Gérard wenigstens diese eine Trophäe bringen, nachdem du dein Versprechen bezüglich Adrien und mir nicht halten konntest, *mon ami*?« Gemächlich vertrat Julien uns endgültig den Weg. Er hielt seinen Bogen wieder in der Hand. Ein Pfeil lag auf der Sehne.

Bastien zog mich vor sich, während er zugleich das Messer aus der Tasche zerrte und es mir erneut an die Kehle hielt. Julien hob den Bogen und spannte ihn in der gleichen Bewegung.

»Du schießt nicht durch sie hindurch, um mich zu treffen.« Die Klinge an meinem Hals schien mehr dazu gedacht, mich ruhig zu halten, als Julien einmal mehr mit der unausgesprochenen Drohung zu erpressen, mir die Kehle durchzuschneiden.

»Er nicht. Aber ich«, sagte jemand hinter uns. Die Stimme klang rau – und trotzdem war die Ähnlichkeit zu Juliens unverkennbar. Adrien!

Bastien fuhr herum.

Er schritt auf uns zu, langsam. Eine Waffe schien er auf den ersten Blick keine zu tragen. Nicht dass ich bei diesem Licht viel erkennen konnte. Hinkte er tatsächlich leicht? Wenn ich bedachte, wie oft Philip von ihm getrunken hatte, war es vermutlich ein kleines Wunder, dass er sich überhaupt auf den Beinen halten konnte. – Ganz abgesehen davon, war ich bis eben davon ausgegangen, dass er gar nicht mehr lebte.

»Regel Nummer eins, Bastien ...« Adrien sprach beinah sanft. Ein paar Meter von uns entfernt blieb er stehen. »Vergewissere dich immer, dass das Genick auch wirklich gebrochen ist.«

»Immer.« Bekräftigte Julien hinter uns.

Warum schoss er nicht? Jetzt, da Bastien ihm den Rücken zudrehte. Hatte er Angst, der Pfeil könnte durch Bastien hindurchgehen und doch noch mich treffen?

Bastien fauchte.

»Regel Nummer zwei ...« Gemächlich begann Adrien um uns herumzugehen. Er hinkte wirklich. Und mit jedem Schritt schien es schlimmer zu werden. »Töte gleich oder lass es ganz. Wenn du Katz und Maus spielst, bist *du* sonst am Ende vielleicht die Maus.«

»Miau.« Julien lachte leise. Er hatte sich auf unserer anderen Seite ebenfalls in Bewegung gesetzt.

Bastien sah hastig über die Schulter, als wisse er nicht, welchen der Zwillinge er eher im Auge behalten sollte. In dem Versuch, keinen von beiden aus dem Blick zu verlieren, drehte er sich um die eigene Achse mit ihnen mit – ohne mich loszulassen.

»Ihr riskiert es nicht, dass Juliens kleinem Engel etwas passiert.« Die Klinge drückte sich fester gegen meinen Hals. Unwillkürlich keuchte ich auf. Dass ich erneut an seinem Arm zerrte, interessierte Bastien auch diesmal nicht.

»Tatsächlich?« Adrien klang überrascht.

»Sie ist dein Engel, nicht meiner«, korrigierte Julien gleichzeitig von der anderen Seite.

Die beiden schritten weiter um uns herum – und zogen den Kreis unaufhaltsam enger. Bastien bewegte sich mit ihnen mit. »Wie bist du aus den Handschellen rausgekommen?«

»Du hättest deiner kleinen Ratte sagen sollen, dass er jemandem wie mir nicht in die Augen sehen darf. Auch nicht für einen ganz kurzen Moment.« Julien schüttelte das rechte Handgelenk, um das jetzt beide Hälften lagen, ohne den Zug auf der Sehne auch nur eine Sekunde zu verringern. »Böser Fehler, Bastien. Ganz. Böser. Fehler.«

Der knurrte.

»Wenn du das nächste Mal solche Spielchen spielst, Bruder, dann fass dich bitte kürzer. Zumindest wenn ich in die Sache verwickelt bin. Die kleine Ratte hatte nämlich wirklich keine Ahnung, wie man auch nur halbwegs richtig zubeißt«, murrte Adrien über Bastien und mich hinweg.

»Entschuldige. Aber ich wollte einfach zu gerne erfahren, warum Gérard sich plötzlich so sehr für Bastiens Engel interessiert.« Mit einem Schulterzucken wandte er seine Aufmerksamkeit wieder ganz uns zu. »Was hätte Gérard wohl dazu gesagt, wenn du nur mit ihr in Marseille aufgetaucht wärst? Und dann auch noch, ohne zu wissen, wo das Blut ist.« Julien schnalzte mit der Zunge. »Wie ärgerlich. Du hättest das Fragenstellen wirklich ihm überlassen sollen, mon ami.«

»Er ist bedeutend besser darin, Antworten zu bekommen. – Und weniger ... plump«, stimmte Adrien seinem Bruder zu.

Neben meinem Ohr klangen Bastiens Atemzüge allmählich leicht gehetzt. Ein ums andere Mal warf er einen Blick über die Schulter, als suche er einen Fluchtweg. Langsam wurde mir schwindlig.

Unvermittelt machte Julien einen Schritt in den Kreis hinein, den die beiden um uns zogen. Rasch wich Bastien zurück – und kam dabei Adrien gefährlich nahe.

»Glaubst du ernsthaft, du hast eine größere Chance, wenn du dich hinter ihr versteckst?« Adrien tste und wich einem Stahlpfeiler aus. Sein Hinken war noch schlimmer geworden.

Wieso waren wir wieder unter dem Portalkran? Waren Bastien und ich zuvor nicht bereits unter ihm durchgekommen? Ich hatte anscheinend komplett die Orientierung verloren.

»Zeig ein klein wenig Rückgrat. Wir sind beide nicht in der allerbesten Verfassung. Vielleicht hast du uns ja genug entgegenzusetzen, um uns los–«

Ich schrie erschrocken auf, als Bastien mich abrupt vorwärtsstieß, auf Julien mit seinem Bogen zu. Eine Sekunde lang rechnete ich damit, im nächsten Moment den Pfeil in mir zu haben, doch da packte Julien mich schon, schlang die Arme um mich, drehte sich mit mir weg und zerrte mich hinter den Pfeiler, dem Adrien kurz zuvor ausgewichen war, und auf die Knie. Er ließ mir keine Zeit, Luft zu holen, bevor er mich küsste. Erlöst, verzweifelt, hilflos, hungrig. Immer wieder. Dazwischen keuchte er meinen Namen. Wieder und wieder. Nur am Rand registrierte ich, dass der Bogen neben uns lag. Ich klammerte mich an ihn. Sein Hemd war über der Brust feucht von seinem Blut. Es war mir egal. Ich hatte ihn wieder. Er war ebenso außer Atem wie ich, als er mich nach einem letzten erleichterten Kuss an sich zog. Das Blut an seinem Hals war getrocknet. Dann endlich verstand ich auch, was er zusammen mit meinem Namen immer wieder beinah panisch hervorstieß. »Ich liebe dich. Alles andere war gelogen. Glaub kein Wort davon. Keines! Versprich es mir! Versprich es!«

Ich krallte die Finger fester in sein Hemd. Schüttelte den Kopf. Ohne zu wissen, ob ich lachen oder weinen sollte.

Etwas krachte mit Wucht gegen die andere Seite des Stahlpfeilers. Er zog meinen Kopf fester an seine Brust. »Schau nicht hin!« So wie er die Arme um mich schlang, wollte er auch nicht, dass ich hin*hörte*. Doch die Geräusche waren einfach zu laut: Krachen, Klatschen, Fauchen, Knurren, Grunzen und Stöhnen. Sie waren schon die ganze Zeit irgendwie im Hintergrund gewesen. Ich hatte sie nur nicht wirklich wahrgenommen. Dann auf einmal: eine fast erlösende Stille.

Julien hielt mich weiter an sich gedrückt. Die Wange auf meinem Haar. Eine Hand beruhigend auf meinem Rücken. Auch als Schritte auf uns zukamen, rührte er sich nicht. Wieder Stille. Dann ein Räuspern. Ein kleines Stück rechts von uns. Erst jetzt hob er den Kopf. Ich sah ebenfalls auf. Adrien stand einen knappen Meter von uns entfernt und blickte auf uns herab. Eben wischte er sich mit dem Daumen etwas aus dem Mundwinkel. Irgendwie hatte ich nicht wirklich daran gezweifelt, dass es seine Schritte waren, die sich uns näherten, und doch war ich erleichtert, ihn dort stehen zu sehen.

Sie hatten das alles so geplant. Ganz genau so. Sie hatten Bastien abgefangen und dann an einen Ort getrieben, an dem Julien mit mir in Deckung gehen konnte, während Adrien mit ihm abrechnete. Und Adrien hatte mit Absicht vorgegeben, der »Schwächere« zu sein. – Bastien hatte eigentlich nie eine Chance gehabt, denn im Gegensatz zu ihnen war er kein Vourdranj. Doch vielleicht war ihm das bereits in dem Moment klar gewesen, als Julien vor uns aufgetaucht war.

Julien hielt mich noch immer an sich gedrückt, aber ich konnte spüren, dass sich an seinem Griff, seiner ganzen Haltung etwas verändert hatte. Er konnte sich nicht dazu durchringen, mich loszulassen, obwohl er doch endlich seinen Bruder umarmen wollte. Ich gab ihm einen kleinen Schubs. Und noch einen, als er weiterhin zögerte.

Diesmal stand er auf, langsam, stockend, machte einen Schritt auf Adrien zu, noch einen. Auch Adrien bewegte sich. Gleich darauf lagen sie sich in den Armen. Einen Moment lang hielten sie sich aneinander fest, dann bewegten sie sich nahezu gleichzeitig, zuckten fast ebenso gleichzeitig vor Schmerz zusammen und ließen einander sichtlich widerstrebend los. Sekundenlang standen sie einfach nur da. Bis sie zu grinsen begannen. Und sich in einer Mischung aus Lachen und Stöhnen erneut in die Arme fielen. Plötzlich kam ich mir irgendwie fehl am Platz vor. Auch als sie sich endlich wieder voneinander lösten und der eine den anderen kritisch musterte.

Adrien sprach schließlich zuerst. Er hatte Julien am Kinn ergriffen und seinen Kopf zur Seite gedreht, um die Bisswunde an seinem Hals zu begutachten. »Du siehst erbärmlich aus, Kleiner«, kommentierte er nach einem weiteren Augenblick.

Julien streifte seine Hand mit einem Schnauben ab. »Das sagt der Richtige. Schau dich mal an! – Warum hast du dich nicht gemeldet? Ich war kurz davor ...« Er hob die Hand, um sich mit den Fingern durchs Haar zu fahren, zuckte mitten in der Bewegung zusammen und ließ den Arm mit einem Kopfschütteln wieder sinken. »Keine Ahnung. Kurz davor, durchzudrehen.«

Adrien zog ihn noch einmal an sich. »Ich bin wieder da.

Den Rest erzähl ich dir später in Ruhe.« Seine Stimme klang gepresst. »Es war richtig, dass du nichts gesagt hast. Du musst Papas Legat bewahren. Egal um welchen Preis. Es ist das Einzige, was uns geblieben ist.« Die Art, wie er die Hand in Juliens Nacken legte und dessen Stirn an seine Schulter lehnte, hatte etwas seltsam ... Väterliches. Juliens Nicken war nur die Andeutung einer Bewegung. Auch Adrien nickte, dann sah er mich über seinen Zwillingsbruder hinweg sekundenlang an, ehe er seine Aufmerksamkeit mit einem »Musst du trinken?« wieder ihm zuwandte und zurücktrat. Erneut wanderte sein Blick abschätzend über Julien.

Der schüttelte den Kopf. »Nicht unbedingt. Du?«

Um Adriens Mund zuckte es. Er schaute fast spöttisch hinter sich, wo Bastien liegen musste. »Nein.« Von Neuem sah er dann zu mir.

Julien räusperte sich und winkte mich heran. Es brauchte seine Hand um meine, um mich näher als einen zögernden Schritt heranzuholen. »Dawn, mein Bruder Adrien. – Adrien, das ist ...«

»... Dawn Warden. Die inzwischen von den Fürsten anerkannte Princessa Strigoja. Ich weiß«, ließ der ihn nicht ausreden. Ohne die Augen von mir zu nehmen, rieb er sich mit den Fingerspitzen die Stirn, als habe er plötzlich Kopfschmerzen. Sie waren noch immer schwarz. So wie Juliens. Der spannte sich neben mir. Seine Finger schlossen sich fester um meine.

Adriens Blick ging von meinem Gesicht zu unseren Händen und weiter zu seinem Bruder. »Bastien hatte recht. Das Ganze war tatsächlich nur ein Bluff. Sie bedeutet dir etwas.« Die Worte waren weniger Frage als Feststellung. »Und als du behauptet hast, du hättest dieses Spiel nur gespielt, um herauszufinden, warum Gérard sich so für sie interessiert, hast du auch die Wahrheit gesagt.«

Julien nickte wieder. Diesmal jedoch steif und angespannt. Beinah schien es, als würde er jeden Moment gegen seinen Bruder die Zähne fletschen.

»Natürlich.« Das Wort klang ein bisschen wie ein Seufzen. Abermals presste Adrien die Finger gegen die Stirn.

Mein Magen zog sich zusammen. Warum hatte ich eigentlich nie daran gedacht, dass er nicht begeistert darüber sein würde, wenn sein Bruder sich ausgerechnet das Mädchen als Freundin ausgesucht hatte, das er ursprünglich ermorden sollte? Für einen Moment schloss er die Augen, ehe er den Kopf schüttelte. »Lass uns später reden, Julien. Über alles. Jetzt müssen wir erst einmal die Spuren beseitigen. Sonst haben wir außer Gérard auch noch den Rat am Hals. – Und das schneller, als uns lieb ist.«

Juliens neuerliches Nicken fiel kaum weniger steif aus als sein vorheriges, während er mir den Arm um die Schulter legte und mich an sich zog. Ich klammerte mich an ihn. Den Blick, mit dem Adrien mich bedachte, während Julien, ohne mich länger als unbedingt nötig loszulassen, seinen Bogen aufhob, bevor wir uns auf den Weg zurück zur Lagerhalle machten, ignorierte ich. Jetzt, da es vorbei war, hielt ein Teil von mir es für eine ausgezeichnete Idee, hysterisch zu werden. Nur ein bedeutend kleinerer Teil plädierte dafür, dass ich mich tiefer in jene Taubheit flüchten sollte, die bisher wohl das Zittern in mir weitestgehend in Schach gehalten hatte. Ich bohrte mir die Fingernägel in die Handfläche und klammerte mich stur weiter an die Taubheit.

Nur zögerlich betrat ich kurz darauf die Lagerhalle. Vorsichtig vermied ich es, genauer hinzusehen, was da an einigen Stellen lag. Julien hielt mich fest im Arm, offenbar jederzeit bereit, mich umzudrehen und mein Gesicht an seiner Brust zu bergen.

Die junge Frau lag mehr oder weniger an derselben Stelle, an der sie aufgekommen sein musste, nachdem Julien es einen Sekundenbruchteil, bevor das Seil Adriens Fall abrupt beendet hätte, geschafft hatte, ihn abzufangen. Julien hatte Adriens Hände befreit, sodass der wiederum die Schlinge von seinem Hals zerren konnte, was auch sie außer Gefahr brachte. Offenbar hatten die Brüder in ihrem Bestreben, Bastien und mich einzuholen, nichts weiter getan, als auch ihr die Schlinge abzunehmen und denselben Mantel über sie zu breiten, der mir zuvor schon als Decke gedient hatte, ehe sie sich an die Verfolgung machten. Vielleicht hatten sie ihr den Anblick der Toten um sie herum ersparen wollen, denn der Stoff war bis über ihren Kopf gezogen.

Ich konnte gut verstehen, dass sie sich mit einem beinah panischen Laut zusammenkauerte, als Adrien sich neben sie kniete und ihn beiseitezog. In ihren Augen stand noch immer das blanke Entsetzen, als sie ihn über die Schulter ansah. Sie war nach wie vor gefesselt und geknebelt. Einen Moment schien es, als wollte sie von ihm wegkriechen. Ihre Atemzüge kamen viel zu hastig.

»Schsch. Ich bin es nur, Cathé ...« Julien spannte sich, als Adrien zu dem Namen ihrer Schwester ansetzte, doch da verbesserte der sich schon. »... Kathleen. Ganz ruhig. Es ist vorbei.« Ähnlich sanft wie Julien gewöhnlich mit mir umging, drehte er sie zu sich um und lehnte sie gegen sich. »Das wird jetzt wehtun«, warnte er, während er nach einer Ecke des Klebebandes über ihrem Mund griff. Sie zuckte trotzdem mit einem Keuchen zurück, als er es mit einem Ruck abriss. »Alles in Ordnung. Es ist vorbei.«

»Ben?« Ihre Stimme zitterte.

»Ben?«, echote Julien verblüfft.

Mit einer knappen Geste bedeutete Adrien ihm wortlos »Später!«.

»Sie ... sie waren wie du«, stammelte sie.

Juliens Brauen rutschten ein ganzes Stück höher.

Ihr Blick huschte an Adrien vorbei in die Dunkelheit. »Sie ...«

»Das ist jetzt nicht wichtig, Kathleen.« Behutsam nahm er ihr Gesicht in beide Hände. »Sieh mir in die Augen.« Sie gehorchte. Ihr Blick wurde beinah in der gleichen Sekund glasig. Unverwandt hielt Adrien ihn mit seinem fest. Ganz allmählich wurden ihre Atemzüge ruhiger – bis ihre Lider flatterten, zufielen und sie in sich zusammensank. Von einem Atemzug zum nächsten lag sie in tiefem Schlaf. Adrien fing sie auf. Dann streckte er mit einem fordernden Fingerschnippen Julien eine Hand entgegen.

Auch ohne Worte schien der genau zu wissen, was Adrien wollte. »Den Dolch bitte, lieber Julien. – Aber gerne doch, lieber Adrien. – Danke, lieber Julien«, spöttelte er, zog die Klinge aus der Scheide an seinem Bein und reichte sie seinem Bruder.

»Du bist noch immer der gleiche Kindskopf wie früher, lieber Julien«, gab Adrien im gleichen Ton zurück. »Dubai hat daran keinen Deut geändert.«

Sacht drehte er Kathleen noch ein Stück weiter zu sich, durchtrennte vorsichtig das Klebeband an ihren Handgelenken und gab Julien die Waffe zurück, bevor er sie endgültig von ihren Fesseln befreite. Dann sah er auf. Er und Julien schienen sich wortlos zu verstehen.

»Die Vette steht nur ein paar Hallen weiter. Ich bringe die Mädchen zum Anwesen, dann komme ich wieder und helfe dir, die Reste hier zu beseitigen.«

»*Meine* Corvette?« Adrien stand, mit Kathleen in den Armen, ein wenig umständlich auf.

»Sie hat nicht einen Kratzer«, versicherte Julien ihm, während er mich losließ und den schlaffen Körper der jungen Frau von seinem Bruder übernahm.

»Gut für dich. Was hast du mit deiner Maschine gemacht?«

»Komplizierte Geschichte.«

»Lass ihr ein bisschen Zeit, bevor du sie wieder aufweckst.

– Scheint so, als würde uns die Nacht nicht lang werden, wenn du wieder da bist.«

»Scheint so.« Julien nahm seine Last höher auf die Arme. Fürsorglich breitete Adrien den Mantel, den er vom Boden aufgehoben hatte, wieder über sie. Die Zwillinge nickten einander noch einmal zu, dann machte Julien sich mit mir und Kathleen auf den Weg zur Vette. Ich ging schweigend neben ihm her, zog unnötigerweise immer wieder den Mantel über Kathleen zurecht, sobald er auch nur einen Millimeter ins Rutschen geriet.

Die Corvette stand tatsächlich nicht weit entfernt, verborgen hinter einigen mit Plastik abgedeckten Paletten.

Nachdem Julien die Hände voll hatte, ließ er mich den Schlüssel aus seiner Hosentasche fischen, die Tür öffnen und den Beifahrersitz nach vorne klappen. Irgendwie hilflos, die Arme um mich geschlungen, beobachtete ich, wie er Kathleen auf den Notsitz bugsierte. Das Zittern kroch in meinem Innern langsam wieder empor. Aber ehe es noch mehr an Kraft gewann, tauchte Julien aus der Vette wieder auf, seinen Ledermantel in den Händen. Behutsam legte er ihn mir um die Schultern. Dann nahm er mich in die Arme und zog mich fest an sich. Ich schloss die Augen und versuchte nicht mehr zu denken. Für kurze Zeit gelang es mir sogar. Ziemlich genau so lange, bis Julien mich zögernd losließ und mir beim Einsteigen half. Sein Mantel blieb eng um mich geschlungen.

Ich warf einen Blick in den Fond, während er hinters Steuer glitt und den Motor zu schnurrendem Leben erweckte. Die junge Frau schlief friedlich. Wie sehr ich sie darum beneidete. Den ganzen Weg nach Hause wünschte ich mir, Julien würde mit mir das Gleiche machen wie Adrien mit ihr. Doch er tat es nicht – weil er ebenso gut wie ich wusste, dass es bei mir nicht funktionieren würde.

Girl Talk

Julien brachte uns nicht nur zum Anwesen, er kontrollierte auch wie gestern Nacht – oder war es schon vorgestern gewesen? – das ganze Haus, nachdem er uns mit einem entschiedenen »Bleibt hier!« in die Küche geschoben hatte. Keine von uns sprach, während wir darauf warteten, dass er zurückkam. Doch ich konnte spüren, wie die junge Frau, Kathleen, mir von Zeit zu Zeit kurze, hastige Blicke zuwarf, ehe sie wieder auf den Boden oder eine Stelle neben ihr auf der Arbeitsplatte starrte, an der sie stand.

Das Schweigen zwischen uns hatte irgendwie etwas Unbeholfenes. Als wir hier angekommen waren, hatte Julien sie ganz normal geweckt, so wie man jemanden weckt, der in einem gewöhnlichen Schlaf liegt. Einen Moment lang war sie etwas verwirrt gewesen und hatte ihn mit Adrien – Ben – verwechselt, dann aber schnell begriffen, dass sie seinen Zwilling vor sich hatte, und sich von ihm aus der Vette helfen lassen. Und auch wenn sie den Mantel mit beiden Händen über der Brust zusammenhielt: Sie war bei Weitem nicht mehr so panisch, wie sie es in der Lagerhalle gewesen war. Doch sie zuckte zusammen und machte hastig einen Schritt von ihm weg, als Julien schließlich unvermittelt vollkommen lautlos durch die Tür kam. Abrupt blieb er stehen.

»Es ist alles in Ordnung.« Deutlich langsamer als zuvor trat er neben mich und legte mir behutsam eine Hand auf den Rücken. Ich lehnte mich an ihn. Beruhigend strich er mir über die Schultern, allerdings ohne den Blick von Kathleen zu nehmen. »Niemand wird dir etwas tun. Dawn schließt hinter mir ab und stellt die Alarmanlage scharf. Ihr seid hier in Sicherheit.«

Unsicher sah sie ihn an. »Deine Augen sind schwarz.«

Ich schaute zu Julien auf. Hier, im Licht der Deckenlampe, war es nicht zu übersehen, obwohl er sie gegen die Helligkeit ein klein wenig zusammengekniffen hatte. Sein Blick wurde noch schmaler, als er ihn prüfend über die junge Frau wandern ließ. »Hat dich einer von ihnen gebissen?«

Sie zog die Schultern hoch, schaute beiseite.

Julien holte scharf Atem. »Doch nicht etwa ... Adrien?«

»Ist das sein Name?«

Verwirrt sah Julien zuerst zu mir, dann zu ihr. »Wenn du meinen Zwillingsbruder meinst, ja.«

Zögernd nickte sie. Lieber Himmel. Und so wie Julien die Stirn runzelte, würde Adrien ihm wohl einiges erklären müssen.

Er strich mir über den Rücken. »Ich muss zu Adrien. – Schaffst du es, dich ein bisschen um sie zu kümmern?« Forschend musterte er mich.

Und wer kümmert sich um mich?, wollte eine hohe, gefährlich nah an der Hysterie dahintreibende Stimme in meinem Inneren wissen. Ich brachte sie zum Schweigen, nickte.

Julien lächelte auf mich herab und hauchte mir einen Kuss auf die Stirn. »Ich bin zurück, so schnell ich kann. Versprochen! – Schließ hinter mir ab.« Damit war er hinaus. Die Haustür klackte, ich bildete mir ein, seine Schritte auf der Treppe zu hören, und rannte ihm nach.

»Julien!« Auf der obersten Stufe kam ich taumelnd zum Stehen. Schon die Hand an der Fahrertür der Corvette hielt er inne und sah zu mir herauf. »Ich ... Bastien ...« *Ich habe Angst. – Bastien hat gesagt, dass es mit mir bald vorbei ist. – Geh nicht weg.* Ich schüttelte den Kopf. Alles, was ich herausbrachte, war: »Bitte.«

»So schnell ich kann. Versprochen!«

Ich spürte, dass ich nickte. Die Tür der Vette schlug zu, der Motor schnurrte auf und die Rücklichter verschwanden den Zufahrtsweg hinunter. Einen Moment stand ich einfach nur da. Endlich holte ich sehr tief und sehr langsam Luft, ging ins Haus zurück und schloss ab, wie er gesagt hatte. Kathleen stand in der Küche noch an derselben Stelle wie zuvor.

Noch einmal atmete ich tief ein. Die Stimme in mir war noch immer da. Ich ignorierte sie, so gut ich konnte. »Möchtest du einen ... Tee?« Etwas Besseres fiel mir nicht ein. Und vielleicht half es ja, wenn ich – wenn auch nur kurz – etwas zu tun hatte.

Einen Moment wirkte sie ein wenig verblüfft. »Ja bitte«, murmelte sie dann.

Ich nahm das Blut zum ersten Mal bewusst wahr, als ich Wasser in den Flötenkessel laufen ließ. Es klebte an meiner Hand, an meinem Ärmel, war auf meinem Pullover getrocknet. Sogar auf meinen Jeans waren Flecken. War das alles von mir? Hastig stellte ich den Kessel in die Spüle, hielt mich am Rand der Arbeitsplatte fest. Mir war plötzlich schwindlig. Mein Magen saß in meiner Kehle. Ich würgte ihn hinunter und drehte mich irgendwie hilflos zu Kathleen um.

»Ich glaube, ich ...« Ich hob die Hand, wies an mir hinunter. »... ich sollte mich zuerst waschen.«

Etwas in ihrer Miene änderte sich. »Hast du etwas dagegen, wenn ich auch ...« Sie verstummte.

»Nein.« Natürlich nicht. Ich an ihrer Stelle hätte mich wahrscheinlich nach einer Dusche oder einem Bad gesehnt. Genau genommen sehnte ich mich ja selbst danach. Allerdings zweifelte ich nicht daran, dass beides meine brüchige Selbstbeherrschung einfach davonschwemmen und mich in ein hysterisch schluchzendes Etwas verwandeln würde. »Das Bad ist oben.« Ich ging voran. Auf der Hälfte der Treppe lachte sie plötzlich leise. Erschrocken sah ich mich nach ihr um. Was sollte ich tun, wenn *sie* hysterisch wurde? »Was ist?« Besorgt musterte ich sie.

Sie schüttelte den Kopf, noch immer kichernd. »Sagt man nicht, wir Frauen gingen immer mindestens zu zweit zur Toilette? Wir sind gerade der lebende Beweis für diese Behauptung.«

Sekundenlang starrte ich sie an. Dann musste auch ich grinsen.

»Du heißt Dawn, oder?«, fragte sie nach einem weiteren Moment. Mein Nicken erwiderte sie mit einem ihrerseits. »Ich bin Kate.« Sie streckte mir die Hand hin. Zögernd sah ich auf meine eigene, mit getrocknetem Blut beschmierte. Doch sie schnaubte, ergriff sie einfach und drückte sie kurz, bevor wir die restlichen Stufen zum ersten Stock hinaufstiegen.

Im Bad legte ich einen Stapel Handtücher auf dem Badewannenrand bereit, dann teilten wir uns das Waschbecken. Kate erschrak sichtlich beim Anblick des dunkel unterlaufenen Streifens, den das Seil an ihrem Hals hinterlassen hatte.

Wir halfen einander, die Spuren dieser Nacht an uns zu beseitigen. Dieses Mal war ich es, die ihr – aus dem Augenwinkel oder im Spiegel – kurze Blicke zuwarf. Kate war hübsch und, wie es schien, zwei, vielleicht drei Jahre älter als ich. Aber eigentlich war da eine ganz andere Frage, die mich beschäftigte: Was war zwischen ihr und Adrien? War es wie bei Julien und mir? Dass *sie* Adrien genug bedeutete, um ihn mit ihrem Leben erpressbar zu machen, war klar. Aber wie stand sie zu *ihm*?

Als Blut und Dreck von uns herunter waren, gingen wir in mein Zimmer hinüber. Das Seidenkleid lag noch immer achtlos hingeworfen auf meinem Bett. Mein Magen zog sich zusammen. Erst vor ein paar Stunden hatte ich es getragen. Damals war die Welt – zumindest für meine Verhältnisse – noch weitestgehend in Ordnung gewesen. Und jetzt? Jetzt waren mein Freund und sein Bruder dabei, wusste der Himmel wie viele Leichen aus einer Lagerhalle bei den Docks verschwinden zu lassen, und Bastien d'Orané, der Adoptivsohn des Fürsten von Marseille, war tot. KATASTROPHE traf es meines Erachtens nicht mehr ganz. Wenn ich an die möglichen Konsequenzen dachte, wurde mir übel. Deshalb verdrängte ich den Gedanken hastig und öffnete meinen Schrank. Endlich war es zu etwas gut, dass mein Großvater deutlich zu viel Geld hatte und einen guten Teil davon in meine neue Garderobe gesteckt hatte. Zum Glück hatten wir ungefähr die gleiche Größe. Ich hätte Kate zweimal neu einkleiden können – wenn sie es zugelassen hätte.

Doch nachdem ihre Sachen nicht ganz so sehr gelitten hatten wie meine, suchten wir für sie nur einen Pullover heraus. Meinen Jeans war es – mal ganz abgesehen von den Blutflecken – nicht so gut bekommen, dass Bastien mich hinter sich her über den Betonboden der Halle geschleift hatte. Vielleicht war ich auch irgendwo hängen geblieben, ohne es zu bemerken, zumindest hatten sie über dem Knie einen unübersehbaren Riss.

Für eine gute halbe Stunde waren wir einfach zwei junge Frauen, die sich über Klamotten unterhielten und etwas zum Anziehen aus einem gut gefüllten Kleiderschrank heraussuchten. Aber als wir in die Küche hinuntergingen, holte uns das Schweigen wieder ein.

Ich setzte den mit Wasser gefüllten Flötenkessel auf die Herdplatte und suchte dann meine Teevorräte heraus, während Kate zwei Tassen aus dem Schrank nahm, nachdem ich ihr gesagt hatte, wo sie sie finden konnte. Da sie mir die Entscheidung überließ, würde es einen Kiwi-Vanille-Tee geben. Bis ich Zucker und Löffel auf den Tisch geräumt hatte, kochte das Wasser.

Schließlich saßen wir einander am Küchentisch gegenüber, jede eine dampfende Tasse Tee vor sich. Schweigend. Draußen war es noch immer dunkel. Ich starrte aus dem Fenster und wünschte mir Julien herbei. Bis Kate die Stille irgendwann brach.

»Der Tee schmeckt gut.«

»Danke.« Was sollte ich sonst darauf antworten?

»Das Haus ist schön. Es ist schon etwas älter, oder?«

»Ja. Ich hatte mich vom ersten Augenblick in es verliebt. Es hat eine ganze Zeit leer gestanden. Mein Großonkel hat es renovieren lassen.«

Sie sah von ihrer Tasse auf und musterte mich. »Bist du wie sie?«

Ich schluckte. Was hätte ich nicht darum gegeben, Ja sagen zu können. Wenn es so wäre, hätten sich die meisten meiner Probleme mit einem Schlag gelöst. Ich schüttelte den Kopf. »Nein, ich ...« Wie viel durfte sie überhaupt über Lamia und Vampire wissen? Was hatte Adrien ihr erzählt? Nachdem sie noch nicht einmal seinen richtigen Namen gekannt hatte, nicht viel. »Nein. Ich bin nicht wie sie.«

»Aber du liebst ihn.«

Ihn, Julien.

»Ja.« Aus ganzem Herzen.

»Ist das nicht ... Ich weiß nicht, gefährlich? Ich meine ... wenn er dich beißt ...«

»Julien würde mir niemals etwas tun. Im Gegenteil. Er hat mir schon mehr als ein Mal das Leben gerettet. Und er *weigert* sich sogar, mein Blut zu trinken.«

»Du hast es ihm angeboten?« Sie sah mich an, als zweifle sie an meinem Verstand.

»Mehrmals.«

Ihr Blick kehrte in die Tiefen ihrer Tasse zurück.

»Was weißt du über ihn?«, fragte sie nach einem Moment in die Stille hinein, die sich erneut zwischen uns niedergelassen hatte. »Ich meine, über Be-, seinen Bruder, Adrien.«

»Ich habe ihn heute Nacht zum ersten Mal gesehen. Aber wenn er so ist, wie sein Bruder ...« Ich verstummte. Nein, Adrien war nicht wie Julien. Ein wenig hilflos hob ich die Schultern. »Ich glaube, du kennst ihn besser als ich.«

Zweifelnd sah sie mich an.

»Warum nennst du ihn eigentlich Ben?« Vorsichtig nahm ich einen Schluck Tee. Heiß! Immer noch.

»Er hat mir seinen richtigen Namen nicht gesagt.« Sie hob die Tasse und pustete nachdenklich darüber. »Und irgendwie musste ich ihn ja nennen.«

»Wie hast du ihn kennengelernt?« Normalerweise mochte ich nicht so viel Zucker im Tee, aber heute Nacht schien ich Unmengen davon zu brauchen und schaufelte einen weiteren Löffel hinein. Bei einem dritten hielt ich inne, als Kate ihre Tasse beinah übertrieben bedächtig auf den Tisch zurückstellte.

»Er hat mich davor bewahrt, vergewaltigt zu werden.«

Ich starrte sie mit offenem Mund an. Zucker rieselte von meinem Löffel.

»Mein Auto ist nicht angesprungen. Es war mitten in der Nacht und ich wollte niemanden wecken, also bin ich zu Fuß nach Hause.« Sie drehte den Henkel der Tasse von einer Seite auf die andere – und zurück. »Im Nachhinein habe ich gehört, dass der Typ das bei den anderen genauso gemacht hat. Das Kabel von der Zündspule abgezogen und so ihre Wagen lahmgelegt, meine ich. Dann hat er sie ...«

Lieber Himmel, bei Beths Käfer war auch das Zündspulenkabel abgezogen gewesen ... Wir alle hatten das für einen dummen Streich gehalten, den ihr irgendjemand gespielt hatte. Wenn ihr Kollege vom *Ruthvens* sie nicht nach Hause gefahren hätte, wäre sie vielleicht auch ... Ich schluckte und kippte den verbliebenen Zucker vom Löffel in meine Tasse, bevor ich den Rest mit der Hand vom Tisch wischte.

»Be... Adrien kam dazu und hat den Kerl ...« Sie trank einen Schluck Tee.

»Und dann hat er dich ... gebissen?«

»Nein, das war ... später.« Anscheinend unbewusst hob sie die Hand an ihren Hals, nachdem sie die Tasse wieder abgestellt hatte. »Er hat gesagt, er hätte die Kontrolle verloren und es täte ihm leid.« Ihre Finger wanderten von ihrer Kehle zu ihrer Stirn. »Was hat er nur mit mir gemacht?«, murmelte sie wie zu sich selbst. Ihr Blick ging ins Leere. »Ich erinnere mich daran, wie sie uns in den Kofferraum des BMWs gezwängt haben. Wie sie ihn verprügelt und immer wieder nach diesem ›Blut‹ gefragt haben. Und wie sie uns irgendwann mit dem Seil um den Hals auf die Kisten gestellt haben ... Und an all das, was danach kam, wie du aufgetaucht bist ... und der andere ... aber ... es fühlt sich so ... fremd an. So als wäre es gar nicht mir passiert. Als wäre es nur ein ... Film, den ich gesehen habe. Ich sollte hysterisch sein. Mindestens. Aber da ist ... nichts.« Sie sah mich an. »Was hat er mit mir gemacht?«

Ich zögerte einen Augenblick, ehe ich antwortete. Aber hatte sie nicht ein Recht darauf, zumindest das zu wissen? »Sie können die Erinnerung von uns Menschen manipulieren. Ich schätze, er hat dafür gesorgt, dass das alles nicht mehr so schrecklich für dich ist.«

Sie runzelte die Stirn, als wisse sie nicht, was sie davon halten sollte. »Hat er das bei dir auch gemacht? Oder sein Bruder?«

Nun, zu glauben schien sie mir wenigstens.

Ich schüttelte den Kopf. »Bei mir funktioniert es nicht.« Zumindest nicht länger als ein paar Minuten, wie Julien und ich aus der Vergangenheit wussten. Auf ihren verwirrten Blick zuckte ich nur die Schultern. Ich war mir nicht sicher, wie sie darauf reagieren würde, wenn ich ihr sagte, dass ich *zur Hälfte* wie Julien und Adrien war. Anscheinend färbte Juliens Geheimniskrämerei allmählich auf mich ab.

»Wie war es bei dir?«

Ihre Frage überraschte mich. »Was?«

»Wie hast du deinen Vampir kennengelernt?«

Ich verbiss es mir, sie darüber aufzuklären, dass Julien kein *Vampir* war. Und Adrien ebenso wenig.

»Er hat mich zu einer Spritztour auf seiner Rennmaschine eingeladen und mich dann auf dem Peak – einem Aussichtspunkt hier in der Nähe – einfach stehen lassen. Mitten in der Nacht.«

Jetzt war sie es, die mich geschockt ansah. Nach einem weiteren kurzen Zögern erzählte ich ihr von Julien und mir. Dass er auf meine Schule ging und mich im *Bohemien* davor bewahrt hatte, von einer Arbeitsgalerie erschlagen zu werden; dass wir es geschafft hatten, an einem einzigen Tag zusammenzukommen, uns zu trennen und wieder zusammenzukommen. Doch von den Plänen, die *Onkel* Samuel mit mir gehabt hatte, was er Julien angetan hatte oder auch, dass dieser andere Lamia – oder Vampir? – mich auf dem Abbruchgelände beim *Ruthvens* als Snack hatte nehmen wollen, sagte ich ihr nichts. Und schalt mich selbst deshalb ein dummes Schaf. In Kate hatte ich endlich jemanden gefunden, bei dem ich nicht so tun musste, als sei mein Freund ein ganz normaler Mensch. Ein anderes weibliches Wesen, das obendrein, zumindest ansatzweise, mit dem gleichen Problem konfrontiert war: dass ein Vampir – beziehungsweise Lamia – ihr Leben auf den Kopf stellte. Und was tat ich? Ich traute mich nicht, mit ihr offen über alles zu reden. Weil ich einerseits nicht wusste, was sie überhaupt erfahren durfte, ohne dass ich sie am Ende doch irgendwie in Gefahr brachte, und andererseits fürchtete, dass sie vielleicht nichts mit Adrien zu tun haben wollte, wenn sie noch mehr über die dunklen Seiten dieser Lamia- und Vampirwelt erfuhr. – Obwohl Bastien ihr ja schon einen ziemlich guten Einblick verschafft hatte.

Irgendwann wurde es vor dem Küchenfenster allmählich hell. Ich hatte uns noch einmal Tee aufgebrüht und in den Tiefen meiner Vorräte sogar eine Packung Kekse gefunden. Inzwischen wusste ich, dass Kate eigentlich aus Boston kam und in Darven Meadow die Katzen ihrer Granny sittete, die im Krankenhaus lag. Dass sie auf dem Rummel jobbte, der seit Generationen ihrer Familie gehörte, und dass sie im Frühjahr anfangen würde Tiermedizin zu studieren. Gerade war sie dabei, mir zu erzählen, was geschehen war, nachdem Adrien ihren Freund Stephen von dem Hochseil gerettet hatte, als draußen ein Auto vorfuhr. Sie verstummte mitten im Satz. Von einer Sekunde zur anderen saßen wir da, umklammerten unsere Tassen und lauschten. Für mehrere Augenblicke war nichts zu hören. Ich war schon im Begriff aufzustehen, um nachzusehen, wer da gekommen war, da verkündete ein schnell lauter werdendes Grollen, dass sich ein zweiter Wagen auf dem Zufahrtsweg näherte. Und diesen Motor kannte ich: die Corvette. Das Grollen erstarb. Eine Autotür schlug, gleich darauf eine zweite. Schritte, zuerst auf dem Kies, dann auf der Treppe. Ein Schlüssel schabte im Schloss der Eingangstür, Stimmen im Gang ...

»... auf der rechten Seite. Zweite Schublade von oben.« Ich erkannte Julien. Ein Murmeln, das eigentlich nur von Adrien stammen konnte. »Ja.« Wieder Julien.

Im nächsten Moment betrat er die Küche. Sein Blick glitt über Kate, die sich irgendwie angespannt und alarmiert zugleich umgewandt hatte. Dann sah er mich an.

Mit einem Schlag war das Zittern wieder da. Mein Hals war zugeschnürt. Ich biss mir auf die Lippe, um das Wimmern zurückzuhalten, das meine Kehle hinaufwollte.

»Kann ich dich kurz sprechen, Dawn?« Julien streckte mir die Hand entgegen. Er klang, als hätte ich keine andere Wahl. Es erstaunte mich selbst, dass meine Beine mich trugen, nachdem ich aufgestanden war. Behutsam nahm er mich am Arm, führte mich aus der Küche und den Korridor entlang ins hintere Wohnzimmer. Erst dort ließ er mich los. Unsicher schaute ich zu ihm auf. Seine Augen hatten wieder die Farbe von Quecksilber.

»Was ist denn? – Wo ist Adrien?«

»Nichts.« Beruhigend schüttelte er den Kopf. »Adrien ist im Bad.« Mit einem Finger schob er mir ein paar Strähnen hinters Ohr. An seinem Hals war von der Bisswunde nur noch eine schwach rote Narbe übrig. »Du sahst nur aus, als würdest du mir in der nächsten Sekunde zerbrechen. – Komm her.« Er zog mich an sich und ich verkroch mich an seine Brust, die Augen fest geschlossen, als könne ich so die Welt aussperren. Eine ganze Zeit standen wir mitten im Raum. Juliens Atem strich über mein Haar. Irgendwann nahm er mich auf die Arme, trug mich zum Sofa hinüber und setzte sich – mit mir auf dem Schoß. Nicht eine Sekunde ließ er mich los. Die Verletzung an seiner Seite war offenbar ebenso verheilt wie die an seinem Hals, denn er bewegte sich so mühelos wie immer. Hieß das, er und Adrien hatten getrunken, bevor sie zurückgekommen waren? Natürlich. Sonst würde er niemals zulassen, dass ich mich so eng an ihn schmiegte.

»Lass es raus!«, sagte er leise, die Lippen für einen Moment an meiner Schläfe, ehe er meinen Kopf an seine Schulter lehnte. Ich konnte sein Kinn auf meinem Scheitel spüren. Die Handschellen lagen nicht mehr um seinen Arm.

Es waren keine Tränen, die aus mir herausbrachen, sondern Worte. Julien hörte einfach nur zu, während ich ihm stockend, wie im Fieber, berichtete, was geschehen war, nachdem er mich im *Ruthvens* zurückgelassen hatte. Die ganze Zeit wiegte er sich mit mir schweigend hin und her. Auch als ich endlich geendet hatte, blieb er sitzen, die Arme fest um mich gelegt, sodass ich mir sicher war: Wenn ich ihn darum bat, würde er mich nie wieder loslassen.

Ein Räuspern von der Tür her zerstörte meinen Traum. Adrien stand im Rahmen, eine bläulich weiße Masse auf den Haaren.

»Uns läuft die Zeit davon, Bruder«, mahnte er.

Widerstrebend nickte Julien. »Ja.«

Einen Moment lang sah Adrien mich an, dann drehte er sich um und ließ uns wieder allein.

»Was meint er damit?« Ich lehnte den Kopf wieder gegen seine Schulter, nicht bereit, ihn gehen zu lassen.

Er schob die Hand unter mein Haar, streichelte meinen Nacken. »Mit etwas Glück haben wir eine Fifty-fifty-Chance, dass bisher nur Gérard weiß, dass ich nicht mehr in Dubai bin. Dass er es weiß, steht außer Frage, immerhin hat Bastien ihm ja offenbar angekündigt, dass er Adrien *und* mich nach Marseille zurückbringen wird. Aber spätestens wenn der Pilot seines Jets sich bei ihm meldet, weil Bastien nicht zum vereinbarten Zeitpunkt in Millinocket aufgetaucht ist und er ihn nicht erreichen kann, wird Gérard sich denken, dass die Sache nicht nach Plan gelaufen ist, und etwas unternehmen. Und es kann gut sein, dass er, einfach um die Schlinge um uns enger zu ziehen, die Fürsten darüber informiert, dass ich entgegen ihrem Urteil Dubai verlassen habe. Selbst wenn er das Ganze nur als ›Verdacht‹ äußert: Die Fürsten werden es mit absoluter Sicherheit überprüfen. Und bis dahin muss ich wieder in Dubai sein. Ansonsten eröffnet auch der Rat die Jagd. Ich muss also sehen, dass ich heute noch einen Flug bekomme.«

Plötzlich brannten Tränen in meinen Augen. Ich barg mein Gesicht fester an seiner Schulter. »Das heißt, du gehst fort«, flüsterte ich in sein Hemd.

Julien erstarrte eine Sekunde, dann hielt er mich von sich weg, um mir ins Gesicht zu sehen. »Nein, wie ... großer Gott, verzeih mir. Ich meinte nicht, dass *ich* wieder in Dubai sein muss, sondern nur, dass Julien Du Cranier wieder dort sein muss. – Adrien geht an meiner Stelle. Wir tauschen endgültig die Rollen.« Er nahm mich wieder in die Arme. »Es tut mir leid, dass ich dich erschreckt habe. Das wollte ich nicht. Natürlich bleibe ich bei dir. Daran kann nichts etwas ändern. Gar nichts! Niemals!«

Ich schloss die Augen. Julien ging nicht fort. Erleichtert lehnte ich mich an ihn. Alles war gut. Meinetwegen konnte die Welt untergehen, solange er nur bei mir war.

Seine Hand strich meinen Rücken auf und ab.

»Ich muss Adriens Flug buchen, Dawn«, sagte er nach einem Moment in mein Haar. Er war schon im Begriff, mich von seinem Schoß zu heben, als ich ihn aufhielt.

»Bastien hat gesagt, du seist der ›Kidamon‹ ...«

»Kideimon«, korrigierte Julien mich. In seiner Stimme war das Seufzen nicht zu überhören.

Ich hob den Kopf von seiner Schulter, doch noch bevor ich mehr sagen konnte, legte er mir die Fingerspitzen auf die Lippen.

»Keine Fragen, Dawn. Bitte. Nicht dazu. Niemals«, bat er bestimmt.

Das bedeutete, er würde mir garantiert auch nicht sagen, was es mit diesem »Blut« auf sich hatte. Ergeben nickte ich. Wenn ich von Julien nichts erfuhr, gab es jetzt ja noch jemanden, den ich fragen konnte. Ich hoffte nur, dass di Uldere nicht allzu wütend auf mich war, weil ich mein Versprechen gebrochen und aus dem *Ruthvens* davongelaufen war.

Julien lehnte seine Stirn an meine. »Danke«, murmelte er.

Ich biss mir auf die Lippe. Plötzlich kam ich mir schäbig vor. Er vertraute mir, dass ich seine Bitte respektierte, und ich plante, hinter seinem Rücken weiter Fragen zu stellen.

Julien schob mich endgültig neben sich auf das Sofa und stand auf. Er war schon halb aus der Tür, als er sich noch einmal umdrehte. »Ich würde Adrien gerne den Kodex mitgeben, den Vlad dir überlassen hat. Er kennt sich mit solchen Dingen besser aus als ich. Die Chance, dass er eine Lösung für unser Problem findet, ist größer. – Bist du damit einverstanden?«

Einen Moment zögerte ich, nickte dann aber. Nach jener ersten Nacht war Julien nicht noch einmal dazu gekommen, sich mit dem alten Text zu befassen. Er lag seitdem wohlverwahrt in seinem Zimmer. Auch wenn ich mir nicht sicher war, ob Adrien mir würde helfen wollen: Seinem Bruder würde er helfen wollen. Hoffte ich.

Abschiede

»Wenn sie noch einmal den Kopf schüttelt, dreh ich ihr den Hals um.« Julien hatte sich in dem Kunstledersitz neben mir mit vor der Brust verschränkten Armen zurückgelehnt und die Beine von sich gestreckt. Jeder, der an ihm vorbeiwollte, musste entweder drübersteigen oder einen Bogen um uns machen. Bisher hatten sich alle für die zweite Variante entschieden. Sein Seesack lag neben ihm. »Die erste Frau, für die sich mein Bruder seit langer Zeit ernsthaft interessiert – und sie lässt ihn eiskalt abblitzen.«

Sie war Kate. Sie und Adrien standen ein paar Meter von uns entfernt vor der Glasfront, hinter der sich das Vorfeld des Flughafens von Bangor erstreckte. Bisher hatte seine Brille es verborgen, dass Julien überhaupt in ihre Richtung sah. Aber eigentlich hätte ich es mir denken können. Gerade eben schüttelte Kate erneut den Kopf. Einer meiner Schals verbarg die Seilspuren an ihrem Hals. Julien knurrte. Obwohl ich mir ziemlich sicher war, dass er seine Drohung nicht wahr machen würde, legte ich ihm die Hand auf den Arm – und wurde mit einem Blick über den Rand der dunklen Gläser hinweg bedacht.

Nach »eiskalt« sah das, was sich zwischen den beiden abspielte, meiner Meinung nach nicht gerade aus. Adrien redete, anscheinend darum bemüht, Kate nicht zu bedrängen, und sie hörte zu, die Arme um sich selbst gelegt. Und schüttelte ein ums andere Mal den Kopf. Dabei ging ihr Blick immer wieder zu dem, was er in der Hand hielt: Flugtickets.

Nach mehreren Telefonaten hatte Julien es wahrhaftig geschafft, Adrien heute zwei Plätze auf einem Delta-Flug zu buchen: Zuerst von Bangor nach Atlanta, mit einer Zwischenlandung in Boston, und dann nonstop nach Dubai.

Für den Fall, dass Juliens Abwesenheit dort den Fürsten doch bereits aufgefallen sein sollte, hatten sie sich eine weitere Ausrede einfallen lassen: Julien hatte auf einem seiner - in der Regel ohnehin halsbrecherischen - Trips über die Wüstenpisten einen schweren Unfall mit seiner Fireblade gebaut. Dabei hatte er die Maschine geschrottet und war selbst böse verletzt worden. Sonne und der Mangel an »Nahrung« hatten ein Übriges getan, sodass er einige Zeit gebraucht hatte, um sich zu erholen, und erst jetzt wieder in der Verfassung gewesen war, in die Stadt zurückzukehren.

Ironischerweise konnte Adrien dafür sogar die Spuren entsprechender Verletzungen vorweisen. - Was neben der nicht vorhandenen Zeit mit ein Grund dafür gewesen war, dass sie darauf verzichtet hatten, ihm die falsch zusammengewachsenen Knochen, wie die der beiden äußeren Finger seiner Hand, selbst noch einmal zu brechen und einzurichten. Stattdessen hatten sie beschlossen, dass Adrien das in Dubai von einem »vertrauenswürdigen« Arzt erledigen lassen würde.

Es war ein wackliges Kartenhaus, aber - wie hatte Julien gesagt? - für alles andere mussten sie erst Beweise haben. Ich konnte nur hoffen, dass das auch für den Rat galt.

Keiner von beiden hatte auch nur ein Wort darüber verloren, wie oder wo sie die Leichen entsorgt hatten. Allerdings waren sie offenbar zu zweihundert Prozent sicher, dass niemand jemals irgendwelche Überreste finden würde - wer auch immer nach Bastien oder seiner Entourage suchen mochte.

Dann war plötzlich alles Schlag auf Schlag gegangen. Hastig waren Adriens Sachen in Juliens Seesack gestopft worden und wir waren zum Bangor International Airport aufgebrochen: Adrien mit Kate im Cougar, Julien mit mir in der Vette.

Vor der Glasfront schüttelte Kate gerade ein weiteres Mal den Kopf. Für ein paar Sekunden stand Adrien nahezu reglos. Endlich nickte er langsam, zerrte die Brieftasche aus der Jeans, zog etwas, das für mich wie eine Visitenkarte aussah, daraus hervor und tastete dann wie jemand, der es gewohnt ist, so etwas in der Innentasche eines Sakkos zu haben, offenbar nach einem Stift. Zwei Backpacker halfen ihm schließlich aus.

Er kritzelte etwas auf die Rückseite der Karte, ehe er sie ihr gab und beinah vorsichtig ihre Finger darum schloss. Was auch immer er sagte, sie nickte – wenn auch zögernd. Offenbar war er mit ihrer Reaktion nicht ganz zufrieden, denn er redete erneut auf sie ein, drängender diesmal, und erst nachdem sie abermals genickt hatte, ließ er ihre Hand los. Und sah zu, wie sie – nach einem letzten Winken zu mir – langsam, mit hochgezogenen Schultern und gesenktem Kopf zur Rolltreppe ging, die ins Erdgeschoss hinunter und damit zum Ausgang führte. Sie musste schon fast das Flughafengebäude verlassen haben, als er endlich den Blick von der Stelle löste, an der sie verschwunden war, den Backpackern den Stift zurückgab und zu uns herüberkam.

Julien stemmte sich umständlich aus seinem Sitz in die Höhe und sah seinem Bruder entgegen. Ich stand ebenfalls auf.

Adriens Haar war stoppelkurz geschnitten und wasserstoffblond. Mich – und auch Kate, ihrer Miene nach zu urteilen – hatte daheim bei seinem Anblick fast der Schlag getroffen. Meinem Einwand, *das* würde ihnen keiner abnehmen, waren die Zwillinge mit dem Hinweis begegnet, dass Julien für noch weit schlimmere Farbexperimente in der »jüngeren« Vergangenheit bekannt war: eine Seite lang und blau mit neontürkisen Strähnen, die andere kurz und grün, schien noch eine der harmloseren Varianten gewesen zu sein. Eine verspiegelte Sonnenbrille verbarg seine Augen. Seine Miene war nicht zu deuten, während er seinem Bruder das zweite Ticket reichte.

»Gib es zurück oder verbrenn es, es ist mir gleich.«

Julien nickte wortlos und schob es in seine Lederjacke. Adrien sah ebenso wortlos dabei zu, dann holte er langsam Atem.

»Ich habe ihr auch deine Nummer gegeben und ihr gesagt, sie soll jederzeit anrufen, wenn etwas ist oder sie irgendetwas braucht. Und falls sie es sich doch überlegt und mir eine Chance gibt, würdest du dich um ihren Flug und alles Weitere kümmern.«

Abermals nickte Julien schweigend.

»Und ich habe ihr versprochen, dass du den Bastard findest und zur Strecke bringst, der sie angegriffen hat und sich um ein Haar an ihr vergangen hätte.«

Wieder nickte Julien. »Erledigt.«

Einen Moment standen sie sich dann stumm und irgendwie hilflos gegenüber, bis Adrien sich räusperte.

»Ich denke, ich gehe besser. Es ist nicht gut, wenn man uns zu lange zusammen sieht, und sie müssen meinen Flug ohnehin jede Minute aufrufen.« Er langte an seinem Bruder vorbei nach dem Seesack und schwang ihn sich über die Schulter.

Julien schien plötzlich nicht mehr zu wissen, wohin mit seinen Händen. Mit einer brüsken Bewegung zog Adrien ihn an sich. Einen Moment klammerten sie sich aneinander, und ich hätte nicht sagen können, wer wen härter umarmte. Letztlich war es wohl Julien, der seinen Zwilling nicht loslassen wollte. Die ganze Zeit über hatte Adrien nicht ein Mal Französisch gesprochen, selbst als er und Julien sich meinetwegen gestritten hatten – so laut, dass es durch die Badezimmertür zu hören gewesen war. Doch jetzt murmelte er ihm etwas in ihrer Muttersprache zu, was ihn zuerst den Kopf neigen und nach ein paar weiteren Worten schwach auflachen ließ. Dann gab Adrien seinen Bruder nach einem letzten festen Druck frei, trat einen halben Schritt zurück und nickte mir zu.

»Dawn.«

Für mich gab es keine Umarmung. Ich hatte auch nicht damit gerechnet. Adrien machte nach wie vor keinen Hehl daraus, was er davon hielt, dass Julien mit mir zusammen war.

Er hatte mir erklärt, dass es nichts damit zu tun hatte, dass Samuels Handlanger ihn in jener Seitenstraße schier zu Tode geprügelt und ihm dabei nicht nur beinah das Genick gebrochen, sondern ihn auch so schwer am Kopf verletzt hatten, dass er eine ganze Zeit nicht gewusst hatte, wer, geschweige denn *was* er war. Er hatte sogar gegen seine eigenen Instinkte angekämpft, da sie nicht zu dem passten, was er um sich herum als »normal« beobachtete, nachdem er in einem Wehr des Penobscot River in der Nähe von Darven Meadow zu sich gekommen war; halb unter Wasser, eingeklemmt zwischen Ästen und Abfall. Wahrscheinlich hatte er nur deshalb überlebt, weil Samuels Handlanger seine »Leiche« mit vermeintlich gebrochenem Genick einfach in den Penobscot geworfen hatten, um sie zu ›entsorgen‹, statt sie zu verbrennen. – Und weil er nur eine knappe Stunde vor dem Zusammenstoß mit ihnen getrunken hatte, sodass das frische Blut geholfen hatte seine Verletzungen zu heilen; bis seine Kraft »aufgebraucht« war und der Prozess zum Stillstand kam. Es war Kates Blut und das der Typen gewesen, die ihn in der Gasse aufgehalten hatten, das ihn wieder hatte einsetzen lassen. Doch erst durch die Geschehnisse in der Lagerhalle war auch ein großer Teil seiner Erinnerung zurückgekehrt.

Nein, es hatte schlicht damit zu tun, dass Julien seiner

Meinung nach auch ohne eine Verbindung mit mir, der Princessa Strigoja, genug Probleme hatte. *Sie* würde noch mehr Aufmerksamkeit auf ihn lenken und ihn – zusätzlich zu dem, was von Gérards Seite zu erwarten war – darüber hinaus zum Ziel von Neid und den zwingend daraus resultierenden Intrigen machen. Julien hatte währenddessen hinter ihm gestanden und mit gefletschten Fängen warnend geknurrt. Eine einzige Geste Adriens hatte genügt, um ihn zum Schweigen zu bringen. Aber Julien war davon überzeugt, dass ich jeden Ärger und jedes Problem wert war. Er würde sich der Meinung seines Bruders beugen. Zudem war da immer noch das, was ich in der Lagerhalle gesagt und getan hatte. Dafür respektierte und achtete er mich. Kurz gesagt: Adrien hieß mich nicht mit offenen Armen als Gefährtin seines Bruders in der Familie willkommen, aber er gab mir eine Chance. Um Juliens willen.

Dass sein Flug aufgerufen wurde, ersparte uns ein neuerliches peinliches Schweigen. Die Zwillinge umarmten sich noch einmal kurz, dann zog Adrien den Seesack höher auf die Schulter und machte sich auf den Weg zu den Sicherheitskontrollen. Wir folgten ihm Seite an Seite, warteten, bis er sie hinter sich gebracht hatte und – nach einem letzten Heben der Hand – in dem Korridor zu den Gates verschwunden war, bevor wir uns zum Parkplatz und zur Vette aufmachten.

Eine gerade startende Maschine donnerte über uns hinweg, als wir den Wagen erreichten. Julien öffnete seine Tür, doch statt einzusteigen, stemmte er sich mit beiden Händen gegen den Türholm und starrte auf das schwarz spiegelnde Dach der Vette.

Ich zögerte auf meiner Seite ebenfalls. »Was ist?«

Er sah mich an. Sein Mund war zu einem seltsam traurigen Lächeln verzogen.

»Ich frage mich die ganze Zeit, wie alles gelaufen wäre,

wenn Gérard Bastien nach Raouls Tod nicht adoptiert hätte; wenn Bastien nicht versucht hätte, um jeden Preis zu beweisen, dass er es wert ist, Gérards Sohn zu sein.«

Was ich darauf sagen sollte, wusste ich nicht. Also schwieg ich.

»Kaum zu glauben, dass Bastien früher kein schlechter Kerl war, was?« Julien lachte bitter. »Was soll's. Es ist egal. Die Vergangenheit kann man nicht ändern.« Er schüttelte den Kopf, schaute einen Moment einer anderen startenden Maschine nach, ehe er sich wieder mir zuwandte. »Für den Augenblick ist es erst mal ausgestanden. – Lass uns fahren. Du musst todmüde sein.«

Wortlos stieg ich auf den Beifahrersitz. Julien glitt hinters Steuer, ließ die Vette an und schlug die Richtung nach Ashland Falls ein. Ich beobachtete die Häuser, die an uns vorbeihuschten, dann die Bäume entlang des Highways. Auch wenn es für den Augenblick ausgestanden war, wie er sagte: Was kam dann? Bastiens unheilvolle Bemerkung wollte mir nicht mehr aus dem Kopf. Ich sah zu Julien hinüber. Adrien hatte recht: Sein Bruder hatte genug eigene Probleme und Sorgen. So wie er alles daransetzte, um mich nicht zu belasten, würde ich es auch nicht tun.

Einmal mehr wünschte ich mir ein normales Leben. Ein Leben, in dem mir kein arroganter Mistkerl sagte, dass sich das mit mir demnächst wohl *erledigt* hatte. Ein Leben, in dem ich keine Angst davor haben musste, wie Gérard Bastiens Tod rächen würde. Denn genau das würde er tun.

Ich schloss die Augen und atmete tief durch. Als ich sie wieder öffnete, begegnete ich Juliens Blick. Ich lächelte. Er war all das und noch mehr wert.